风 范

第二届"中华艺文奖"获奖者访谈实录

贾磊磊 闫 东 主编

文化藝術出版社
Culture and Art Publishing House

图书在版编目（CIP）数据

风范：第二届"中华艺文奖"获奖者采访实录 / 贾磊磊，闫东主编. -- 北京：文化艺术出版社，2015.12
ISBN 978-7-5039-6082-6
Ⅰ. ①风… Ⅱ. ①贾… ②闫… Ⅲ. ①新闻采访—作品集—中国—当代 Ⅳ. ①I253

中国版本图书馆CIP数据核字(2015)第298301号

风　范

第二届"中华艺文奖"获奖者访谈实录

主　　编	贾磊磊　闫　东
责任编辑	董瑞丽
装帧设计	姚雪媛
出版发行	文化藝術出版社
地　　址	北京市东城区东四八条52号（100700）
网　　址	www.whyscbs.com
电子邮箱	whysbooks@263.net
电　　话	（010）84057666（总编室）　84057667（办公室） 84057691—84057699（发行部）
传　　真	（010）84057660（总编室）　84057670（办公室） 84057690（发行部）
经　　销	全国新华书店
印　　刷	北京荣宝燕泰印务有限公司
版　　次	2016年12月第1版
印　　次	2016年12月第1次印刷
开　　本	710毫米×1000毫米　1/16
印　　张	20
字　　数	250千字　图片38幅
书　　号	ISBN 978-7-5039-6082-6
定　　价	49.80元

版权所有，侵权必究。印装错误，随时调换。

目录

Contents

1　为实现中国梦创作更多精品力作 / 刘延东

5　在第二届"中华艺文奖"颁奖典礼上的致辞 / 蔡武

8　在第二届"中华艺文奖"颁奖典礼上的致辞 / 王文章

11　第二届"中华艺文奖"获奖者名单

35　第二届"中华艺文奖"获奖者采访实录
37　才旦卓玛
54　朱　琳
59　吴良镛
71　沈　鹏
74　欧阳中石
82　尚长荣
93　周小燕
104　侯一民
134　贺敬之
145　秦　怡
160　叶小钢

167 田黎明

184 朱乐耕

193 李雪健

206 余　隆

221 罗中立

242 赵汝蘅

269 莫　言

278 裴艳玲

289 第二届"中华艺文奖"纪录片《风范》工作台本

309 第二届"中华艺文奖"纪录片《风范》工作人员名单

311 《风范》创作回顾——感怀"中华艺文奖"的诞生过程

为实现中国梦创作更多精品力作

中共中央政治局委员　国务院副总理　刘延东

第二届"中华艺文奖"颁奖是文化界的一件盛事。各位获奖者都是当代中国享誉海内外的名家大师,你们孜孜不倦地追求,勇攀文化艺术巅峰,在各自领域取得了杰出成就。你们的作品展示了中华文化的博大精深,展现了中国艺术的无穷魅力,你们为国家和民族做出了贡献。在此,谨向第二届"中华艺文奖"获奖者致以热烈的祝贺和崇高的敬意!并通过你们向全国广大文艺工作者致以亲切问候和良好祝福!

"中华艺文奖"由中国艺术研究院主办、中国泛海控股集团有限公司捐资支持,是以社会力量支持文化事业繁荣发展的改革创新之举。我曾出席"中华艺文奖"专项奖励基金捐赠仪式和首届"中华艺文奖"颁奖典礼,见证了这一奖项从最初设想到成功举办的全过程。"中华艺文奖"的创立,首次在我国文化艺术领域设立学院奖,是对国家荣誉制度和评奖机制的有益探索,有助于弘扬中华优秀文化精髓和主流价值取向,有助于文化事业发展和杰出人才培养。这个奖项从设立开始,就建立了高标准、高定位、高起点的评选机制。第一届和第二届"中华艺文奖"的获得者以自己的杰出成就得到了社会公认。可以说"中华艺文奖"真正评选出了德艺双馨、成就卓著的文化艺术英才,必将对文化艺术事业的发展产生积极的导向作用,对于弘扬民族精神、时代精神和践行社会主义核心价值观,激发全民族文化创造活力,推动文化大发展大繁荣也将产生重要影响。

文化是实现中华民族伟大复兴中国梦的巨大精神动力和重要组成部分。正如习近平总书记所指出的,中华文化包含着中华民族最根本的精神基因,代表着中华民族独特的精神标识,中华优秀传统文化是我们最深厚的文化软实力。我国五千年不间断的历史,有着博大精深、灿烂辉煌的文化,中华文化已经并将进一步对人类文明和世界和平做出卓越贡献。同时,文化作为全面建成小康社会的一项重要内容,有力地促进了整个现代化建设事业,振奋了人们的精神,提升了国家的综合实力。一代又一代的文艺工作者辛勤耕耘、敬业奉献,为文化的繁荣发展做出了不可替代、举足轻重的重要贡献,在座的获奖艺术家就是其中杰出的代表。你们胸怀祖国和人民,把自身的艺术追求融入国家发展、社会进步的伟大事业中,自觉担当社会责任,以感人的作品、精湛的艺术创造讴歌时代精神,推动时代进步,践行了艺术为人民服务的崇高使命。你们始终把艺术创造扎根于民族历史和中华文化的深厚土壤中,追求崇高的艺术境界,锤炼独特的艺术风格,以开阔的胸襟从世界各民族的艺术中吸取精华,博采众长,融会贯通,使民族文化艺术不断焕发生机和活力。从你们的身上可以看出,我国的文艺工作者勇于奉献、敢于担当,是党、国家和人民值得信赖的一支队伍,也是建设社会主义文化强国的中坚力量。

党的十八大提出了"两个一百年"的奋斗目标,提出了实现中国人更加美好生活的中国梦。十八届三中全会对全面深化改革做出了战略部署,这为文化事业的繁荣发展带来了新的机遇,也提供了强大的动力。在全面建成小康社会,实现中华民族伟大复兴中国梦的征程中,文化事业前景广阔,广大文艺工作者大有可为。希望广大文艺工作者认真学习和领会十八届三中全会和习近平总书记一系列重要讲话精神,坚持社会主义先进文化前进方向,坚持中国特色社会主义文化发展道路，坚持以人民为中心的创作导向，落实"二为"方向和"双百"方针，努力为人民群众奉献更好更多的精品力作，开创文化艺术事业繁荣发展的新局面。借这个机会，提几点希望。

第一，要弘扬和践行社会主义核心价值观。价值观是文艺作品的灵魂，古今中外感人的作品不仅有完美的艺术性，而且有深刻的思想性，有鲜明的价值观。当代中国需要什么样的价值观？党的十八大明确提出"倡导富强、民主、文明、和谐，倡导自由、平等、公正、法治，倡导爱国、敬业、诚信、友善"的"三个倡导"的要求，广大文艺工作者应当始终把体现"三个倡导"要求的社会主义核心价值观作为作品的灵魂渗透到创作中。弘扬主旋律，就是弘扬中国人民和中华民族追求国家富强、人民幸福、民族振兴梦想的主旋律，褒奖真善美，以真的追求、善的传播、美的展示、爱的付出，为世人传播正能量。

第二，要牢固树立以人民为中心的创作导向。艺术来源于生活。在当今时代，在当代中国，艺术只有扎根于现实生活和人民群众的沃土，才有取之不尽的养分和层出不穷的灵感。广大文艺工作者应当始终坚持正确导向，积极投身到当代中国伟大的奋斗前进事业中去，弘扬民族文化的精华，创作更多体现人民主体地位，反映人民创造美好生活的优秀作品，以时代的伟大进步推动艺术的创新发展。

第三，要加强道德修养，自觉承担淳化风气、凝聚人心的社会责任。西汉时期的学者扬雄曾经说过："言，心声也；书，心画也。"名家大师造诣精深，最重要的一点就是具有高尚的精神境界。广大文艺工作者应当不断加强自身修养，提升精神境界，自觉承担淳化风气、凝聚人心的社会责任，不辱使命，争做优秀文化的生产者和传播者，争做德艺双馨的艺术家。

第四，要借鉴吸收世界优秀艺术创作和管理的成功经验，积极参与中外文化艺术交流。当今世界，各种思想文化交流交融交锋更加频繁，文化在综合国力竞争中的地位和作用更加凸显。广大文艺工作者应当在开展中外人文交流、推动中华文化走向世界中发挥积极作用，努力创作更多既具有中国风格、中国气派，又能够引领世界艺术潮流的精品力作，使各国人民通过文化艺术了解中国的历史文化，认识当代中国。要在坚持本土立场、关注本土现实的基础上，关注和研究国际艺术潮流，通过文化交流互鉴，吸收世界优秀艺术精华和先进科学的艺术管理经验，使艺术创作持续推陈出新，使文化产业蓬勃发展。

没有社会主义文化繁荣发展，就没有社会主义现代化。希望老艺术家们健康长寿，创作更多的精品力作，发挥引领作用，继续为繁荣发展社会主义文化事业做贡献。希望"中华艺文奖"保持学术的权威性和纯洁性，发挥科学评奖机制的示范和引领作用，激发全民族文化创造活力，鼓励更多社会力量参与公共文化服务体系建设，大家共同努力，为推动社会主义文化大发展大繁荣、建设文化强国、实现中华民族伟大复兴的中国梦做出更大贡献。

新年将至，祝全国的文艺工作者和艺术家们龙马精神、再创佳绩！

2013年12月19日

在第二届"中华艺文奖"颁奖典礼上的致辞

第二届"中华艺文奖"组委会主任委员
中华人民共和国文化部部长 蔡 武

尊敬的艾力更·依明巴海副委员长，罗富和副主席，各位嘉宾，女士们，先生们：

大家上午好！

在全党、全社会全面贯彻落实党的十八大和十八届三中全会精神之际，我们在这里隆重举行第二届"中华艺文奖"颁奖典礼，表彰为国家和民族文化艺术的大发展大繁荣做出卓越贡献的艺术家，具有十分重要的意义。在此，我谨代表中华人民共和国文化部、第二届"中华艺文奖"组委会，向第二届"中华艺文奖"的各位获奖者表示衷心的祝贺！同时向莅临颁奖典礼的各位艺术家、专家学者和嘉宾表示热烈的欢迎！

"中华艺文奖"的设立和评选始终得到了党中央、国务院的关怀和重视。时任中共中央政治局委员、国务委员刘延东同志出席了"中华艺文奖"基金捐赠仪式和首届"中华艺文奖"颁奖典礼。她曾指出，在文化艺术领域设立专项奖励基金，有利于塑造引领时代潮流，获得具有国际影响的艺术大师。"中华艺文奖"的成功评选，对于推动中华文化走出去，提高国家文化软实力，促进社会主义文化大发展大繁荣具有重要意义。这是对"中华艺文奖"指导思想的高度概括，也是对我们工作的鼓励和鞭策。

"中华艺文奖"自设立以来受到社会各界的广泛关注，"中华艺文奖"由在全国有重要影响的艺术家、学者和文化管理者组成组委会和评委会，本着对历史和人民负责的态度，制定了科学规范的评奖章程，按照公正、公平、规范的评奖原则，优中选优，保证了"中华艺文奖"的权威性和学术纯洁性。2011年，首届"中华艺文奖"的评选取得圆满成功，得到文化艺术界和社会公众的普遍认可。"中华艺文奖"的获奖者不仅有着精湛的艺术造诣，而且具有高尚的道德品质，获奖之后，不少获奖者捐献出自己的奖金，或用于赞助社会公益事业，或用于扶持文化艺术事业，他们的高风亮节不仅赢得了人民群众的广泛赞誉，也为"中华艺文奖"增添了光彩！在这里，我要再次向发起和主办这一工程的中国艺术研究院和中国泛海控股集团有限公司表示衷心的感谢！

前不久胜利闭幕的十八届三中全会在部署全面深化改革若干重大问题时，再次强调要坚持社会主义先进文化前进方向，以激发全民族文化创造力为中心环节，进一步深化文化体制改革，健全文化产品评价体系，改革评奖制度，推出更多文化精品。这为我国当代文化艺术事业的发展注入了强大动力。激发全民族文化创造活力，离不开文化艺术大师的垂范与引领。世界上很多国家都非常重视国家荣誉制度建设，设立了国家院士制度或国家荣誉称号、奖项、基金等等。"中华艺文奖"作为由国家级学术机构主办的最高艺术奖，它的设立和成功评选，为我国国家荣誉制度建设积累了宝贵经验。不仅有很强的引导作用，激励广大文化艺术工作者潜心创作，多出精品，为我国文化艺术事业的繁荣发展做出更大贡献，也有利于造就能够发扬民族艺术特长、体现我国文化价值观、引领世界艺术潮流的艺术大师，提升中华文化在国际上的影响力。

文化艺术的繁荣发展既要坚持发挥政府的主导作用，更要靠激发和释放全社会的创造活力，紧紧依靠社会各界的积极参与和热心支持。党的十八届三中全会强调，要鼓励社会力量、社会资本参与公共文化服务体系建设。"中华艺文奖"由中国艺术研究院主办，中国泛海控股集团有限公司提供资金赞助，充分显示了社会力量的参与性和非公有制经济企业"富而思进、回馈社会"的社会责任感，我衷心希望，在这一榜样的示范、带动下，有越来越多的企业、社会力量、社会资本关心、支持、参与国家文化建设，共同推动社会主义文化大发展大繁荣！

  当前，我国在国际政治、经济等方面已经具备很大影响力，但中华文化的影响力还有待提升。党中央审时度势，十八届三中全会提出了"提高文化开放水平"的战略任务，强调"扩大对外文化交流，加强国际传播能力和对外话语体系建设，推动中华文化走向世界"。记得毛泽东主席曾经说过，中国应当对于人类有较大的贡献。"中华艺文奖"将在表彰中国优秀艺术家的基础上，谋划在合适时机扩展评选视野，把国外杰出艺术家也纳入评选范围，为提升国家文化软实力和推动世界文化多样性发展做出贡献。要实现这样一个愿景，需要我们再接再厉，共同奋斗。让我们大家一起来努力吧！

2013年12月19日

在第二届"中华艺文奖"颁奖典礼上的致辞

第二届"中华艺文奖"评委会主任委员
中国艺术研究院院长　王文章

尊敬的艾力更·依明巴海副委员长，罗富和副主席，蔡武部长，尊敬的各位艺术家，各位专家学者，女士们，先生们：

大家上午好！

今天，我们在这里隆重举行第二届"中华艺文奖"颁奖典礼，我谨代表中国艺术研究院，向第二届"中华艺文奖"的各位获奖者表示衷心的祝贺！向出席今天典礼的各位领导，各位艺术家、专家学者，各位嘉宾，表示热烈的欢迎！

"中华艺文奖"是由中国艺术研究院主办、中国泛海控股集团有限公司捐资设立的国家级最高艺术机构学术奖。"中华艺文奖"的创立和评选，当时是在中共中央政治局委员、国务委员刘延东同志的直接关心、支持、指导下进行的。按照延东同志的要求，"中华艺文奖"确定了表彰具有高尚精神、卓越才华和杰出成就的中华艺术英才，支持、资助他们更好地进行艺术创造，同时通过"中华艺文奖"的评选推进完善我国的艺术评价体系，体现当代中华优秀文化艺术的审美风尚与价值取向，推动国家文化艺术荣誉制度建设，发挥奖励机制的导向性与感召力，激发广大文艺工作者参与当代文化建设的积极性与创造性的宗旨。应该说，首届"中华艺文奖"的评选已经体现出这一明确的宗旨和自身的价值追求。

今天，第二届"中华艺文奖"颁奖之际，刘延东同志又亲切接见了全体获奖代表，与大家座谈并发表重要讲话。延东同志高度肯定"中华艺文奖"获奖者对我国文化艺术创新发展的杰出贡献，他们以自己的艺术实践和艺术创造成果，成为我们这个时代弘扬中华优秀文化精髓和引领主流价值取向的榜样。刘延东同志代表党中央、国务院，向第二届"中华艺文奖"获得者表示祝贺。延东同志还进一步肯定了"中华艺文奖"的评选工作并提出了新的要求。我们将不断努力，坚持严格的评选标准，使"中华艺文奖"为推举出当代卓越的文化艺术领军人物，为促进创造、传播优秀的精神文化产品，为在世界范围内建立体现中华艺术价值取向的艺术评价体系发挥应有作用。

本届"中华艺文奖"的获奖者同首届获奖者一样，他（她）们都是当代当之无愧的德艺双馨的艺术大家。我们为我们这样一个改革开放、充满生机的前所未有的伟大时代拥有这样一些具有代表性、标志性的艺术大家而深感骄傲和自豪。

本届"中华艺文奖"的评选同首届一样，有赖于组委会、评委会各位委员凭借深厚的艺术造诣和审美鉴赏力，坚持科学、规范、公平、公正的原则做出的努力；有赖于文化部的领导、指导与支持，特别是蔡武部长的直接关心、支持与指导。借此机会，我代表中国艺术研究院，向对"中华艺文奖"的设立、评选给予支持、指导的所有部门和领导，向组委会、评委会的各位委员，表示衷心的感谢！

借此机会，我还要特别提到，是中国泛海控股集团有限公司董事长卢志强先生以奉献社会的企业精神，无任何附加条件捐巨资建立"中华艺文基金会"，支持"中华艺文奖"的持续评选和颁发。我代表中国艺术研究院，向中国泛海控股集团有限公司和卢志强先生表示衷心的感谢！

同志们，党的十八届三中全会发出了推进文化体制机制创新、建设社会主义文化强国的号召，我们要按照会议的要求和习近平总书记一系列重要讲话的精神，强化时代责任感，奋发有为，以文艺的方式形象地表现中华民族走向伟大复兴、实现"中国梦"的时代进程，不断以优秀的文化创造成果奉献社会和人民。

最后，祝愿各位获奖者、艺术家和专家学者身体健康，艺术长青！祝各位嘉宾身体健康，工作顺利！

谢谢大家！

2013年12月19日

第二届
"中华艺文奖"
获奖者名单

第二届"中华艺文奖""终身成就奖"获奖者
（以姓氏笔画为序，共10人）

此部分照片由获奖者本人提供

才旦卓玛

女高音歌唱家

朱琳

话剧表演艺术家

吴良镛

建筑学家,中国科学院院士,中国工程院院士,清华大学建筑与城市研究所所长

沈鹏

书法家，美术评论家，编辑出版家，中国书法家协会原主席

欧阳中石

书法家，首都师范大学中国书法文化研究院名誉院长

尚长荣

京剧表演艺术家,中国戏剧家协会主席

周小燕

女高音歌唱家，声乐教育家，上海音乐学院终身教授

侯一民

油画家，美术教育家，中央美术学院教授

贺敬之

诗人,剧作家,文化部原代部长

秦怡

电影表演艺术家

第二届
"中华艺文奖"
获奖者名单

第二届"中华艺文奖""艺文奖"获奖者
（以姓氏笔画为序，共9人）

此部分照片由获奖者本人提供

叶小钢

作曲家，中央音乐学院副院长

田黎明

画家，中国艺术研究院副院长

朱乐耕

陶艺家,中国艺术研究院艺术创作院院长

李雪健

电影表演艺术家,中国电影家协会主席

余隆

指挥家，中国爱乐乐团首席指挥

罗中立

画家，四川美术学院院长

赵汝蘅

舞蹈表演艺术家，中国舞蹈家协会主席

莫言

作家，中国艺术研究院文学院院长，中国作家协会副主席

裴艳玲

河北梆子、京剧表演艺术家，中国戏剧家协会副主席

第二届"中华艺文奖"
获奖者采访实录

（照片由摄制组提供）

才旦卓玛

记者： 您是新中国第一代藏族歌唱家，您是怎么走上唱歌这条文艺道路的？

才旦卓玛： 我是非常有运气的，西藏刚刚和平解放，来了部队的文工团，十八军进藏的时候，文工团来了。自己也比较喜欢唱歌，因为小的时候我们家里放羊、放牛，跟爸爸他们一起，还有我们同学一起去放羊，大家一起唱歌。但是我从来没有想到共产党让我们西藏人民得到解放，使我从此以后能够在唱歌这条道路上走下去。所以我确实觉得机遇是非常好的，没有当时共产党派来的解放军，我们西藏人民就不可能有今天的幸福生活，唱歌什么的，就更想不到了。因为在旧社会，我们搞艺术，很多人既会唱歌，又会跳舞，大家觉得这些都是底层的人，是看不起的。那个时候，我们小，跟着爸爸他们劳动的时候，就跟着他们一起唱。西藏和平解放以后，解放军到了我们家乡日喀则，他们又唱又跳，我看着很羡慕，但是那个时候去参加也不可能，一定要家里的父母同意，不同意就不可以参加，但是我一直希望能有去唱歌的机会。

西藏解放了，来了一个部队文工团，他们说你参不参加唱歌，跟我们一起。那个时候刚刚和平解放，还有一个政策，家里的父母不同意的就不能随意叫你去。当时我家里的父母也是对党、对解放军比较信任的，因为西藏解放以前，当时的藏兵一到老百姓那儿就抢，既占房子，又抢东西。解放军来了以后，他们不抢，也不给老百姓找任何麻烦，所以看到他们这样的精神，我父母也认为共产党和毛主席、解放军肯定是好人。我同学有的比我唱得还要好呢，由于各种原因不能去了，后来我就跟家里说我要去唱歌，就这样。作为我自己来说，我的艺术道路就是这样开始的。

记者： 您那个时候多大？

才旦卓玛： 十一二岁，很小。

记者： 有一次，部队能唱歌，您也去唱了，是吗？

才旦卓玛： 我觉得当时看到解放军刚到西藏，到我们的家乡，他们吃饭什么的都很艰苦，对自己来说也非常有教育意义。为了西藏人民的解放，为了西藏人民过好生活，他们放弃了他们家乡很舒服的地方，都放弃了。我的生日是8月1号，也是有关系的，因为当时我觉得看到他们对自己来说鼓舞很大，教育也很大。通过搞文艺排练，我就有了很大的启发，有很大的关系。

记者： 就是说您本来不知道自己是几月份的生日？

才旦卓玛： 不知道。那个时候，我到学校后，他们问我："你几月份生的？"我只知道年龄，但不知道是几月份生的。他们算了算说："你可能是1937年生的。"他们问："几月几号生的？"我说："我不知道是几月几号，但我听我妈妈说是割麦子的时候生的，割麦子一般是7、8、9月。"他们说："你自己选一个好日期,有意义的日期。"我就说:"妈妈说我是割麦子时生的,那个时候是8月,那我的生日就选择在8月1号。"当时就是这样,我觉得自己当时有这方面的原因,有这方面的感情。

记者:因为8月1号是"建军节"。

才旦卓玛:对,"建军节",所以意义比较深。因为当时共产党、毛主席派来的解放军解放了我们西藏,劳动人民得到了解放。

记者:那个时候没有入伍,对吧?就是跟着部队的文工团走了,当时参军了吗?

才旦卓玛:没有。

记者:没有参军。

才旦卓玛:他们那个时候到了我们的家乡以后,就是地方的文工团了,然后就是参加到他们那个文工团里头,后来活动多一些。他们问:"你愿不愿意参加我们这个文工团?"就是这样。

记者:您参加文工团之前都唱什么样的歌?参加到文工团都让你们唱什么样的歌?

才旦卓玛:我参加文工团以前基本上都是唱我们西藏自己的民歌,藏族民歌、山歌、酒歌,有的时候还唱藏戏,也是我们西藏的一个艺术品种。因为我从小时候跟爸爸他们在一起,有的时候老年人聚会,他们都在唱,我就跟着他们唱。参加文工团以后也是以本地的歌曲为主,其他的也不会唱。我们也不会汉语,也没有文化,有的歌学起来也是比较难的,所以都是唱我们西藏的民歌。

记者:那些民歌大概都是什么内容呢?

才旦卓玛:内容有的是大家一起相会,坐在一起,互相祝酒,互相祝愿健康、长寿、幸福,还有我们过美好的生活,等等。我们过去是多么的苦,连唱的机会也没有,现在我们能够有这样的机会,大家一起来唱,一起来跳。这些内容多一些。

记者:1958年,您到了上海音乐学院。

才旦卓玛： 参加文工团以后，因为那个时候我们没有文化，就把我们送到陕西咸阳，中央专门办了一所西藏民族学院，当时叫"西藏公学"，全是公家供这些人学习，而且大部分都是劳动人民的小孩，子女多，到那边去学习。到那边学习了半年多以后，上海音乐学院1958年办了一个民族班，是国家文化部委托办的。那个时候，他们到新疆、内蒙古等地去招生，容易！西藏呢？大家一想西藏怎么招呀？后来他们听说咸阳有个西藏公学，全是藏族的，就来这边招生了。他们来招生的时候，我不在文工团，我们去学文化课了。回来后，文工团的人介绍给那个上海音乐学院来招生的人，说那边有我们原来团的一个，你们去听听。然后他们来我们这边招生，好多人都考了，考了干吗也搞不清楚，反正就是唱歌的，我跟着他们就考上了。

记者： 您还记得考试的时候唱的什么歌吗？

才旦卓玛： 考试的时候，我唱的是一首西藏的山歌，还有一首是民歌，比较古老的歌曲，山歌也是比较开朗、比较开阔的。那样的歌一唱，老师听了以后比较高兴。但是你说叫我们文化考试就不行了，文化和音乐都不行，五线谱更不用说了，都不知道。到了学校以后，老师写123，我都不知道写那个123干什么。但是后来我们有几个考上了，考上了三四个人。考上了以后，学校叫我们三四个人去，其中没有文化的就是我，还有一个男的稍微差一点儿。国家为了给少数民族培养民族干部，特别是我们西藏，解放晚，跟其他少数民族相比，我们解放是最晚的，所以当时没有什么文化，所以直接叫我进去，进去以后主要是学唱歌、音乐理论，在学校里面唱的也有汉语歌。就这样开始慢慢地学习了，当时我自己还努力得不够，学习得不够。老师觉得我的声音条件比较好，所以就这样进到学校去了。

记者： 在进入上海音乐学院学习之前，您从来没有想过唱歌有这么多门道，对吗？

才旦卓玛： 一点儿都不知道。我们过去在西藏唱歌、跳舞，都是欢乐，为了玩，它的作用是什么，我不知道。到了学校以后，在老师和大家的帮助下，慢慢就知道了。开始有的人说："你去唱歌有什么用处？"我们同事有的人也说这个话，但是我自己喜欢。我也不知道这个有没有用处，我喜欢，就这样去了。到了学校，老师教育我们为什么唱歌，为什么搞文艺工作。老师也跟我说："革命里头，文化艺术也是不可缺少的，它是必须要有的，通过这些也在为党工作，为人民服务。"老师还叫我们去看电影，我记得聂耳的电影看得很多，看了以后就更加觉得他还有这么大的魅力，起这么大的作用，就更感觉自己学这个还是有意义的。那个时候西藏虽然和平解放，但劳动人民还没有完全解放。在这样的情况下，我觉得学习要有个目标。比如说唱一首歌，歌词歌颂党、歌颂毛主席，也歌颂自己的家乡、歌颂自己家乡的变化，什么都可以发挥起来。这样我就更加喜爱声乐艺术了，就更加努力地去搞。

记者：您是1959年的时候唱的《翻身农奴把歌唱》吗？

才旦卓玛：对。

记者：在上音乐学院的时候？

才旦卓玛：对。1959年，西藏解放以后有一个大型的纪录片，是北京新影电影制片厂（中央新闻纪录电影制片厂）拍的。当时他们拍了以后，里面写了这个歌，他们说："不知道谁来唱合适一点儿？"一打听，听说上海音乐学院有一个人，能不能让她唱？于是他们就跟我们学校联系，声乐系就跟我的老师讲，他们说："有一个这样的要求，你能不能行？"老师说："可以教。"那个时候，我汉语说得也不好，所以老师就一句一句地教曲子，一句一句地教词，就这样慢慢地唱出来。学完以后，他们的片子也拍完了，就叫我到北京去唱。当时是在新影电影制片厂，他们的乐团来伴奏。这首歌是表达西藏人民翻身得解放，人民对党的感情，对党的歌颂。纪录片里面有这个，解放的时候，这个歌真的是一下就出来了。我觉得这首歌虽然歌词都是用汉字写的，但他们确实对西藏那么了解，那么有感情，曲子也很上口，歌词写得也是非常好的，开始就是"高原春光无限好，叫我怎能不歌唱"，你一开始唱就能感觉到"翻身农奴把歌唱"。我唱的时候也想这首歌不仅代表我们西藏翻身农奴，高原的春光这么好，都是共产党解放了我们西藏劳动人民，得到了解放，才能有今天。所以这个感情就不一样，唱的时候，自己脑子里一下想到过去我们是怎么样生活的，现在是怎么样生活的,一下就有感情了。歌词是李堃老师写的,曲子是八一厂的阎飞老师写的,我觉得他们对西藏的文化方面这么了解,而且他们热爱西藏的文化,热爱西藏的音乐素材。歌词也是,他们能够理解我们西藏翻身农奴的心,所以他们写出的东西就不一样,真正是表达了我们的心。

记者: 后来1964年演出《东方红》,您唱了《百万农奴站起来》。

才旦卓玛: 对,《百万农奴站起来》。本来这首歌叫《毛主席的光辉》,但是后来歌词改了一点,百万农奴站起来,就是西藏的民歌。

记者: 当时排《东方红》的时候是什么样子?

才旦卓玛: 排《东方红》的时候,我还在上海音乐学院学习,刚好听说在北京排演的一个音乐舞蹈,他们说北京要搞一个大的什么活动,说文化部通知上海音乐学院叫我去。那个时候,我刚好扁桃腺发炎,医生说要住院,准备开刀。我住进医院以后,医生说:"你暂时不能开刀,因为你的白血球高,需要先治疗一下。"这个时候北京通知我们学校,叫我们去。我们能够参加也是与敬爱的周总理分不开的,因为周总理当时说了,天安门广场的各个民族里头,有各民族自己的演员能担任的,可以调过来,都让他们演。他们就来电话叫我去。怎么办呢?要不要开刀?老师问我:"你怎么办?"第二天,老师到医院里来跟医生商量。老师问我:"你想去不想去?"我说:"我想去,机会很难得的。"后来就跟医生说了,医生说:"也可以,我们给你开点药,你就去吧。"他当时想的是很快就能演完,很快就能回来,我就去了。到了北京,就参加《东方红》的活动。

到了北京以后,编导组还有几位作曲都要听我唱。我唱了好几首歌,他们听了以后由他们选。有些歌曲加跳舞不合适,所以要能跳得出来的一些歌曲,后来他们就选了这个。当时说叫《毛主席的光辉》,后来加词了,就改成《百万农奴站起来》。这首歌跳起来还是很好的,很容易的。后来他们说有点太短了,还想让它前面加一首山歌,很辽阔的,很高原式的,很远很远唱出来的那种感觉。我就唱了两三首藏族的山歌,他们最后选了一首叫《牧歌》的。前面我一个人出来唱那首《牧歌》,周围的都是民族歌一起唱起来,最后集中了以后,马上就音乐开始。当时这个歌就是这样才起来的，我觉得作为我来说，能够参加这个音乐舞蹈史诗《东方红》是非常荣幸的，也是非常高兴的，也学到了很多东西。过去我不知道我们国家有那么多、那么好的人民艺术歌曲，我到上海学习也没有听过这些，《东方红》里好多歌曲是非常激动人心的，这句唱完了以后，到下句一听也掉眼泪。所以我觉得当时参加了以后，对自己也是非常好的锻炼，也学到了很多东西，对自己唱歌起了很大的作用。它在各方面都可以反映和表现出来，这些方面我学到了很多，特别是我做人怎么去做，我觉得这些对自己来说很重要。那个时候，大家都是非常辛苦的，但是大家没有任何怨言，大家都全心全意投入到里头。我觉得那个精神，现在有的时候我回忆起来也是非常高兴的，非常好的。我们这么多演员，后台没有管服装的人，都是舞蹈演员，舞蹈多得很，但是自己的服装自己管，你自己演完了自己叠，没人管的，不像现在。我觉得这些让我在生活上、业务上、思想上都可以很好地学到东西。

记者：当时排练《东方红》的时候，您排完了也不走，还要看其他演员唱，是吗？

才旦卓玛：对。排练的时候，我们前面排完了，就可以去听其他演员唱。

记者：大家都是这样互相学，是吗？

才旦卓玛：那个时候，纪律非常好，你不走，任何人都不会走的，老老实实在那儿。那个时候的纪律确实是非常好，所以能够排出《东方红》。我们敬爱的周总理亲自指导、亲自导演、亲自关心，所以我们好多演员都是这样的。晚上有时候快一两点还来审查，大家根本没有什么怨言，都是非常高兴的。所以通过演《东方红》，我觉得不仅自己能够在里头表达出我们藏族人民翻身解放，表现出全国人民对我们国家的感情，排练的时候对自己各方面也教育很大，启发很大，这个路可以走。

记者：您取得了这么多的成绩，一般说来可能就会留在大城市，比如留在北京或者是上海，为什么会选择回西藏？

才旦卓玛：我开始到学校来的时候也没有什么想法，在北京，在上海，没有很多想法。我们见到了敬爱的周总理,总理到上海也来了,在北京也见到了。他问我:"你快毕业了吧?"我说:"快毕业了。"周总理说:"你毕业以后回西藏吧。"我说:"我不知道。"他说:"还是回去好,回去好好为西藏人民服务,现在西藏更需要你们这样的人去工作,也能很好地发挥你们的作用。你回去搞文艺工作,还有你唱歌,你的味道会慢慢淡薄,所以你要回去,你的这个酥油糌粑味道就还会保留的。"总理讲了以后,一下子我自己想,对,我要回去。当时中央歌舞团、东方歌舞团,他们都说:"只要你说你要留,我们一定会想办法把你留下来。现在我们也不好说。"我说:"我不留了,我要回去。"我觉得现在回过头来看,当时周总理的教导和周总理的关心,回到本地区我觉得很值得。我过去藏族歌曲会唱一点儿,肚子里的东西还是很少的,回去以后,跟西藏人民在一起,对自己的事业帮助很大,提高很多,在我们藏民族的文化艺术和歌唱艺术方面,自己能发挥更好的作用。

有人问我:"你后不后悔?"我说:"我不后悔,我值得,我能够在家乡的文化艺术上做点工作。"这个也是党对我们的要求,我自己也是这样的,我永远记住周总理的教导,总理当时给我指的这条路是非常正确的,所以当时回去了。他们问:"你留不留?你过来吗?"我说:"不来了。"我觉得我不后悔。

记者: 回到西藏是进入西藏歌舞团吧?

才旦卓玛: 西藏歌舞团。

记者: 回去的话,跟这边演出的机会不一样吗?

才旦卓玛: 我们那边演出都是要下乡的。西藏当时交通不便,五几年的时候也不大通什么车,但是大家骑马也好,走路也好,心情都非常愉快,一边唱,一边走,到什么地方,把老百姓组织起来演出。西藏歌舞团分几个团都要下去,每年都要巡回演出。好多老百姓知道我在内地学习过,那个时候我因为演过《东方红》还算有点小名气,他们都说我是不会到西藏来的。我跟我们团一块儿下乡,他们说我也来演出,大家都来围着看,他们说:"我们没想到你还回来。"我说:"我不回来,我到哪里去?"我们开玩笑。大家有这样的关心,我觉得我确实值得,跟他们一起又唱又说我们家乡的变化,这些对我来说是非常好的。他们觉得才旦还是回来了，还是不错。所以我非常感谢敬爱的周总理对我的指路，自己就下了决心一定要回来。

记者：周总理说的"你的味道会慢慢淡薄"是什么意思？

才旦卓玛：在城市里时间长了，西藏歌曲的特色就慢慢淡薄了，应该到本民族地区，在那里生根开花，然后更好地发挥它的作用。当时我也这样想，我能够有今天这样子，没有我们自己民族的特色是不行的，大家都一样的东西也不会受欢迎，还是要有特色一点儿，这个是很重要的。我们国家有56个民族，56个民族的文化艺术是非常丰富的，我们各民族都有自己的特色，掌握了是很好的。那个时候，一九六几年，出去的时候也很多，要求出去要有本民族的东西，舞蹈也好，音乐也好，都要有本民族的东西，代表性强。所以我觉得这个很有意义，就这样一直搞下去了。

记者：您那时候有多少时间在下乡？

才旦卓玛：我们一年可能三四个月都在下乡。下乡生活，同住，同吃，同劳动，同创作，都是这样的，大家创作出的歌曲和歌词都是很好的。说老实话，没有感情是写不出来的，没有生活也是写不出来，必须要有生活才可以。我自己也是，我过去跟着爸爸他们乱唱，基本上都是唱我们藏族的民歌，一直没有丢掉它的特色。别的歌我也唱不好，人家唱得非常好的歌，你唱不见得能唱好。我们刚开始唱通俗歌曲，都跟我说："你完全可以唱，适合你的声音。"我说："我唱是会唱，但是感觉很别扭。"后来我给老师写了一封信，那个时候我老师还在学校，我问："现在演出，人家都要唱通俗歌曲，我唱什么好？"我的老师非常好，她说："你干什么？你唱你的歌，才旦卓玛，你去唱别的歌，你唱不了。"我觉得老师说的是真的，有些歌曲我也唱了，但没有那个味道，出不来，所以心里有点难受。从那以后，我就没有这样的想法了。老师跟我说了这些话，我自己也这样想，我们56个民族，这么好的风俗，这么好的音乐，这么好的唱法，大家都唱起来多好。现在我们的国家，大家能够一起唱。

记者：流行歌曲是一九八几年的时候？

才旦卓玛：一九八几年的时候。

记者： 您写信的老师是上海音乐学院的王品素老师吗？

才旦卓玛： 对，王品素老师，一直是。我毕业回去以后经常跟老师有联系。有的时候嗓子不舒服了，唱多了，也给老师写封信，她就告诉我要注意哪些。

记者： 老师真好。

才旦卓玛： 在学校里，真正是当成自己的亲生母亲一样对待。我从老师身上学到了很多做人的道理。老师过去跟我也说过，她说："你一定要脑子里记住，你唱得好，大家都很关心你，大家都欢迎你。不是你才旦卓玛怎么样，是你的歌包含了大家对西藏人民的爱，通过你的歌曲，大家了解了西藏和西藏人民的感情。你要记住，不是你自己怎么样。"老师点点滴滴地给我提醒。我成长的过程当中，遇到好的老师，还有很多老一辈的文艺工作者，大家对我成长的帮助和支持是很大的。我一个人怎么说也不可能有这个力量，有了大家的帮助，大家的支持，大家的鼓励，我可以慢慢提高。

记者： 我看资料，好像您刚开始练声的时候不会发音，她就让您唱藏语。

才旦卓玛： 对。刚刚到学校的时候，汉语说得不太好，练的时候不顺。我们那个地方没有练声，都是一开口就唱歌。老师说我唱的声音不太能出得来，有点闷在里头。后来老师让我一段一段从低到高、从高到低地练，词是用藏语来唱，从低到高这样练，一唱藏语，意思就出来了，声音就打开了。所以老师当时在我的身上确实是非常辛苦的，我那个时候又没有文化，汉语又说得不好，音乐理论也不知道。拿到一个新歌，老师就一句一句地教。所以我觉得确实是因为大家的帮助、培养、教育，我才能有今天这一点点的成就。

记者：《东方红》照相的时候，好像您跟毛主席一直都站得比较近。平时跟主席有很多交流吗？

才旦卓玛： 照相的位置是人家给我们安排的，刚好毛主席和朱德他们在当中，我就在这边。毛主席确实是接见过我们好几次，我从1956年开始就见到毛主席，跟毛主席握手。那个时候，我随西藏青年参观团第一次到内地来参观，

《东方红》音乐会，主席也到了，而且我们在中南海里头也演出过。作为我来说，能够在西藏解放以后，在党的培养下成长以后，给毛主席和中央的老一辈唱歌，也是感到很高兴的，党和人民把我培养出来，我能够表达感谢的心情。

记者：《东方红》的时候，总理跟您语言上有交流，主席有吗？关于唱这个歌，跟您说过什么吗？

才旦卓玛：《东方红》的时候和周总理是有交流的，但是毛主席那天接见的时候，我们纪律很严的，谁也不准握手，首长在你前面站着，你也不准握手。那天，我刚好坐在毛主席和朱德的后面，周总理就坐在那头，我们是不知道的。后来总理看见了我，总说："主席，《百万农奴站起来》就是她唱的。"后来毛主席跟我握手，我想说好多话，紧张得也好，激动得也好，说不出来。"好，唱得好！"主席说了这话。后来主席说："恩来同志，等下跟他们说说今天的情况。"那天我们应该下午两点多被接见的，后来一直等到很晚，刚好那天我们的第一个原子弹爆炸，主席他们都在看当时的实况，所以接见我们往后推了，大家一直在等。总理说："好！主席，您走了以后，我就跟他们说。"毛主席走了以后，周总理说："大家坐下来，坐下来，一个都不准起来，都坐下来。我们自己造的这个原子弹，今天下午爆炸了。"当时一说，大家都很高兴。"不要动，不要跳，"他说，"你们把地板都要搞坏了。"总理说："刚才主席说，好消息你们是第一个听到的，今天晚上8点钟《电视新闻》就可以播出来。"周总理跟我们讲了这些，非常有意义。

记者：当时握住主席的手，您特别激动，想说什么？

才旦卓玛："您好！见了我，代表见西藏人民。"说不出来。

记者：您唱了这么多歌，最满意的是什么？

才旦卓玛：我现在还是都喜欢，我觉得这些歌曲，比如说刚才这个《毛主席的光辉》也是我们西藏纯粹的民歌，而且很顺的，那个歌词听起来是很舒服的。《毛主席的光辉》、《翻身农奴把歌唱》、《共产党来了苦变甜》，还有《唱支山歌给党听》。作为我来说，机会是很难得的，因为1963年我在上海音乐学院学习的时候，毛主席题词"向雷锋同志学习"，上海就写了这首歌。当时首唱不是我，是上海歌剧院的独唱演员任桂珍，她和朱同志是一个单位的，因为他们有政治任务，需要赶快写，写了赶快唱出来。她那个时候唱的是钢琴伴奏，我们学校里中午吃饭的时候，广播里放了这首歌《唱支山歌给党听》。我一听，这个歌挺好听，歌词把我想对党要说的话都表达出来了，很感人："唱支山歌给党听，我把党来比母亲，母亲只生了我的身，党的光辉照我心。"没有党的光辉照到我的心里，我也不可能有今天的。

还有回忆旧社会的，"鞭子抽我身"，虽然自己的身上没有，但是我小的时候亲眼看到了有些农奴被打，血淋淋的。我自己要对党说的话都可以表达出来，还有后来共产党号召闹革命，那个时候没有共产党，我们也不可能要求解放，要起来跟西藏的那些压迫者斗，那些革命道理都不会知道的。这是非常好的一首歌，我听了以后，第二天就去找老师，我说："老师，我想唱这首《唱支山歌给党听》。"老师问："你怎么想到要唱了？"我说："我反正一听这个歌，我觉得非常喜欢。"老师问："那你喜欢什么？"我说："这首歌的歌词非常好，我要跟党说的话，里面都表达出来了。我想说说不出来，但是这个词里头都有，都表达了。"老师说："这个是创作歌曲，对你可能有点不合适。"后来老师说："你一定要唱，好吧，那我就找一个学生，给你教教。"老师的学生来弹钢琴，我就跟着唱，跟他们练。下次上课的时候，老师一听，说："还可以，有点表达出来了，但是你咬字咬得很不准的。"然后就是一直唱，咬字非常不清楚，老师就一句一句地教，练得也是非常辛苦的，但是我觉得因为我心里想要唱这首歌，所以老师教的时候，我学得也快。

我们学校的声乐系每个月要搞一个汇报演出，老师说："你先唱唱《唱支山歌给党听》。"唱了以后，他们听了说："行啊，才旦！还能唱创作歌曲，还能唱这样一个新的歌。"周老师是我们的系主任，她说："才旦，可以，你唱得不错，好好练练再唱。"然后老师们说："一定要唱好，还有两个月左右。每年有一个音乐会——'上海之春'音乐会，各个文艺团体和学校都要选送节目。干脆这次送才旦那个歌——《唱支山歌给党听》。"老师说："请朱践耳同志来，给你上课的时候，请他亲自来听一下，看能不能表达出他们作曲的那个感情，哪些方面要再提高,再改正。"后来朱践耳同志说:"我很高兴,还有一个藏族同志唱这个《唱支山歌给党听》,我写这个歌,很高兴。"老师说:"朱践耳同志说,你也不可能跟汉族同志唱一样的,那也没有什么味,还要有你的特色,你的味道,唱出来就不一样。"后来老师请朱践耳同志配伴奏,跟他练。

1963年,我在上海的时候唱了,他们说觉得可以,后来上海广播电台录音,把录音送到中央广播电台。那个时候没有电视,都是听广播,后来就播放出来了,这个歌就是这样。我是非常喜欢的,我觉得它什么时候都是歌颂党的歌曲,永远可以唱的,对自己也是很好的教育和促进。这些歌曲唱了,我觉得很有希望,很受鼓励。我们演出的时候,大家说:"哎呀,你不要唱新的,你就来一个旧的。"每个观众的心情都不一样。我觉得群众比较喜爱,这些歌曲基本上群众都认可的,我作为一个歌唱演员,自己演唱的东西被群众、人民认可,对我来说是非常好的,也是对我的鼓励和教育。广大的观众认可用钱也买不到的,我觉得自己确实很幸福。

记者:《唱支山歌给党听》之前,您唱的都是藏族歌曲?

才旦卓玛:藏族歌曲多。

记者:这是第一次唱创作歌曲。

才旦卓玛:第一次唱创作歌曲。但我原来唱过民歌,陕北民歌,小歌,《茉莉花》等,这些都唱过,但是创作歌曲是第一次,《唱支山歌给党听》。

记者:就是因为您喜欢这个词,不是有意识地想唱藏族歌曲以外的歌?

才旦卓玛:我喜欢它的词,写得是非常好的,整个曲子和词配合得也很好,而且写得比较顺,比较开阔。有的歌曲不太开阔,很别扭。这首是从共产党号召我闹革命,旧社会,连得都非常好,朱践耳写得是非常好的,所以我觉得能够成功,自己能唱下去,作曲他们考虑得非常周到。

记者:在您的歌唱生涯中,还有什么事是您感触比较深的?

才旦卓玛:我觉得歌唱生涯里,现在我们藏族年轻一代的歌唱演员都已经起来了,她们唱得还是很好的。一代一代已经成长,一代一代来唱这些,你们肯定听过好多，再加上我们藏族也有新的歌曲，他们写的表现现实的歌曲也是不少的，像《青藏高原》这些，等等，这些歌曲都是非常好的。藏族年轻的一代都成长起来了，唱民歌的，唱通俗的，都能够代表党和人民。

记者：咱们说说"才旦卓玛艺术基金会"吧，是哪年成立的？

才旦卓玛：不叫"基金会"，叫"基金"。我到澳门去演出，澳门的一些朋友设立了一个"才旦卓玛艺术基金"，因为他们觉得对西藏，不是说对我个人，帮助我们西藏在音乐方面设立一个基金，能够发挥它的作用，有更多的年轻歌唱演员，也可以写出更多新的东西。我们去的时候也没有想到他们会用我的名字，就是为了西藏的文化发展。澳门的同胞当时给了我们一些资金，钱数不多，但是它能够启蒙。然后就慢慢地搞，回来就搞了几次基金的演唱会，发现新人新创作，搞比赛，还是可以的。

记者：基金是从哪一年开始的？

才旦卓玛：澳门回归以前。

记者：这个基金每年都搞？

才旦卓玛：不是每年搞，我们搞活动的时候去一些地方，给一点儿赞助。基金的钱有利息。因为个人成立基金会，钱数又不到基金会的那个钱数，所以叫"艺术基金"。我们西藏文联有个"珠穆朗玛文学基金"，活动的时候，我们就一起搞。我们做得不多，有这样一个方向，有这样的路。

记者：您到过世界上的很多国家，唱的都是藏族歌曲，他们喜欢吗？

才旦卓玛：喜欢。我前后去了大概三十几个国家，连非洲都去过了，他们觉得我们藏族的歌唱也好，舞蹈也好，特色是非常浓的。因为我们西藏过去有一段时间比较敏感，在国外有达赖集团在那里造谣，说我们西藏的文化全部汉化了，没有民族自己的东西，自己的东西都已经毁了，等等，这些话多得很。我们那个时候出国去的地方也很多，澳洲、非洲、亚洲、美洲，我们都去了，开始大家也认为西藏的文化可能会不像我们藏族的了，结果一看演出，就知道了，他们是在那里造谣、诬蔑。当时有些藏族人看了以后也很感动，觉得还是很好的。而且我们出国的时候，演员基本上也是藏族的多，我们都是从各个院校、舞蹈学校、音乐学院等毕业的，都是党培养出来的年轻人，所以大家都很喜欢。而且我们唱的歌曲也是，他们说："一听你们唱，一听山歌，我们就感觉到了喜马拉雅山。"喜马拉雅山那么高的，声音非常辽阔，还有舞蹈，也很奔放的。所以我觉得我们出去，大家是非常喜欢的，也很需要去宣传西藏的文化，在国际上树起一个影响，我们也做了很多。西藏的歌舞团这几年也经常出去搞活动。

记者：跟国外的艺术团体有合作吗？一起做节目多吗？

才旦卓玛：这些不多的。我们过去那个时候是演出多，现在是演出、展览，西藏的民俗展览，都配合一起搞，这样也是很好的，还有西藏的藏学宣传，都在一起。西藏的文化、艺术方面，大家都做了很多工作。而且我觉得还有一点儿很好，我们西藏的文艺团体出国，到过好多国家，没有一次出过事，这么多年，我们也很放心的，一个也没有跑的，都是平平安安地去，平平安安地回来，这个我觉得也是很不简单的。达赖集团的活动多，我们到什么地方，他们都会到那个地方来，我们就快演出了，进场了，他们来宣传西藏独立，到处都有。我们的演员虽然很年轻，但是他们都很爱国，对自己的国家都爱，对家乡都爱，没有这方面的动摇。对我们来说，也尽自己的努力做点工作，所以我们出发前，大家一起在说怎么去宣传，怎么去说，怎么去搞，尽我自己的能力也搞这方面的工作。

记者：像您去国外演出，欧洲、非洲，您唱的还是这些歌颂党的歌，对吧？

才旦卓玛：民歌多，我们西藏稍微古老一些的民歌多，一般是歌颂家乡的。我去华人多的地方唱，他们说："才旦卓玛，你唱个《北京有个金太阳》，有喊的，有上台来一起唱的。我们也不强迫人家，我们宣传我们的这个也可以，但是侧重还是地道的我们民族的东西，特色的、农民的，还有过去民间的音乐，民间的词都很好的，这些东西多一些。也看，在有些国家我们唱歌颂党、歌颂毛主席的。我到新西兰去很有意思，新西兰的华人也多，新西兰有汉语广播，他们就说："才旦老师，你一定要唱《唱支山歌给党听》。"我说："我没带伴奏带，怎么办？""没有关系，你就唱一段也可以，你在舞台上唱。"我觉得那边的华侨也是热爱祖国、热爱党的，他们有感情。我觉得他们说这个不是死乞白赖地说，他们是带着感情来讲的。我们听了很高兴，他们就做了一个广播，广播里，我讲了几段，然后他们讲，唱一段，然后又讲几段，还是有些影响的。

记者：您得了好多奖，被称为"世界屋脊的歌唱家"。您还得过"金唱片奖"，是吧？

才旦卓玛：对。

记者：得过很多奖。

才旦卓玛：这些都没啥。"金唱片奖"是大的吧。

记者：是咱们国家的？

才旦卓玛：咱们国家的。1963年，我去参加世界青年联欢节，刚好那个时候我们民歌的比赛取消了，不取消我还可以得到奖。

记者：像这次获得"中华艺文奖"，您觉得对您来说跟其他的奖有什么不一样呢？

才旦卓玛："中华艺文奖"的评委对我这样关心，但我觉得我自己很多方面做得还是不够的，他们给我这样的鼓励，对我这样的鞭策，我想这不仅是我个人的事儿，也是对我们西藏的文艺工作者和西藏文化工作者的鼓励和鞭策。大家对我这样地关心，这样地支持，不是我个人的问题，也是对我们整个西藏的文化艺术的关心。

我是很幸福的，像我这样的人，当时的机遇也很好，我第一次参加工作就是刚解放，藏族人也很少，这样的情况下，我能够参加。当时的情况是我们藏族出来的也很少，唱的跳的有，但是我们交通不方便，出来宣传又不多，我自己从学校毕业以后，基本上还跟国家有联系的，一直跟大家合作演出，国外也去了，所以我觉得我是很幸福的。

记者：我们还有一个希望，请您用尽可能短的话，用一句话总结一下唱歌或者是音乐对于您来说意味着什么呢？

才旦卓玛：我想唱歌和音乐对我来说是我生活当中不可缺少的。因为我通过唱歌来走这个艺术道路，所以就像我刚才说的，这个对我来说是不可分割的。我也想尽自己的力量，还是要好好地做，还是要在这个路上好好地走，唱好，给我们藏族更多的年轻人关心，给他们帮助，我们互相交流。这些方面，我自己在努力地去做，就是这样子。

唱歌我非常喜欢，我虽然年龄这么大了，我想如果允许的话，继续好好地唱歌，好好地为大家服务。我唱了一辈子，我现在还要继续再唱。

（采访记者：张涛　陆海空）

（照片由获奖者本人提供）

朱 琳

记者：朱琳老师，您14岁就开始演话剧了，你觉得对于塑造一个角色来说，最重要的是什么？

朱琳：塑造角色首先要体会人物，他的性格、他的经历、他的所作所为，特别是他的人格很重要，首先要理解这个人物，要去做各方面的工作。我们演《雷雨》的时候还要写人物传记，根据这个剧本提供的、它还没有写到的，自己编。比如说鲁侍萍，她30年最痛苦的一些主要经历，我们都要做案头工作，把它写成文字。

记者：在您的表演生涯中，您感受最深的是什么？

朱琳：感受最深的是，我觉得作为一个演员很有意思，有意思在哪儿呢？就是说古今中外的人物，特别有代表性的人物，我要用我的身心、思想在舞台上把她形象地表现出来，我觉得这是我最大的喜爱和安慰，所以我的一生就是爱我这个职业，我特别爱它。有人说我是什么天才，高尔基说没有什么天才，所谓天才是高度的爱好和不懈的努力，这叫天才，我应该说是高度的爱好。我6岁就开始了舞台生涯，当时还没上小学，还是校外生呢。学校发现我嗓子特别好，就让我代表学校去参加连云港儿童的演出纪念。这是我6岁开始的，我就是喜欢唱。我小时候，妈妈在海州的教会学校做工友，每天带着我，哪个课堂唱歌，我就到哪个课堂去听。我妈妈说我有一副好嗓子是哭出来的，因为我小的时候没有人看，妈妈要上班，就拿绳子把我捆起来，我就整天哭，所以我母亲说我的嗓子是哭出来的。

记者：您演了那么多角色，比较满意的是哪个？还是说都觉得很好？

朱琳：我倒没有觉得都很好，总的来说我演了几十个人物，绝大部分是我很喜爱的。一定要爱自己的角色，要喜欢自己的角色，要了解自己的角色。我觉得我演了这么多的人物，大部分我都非常喜欢。我最后一个戏是去年演的，几分钟，因为我要求也不能演多了，我已经90岁了，就是演《甲子园》中的那个老太太，有点痴呆的老太太，那是我的最后一个角色。我这辈子演的这些角色，百分之九十九我都喜欢；有个别的不是太喜欢，但是分配给我演，我就应该演。

记者：您的台词一直是最好的，而且好像有了新演员还给培训。我想问一下，您这个台词是自己慢慢摸索出来，还是有老师教，您这个独特风格是怎么形成的？

朱琳：应该说也没有专门的老师教。有一篇文章叫《我的戏剧大学》，我的成长基本上是在抗敌演剧队，就是周总理、郭沫若、田汉、洪深领导的，在汉口。1938年，我15岁就参加了。那里头有很多能人，很多都是我的老师。我演的第一个戏好像叫《家破人亡》，第二个戏就是《木兰从军》，演了不少戏，因为我在那儿待了五六年。后来，我在新中国剧社的八年中，随着抗战的发展，我不停地演了很多戏。我很幸运，我遇到了很多好的导演，他们都是很年轻有为的。张水华，第一个导演，还有舒强。张水华就是我们国家第一个导演《白毛女》的那个，他叫张水华，后来就叫水华。他那个派系严肃极了，对于我来讲是了不起的课堂，从怎么塑造人物，怎么说台词，一举一动，他们都很严格、很仔细地要求。所以我在的这个演剧九队，就叫作"我的戏剧大学"，我写过一篇文章。

记者：您还写过一篇文章，说您跟洪深先生排戏，懂得了体验与体现的表演体系，克服了单纯体验的自然主义表演。

朱琳：我应该说非常幸运，洪深是我们中国的第一个大导演，是第一个到美国去学习的。他到美国开始管服装、管道具，后来他逐渐学表演、学导演。我非常幸运地在他的导演下排了三个戏，应该是说四个，有一个是他编剧。第一个电影也是他导演的，叫《弱者，你的名字是女人》，所以我说我幸运得不得了。后来就遇见了新中国剧社的瞿白音，刚才我说的舒强、水华都是后来的大导演。后来我到了人民艺术剧院，又是四大导：焦菊隐、欧阳山尊、梅阡、夏淳。一个演员很重要的就是遇到的导演能启发你，洪深先生就是启发我如何去体验，但又要体现，你光体验不行，你得表现出来，要不然观众知道你干吗呢？你在形体上、在声音上、在台词上都要对这个人物有所表现，这样观众才能看得明白，你这个人是什么样的人，是要干什么。当时，洪深先生完全是作为一个老师来教我们，他就是我们的老师，应该说是太老师。他最后得了癌症，去世了。在北京，我还到他家里去看他，十分痛苦，睡在床上，疼得不得了，我就哭我这个启蒙老师。在上海，他导演我拍了一部电影，叫作《弱者，你的名字是女人》，编剧是欧阳予倩。所以我说我这个人够运气的，都是遇到大导演、大编剧。后来洪深又写了一个戏，我们演了。

田汉也给我们写了一个戏，我演了田汉的《抗日战争》。1942年，我在演剧队，桂林成立了新中国剧社，都是党领导的。田汉写的《秋声赋》里面有一首歌，他为什么让我去演呢？我在九队时，他听过我唱歌，说我歌唱得不错。这个戏里有两首歌要唱，所以他就把我从演剧队借到新中国剧社，演他这个很有名的戏——《秋声赋》。后来又演过他写的更有名的戏，叫作《丽人行》，在无锡演的，也是洪深导演，从上海请了很多名家和党的领导到无锡。我们住在无锡，他们到无锡去看，然后我们到上海演，连演40场，场场客满，而且黄牛特别多。所以我说我这一生，没有这些大家，没有这些伟大的导演，也没有我朱琳。

焦导演给我导了三个戏：《虎符》、《蔡文姬》、《武则天》。第一说明他对我的信任；第二是他对我的启发和帮助。我屋里有一首诗，爸爸写的诗，就是写我、郭老和焦老，那诗写得很好，你们可以到那儿把它拍一下，我很喜欢那首诗。我这一生，我觉得我太幸运了，很不容易的，我遇到这么多好的导演，没有这些导演，也没有我。我还遇到像演剧队、新中国剧社、北京人民艺术剧院。我还要补充一点，我从上海到北京来，是在中国青年艺术剧院，让我永远不能忘记的一个人，就是孙维世，她给我导演的是《钦差大臣》，她还给我导演了另外一个现代戏。她很惨，在"文化大革命"中，我碰见了她一次，在医院里，她当时就说"你真幸运"。不久，(她)就被"四人帮"抓到监狱里害死了。她给我导的另一个戏就是《保尔·柯察金》，我演柯察金的老婆。我到北京，开始的一两年在青艺，后来因为我的爱人在北京人艺，所以我又要求调回到北京人艺。

记者：《蔡文姬》好像有很多中国传统戏剧的元素放在话剧的里面，这个你们当时是怎么做的？

朱琳：我们从《虎符》开始就学习了很多京剧的动作，我们每天都练，而且请京剧名家来教。那个时候请过裘盛戎，请过赵荣琛，赵荣琛是"程派"，来讲京剧，我们还练，手眼身法步都得练，每天早上练。开始的时候，大家都觉得可笑，很多看我们排戏的人都乐了，这是京剧还是话剧？焦菊隐也不管，你们想怎么做就怎么做。那个时候水袖很长，我们都要学，我们看哪个动作合适，就从那么多京剧动作里头挑选一些比较适合人物思想、感情、动作的。后来到《蔡文姬》的时候就比较好了，什么叫"比较好了"？就是更消化地去吸收京剧的表演。原来袖子这么长，后来只有这么短了，很多动作跟生活更接近了。《虎符》的时候,也有人觉得到底是话剧还是京剧?就说是生搬硬套。到了《蔡文姬》的时候,有选择地吸收,跟生活更接近了。到《武则天》的时候,干脆没有袖子,就那么一个小袖子,我后来就要求一个大的披风,为什么?因为演那个不大好表现,后来导演批准了,给我做了一个,非常漂亮,我就运用这个披风来表现人物的一些思想感情。就是从《虎符》、《蔡文姬》到《武则天》这三个戏,焦菊隐导演,都是郭老编剧,那首诗里边都有。

记者:最后一个问题,请您用一句话概括,您觉得表演是什么?

朱琳:表演应该说是把人的生活、把历史、把现实通过形象的表现,形象地传达给观众,而且把它美化了、深化了、升华了。所以这个戏为什么观众爱看呢?包括电影,就是说都是根据生活把它形象化、美化地表演出来,所以能得到观众的喜爱和接受。

(采访记者:张涛 陆海空)

(照片由摄制组提供)

吴良镛

吴良镛：一般地讲，建筑是一个综合的学科，又是工程，又是科学，又是艺术，又是人文，等等。话是这么说，大家似乎也懂，似乎也不懂。我们专业人当然知道里面有些什么东西，非建筑专业的人常常弄不清楚，"综合"代表什么？我写这本书是因为在"文化大革命"中把建筑物糟蹋得一塌糊涂，也破坏了很多东西，错误地加以批判。"文革"过去了，我有机会代表建筑学会访问了墨西哥的国际建协，参加了一个会议。当时我国跟美国还没有建交，美国的建筑师学会邀请我们到纽约、波士顿等城市访问，在"文化大革命"中闭塞的眼界又开阔了,知道了当时国际建筑界在关心什么。

后来我又到西德去讲学,了解到西欧建筑发展的一些情况。记得有个学术团体要了解中国农村的发展情况,研究"丝绸之路"与中东文化、中国文化,还有伊斯兰文化等的关系,所以从北京到西安到新疆,等等。在这种情况之下,使我在"文革"的闭塞后和建筑界接触很多。那时候,我被选为"文革"后中国科学院学部大会的成员之一,就是现在的院士。"文革"后开学部大会,我有一个想法,就是建筑的发展必须要走科学道路。这个科学道路怎么走?我自己提出的问题,并没有得到明确的答案。在这个时候的追求当中,我得到一个概念,既然建筑是由综合科学、艺术、人文等这么多方面组成的,为什么不能就建筑组成的各个方面来加以一一分析,在这个基础上再来概括建筑是什么。那时候的潮流,我觉得建筑界都在谈论这个问题。

那时候还有一件事情,我到墨西哥和日本等地考察之后,中国考古界有个比较大的发现,就是在陕西省西安的半坡附近有一个姜寨,它是新石器时代的一个聚落。什么叫作"聚落"呢?简单来讲,就是人从穴居野处慢慢地定居下来,时间大概在新石器时代,人在一个地方待下来,都要把地弄平整、弄好,要能定居,慢慢学会种粮食,等等。他要居住,他要会盖房子。所以这个聚居是很重要的一点。我们说"建筑"这个概念,当然,建筑就是盖房子,不成问题,但是盖房子要涉及一系列的东西,要平整土地,要种粮食,要大家聚居在一起,等等。所以聚落是一个最基本的概念,你有了聚落,当然要盖房子,盖房子本身就是一个技术,就是一个手段,最重要的是人在一起生活,人在一起生活,这才是建筑的要地,就是我们说的聚居。聚落的英文是 Settlement,我们就叫"聚居"、"聚落"。

这个概念建立起来之后,要从各个方面了解建筑,因此就联系到要分析它的文化,分析它的技术,分析它的科学,分析它的地理环境,分析它的科学的形成,分析它的艺术的成果,包括教育,包括组织,等等。这里面就有问题,你不是分析有些什么综合的要素吗?这个工作过去还没有怎么做过,没有人特别对这个问题加以研究。我把这个分析完了,最后才做一个比较集中的解答,就是人要通过各个方面的活动，各类的活动，才能形成一个农村、小城镇、中等城市、大城市，等等，所以它是社会的一个缩影。社会怎么样？社会就是有这些东西才能组成的。我后来叫它"广义建筑学"，"广"就是广阔地来看。这个就是在"文革"以后，改革开放开始，各类专家都想从自己的专业来看，怎么样促进科学的发展，社会的发展，文化、技术的发展，经济的发展，等等，因此我起名为"广义建筑学"。爱因斯坦不是有一个"广义相对论"吗？就是用这个词，用这个词，当初也有人不理解。

我有这个思想之后，又参观了一些中国和外国的聚居，比如日本的大阪，等等。1985年，自然科学基金举办了一个座谈会，谈的是建筑的未来，我感觉到需要用我这个概念来解释建筑的发展。因为我是从历史的和现实的建筑建设要素来分析，最后看出建筑未来的发展。我的观点得到了学校和建筑界很好的反应，就写成了书，我大概写了三年，书出来的时候是1989年。这本书出来之后得到有关方面的反应，都认为这个概念是一个创新的概念。后来台湾出版了繁体字版。现在已经有20多年了，意大利准备出版意大利文版，台湾已经有了繁体字版，还有特别专访在杂志出了专号，还准备出版英文版、俄文版。就是这么一个最浅薄的东西，就是一个概念，你抓住了，才抓住了继续深入下去得到的结果。

记者： 您的意思是说这个"广义建筑学"是从多角度谈建筑，从专业思想上得到解放，进一步着眼于人居环境。

吴良镛： 对。"广义建筑学"概念提出之后，随着时代的发展，这个也有国内和国际的影响，我还在继续探索。曾经有人提出你说广义的城市发展是怎么样的？后来就是在"广义建筑学"的基础上，还有其他的，例如"广义经济论"，等等，我也是在深入地思考这个。当时是改革开放初期，探索中国的建筑和社会经济的发展道路，总的来讲就是对建筑不满足于原来的一些理论或者概念，要根据中国的实际情况、中国的社会发展需要来看中国建筑的未来。我们在起初探讨这个问题的时候，也就是中国科学院在1992年、1993年的时候提出，希望我讲讲建筑的发展。那时候我们在提出、探讨建筑学科的发展问题。这时联合国在巴西里约热内卢召开了一个人居会议，当时李鹏总理也参加了，讨论人类的居住问题，出了一个文件《二十一世纪议程》。这个文件在开头就讲到人类的聚居，把人类的聚居分成七条，进行定义、解释。《二十一世纪议程》发表之后，我看到后非常高兴，因为它讲的聚居正是我们以前认为建筑学概括不够的地方——它只是房子，或者是大一点儿，大房子、高房子，或者漂亮一点儿，豪华的房子，等等，是房子的一种构造。早在1946年、1947年，清华大学建筑系创办的时候，梁思成就说过把建筑叫作"建筑"是日本人，是从日语翻译得来的，这个翻得不好，他总不满意。它的英文是 Architecture，最早的时候是希腊文，是 archi 和 tect，意思是大的技术，巨大的技术。1950年、1951年，梁思成就把"建筑系"改为了"营建系"，中国老话"经之营之"，就是盖房子，《诗经》里的"经之营之，庶民攻之"。

《二十一世纪议程》确实在名词上和内容上充实了建筑学。那时候我太高兴了，准备在科学院作一个报告，就是讲建筑的发展情况，我们在未来的建筑学里要讲人居的科学的思想，也就是要将国际大会对"建筑"的重新定义写到我们的文献中。1993年，在作这个报告的时候就将这一观点提了出来，要提倡人居环境，叫人居科学、人居环境学。提出之后就得到当时《中国科学报》的注意，被列为头版头条。我们为什么不再单纯讲"建筑学"？因为它做了更高的理论概括，解决了我们多少年来没有解决的问题。我们把这个名词提出来，当时也就是想讨论讨论，是一个试探的心理，结果得到了《中国科学报》和社会上的认可，因此清华大学党委在1993年、1994年的时候决定成立一个人居中心。党委扩大会谈到这个问题，那时候跟我说了，因为我对成立一个中心专门来做这个问题的思想准备还不够，所以1994年，我说再思考思考。到了1995年，我说可以成立了，因此在1995年就正式成立了人居环境中心。

既然成立了人居环境中心，必须要有理论建设，理论建设非常必要。1996年召开国际会议。里约热内卢的会议是1992年召开的，人居环境中心是1995年成立的。"中心"成立之后固然要组织好多的活动，更重要的我感觉到你提出一个问题来，没有一定的理论建设是行不通的，所以2001年就出版了一本书，叫《人居环境科学导论》。叫"导论"是因为已经提出人居环境科学了，这个科学怎么发展？后来又出版了《人居环境科学研究进展》。今年我出版了《人居环境名义是人居》，就是这个思路，是这样来的。这个思路的发展说明，在建设实践中，你要不断地促成理论的形成，把有些思想、有些东西一并推向前进。

记者：1999年国际建筑师协会举办的第20次世界建筑师大会在北京召开，通过了您起草的《北京宪章》。

吴良镛：对。

记者：您还针对《北京宪章》写了《世纪之交的凝思：建筑学的未来》。您说一说《北京宪章》想要表达什么思想。

吴良镛：国际建筑师协会大概是1948年成立的。1955年在荷兰海牙召开第四次大会时也邀请了中国的建筑师参加。1955年对中国说来还是挺重要的，因为1949年新中国成立，那时还没有一个国际的学术组织承认中国。协会里有一个华裔的法国建筑师，他认识当时在巴黎的协会理事长，他到中国来，邀请中国人参加。中国是第一次参加国际学会组织，因此政府很重视，周总理、陈毅副总理都做了指示。我们1955年到海牙参加会议，后来中国建筑师杨廷宝曾担任协会的副主席。"文革"期间一度中断，我刚才说我到墨西哥参加会议，就是在"文革"之后，我也曾一度担任国际建协的副主席。

我们多少年来参加这个会议，强烈要求在中国举办一次，好不容易才批准1999年在北京召开大会。因为国际建协在中国召开国际会议的机会很难得，所以要我作为科学委员会的主席来负责这次会议学术上的事情。由于实际接触、决定得比较晚，当时我也就硬着头皮来担任此事，建设部的部长也兼协会的会长。我在这里面有一个重大的事儿就是要写宣言。一般大会开完了要通过一个宣言，这个宣言是这次大会讨论的重点，就是如何推进国际建协的学术发展。在中国召开的是国际建协第20次大会，就要到21世纪了，1999年，这个时机很重要，同时内容也很重要，确定这次大会的主题是"建筑学的未来"。叫我组织这个大会有些是具体技术上的问题，有多少主旨报告，有多少人参加，贵宾请谁，等等，其中最重要的就是宣言。而且第20次大会正在一个很完整的时间，正在一个世纪末，新世纪即将到来。"建筑学的未来"这么大的题目，这个事情就要好好做。这次会议获得批准很突然，起草这个宣言是我作为科学委员会主席的一个最重要的任务。

建筑界的世界性大会有好多，1933年在雅典召开的大会通过了《雅典宪章》。在南美洲有一个会议，前段时间中央台还特别报道了，从拉丁美洲来说也是一个建筑的圣地，会议提出了一个《马丘比丘宪章》。《雅典宪章》多少是谈欧洲的一些事情，后来文化中心又转到美国，后来到《马丘比丘宪章》，是南美洲印第安的文化，到中国是东方的文化。既然你是东方人，你来组织，我就有我的自由度了，这个自由度就是把东方的文化带出来。这些年来，东方文化在建筑方面有两件大事，第一件就是"广义建筑学"的提出，第二件就是"人居环境科学"的提出。所以我在最后回顾20世纪时就说到20世纪经过一个大建设，又经过一个大破坏。因为革命、发展等等，城市有个破坏，那么又面临着一个新的未来，就是21世纪的未来，所以就出来一个《北京宣言》。在会议召开将近半年前，国际建协的执行人到中国来开会，还到清华来，我就把这个宣言的稿子拿给了执行人来看，有几位执行人看到这个宣言后都说这个宣言太好了，是国际建协前所未有的比较包罗广泛的一个历史叙述。马来西亚的建筑师杨经文，还有其他人，认为这个应该叫"宪章"，而不是一个宣言，所以后来就叫《北京宪章》。出了一本书，有英文版、法文版、俄文版、西班牙文版，就是国际建协法定的四国语言。日本人也翻译了，因为日文不是法定语言，所以没有把它纳入进去。这就是《北京宪章》的由来。明年是《北京宪章》问世15周年，我准备写一篇文章加以说明。十八届三中全会有各种文件，学术思想跟国家的重大发展历程是一样的，要注意它的发展过程，这也代表中国的未来。

对于《北京宪章》，我不想谈得太多，因为很容易陷入专业内容。刚才我已经讲到它总结了100年来建筑的发展，这100年来有些什么大事呢？我肯定了100年来建筑领域的进步。100年来还有什么缺点呢？正因为工业发展，工业革命，以至于后来的种种学术上的流派分歧，所以我总结了主要的意思就是20世纪是一个大建设的时期，在学术上面也是如此，也是一个大破坏的时期，就是把建筑学上很多基本原理搞得有些混乱了。然后我谈到哪些方面发生了混乱，最后是未来的建筑学发展道路。发展道路当然不能讲得太具体，只讲若干条，这是建筑未来的世界，建筑学术发展的方向。我引用了中国《易经》里的一段话，有点跟西方的"条条大路通罗马"一样，中国是"天下一致而百虑，同归而殊途"，就是世界上的情况多种多样，道路也是不同的道路，但是它还要建筑的本质，还要为人民，为社会，使得生活水平提高，民生改善，等等，在这里面这是最根本的。

记者：请您谈谈"艺文奖"获奖吧。

吴良镛： "艺文"两个字有一个来历，就是讲中国的文学艺术。艺术包括雕塑、书法、工艺美术，包括建筑，是综合的，所以"艺文奖"里要给建筑一个奖，我非常赞成。原来我推荐的是西安的张锦秋先生，因为她设计的"新唐风"建筑在我们这个阶段里，特别是"文革"以后，做出了很好的贡献。我为什么赞成这个呢？拿宗白华的一句话来概括，他说："一切艺术综合于建筑，而礼乐诗歌舞蹈之表演，也与建筑背景协调，成为一片美的生活。所以每一文化的强盛时代，莫不有伟大的建筑计划以容纳和表现这一丰富之生命。""艺文奖"这个名字很好，我就不多说了。这里头包括多方面的，当然也包括建筑。在建筑里，它的背景是包含了多种多样的内容，这些都要有一个建筑的背景表现出来，这个我也不多讲了，宗白华这句话说得很好了。

我要讲的就是再深化一下，把这个再扩大一下。怎么说呢？这个"艺文"，这些建筑、绘画、书法等等，作为一件艺术品，它可以藏在博物馆里头。所以西方也是讲，中国也是讲，西方好的作品，卢浮宫、英国的博物馆等等各个地方里面藏的东西，这些东西在国外有一种说法，说这些作品是博物馆的天使。在中国也有一个说法，好的艺术品是镇馆之宝，无论在中国大陆、在台湾，在故宫博物院或其他地方，都是这样的，这是一方面。

还有我今天要特别提出来的一个方面，就是室外的空间——大自然。大自然的艺术涵盖着什么呢？它涵盖了建筑，涵盖了书法，涵盖了雕塑，涵盖了风景园林，涵盖了工艺美术，等等。这种例子太多了，比如泰山，泰山有它的雕塑，如《金刚经》，北齐的人写的，石头上雕塑了一个字，这么大，不只是在地上，有流水常常在字上面流过，如果好疏放的人欣赏，就感觉这是一部《圣经》。例如唐玄宗的《纪泰山铭》，等等。包括植物，有棵松树叫"五大夫松"，等等。它是一个更大的、更综合的艺术，它是在自然之中镶嵌的一件艺术作品。所以我说建筑跟"艺文"有密切的关系，建筑本身就是寓言的寓言，艺文大家庭的寓言。除了在房子里头以外，它还在大自然里头。好比在三峡，你过三峡的时候，三峡边上的字或者在水底下雕塑的字，原来有水库的时候，水退了就看到了。

园林协会给了我一个奖，就是要保护好大自然，保护好风景名胜区，要建设国家公园，我们的城市不仅要讲建筑，城市要发展，需要游憩的地方，休息的地方，大自然的美好环境也要扩大。所以我建议文化部门不仅仅是本部门管辖的内容，好比文学、戏剧、雕塑、工艺美术，等等，还要有一个观念，就是把大自然——我们所处的环境，都涵盖在"艺文"之内。

一般说"风景如画"，看到小桥流水，像画一样，也像是诗，诗画本来就是同源，是一个问题的几个方面。文学家用文艺的笔墨或者是诗篇来写自然美景，艺术家按照艺术的方法创作。所以我说艺术就是我们生活的环境，要努力使人们在里面适宜居住。你就说要健康的生活，雾霾就不适宜居住，噪声不适宜居住，高楼挡着阳光不适宜居住，在街道上行走几乎过不了街，或者是随时都有一种灾害性的威胁，那就不适宜居住。除了要把这些排除，要适合居住以外，更要人们在精神上有美的享受。所以"艺文奖"，我们提倡的"艺文"不能就是在纸上的东西。纸上的东西好的有价值，有些不好的也没有价值。你看报纸上登的好多所谓的名人画作，谈不上什么价值，所以我要讲的是，除了博物馆里头的天使，或者中国博物馆的镇馆之宝，我们还要在大自然里有美的感受。中国的园林风景区比世界各国都要有了不起的内涵。美国的黄石公园或者大峡谷等地方，它有风景，当然也有少量的雕塑，例如四个总统的塑像，等等。但像中国这样以一种审美文化或者说"艺文"作为大自然的主题，一个最精彩的像诗画一般凝结在大自然之中，文学、艺术、书法这些东西都交织在一起，这是很了不起的。现在不断地宣扬我们要复兴中华文化，这个复兴是一个总的方向性的。复兴在哪些方面表现出来呢？你的"艺文"在哪些方面表现出来呢？表现在博物院里头，多加一条，表现在大自然里头。

记者：您有一篇文章《最尖锐的矛盾与最优越的机遇》，反对西方一些比较畸形的建筑。现在中国接受西方的建筑，或者说现代化，我们想问问吴先生，您觉得传统建筑的现代化之路应该怎么走？

吴良镛：你要我具体地说哪件事如何，这个不容易谈，比较琐碎了。我为什么讲"最尖锐的矛盾"和"最优越的机遇"呢？最优越的机遇，现在是一个大时代，党中央号召建设美丽中国，要复兴文化，把中国的灿烂的文化，当然还要吸收西方的文化，这是无疑的，但应该吸收的是优秀的文化。

记者：您认为传统建筑应该怎么走现代化的路？

吴良镛：这个问题说来长了，不是一天两天、一桩事两桩事所能解决的。一是我们要有一个总的、正确的方向。例如在改革开放初期，我们要与西方接轨，在当时是不错的。在"文化大革命"以后，我们要向西方学习，要有优秀的东西，但是接轨就不能说了，否则这火车头不知道要开到哪里去了。这不是一个具体问题，我觉得包括教育，包括公共艺术，包括文学，包括艺术，总的方向要明确。如果说自己的同胞对自己的文学艺术、绘画等还不清楚，没有那个修养，引导人家盲目追求西方是不行的。我不是说不要吸取优秀的，西方的博物馆有的是，学术名著有的是，就是要有一个比较长期的积累，而不是哪些事儿怎么样就能解决了，这是一个很长期的任务，这是一个非常广大的任务，包括小孩子的教育。例如我们在上大学的时候，语文就是国学，还是一门课，现在一般都没有了，听说现在又要恢复。对自己的文化不是说盲目地自高自大，而是要我们的教育——小学时代、中学时代、大学时代，都能对中国的文化打好不同的基础，那么他自己就能吸收，而不是说这个好，那个好，弄不完的。他自己有这个修养，有这个欣赏能力，他就能够吸收，同时他对西方的并不拒绝，而是很虚心地学习，他就能创新，这是最根本的一个事。

记者：2006年的时候，您带队做了一个科研项目叫"北京2049"，现在一直在做吗？

吴良镛：现在还在做。说来话长，北京市最初有一个争议：是在北京城建立中心，还是把中心拿到玉渊潭所谓"新北京"那一带的建筑中。这个争议现在还有人说，我觉得那些都是过去了，事实证明，那么个决定本来多讨论讨论是可以避免的，但是没有，匆忙就决定了。多少年来，北京遭到不同程度的破坏，这个破坏在50年代、"文革"以前还是没碰到什么建筑了，碰到城墙，有争议，现在连胡同什么的都要拆光了。拆光了还是什么北京？还有什么伟大的首都？历史就不存在了。我们的首都是几千年形成的，包括做首都，它是怎么样的？元代以前，金代是怎么样的？它是一年一年累积起来的，你拆起来很痛快，一口气拆了，下一代就吸收不到这种文化背景的熏陶，就不理解这个文化了。所以我对这个问题是这样的看法，不一定对。

记者：您还说过一个真正的建筑大师不是看他设计出了像铁塔那样流传百世的经典建筑，而是看他是否能让自己国家的老百姓居有定所，为什么这样说呢？

吴良镛：就是说现在的建筑师要想到我们未来的老百姓居住生活是怎么样一个情况。

记者：您现在92岁了，清华大学学生"人居环境学概论"的第一节课，您还去给他们上。

吴良镛：对。

记者：为什么？

吴良镛：我是教书匠嘛，就是作为一个教师，没有什么为什么，作为职责，本能地希望把自己所理解的东西传递给学生，希望自己做不完的事情，后来的人能够把它做得更好。为什么要去上课呢？我今年92岁了，我去上课感觉很愉快，这是最根本的。当前的很多问题放到自己的脑筋里头，不时在想。

记者：您说过一句话，你自己一直在中与西、古与今的矛盾中徘徊前进。

吴良镛：对的。这个话很清楚，因为现在行动不方便，即使是北京市的一些活动，我也是有选择地参加。以前有机会到国外开会，都是要拿它作为学习的机会。我刚才讲我们要向西方学习，学习它的精华，也要找中国的问题所在，看有没有很好的答案，等等，这是作为一个建筑学人终身的追求。

记者：中与西。

吴良镛：理所当然的。

记者：最后问一个问题，菊儿胡同是胡同改造的一个范本，您能讲讲您改造这个胡同的思想吗？

吴良镛：中国的一个城市或者聚落，从聚落到城市，到大城市，到都城，它的宫殿、它的庙宇、它的重要的文化建筑固然是我们要保护的，它有各个时代的文化蕴藏。除此以外，居住建筑，特别是有些地方，范围比较广的城市或者县镇，乡村的镇，都有很精华的东西。它的建成是时间一点一点地累积起来的，它是世代人付出了辛苦的劳动，根据各个时代人民的需要修建的。当然，各个时代会有破坏，战争的破坏，或者自然灾害的破坏，等等。它坏了再修，修了再不断地破坏，它的自然规律、我们建筑的规律不断地完善它。北京的胡同也是这样，各个城市有大街有小巷，北京有它的胡同，等等。你要看到有些地方的胡同是非常有规律的，例如北京的胡同，每家一栋房子加一个院子。胡同的边上就是大街，大街有一定的宽度，所以胡同里非常幽静，大街上就相应地繁荣，也方便生活。居住的院落有一定的组合方式，特别是朝南的房子，作为长辈的人住，东、西又是怎么样，它有它的规律。当然，这是符合当时家庭的一个组成。随着社会慢慢发展，新中国成立后，大家庭变成了小家庭，在这里面居住的不止一家人了，四合院就变成了大杂院。这是社会的变迁，你改变不了的，建筑应该随着社会的发展不断地前进，它要改变，随着社会进步，它用它的技术手段使得人民居住得更好。菊儿胡同应该说是"文革"以后就提出来了，试图在什刹海地区找一块地，因为这里头有一组胡同特别有规律。但是后来因为有其他的任务，这一块地方就没做。那时候为了加密，住更多人，就有所谓单元室、单元楼，一个楼梯住三家，四层、五层，现在更高。这样一来就把北京城破坏了。北京城很整齐，很有规律，却被破坏了。所以我从1978年起，在琢磨什刹海那个地方的胡同的时候，就想用怎么样高的密度探讨一个居住的方式，因为住的人多了，按照胡同的规律性就能盖出来密度比较高的居住区，这个工作我做了将近10年，从1978年到1987年。10年里并没有盖，只是在理论上推敲，找到一种方式，可以像盖单元楼那样，高度差不多，但是盖很多，盖院落。1978年的时候，前任市长提出危房改造，就是东城区在找的一个例子，找不出路子来，这时候我准备10年的东西，路子出来了，我就提出来，就找到了菊儿胡同。

（采访记者：张涛　陆海空）

(照片由摄制组提供)

沈 鹏

沈鹏：艺术在我们身上不是第二生命，它就是我们的生命本身。书画都以敢于发挥心灵为最高境界，互相融通，所以我有句诗叫"我从诗意悟书魂"，是融通的，这应该说是艺术的普遍规律。个性其实是普遍存在的，没有两片相同的树叶，也没有两个相同的个性。我们提出来尊重个性，就是尊重每一个创造者自身的创造力，尊重他的一种人的独立的存在。在艺术里面有一个"燃烧"的问题，"燃烧"跟我们一般说的"创作"是一致的，但是我认为更重视个性的发挥。个性的发挥并没有亵渎古人，而是在古人的巨人的肩膀上，我们能够再往上攀登。

不敢于发扬个性，不承认个性，那就取消了人文思想的核心价值。我想当前书法提倡多元化，就是各家各派都让他存在，我们现在多元化得不够。可能有的人认为现在歪门邪道太多，我不这么看，现在更多的情况是，好像看那些作品都差不多，似曾相识，实际上这些年轻人并没有把真功夫下够，把古人的拿来变成自己的一种功力，建功立业还不够。画我看得多，因为书法和绘画有共通之点，结构的原理，笔法的运用，虚实、轻重、疏密，谢赫的"六法"，从气韵开始，和书法有共通之点。我那时候没有太专门练字，但确实看得很多，我每写完一篇文章，或者写完一篇报告，我都要用毛笔写，但是我没有很好地去练帖。

我是"九一八"那年国难危机的时候出生的，我父亲是老师，我的一些亲戚文化水平比较高，从书法来说，那个年代毛笔还是比较普及的。后来我们都逃到上海，我在上海念小学，念到初中一年级，开始逃难，1943年回到了老家，继续念中学——南菁中学，到现在已有130年的历史。整个小学时代、中学时代，我要提一下什么呢？我的身体非常病弱，我不能干重体力的事情，做不到，我只能在文科方面发挥自己的能力。当时我最喜欢的还是义学，那个时候我父亲从上海带回来两种刊物，一个是《观察》，一个是《文粹》。另外，我读散文、诗歌，读古文、《唐诗三百首》，这些对我影响比较大。到了高中以后，逐渐做新闻工作，那个年代新闻工作比较能够为老百姓代言，当然也暗含着"现在社会黑暗，我们期待着曙光"的意思。写了第一篇文章《思想自由与文化》，在当时情况下，统治还是比较厉害的，我对思想不自由、对专制文化提出了意见，提出了自己的看法。

我记得那个时候书上有岳飞的"还我河山"四个字，其实也不是岳飞写的。老师在上面讲课，我就反复琢磨"还我河山"四个字是怎么写的，草书的这个笔顺是怎么过来的，我当时怎么也弄不清楚，我就描，拿铅笔描，描了几十遍，从那个时候就喜欢这种草书。教画画的那个老师叫曹竹君，第一次是临他的画，一幅不大的画，这是我的第一幅作品，在我14岁左右。临完以后，他看了非常吃惊，他说："你这个画注意到留天留地了，我这个画忘记留地了。"事后我想起来是不是我从一开始就有一种虚实的感觉，一开始在我的基因或者叫作我的潜意识当中有一种虚实结合的感觉，可能有这一点。

念了一年大学以后刚好1949年，我就不想再念了，一个原因是家庭经济不太好，最重要的一个原因，我觉得我不怎么想念这个大学了，我不喜欢老师在课堂上那么讲，尤其那个地方也没有著名教授，从内心来讲，我觉得我在那里学不到多少东西。我学什么呢？我还是回到了搞新闻上。

比较认真注意练帖的时候是接近30岁，因为在这以前，王羲之、赵孟頫、柳公权的字都练过。这个时候我感觉到自己的书法根底比较差，骨架不够好，所以我比较集中地练过一段欧阳询的字。我从小时候喜欢书画，好像对草书有一种好感，有我的看法，因为我个人喜欢的做法就是多思，举一反三，为我所用。我不认为盯着一家死死地学下去才叫作"吸收传统"，我不那么看，我认为应该从传统里面去选择自己所喜欢的那部分，发扬自己的个性，来形成自己的一种创造。

我认为于右任应该是一个开拓者，应该说在近现代达到了一个新的高度。有人说我的思路好像跟他有点像，但是我要讲老实话，我从来没学过他的字，而且我并不想学他。我可以吸收一些东西，我很佩服，但是我并不想学他。我一直相信一句话："吾爱吾师，吾尤爱真理。"我觉得"标准草书"这样一个概念把他的草书局限了，限制了他达到更高的层次。我主张书法变化要多，每一件作品都要独立地存在。

在我任职期间，我讲究团结，我的目的就是希望能够建立一个真正学术性的气氛，营造书法的可持续发展。一般意义上来讲，书法要繁荣，但现在书法仅仅讲繁荣是不够的，要提高全民的审美观念，我认为比都拿起毛笔更重要。想怎么写就怎么写，不要去想别人怎么看我，也不要去想古人是怎么写的，我现在必须这样写，不是。但是我们非常尊重古人，我们把古人的东西消化、吸收、融化，然后来写。至于你写的时候，纯粹按照你的性情来写，我们需要这个。我宁可写得不好，但是我要写出我自己的个性。当我写不好的时候，我仍然要去向古人学习，我要向古人学习好的东西。

（未采访沈鹏本人，本文根据视频资料整理。视频资料由青松纪录片工作室提供，责任导演：张涛）

(照片由摄制组提供)

欧阳中石

欧阳中石：我是一个学校里的书法工作者，因此我和社会上的许多书法艺术家不一样。"书"就是写，"法"是关于书写的规律、学问的研究，"书法"就是关于书写学问的研究。但是在流传中，人们对"书法"这两个字的理解和我们有些不一样，认为写的那个东西就是书法，我们认为根本不是一回事，概念上有混乱。我们只研究书写正规字，无论是楷书、草书、行书，什么书都是正规的，可以说我们是些小学生，不是社会上的艺术家，所以在这一点上有些出入。

记者：现在都用硬笔，不用毛笔写字了，特别是电脑普及以后，很多人都用电脑打字，连笔都不用了。您觉得这样下去，书法将来会不会消失？或者会成为一种纯粹的艺术。

欧阳中石：我的感觉是不会的。因为我们的汉字是存在的，人们交流思想最直接的是语言，但是语言要受到时间、空间的限制。把它记录下来，成为一个文字的符号，就不受时间、空间的影响了。记录下来，有一种是记录它的声音，而我们的汉字是记录它的形象，以记录形象为主，记录形象非常奥妙，非常深远。在这一点上，我们的汉字是真正的文字，有一些只是声音的符号，我们是真正的文字。这些文字很了不起，它可以漫撒全世界，都能看得懂，都能理解它画的形象，把这一个事情画成一种形象，让别人看懂，这就是我们汉字的奇妙处。所以我说我们的汉字是中华儿女智慧的结晶，既是科学的结晶，也是艺术的结晶，所以现在全世界都喜欢中国的书法，我们觉得它是在发展中，会得到全世界人民的重视。

这些年出现了电脑，为了方便，我们出现了钢笔、圆珠笔等，很好，更方便，记录起来更好了。尤其是电脑，一下子电脑都解决问题了。这样的出现好像对我们用毛笔书写有一些影响，甚至有一些冲击，其实我觉得不然，我们的社会在发展，科学技术在发展，说明什么？人们在进步。我们写字不也在进步吗？应该说写字是一切文字最基础的道理，它有根本性，它有科学性，也有艺术性，所以这个没关系。时代也在要求电脑更快地进步，不但可以传达内容，还可以传达更美好的内容。所以我说电脑的出现不是跟我们挑战，应该说我们很欢迎，书法也需要更好地发展。用手拿着笔写字，这是从原始时代开始的，电脑的出现是社会的需要，都在发展，自然就显得电脑更有力量、更快。因此有许多现象出现了，不大会写字了，只会打字了，这是一时的现象，我相信人类希望电脑能更进步，能更美一些，搞电脑的也希望我们用手写的字能给他们提供更美一些的东西。他们还有什么要求，我们尽量按照他们的要求做，双方互相鼓舞，总会起到影响，正因为你越快，所以越好，没关系，欢迎大家共同进步。

记者：有一个问题是关于书法的传承与创新的，"古不乖时，今不同弊"，您怎么理解这句话？

欧阳中石：这是孙过庭先生对于书法的一种看法。应当承认古代许多从事这方面工作的人给我们树立了很好的楷模，很好。他们是用他们的成果，我们应当在这成果最高的基础上往下走。我们对于古代的都接受，"古不乖时"，不能因为古，就和现在的矛盾了，不是这样；"今不同弊"，不要和今天的弊病同流合污。所以这两句话应该说是在治理书法问题上很了不起的两句规律性的语言。我们现在光创新，不如过去的好，不行，我们要比过去还好，而且还要更新，我们的"新"和"好"是在一起的，光新不好也不行，要"新"和"好"在一起。

记者：请您说说书法在传统文化中是一个什么样的地位？

欧阳中石：书是在表达我们的文字，文字是我们最规范的语言技术，这样说非常有必要。不是今天我们先进了，不要表达思想了，还要表达，利用文字表达，我们的书是一个重要的工具。当然可以印，印刷也是靠写出来以后印刷，所以这是一致的，不是相反的。我们看见将来的社会是书在进步，电脑更需要进步，大家都在进步中成长。我们大家共同努力，向更美好的走去。在生活中，我要说话，我要和更远的朋友说话，那就得要文字，文字就得要写，这是很正常的。书作为一门艺术来说，它要写出成品，可以张贴。人家为什么天天看旧的东西？内容还是有教育意义的。所以说我们一直生活在书与文之间，这个是不能分开的。

记者：我们以前可能把"书法"想成写毛笔字，其实在您的生活中，它不是那个意义。

欧阳中石：对。我们单纯写字吗？我们为什么写字，写什么字？这很有关系。文字是思想的代表。

记者：希望您再说一说中国文化要走向世界，书法艺术要扮演一个什么角色。

欧阳中石：我最近感觉到国外的好多朋友都提出来要学书法，觉得这是一个很有意义的事情。这说明什么？说明中华文化自然地向外扩充了。我们在世界上建了好多孔子学院，各地还在要求设立书法课，应当看到中华文化在向世界普及中，应当说世界各个国家民族都在和我们更加和谐地拥抱在一起，所以我觉得这是社会给我们的一个好现象。我们对于国外的这些朋友绝不拒绝，真诚地欢迎他们。我们也绝不保守我们的看法，我们会很好地传授给他们。

记者： 您最早开始练字的时候不是为了成为书法艺术家，对吗？

欧阳中石： 为什么党中央领导提出从小学开始练书法？要深刻理解这个问题。从小学三年级开始，我们也在做这个工作，他们很早地理解到中华文化就是这样起步起来的。

记者： 您是不是觉得书法是了解中国文化最好的途径？

欧阳中石： 最直接。比如我们现在非常强调一个"德"字，"道德"的"德"，大家都在学。怎么会成为一个"德"字呢？我们要细致一分析，太有意义了，中间一个"直立"的"直"，上面一个"十"字，下面一个"目"字，再下面还要加一横，这是一个"直"，冲天，直立向天，每一个人都要正直向上，都要完善自己，帮助别人。这是"直"，自己要保持正直，别人也需要保持正直，互相帮助。思想上要这样，下面一个"心"，不但思想要这样，行动也要这样，旁边加一个双立人，都有了。这样写起来太直了，太高了，把中间这个"四"横过来就扁了。"德"就是这样的，中国人就是这么认识"德"的。我们现在把"德"提在第一位，认为教育立德树人，这是教育的根本任务。所以我们的知识从认字开始，领会它的内容，这是大家都欢迎的，因为看到了眼里。光有声音传达，声音和客观事物没有直接联系，而形象和事物直接联系，所以我们中华的文化，大家都会喜欢起来的，我们要奉献给大家。

记者： 您提出了一个"书学"的概念，能给我们解释一下"书学"是怎么回事吗？

欧阳中石： 书法本身就是个书法的学问，就是书写的学问，所以可以叫"书学"，也可以叫"书法"，日本叫"书道"，韩国叫"书艺"，都是一个意思。书写是一门大的学问，很深的学问，也很直接的学问，所以我们要求从中小学开始都学，并不是说要求他们都成为书法家，而是要懂得中国文化，这样一个意思。

记者： 您觉得其他的各门艺术，比如说戏曲，对书法会有影响吗？

欧阳中石： 社会上出现的各种学科都是一门学问，各门学问都是为人们的生活服务的，它们之间必然有关系。但是写字，字和人是一样的，它(他)有它(他)的行动，坐卧的姿势，也有它(他)的形象，它(他)的精神，所以自然有相合之处。音乐要有韵律，书法也有韵律；戏曲要有姿势，我们的字也有姿势；演出时都需要把眼睛睁开，我们的字有时候也需要把眼睛睁开，都是一样的道理。不但是艺术和艺术相通，艺术和其他学问也都相通，所以我们学书的人要懂得它的规律，要学它的法。学什么都得学它的法，物理是学它的法，化学也是学它的法，都在学规律，这个规律通了，也就能理解那个规律了。所以人类的生活和人类的各种学科都是在一起的，书法这门学问就是其中的一种，通过它也看到了其他各种。

记者： 您说写书法时也要把眼睛睁开，或者是说一个字把眼睛睁开，能具体举个例子吗？

欧阳中石： 比如欧阳询写《九成宫》字帖，你看他上面那个"白"字，是一撇，一个方口，中间一横，这一横要长一点儿写，两边都到头。两边可以不到头，这边可以不到头，那边也可以不到头。你看欧阳询是怎么写的，他没有写满了，你回去可以试一试，写满一个；写前面满，后面亏一块；也可以写后面满，前面亏一块；也可以哪边都不靠，写在中间，你看看哪一个有精神，当然是两边都不到头。写在中间一点儿，你别看它小，它可显示了精神，就像人的眼睛一样。所以表演不光看你全身，更重要的是看你的精神，看你的眼睛。眼睛就这点，中间除了这么大之外，里面还有一个大白眼球，还有黑眼珠，那黑眼珠小了，并不见得不精神；整个眼睛都是黑眼珠，就没精神了。所以欧阳询只写中间一笔，就显示这个字睁开眼了，我是这样理解，大家不一定这样理解。

记者： 您是现代书法艺术高等教育的奠基者，您觉得传统文化和现代教育体系有冲突吗？它们之间需要做什么转化吗？

欧阳中石：我首先不同意说我是奠基者这句话，我不承认。为什么？应该说我是继承了历史上各位大家的想法。到了现在，我们在国际上需要提出来，我们作为一个师范大学必然要授课，我不是奠基者，我只是根据前辈们提出来的想法，我来做了，这是我的一个实实在在的客观的说法。另外我们在高等院校里设立书法课是补课，我们也是在培养我们的学生，让他们去教书，去培养小学生，培养中学生，进一步培养大学生，使这门学问更往深处走，往高处走，就是这样一个意图。我们在做，可能做得还不能让大家满意，希望多听听大家的意见。

记者：讲授书法和现代的教育系统之间有冲突吗？

欧阳中石：没有冲突。现代的教育系统要求快，还要求成就高；古代也是要求学生会，也要有成就，想法共通，这是不矛盾的，所以希望大家都增加课，都增加练习，更快地成长，这是共通的。

记者：您是学逻辑学的，想问问您逻辑跟书法之间有什么关系吗？

欧阳中石：我爱开玩笑，我常说我是学逻辑专业的，但是我教书法，我这成了不务正业了。不是，我想它正是实践逻辑。我不是讲的逻辑，可是我每一次都得按照逻辑讲，我得加上自然而然的逻辑思维，这是一致的，一点儿也不矛盾。我觉得中小学需要开书法课，中小学也应当贯彻逻辑思维。逻辑学科也给我们国家提出来，特别在高考的时候增加逻辑课题，要求大家学习逻辑知识。要知道了，只有好处，没有坏处。

记者：您可能自己不觉得，但是在我们看来，您在各个领域里的造诣都很深，想问问您是怎么做到的。

欧阳中石：刚才我就说到了，我们对于这一项学得比较懂了，学了它的法，也就是说学了它的规律，对别的学科也容易入手，学科也有它的法，也有它的规律。我们对于哪门学科它的法、它的规律，抓住这个规律，自然都成了。应当说一通就容易达到百通，一不通什么也不通。所以我说虽然都没学好，但是都能涉足，觉得太好了，原来大家都有规律，觉得更加幸福。社会在人类历史上总结了科学，总结了哲学，总结了逻辑思维，太有意义了，所以我们学东西的时候必须要弄懂它，一个懂了以后要想到别的。

记者：有一个说法叫"学如其人"，您怎么看待这句话？

欧阳中石：学如其人，它自然而然就使得人的气质有所改变，气质的改变又影响了学术的改变，互为因果。这个人越学越杂，学的东西多了，对好多事情的理解也就增加了他的学术，这都是一致的。我们很感谢前人，他们把许多事情都总结了规律，我们要好好听取。把前人的都学过来，把先人的也都学过来，丰富我们自己，我们这个时代就是在搜罗一切学问。

记者：现在是商品社会了，中国发展飞速，在这种状况下，您觉得艺术和文化的价值在哪里？

欧阳中石：社会需要发展，需要繁荣。"繁荣"大家都是知道，为什么繁荣？它不可能是一个"荣"，越多方面才能凑成"繁荣"。在某一个时期可能会有不同的情况。比方人们都在追求挣钱了，钱不对？这么说不合适，钱有它对的一面，也有它用得不当的一面。我们什么时候都要去创造价值，更重要的是一个"德"字，要合乎德，怎么做都可以。所以我们现在很明显地强调了一个"德"字，要立德树人，要明德惟馨。我们的时代掌握得很好，领导大家往前走，偏一点儿，纠正一下。

记者：现在是不是有这种倾向，大家都去挣钱了，对艺术和文化可能都觉得没有什么价值了。

欧阳中石：我们现在看，哪里都需要艺术和文化。你没看到现在学写字的人特别多了吗？许多不相干的人都在学习，为什么？都在想当书法家吗？不一定。我们现在的将军们有很多是写字的，他们不是要打仗吗？不是，军人是指挥队伍，他们有他们的追求。王羲之也是将军，颜真卿也是将军，古代是这样，现代社会也需要。学文的，学武的，学理的，大家共同向前发展，取得社会的繁荣。所以我们现在这个时代，我们的领导给我们指明了道路，大家按照这个道路走下去，我们国家自然会富强起来。

记者：咱们说说"艺文奖"吧。

欧阳中石：现在通知我准备领"艺文奖"，我很惭愧，我做得不好，我说实话，我只是在我们的教育中做了应该做的工作，我一点儿也不突出，所以我说我很惭愧，我做得很不好，辜负大家的意愿。

记者： 现在设了这个奖，今年是第二届，您希望这个奖给中国文艺界带来什么呢？

欧阳中石： 我相信这个做法是鼓舞大家都起来工作。不是需要几个人，是需要大家都起来工作。这个时候，我认为这个奖项太有必要了。过一段时间整理一下，让大家看一下怎么做得更好。这是鼓舞大家前进。

（采访记者：张涛　陆海空）

(照片由获奖者本人提供)

尚长荣

记者：您一辈子获了这么多奖，给您这么多荣誉，您有什么感想？

尚长荣：作为一个戏曲演员，京剧花脸，在舞台上也干了有60年出头了，演了应该自己演的戏，做了自己应该做的一些工作，也可以说是获了不少的奖励。这次能够入选"艺文奖"的"终身成就奖"，可以说诚惶诚恐，我自己也没有想到。年长的专家、名家、老师很多，自己虽然是年逾古稀，刚七十挂零，能够获此殊荣，是感谢，也感激。我觉得这个奖、那个奖，最宝贵的是广大观众对一个演员的肯定和褒奖。

这次获奖，我要把它作为动力和鞭策，鞭策自己在今后的从艺道路上继承、推动、播扬京剧艺术，给了我极大的动力，应该说是不待扬鞭自奋蹄吧。

记者：说起您来，大家都觉得很好奇，就是您不是在家边唱京戏，而是在外地唱京戏。

尚长荣：我是在北京土生土长的，父亲不仅是表演艺术大师，也是一位教育家，戏曲教育家。大哥长春、二哥长林都是非常杰出的武生和青衣。从小耳濡目染，从一出娘胎就能听到京剧的美妙旋律和激越的锣鼓，从小就爱看戏，从小就学戏、演戏。在十八九岁的时候，支援西北，到了西安。到了西安，一眨巴眼32年了。后来又加盟上海。三个地方：北京、西安和上海，所以说"三"这个数字对我来说是一个幸运数字，回头再说这个"三"。

记者：您先讲讲这个"三"。

尚长荣：讲讲这个"三"。我经常爱讲这个"三"，"三"这个数字对我来说是幸运的数字。我们家有三个弟兄，大哥长春，二哥长林，我是老三。我这个行当，生旦净末丑，我是唱花脸的，也是老三。生活、工作在三个地方——首都北京，古都西安，上海滩，也是三地。唱了那么多戏，站住的、获奖比较多的又是三出戏，所谓的"三部曲"，新创剧目——《曹操与杨修》、《贞观盛世》、《廉吏于成龙》。我有幸得过三次梅花奖，我也有幸得了三次上海白玉兰戏剧表演艺术奖。我自个儿又有三个儿子，也有三个孙子。说起这个"三"字，是个幸运数字，恐怕归总来说，要感谢十一届三中全会，才有今天我们富强美好的新中国。

记者：尚老，那咱们就说说您影响大的这三部戏。传统戏有那么多，您怎么会想起做新编的戏呢？

尚长荣：说来话长，多少年来，媒体采访时也都离不开这个话题。曹操这个人物可以说是家喻户晓。咱们的传统舞台上，曹操的剧目众多。大家都知道铜锤怕黑，架子怕白，就是说这两个角色是比较吃工的，比较难演的。1987年一个偶然的机会，我在《剧本》月刊上看到了青年作家陈亚先先生发表的一出《曹操与杨修》，是个文学剧本。他当时是在湖南，看到这个剧本，我就觉得很有新意，既不是郭沫若郭老笔下《蔡文姬》里的曹公，也不是京剧传统舞台上《逍遥津》《捉放曹》里的曹孟德。他这个曹公应该说比较多面，比较复杂，既要在这个剧本、这出戏当中表现曹丞相的军事家、政治家、文学家、诗人的风度，既有伟大的一面，也有不可逾越的内心卑微的一面。我看到这个剧本觉得很别致，当时还在陕西京剧院工作，我觉得在自己服务的单位去排，有距离；到北京去排，怕门槛高；我就想闯一闯上海滩，上海素有开拓创新的优良传统。我就觉得老戏老演，老演老戏，总不能与时代同拍，总不能跟上广大观众的审美需求。

我在上海无亲无友，就夹着剧本，坐着火车，夜过潼关。听着什么呢？贝多芬的《命运》。夜闯上海滩，秘密地潜入了上海。寻求什么？寻找什么？寻找合作者，寻求志同道合的知音，没想到一拍即合。那个时候不像现在说优化组合什么的，那个时候就说是相互支援吧，就在上海开排了这出戏。人家都劝我："长荣，上海滩不是好闯的。"以前有句老话，搭班如投胎，但是我深知养尊处优是一个戏曲演员最忌讳的。要在舞台上长演，要在舞台上完成自己的抱负，要在舞台上为社会奉献自己应该奉献的戏，就必须在舞台上拼搏。如果是教书，我们要把书教好，育好人；如果是医生，我们要治病救人；作为一个戏曲演员，就要在舞台上拿出你的真本事，演好戏，给人们一种美的享受，陶冶情操，来回报社会对你的抚育和成长。在这么一种精神的支持之下，我厚着脸皮敲响了上海京剧院的门环。

记者：1987年，您的这个戏简直是对京剧的一个革命。能够创造这么一个角色，对您来说自己最大的挑战是什么？

尚长荣：咱们像崔永元一样，咱们实话实说。那个时候在80年代中后期看到各个行业大家都在蒸蒸日上地拼搏，看到各个剧种都有不俗的表现，可贵的成果，我就觉得当时的京剧翻箱底比较多，演传统剧比较多，新创剧目少了。我常常这样去想，当年中国京剧院的那种开拓创新的气魄何在？那个时候《野猪林》，那个时候《谢瑶环》，那个时候《杨门女将》，那个时候《柳荫记》，多少好戏！我觉得京剧剧种只有两百年多一点儿，比起福建的"活化石"，比起百戏之祖的昆曲，比起秦腔梆子，应该说京剧是小弟弟。为什么在短短的这么一段时间里，无论是它的文学性，它的声韵，它的舞蹈、武打，它的美学标准，都达到了一定的高度，以致形成了国粹，达到了一个巅峰？就是不断地发展，去粗存精，继承研究，推动和出新。所以我就觉得如果老戏老演，老演老戏，我们的先贤，他们在九天之上会笑话我们，会说我们没有具备京剧艺术界的先贤巨匠们当年他们创业的那种勇敢和魄力。孔夫子有一句话："道不行，乘桴浮于海。"在追求，即便失败了也值得，也可以总结经验。所以就把《曹操与杨修》演了，而且首演是在最挑剔的天津舞台上，一演得到了认可，受到了观众的欢迎。可以说我一生当中，在首演《曹操与杨修》得到了观众的认可和专家老师的表彰之后是最幸福的，就是再吃苦、再辛劳，两个字——值得。

记者：那您给我们具体说说《曹操与杨修》中曹操这个角色，您是怎么创新的？比如说我们知道有您设计的七种笑，在天津演出的时候，您在结尾处还加了一首流行歌曲，您当时是怎么想的？

尚长荣：我记得当时的评委之一厉慧良，我们的慧良二哥，他问我："你这回演曹操过脸不过脸？"我说："过脸。""听说是要揉红脸？"我说："不是。""你要过脸，我就去看；你不过脸，我就不去看了。"其实曹操这个脸谱当时是一个最大的课题，有的主张不能白脸，白脸是奸贼；有的主张曹操应该是个英雄，应该是红脸，真是多种见解和议论。但我自个儿演了，我得琢磨琢磨，我就请教了电影界和话剧界的化妆师。这些化妆师很有意思，他们异口同声地说京戏里曹操的形象在美学上是高水准的，红白黑，红袍，白面，乌须、黑冠。红白黑，再绚丽的色彩压不过这三个主色。他说："这个白脸是阴白，属于冷白，有点瘆人，能否在白色彩上做一点儿微调，有人的肤色感。"一字值千金，我就往脸上找，勾白的确实有点瘆人，传统戏可以。特定的《曹操与杨修》这出戏的曹丞相，似乎阴白、冷白都不般配，不确切了。如果弄个粉脸，那成了奶油曹操了；往脸上来两个粉脸蛋，就像咱们妙峰山的娃娃，又像无锡的大阿福。要做试验，要找感觉，找着它的感觉就对了，所以抹来抹去里面有一点儿肉色，一看是白，但不是阴白、冷白，不是瘆人的白，眉毛碳条眉，卧蚕三角眼，似乎奸了一点儿，那么改成一个剑眉，稍微平一点儿，三角眼改成细长，可以瞪眼，也可以眯眼。这个眯眼不是奸相出坏主意，而是表现他的深谋远虑，睁开眼表现他的胸怀。鱼尾纹稍微做一点儿微调。最大的调整是曹丞相的这个痣，有的是点一颗，有的是点两颗，似乎有一点儿贬义或丑化，又不能没有痣。我就看相书，说眉上有朱砂痣者，主大贵也。我家那个大丞相，统帅为王，我就没征求曹丞相的同意，给他做了美容，把这颗痣挪到眉上，一颗朱砂痣，甚至大一点儿，觉得蛮有英气的。就这样做了一点儿微调，在这出戏里用得还是比较合适的。

造型解决了，接着是演法。我经常讲，作为一个戏曲演员，内功和外功需要结合好。外功就是"唱念做打舞，手眼身法步"，你的技巧；内功是指挥，是中枢，是人物的塑造，是思想，是灵魂。如果从内心指挥你的外部技巧，结合得恰当准确，甚至很强化地展现，你这个历史人物就能够有血有肉，就能够栩栩如生，所以要开掘内心，强化技法。以前曹操的笑，阴笑、冷笑比较多，《曹操与杨修》这出戏里有好几种笑，有开怀大笑，敞开心扉，甚至有自嘲的笑，也有怒笑，也有冷笑，也有悲笑。这样呢，我就天天抱着录音机，每天晚上在宿舍里"呼哈哈"、"嘿嘿嘿"、"哼哼"……我说："窗户外边的行人一听，这个不是剧团，这是什么呀？精神病院！都犯精神病呢！我反复地找，反复地录下来，反复地听，选择最适合人物当时情景的，选好之后反复练习。

有句话叫"笨鸟先飞"。多做一点儿琢磨，不断地打磨，不断地自我比较，再听取专家、老师、同行的感觉。其实演员在舞台上演戏，一方面是自身的努力，一方面是导演的点拨和启发，一方面是不断地要从同行中吸取好的经验。虽然我们做不到"敏而好学，不耻下问"，但是"闻过则喜"。虽然做不到，但起码闻过，闻不足，要马上改正纠正。

记者：您在演出生涯里非常善于听取别人的意见，包括人物角色的塑造上，您不仅是局限在京剧，还吸取了话剧等其他艺术门类的一些东西。

尚长荣：有人问我哪些地方是从电影上学来的，哪些地方是受话剧的启发，我说其实没有刻意的。我总觉得作为一个演员，他创作的思路、创作的思想，塑造角色的理念和办法，自己得有自己的主心骨。其实我的爱好很广泛，不仅爱听音乐，爱看电影，中外电影我都喜欢，特别在50年代，看苏联和东欧的电影比较多。我也爱看小说，爱看杂书。有人说长荣爱读书，我说实际上爱读杂书，中外小说都爱看。我自个儿给自个儿一个定位，一个目标，就是应该当一个比较全才的演员。即便达不到，也要往那儿去追求，就是能唱、能念、能表演、能有武功基础、能做、能打，我觉得这样才能做一个在舞台上较为全面的、较为合格的演员。像我们崇拜的目标——金、郝、侯，就是金少山、郝寿臣、侯喜瑞三位，虽然金、郝二位的表演先前我都看过，但没有机会学习，后来拜了侯老之后，从侯老身上学到了怎么样才能成为一个合格的架子花脸。

记者：您是将近50岁的时候塑造了曹操这个角色，随后又有了《贞观盛世》《廉吏于成龙》这两部戏的创新。其实京剧是一个沿袭传统的东西，您不断地在创新，这当中会不会有很大的阻力呢？

尚长荣：京剧是否是沿袭传统和创新并不矛盾。就旦角来说，诸位前辈大师都是从陈德林陈老夫子、王瑶卿王老夫子，都是学陈、王。就拿"四大名旦"来说，也都是从二位先贤那儿学习，他们自己又充分发挥了自己的艺术天才，形成了自己独特的艺术风格，编演了众多由传统剧目改编、提高的优秀剧目，以致成为经典。拿当初的《野猪林》来说，杨小楼杨先生也演，郝寿臣郝先生也演，后来少春先生、世海先生、近芳大姐又把这个戏推向了一个新的巅峰。应该说京剧是时代的产物，而且一直是与时代合拍，与时俱进，以至发展到了一个巅峰。

记者：您演了一辈子的戏了，舞台或者京剧对于您来说意味着什么？

尚长荣：这个问题提得非常之恰当。演了一辈子戏，对一个演员来说意味着什么？以前虽然演戏谋生，这个职业不入流，艺人是通过他在舞台上的唱念做打来谋生的，但是从客观上起到了一个播扬、宣传历史的作用。有很多年长的长辈，说他们小时候在农村还没上学就看野台子戏，在看戏当中获得了历史知识，获得了真善美。随着时代的发展，时光的推移，特别是20世纪诸多艺术先贤把源于民众野台子的艺术带进了殿堂，带进了剧院、剧场和戏馆子，这跟在农村演野台子戏不同了。又由于清代末叶王室和文人的介入，使戏的文学性和音韵性有了极大的提高，应该说是进入殿堂了。现在应该还戏于民，在舞台上，我们所演的剧目全都是劝人学好，张扬的是真善美，劝善。没有说看着中国的戏曲，学了坑蒙拐骗偷、吃喝嫖赌抽，看了京戏以后发展成什么校园枪击案的，没有！都是劝你学好，好人终究有好报，这也是中国文化、华夏文化的美德。我们在舞台上通过自己的技艺，潜移默化地渗透人类的美德，所以干我们这一行，一很辛苦，二很值得。现在大家的生活都有极大提高，房子有了，汽车也有了，不必非是捷豹、劳斯莱斯，但是我们也有帕萨特，是不是？也有红旗，是吧？但我们这个职业是正义的，是光荣的，所以当一个合格的戏曲演员是受人尊敬的。

记者：在您的演艺生涯里有没有让您觉得印象最深的、让您觉得"我做演员做得真值当"这样一些小事？

尚长荣：1995年，第一届京剧艺术节在天津举行，《曹操与杨修》获了唯一的一个金奖。之后，上海京剧院将近100人的队伍进京，为首都高校青年学子演了10场戏。这个戏是分文不取的，为什么要这样呢？我们的上级，还有诸多专家学者希望我们能够做一个播扬、普及京剧的活动，让京剧走向青年。1995年的12月份，我们冒着三九严寒在北京海淀影剧院演了10场戏，四个剧目：《曹操与杨修》、海派剧目的神话戏《盘丝洞》，大家很熟悉的现代戏《智取威虎山》，还有根据莎士比亚的《李尔王》改编的古典京剧《歧王梦》。我们跟首都高校的学生会主席、文体部长见面的时候，大家都觉得很奇怪，"让我们看京戏？古老的京戏是爷爷、奶奶、外公、外婆的艺术。"我们就说："请大家先看看，我们共同来研究一下今后京剧如何发展，如何继承，如何推动。请大家看戏吧，请大家发票。"当时每个高校都有学生代表，来了20多个年轻人，他们表示："这个票我们可以替发，至于来不来，我们不敢保证。"

这四个戏演了10场，第一天就是《曹操与杨修》，1600人的海淀影剧院，座无虚席。在演出之前，我们得到了几个建议，引起了我们的注意。第一，最好不要在晚上演，因为晚上高校有晚自习；第二，最好中间不要休息，会增加退场的机会;第三,戏最好不要超过两个钟头。实际上我们是包了海淀影剧院晚上演京戏,如果搁在白天演,我们还得赔人家放电影的损失;戏都是两个半钟头,没法改;休息必然要休息,因为演员要换妆、改妆。没办法,硬着头皮演吧。演出之前,我跟剧组的每一个同志讲:"只当是在国外演,只当是语言不通,我们尽量唱得韵味要好,要有激情,要有感情,要有感染力,但是演的时候要紧凑,不能拖沓。"拉开幕之后鸦雀无声,从第二场开始有了掌声,而且掌声是越来越多,越来越多。到休息的时候,我们已经都放心了。那天的演出大概有四十五六次的掌声,这出戏上演以来从来没有获得过这么多的掌声。谢幕之前,我悄悄地跟扮演杨修的何澍说:"谢幕这个程序(这个谢幕有很多的一个程序,甚至还放了《让世界充满爱》这样一个曲子)完了之后,我们两个一左一右,从台上走到台下,咱们要扩大战果。"那个时候就想能够获得青年学生的支持、理解。演完之后,我们就下去了,下去就上不来了,握手的,拥着要签字的,起码有10分钟上不来,没有一个退场的。有人把我们连拽带解救地拉回舞台上去,可以说我真是热血沸腾,看到我们的学子精英冒着三九严寒来看京戏,散戏后不走,站在那里鼓掌、欢呼。我说了两句话,第一句话我说"感谢同学们,冒着严寒来看我们的戏";第二句话就是"京剧艺术永远属于青年"。后来就是签字,学生们都拥到舞台上排队。我搬来一个箱子坐到那儿,大家次序井然,大概持续了半个多钟头。那天的演出盛况以前没有见过,没有体会,以后恐怕也未必能有此炽热的场面,所以说那场演出使我终生难忘,终生难忘。

第二天的《教育报》头版头条进行了报道——京剧艺术永远属于青年。有人说京剧艺术应该属于老年人,有人说京剧艺术是夕阳艺术、博物馆艺术。我说:"否,不是的,艺术是没有国界的,艺术是没有年龄差别的。艺术拥有了青年的支持,就拥有了未来。"所以那次的演出令我终生难忘。

记者:您现在还带学生吗?

尚长荣: 我经常举办讲座。有的花脸演员,包括兄弟剧种的,也有要求拜师的。拜师这事也是咱们中国戏曲界的一个优良传统,我觉得拜师与不拜师没有什么差别。我们作为年长的从艺者、年长的演员，有这个责任、有这个义务来辅导和教学，给青年人一定的支持和帮助。

今年我做了两件事，《人物》杂志的人来问我："今年你做了什么事？有什么遗憾没有？"我说："今年做了两件事，一件就是拍了京剧电影《霸王别姬》，我一个人盯，74岁，拍下来了。秋天又排了一出蔡赴朝先生的剧本《天下归心》，张艺谋是总导演。这两个都是挑战，是向年龄、体力、状态的挑战，我都顺利完成了任务。你问我有没有遗憾，我说："遗憾倒是没有，如果这台大戏、这部电影早20年拍，可能状态还会比现在更理想。"去年我曾经把《霸王别姬》全出给青年演员一字一句地严格地教了，他们也学了，也演了，成绩也是很不错的。我觉得随着年龄的增长，我们应该加强对于中青年演员的帮助和指导。以后我一方面要抓紧自己的声腔艺术和表演方面心得体会的文字总结，一方面要加强对中青年演员的指导和帮助。

记者：您跟我们讲一讲排《天下归心》这个戏的背景。

尚长荣：我在进入70岁的时候就曾经说"70岁以后不排新戏了"，用咱们北京话说，就是自个儿要知道自个儿的状态，绝对不能把不理想的艺术形象带给观众。那么也确实没有排新戏，今年春天，大剧院希望我能够参加一个新的剧目，我先道谢了。他们还说"要不您先看看剧本"，我说："也好，你寄来吧。"寄来后，我一看这剧本，又是一个难以拒绝的、抵挡不住的诱惑，剧情感人，《左传》，而且传统京戏有这个戏，叫《掘地见母》，又叫《孝感天》。根据古代的故事重新创作，很感人。当时我看完后，就觉得这个剧本是讲忠孝节义，节义为本，忠孝为根，乐以教和，好戏育人。好戏真是启发人，真是教育人。这个戏应该说是呼唤人性的回归，呼唤真情回归，所以我做了一番自我挑战，就接了这个戏。这个戏的唱词也很多，有110多句。以前我演的传统戏也好，新创剧目也好，从来没有这么多，这是个挑战。记忆力明显跟四五十岁时没法比，跟二三十岁时就更没法比，以前搞个戏不那么费劲，虽然在搞《廉吏于成龙》的时候我已经62岁了，就是加把劲多背一背，能拿下的，这一次的词真记不住。在北京这40天，白天吃不下，夜晚睡不着。吃不下是因为什么呢？

白天排戏，琢磨，排练场上拼着自己的真情实感进入角色，到了晚上真睡不着。睡不着怎么办？我就坐在床上背词，还是那句"笨鸟先飞，勤能补拙"，总算拿下了，也是很难忘、很愉悦的一次艺术实践和艺术创作。

记者：您觉得有没有想说的东西？就是最近的一些事。

尚长荣：《人物》杂志问的几个问题很好，问我今后有什么打算？按常规来说，新闻媒体问我今后还有什么打算？还有什么雄心壮志？我说现在74岁都过了，我就是知足常乐，自得其乐，充分地享受生活。

记者：对于您来说，戏就是一种享受。

尚长荣：确实。

记者：咱们说说这个话题。

尚长荣：年龄越长越要争当老顽童，别睁开眼睛就是戏。睁开眼就是戏，以戏吃戏，这个戏唱不好，没有艺术灵感，木头人了。人要充分享受生活，你还得会生活。

记者：会生活，您怎么解释？

尚长荣：会生活，你热爱生活，对什么都很感兴趣。我到一个地方最喜欢什么？当然是参访博物馆，看看各地的生活状况。到国外也非得到超市去看看怎么样。无论是国内，还是国外各地，往回带的不是什么纪念品，倒是特色。我记得很早以前到美国去，我爱买小食品带回来。现在甭买了，咱们国内的超市什么都有了。有一次我在法国到处找鹅肝酱，结果净是鸭肝酱，好不容易在飞机场买了带回来，一看，跟咱们国内超市卖的一模一样，比在法国买还便宜。

记者：您很喜欢去看市民怎么生活。

尚长荣：有意思。

记者：在上海过日子更舒服。

尚长荣：应该说南方这日子过得挺滋润的。咱们北方也有北方的好，在上海你吃不着豆汁，吃不着灌肠。在北京生活的时候积酸菜，在这儿买不着，每次从北京回来还得带点酸菜回来。以前飞机上还允许带软包装的东西，可以买点豆汁，现在不准有液体带上飞机，只有回北京再喝豆汁了。

记者：您这次在北京排戏40多天，是不是还挺享受北京生活的？

尚长荣：我真想吃卤煮，喝炒肝，再品赏豆汁，但是这三大爱好一次都没吃，没那心思。每天睁开眼睛就是郑庄公，闭上眼睛还是郑庄公。

记者：对于一个演员来说，舞台是最享受的事吧？

尚长荣：这舞台上是辛苦当中有享乐，苦中有乐。你要营造一个理想的艺术气氛，你的身体状态，你的声音状态，你的表演状态，等等，必须都调整到最佳状态。演完了之后，观众认可，演得也达标，自己也觉得很满意、很得意。这个时间、这个时光是演员最幸福的时刻。

记者："文革"时期是您演艺生涯的黄金期，是不是给耽误了？

尚长荣：说起这个苦难的十年，诸多往事难以忘怀，但是不要去想吧。不要去想不等于忘记，不是忘记，这个教训、伤痕是抹不掉、忘不掉的。我们确实要记住，现在的好日子来之不易，所以更要充分地享受生活，快乐地工作和生活每一天。

（采访记者：赵安）

（照片由摄制组提供）

周小燕

记者：周先生，咱们先说说您1947年为什么从国外回到中国来当老师，怎么会当上老师了呢？

周小燕：我回来并没有计划当老师。回来效劳，但怎么样效劳并没有长期的考虑，要回来做点工作。一回来，开始就是育才来找我。在国外的时候，我的爸爸、妈妈就给我写信，要我回来，像陶行知那样。

记者：您每天的日常生活是怎么样的？

周小燕：我每天上午上课，原来我有14个学生，上午两个钟点，下午三个钟点，基本上是五个钟点上课。我最近不是生病嘛，眼睛出毛病了，医院给学校施加压力："你们不能够这样使用老先生，应该减少教学工作。"所以就减到只剩四个学生，就是我班上的研究生。现在我就是每周一、二、四、五上午上课，星期三是跟他们上课，上课就是这样安排。下午是让我休息，像你们的采访，像从国外回来看我的，来访，总有事情。晚上我就要休息，医生说我的眼睛现在看书看报不能多看，但是要它动，就看电视，我就坐在电视前面，耳朵听得见声音，一说快我就跟不上了，晚上我基本上就是在电视前动眼睛。

记者：您有没有算过您教过多少学生？

周小燕：没有。

记者：有大概的数字吗？

周小燕：人家都清清楚楚说几千几百，我没有那么算过，反正教学从1948年算起吧。

记者：从1948年算起到现在已经有60多年，快70年了。

周小燕：对，昨天晚上魏松从艺40年，他是从1973年进音乐学院算起。我说："你从音乐学院算起40年，我要是从音乐学院算起，都快70年了。"

记者：您在法国留学，然后又唱歌剧，国外称您是"中国之莺"，为什么又回国做老师呢？

周小燕：回来就是效劳，但到底怎么效劳也没有想清楚，我的原则还是唱歌。但是一解放，我就很幸运地参加了第一次文代会，解放区的文艺工作者跟国统区的文艺工作者大会师。在这个会上看了《白毛女》、《刘胡兰》，结合了政治为人民服务。我就后悔学音乐，我为什么不学医、学工，盖个桥也是好的，救个人命也是好的，唱歌有什么用？……毛主席《在延安文艺座谈会上的讲话》中说："我们欢迎你们，你们文艺工作者也是革命队伍的一部分。我们欢迎你们，因为人民欢迎你们，我们没有理由不欢迎你们。"我想原来是这样，好像模模糊糊地就跟革命事业挂上钩了，我要为人民歌唱。但是我的歌人民听不懂，后来就向戏曲学习，向郭兰英同志学习，她一唱人家就喜欢。我就向民族化去努力，那个时候有"三化"——民族化、革命化、群众化。我一唱自己也觉得跟他们不一样，哪怕是唱郭兰英唱过的歌，也是不一样的，是思想感情问题，我们是资产阶级的思想感情，就去改造，这个倒也好。后来下农村去改造，我没有觉得苦，我看着农民这样苦，我住在贫下中农家里头，就是这么一个大锅，这么一碗青菜，天天是这个，顿顿是这个。我想我们同样是人，他们怎么过这样的日子，全心全意干，也不觉得苦，我们真的是剥削阶级，是应该向他们靠拢。有这样一个思想支持，真是觉得他们过这样的日子，我还在这儿唱歌。改造改造，改到现在还是没有改过来，那个时候全心全意地要改变自己。

后来有了文代会以后，我思考该怎么做。我就去育才教书了，那些孩子如饥似渴的样子，从国外来了老师，不晓得要怎么样。他们的学校条件差，泥巴的一个方桌子，吃饭也是，条件很差，我感动得不得了。我忘记了教了他们多少时间，后来音乐学院来找我，音乐学院是高级的了，我怎么能教音乐学院？我只会唱歌，我没有学过音乐教育。但是我爸爸说："你应该去，你去了解中国的音乐水平，你要是再出去，也晓得该学些什么回来。"就这样，我去了。在同事们的帮助下，我就这么一直教下来，教到现在。那个时候，"文化大革命"以前，我是一面唱，一面教，三心二意。"文化大革命"剥夺了我的舞台权利，就全心全意改做教师了。人家问我："你后悔吧，你从一个演员一下变成了教师？"我说："相反地，我倒是觉得当教师比当演员更有意思。因为当演员是自己的荣誉，我在舞台上唱歌，就是我一个人的事情；当老师我可以培养学生，全心全意培养，一代一代传下来，更可以为国家做一点儿奉献。"所以越做越喜欢这个职业，人家问我："你现在还在教，为什么？""我乐于干这个事情，尤其看着这些学生，他们好学，他们成功了，就是教师的喜悦。"

记者：有没有哪些学生让您觉得特别得意，或者哪些教学让您有一些特别难忘的东西？

周小燕：没有。我教学不偏心，没有特别喜欢哪个。我的班上工农兵都有，工，张建一，他本来是杭州玻璃厂的工人。农，小廖，农村来的，四川郫县。我说："我们只知道四川郫县出豆瓣，现在还出了个廖昌永。"兵，魏松，他是沈阳军区的。我们班工农兵都有，而且他们都很成功。很努力很努力，专心去培养，教学是教、学双方的，教的要全心全意，学的要全心全意，要去悟，悟出来就成功了。

记者： 您从台前当演员到台后做老师，这个转变的过程中，您有什么体会呢？

周小燕： 当然有。教学跟当演员不是一回事，你自己唱得好，不一定是好老师。比如说帕瓦罗蒂是个歌者，他不会教，他也知道，他也不教。教学是跟活人打交道，每个学生的背景不一样，学习的悟性、条件都不一样，文化程度也不一样，年龄也不一样，国籍也不一样，所以个别对待每个人很重要。比如说我在你身上摸索出一个绝招，我想就可以用到他身上，完全不是，用到他身上完全不见效，他理解不了，而且他的毛病跟你不一样，所以个别对待很重要。还有从不同地方来的人说话的习惯不一样，比方说从四川、湖北、安徽、南京来的，"n"、"l"不分，"里"、"你"不分。我现在有个学生是从四川来的，很聪明、很好，他就是没有鼻音，没有"n"。广东来的学生就是没有鼻音，而且没有"i"的母音。还有我们南方来的学生前鼻音、后鼻音也搞不清楚。地方上来的学生，有的语言障碍特别厉害，要改。廖昌永是四川人，他本来也是"n"、"l"不分，但是他的语感好，他很用功，他把所有的"n"就写成"n"，"l"就写成"l"，标到上头，前鼻音、后鼻音都是很下功夫的，所以他现在唱歌清清楚楚的，而且语感也好。每个人的条件都不一样。

记者： 您觉得作为一个音乐教育老师最重要的是什么呢？

周小燕： 我觉得老师最重要的是使命感、责任感，要爱这个事业，要爱这些学生。平时他们不在你的脑子里头，你就忙别的事，到了上课时，面对面是搞不好的，我就是体会到这个。"文化大革命"前，我的工作很多，又是人民代表，又是什么主席，又出国，要对付那些事情，又要对付教学。毛主席说一心一意跟三心二意是两回事情，从前是三心二意，没有教出什么人，有很多很好的条件，我常常说："很抱歉，你的条件很好，我没有把你教出来。"我那个时候三心二意地教学，"文革"以后不唱了，索性不唱了，一心一意地教学，平时脑子里也在想，这个学生这个问题到底是个什么问题，我该怎么样给他改，他应该唱什么歌才合适。比如说他是个小嗓子，你让他唱一个戏剧性的，撕裂了一样也不行，哪个阶段唱什么歌，都要考虑的。有时候我晚上都睡不着，就想怎么样解决他这个问题，怎么他老是不能领会。有的学生也很用功，但他就是听不懂，用什么方法使他懂，要动脑筋。用这个方法，用那个方法，借鉴中国戏剧的语言，用意大利声音要竖起来，我们说"啊"是这样"啊"，他们说"啊"，他们说"妈妈"，我们用的是"妈呀"，不一样，"妈妈"里头要带点"ang"。其实我们戏剧的脑后音就是这样，但现在唱民歌都是这样唱的，要他这样唱，他不会。不要说脑后音，这种语言他能够体会。而且唱歌就是语言，不是光唱声音。西洋唱法与中国语言相结合，大家都会讲，怎么来结合？比如说我要买东西，我只看见你这样东西，我就会拿这个，假如说我有选择，我就说这个对我合适，我需要，我晓得你店里头有什么。借鉴也是这样，只晓得意大利三首歌就晓得借鉴哪儿，不行的。所以不管你是学中国的也好，语言相结合也好，你要懂几种语言。比如说我就不大唱东北的、陕北的歌，我没有到过那里，不晓得那个语言的特点，唱不像，一模仿，僵的。湖北、四川、云南这一带的东西，我学起来轻松，都相像的。

记者：您讲到培养学生要一心一意，您对学生付出很多很多。我想问一下您觉得在当老师的过程中收获了什么？

周小燕：我教出一个学生来，领导就给我个荣誉，什么突出贡献奖，我觉得我的收获比我应该得到的多得多。我常常说收支不平衡的感觉，能够多支出一点儿使它平衡，这个也是我的教学动力，多培养几个人吧，能够使我的收支平衡一点儿。最近你看，又给了我一个奖，反正收支不平衡。

记者：您1988年的时候就成立了歌剧艺术中心，开始排《弄臣》，那个时候做这个事还不是那么简单，您给我们讲讲。

周小燕：我建立这个歌剧中心也是因为"文化大革命"可以剥夺我的舞台权利，但不能剥夺我的思考权利。正是在那个时间，我不能够唱，也不能够教，但是想了很多：洋嗓子、土嗓子到底是什么问题？哪个学生到底怎么教？

很多问题都是在那个时候考虑出来的。西洋唱法科学，怎么科学？到底科学在哪儿？所谓科学，它用科学的方法，生理学、物理学、影像学，它能够用仪器、用语言理论化，它都提升到理论上面去。声带是怎么动的？唱的时候横膈膜是怎么张的？它有这些科学依据。我们唱的时候不知所以然，到底是怎么回事儿，科学的教学里根据这些能够讲得出来：你这个声音没有出来，因为你的横膈膜没有张开，或者你用声带太多，这就是科学。但是你在教学中看不见横膈膜张了没有，都是听出来的。你这个音是不好听，太靠前或太靠后，到底操作出了什么问题？讲不出所以然来。所以像这些方面它是科学的，但是知道这些道理的人不一定是好教师，不一定是好的歌唱家，只会讲，不会做，会做的不会讲，通过实践慢慢地把它统一起来。像现在差不多六七十年搞下来，你发个声，我就晓得你的气没有下去，你的头共鸣腔没有结合，清清楚楚。通过实践，理论跟实践结合了。

记者：您在中国的声乐教育是一个非常领先的人，那时候也没有很正规的教材，也没有很好的资料让您学习，您是怎样一步一步探索的呢？

周小燕：他们总是让我总结，我觉得还没到时候，随着时间的推移还在变化。我今天理解的东西，过一段时间还不够全面，我总觉得有这个感觉，还想更完善一点儿。尤其是中国的民族音乐，我总觉得底子有点太浅，还不够了解。

记者：想请您讲讲1988年做歌剧《弄臣》的环境。

周小燕："四人帮"倒了，"文化大革命"结束了。1977年，我是第一个带着《弄臣》到欧洲、到西德去访问。第二年到美国访问。间隔了这么多年以后，从1947年到1977年就没有跟西欧接触过，我一听他们的学校在唱我的保留曲目，《弄臣》中的《亲爱的民族》，我就发现美声也变了，事物都是发展的，不是说美声永远是那样的，变了。我一回来就跟同志们讲："美声发展了，跟以往的不一样了，我们不能吃老本。"但是因为我听得到，他们没有听到，感觉还是不一样，我就觉得我们的教学这样教下去不行，就想变。我就跟另外一个老师张国华谈，他也是刚从美国回来。我说："我们应该向中国的戏剧界学习，他们常年座谈一起来，我们是搞声音的，先把声音搞好，才讲吐字怎么样吐。"我们从前叫"眼睛看不见东西"。我给学生唱《小河淌水》，"月亮出来亮汪汪"，我说月亮到哪儿了？在哪里？看见了？在那儿，没看见。我说："你是个盲人，你看我。"他一下眼睛就亮了，随后又看不见了，因为没有这种训练。像梅兰芳眼睛转、看远、看近都是要训练的。我就想像戏曲训练一样，大家一起来，外国歌剧也是常年坐在一起谈。碰巧那个时候旧金山跟我们上海结成了姐妹城，我们带着代表团去旧金山演出，他们就到中国来。因为是姐妹城，旧金山歌剧院的院长对我感兴趣，他说："我要跟你合作。"我说："那好嘛。"我们一签就签了十年的合同，中国跟外国合作其实是从我们开始的。那个时候，他派专家来，导演、教练、声乐老师，从那个时候开始，我就想我们要演《弄臣》。为什么？因为我手上有演《弄臣》的演员，主要演员我有，演小丑的、演公爵的，都有。整出戏国内观众没有看过，他们就帮我们，节奏是怎么样的，速度是怎么样的，我们自己排，第一个就这样搞起来。但是开始的时候很难，没有钱，又没有地方，我们的专家来了，今天在这里上课，明天在那里上课，没有一个固定的地方给我们。张骏祥老师跟我说："你不要昏头昏脑的，搞剧团不容易，没有钱搞不下去。"我还蛮有信心，我说："只要我这个戏好，人家就会来看，来看不就有钱了嘛，就这么搞。"

那时候我班上的顾欣刚刚毕业，在江苏省歌舞团工作。他有一天跑过来跟我说："老师，我告诉你一件事情，今年全国的艺术节重点在南京，我们院里头大得很，说是排过外国歌剧，我们这个破摊子还排过外国歌剧。"我就泼了一瓢冷水："不行，也许我们歌剧中心跟你们合起来搞。我们负责质量、演员，你们剧院有乐队、合唱队，班底你们也有，而且是参加艺术节，国家要出钱，我们就参加艺术节。"他说："好。"我们去南京住了几个月，旧金山帮助我们培养指挥，跟我们联合演了几出戏。那个时候也不知道南京是不是排外，不让我们参加艺术节。展演没有钱，叫我们自己出钱。那个时候，孙家正在南京当省委副书记，我们就把他请来，我就坐到他的旁边说："威尔第是外国作曲家，爱国作曲家，外国歌剧都是表现帝王将相，这个《弄臣》写的是个小人物。"他一听真好,也觉得好听,"这个戏为什么不参加我们的艺术节?"一句话,我们就进了艺术节,钱也解决了,什么都解决了,腿却摔断了。一高兴,晚上庆祝,我出来时光顾着说"再见"、"再见",踩空了一步,把腿摔断了。怎么办呢?回来的话,这个《弄臣》就弄不成的,只得在南京做手术。明明是我自己不小心摔的,却说我是因公受伤,特别待遇,住很好的旅馆房间,不可以看电视,居然搬来了一台电视机,我就在南京变成因公受伤了,住在那儿几个月。《弄臣》一炮打响了之后,山东也要我们去排,也要排西洋歌剧,但山东老区排西洋歌剧要挨骂,我们改排中国歌剧,就排了《原野》,又很成功,还进军到政协礼堂去演,李岚清都来看了,就这么搞起来了。我们本想对教学做的大改进,却变成了一个扶植歌剧、繁荣歌剧、发展歌剧的项目,我们搞了很多。每年请专家来,又是个特点,又是我们首创。好几个首创,请外国专家,我们不是请一个搞声音的,我们是请一个团队,导演、教练都有,学生和教师无形当中都有提高。

记者: 刚才您说您有好几个首创,您大概数数,都首创了什么?

周小燕: 第一个首创就是要我教"民唱",我不会教"民唱",我连教西洋唱法都还在摸索,怎么办呢?鞠秀芳进入音乐学院,她说在外头听到过我唱,她很喜欢,她进音乐学院就要跟周老师唱。我的班上已经满了,就排到苏石林那儿,他是音乐学院最好的老师。后来因为语言不同,爱好也不同,搞得她净哭鼻子,就要到我的班上。最后没有办法,我也是半个洋人,我对中国的东西也不了解,怎么办呢?那个时候我们学校也要民族化,她一来唱民歌,就请了很多的民间艺人。鞠秀芳的耳朵好,就叫她去记谱,她就学榆林小曲。我也不知道什么叫榆林小曲,就想了一个点子,把丁喜才请到教室里来,那时候把民间艺人请到西洋课堂也是首创,我们就首创了一个"三结合"的教学。丁喜才教她风格,我帮她唱法,她记谱唱,居然那个时候她被选上参加苏联的比赛,还拿回了一个金奖。我们首创了"三结合"的教学,她成了音乐院校培养的第一个"民唱"的金奖获得者,这是两个首创。"文化大革命"以后,关于男高音,我们有个口头语:"男高音,高音难。"基本上没有人会唱 High C,又首创了一个男高音攻关小组，以我为主，还有两三位老师。攻关男高音的时候，我就体会到不光是男高音应该这样，走这条路，所有的声谱都应该这样。比如说从中声区到高声区非要有个过渡，不能一跳，这个不行，慢慢地就像上桥一样，一步一步改变，这又是一个首创。歌剧中心也是个首创，后来团队请专家也是个首创。

记者：大师班。

周小燕：我们办大师班不是只办我们学校的，而是全国性的，东南西北都可以来报名，够水平的就作为学员，不够水平的就旁听，很多老师来听，他们觉得有收获。比方说从前有的开始都是拿简谱，不晓得专家在讲什么，跟不上，我们就把谱子复印给他们。比方说我们这次讲课要讲《茶花女》或者《蝴蝶夫人》，我们就复印给他们的全部的《茶花女》和《蝴蝶夫人》，每个人一口袋，他们看着谱子跟上去。现在各地人的水平越来越高，从前内地来的差得很远，现在不错，很高兴这个大师班这样搞。

记者：其实您的工作也是跟着中国大的文化背景来改变，那会儿您要跟民歌接触，要下乡演出，后来在"文革"时您转为教学工作，您的工作跟中国文化事业的发展变化一直在变化。我想问您，这么多年来，您感觉学生有没有变化？

周小燕：我觉得一个人一生越多坎坷，越遇到一些困难，越可以成器。现在的学生都是独生，都是爸爸、妈妈的宝贝，经不起考验。魏松、小廖他们那一代人，那个时候想学习都困难，魏松那个时候一年里有半年要下乡、下工厂、下部队，半年在学校，为了改进教学，变成像拉锯一样。学校里跟群众要的不一样，改还没改过来，学生就哭了，下去要这个，学校又要那个，那么多资料都不能学，学的数量也少，质量也上不去。所以现在开放以后大不一样了，我说你们要想有收获，还是要下去。我得到的太多，奉献的少。

记者：您培养了这么多的学生，为中国歌剧的发展做了这么多工作，为什么您会觉得自己奉献的少呢？

周小燕：我就觉得现在的人，钱钱钱，不是"前后"的"前"，而是"金钱"

的"钱",都忙着赚钱,忙着赚钱就不能全心全意为教学。

记者:您能不能用一句简单的话跟我们讲一讲,对于您自己,您这个艺术教育的工作意味着什么?

周小燕:现在年纪越来越大了,走向马克思越来越近,更珍惜这个时间。他们问我:"你教到什么时候?"我说:"教到盖棺为止,终身教授就教终身了。"现在给我"终身教授"的名誉,意思就是说要教终身。他们说能够活到100岁,现在我就争取能够活到100岁,教到100岁。今年得了一场病,我差一点儿灰心了,我说:"完了完了,一个眼睛看不见了,眼部血管缺血,耳朵也缺血,脑也缺血,就完蛋了。"要我补血,我现在拼命地补血。说吃红枣补血,我就吃红枣,什么能够补血就补呗。

记者:2002年,法国授予您"国家功勋军官级勋章",是因为什么授予您的呢?

周小燕:我也不知道。我开玩笑说:"意大利应该给我这个勋章,我们唱的意大利歌也多,意大利歌剧也多。法国给了我这样一个奖,我也不知道为什么。

记者:是什么契机授予您这个奖?

周小燕:我也不知道,我真的不知道为什么。我到北京跟法国大使吃饭,因公去的,他不知道听到了什么,大概因为我在法国九年,我不知道。

记者:您觉得在教学方面还有什么要补充的吗?

周小燕:我觉我做的这些都是很平常的事情,没有什么惊人的事情,讲不出来,都是人家把我拎高的。

记者:您觉得人生中哪个阶段是最宝贵的阶段?

周小燕:最后的阶段是最宝贵的。

记者:为什么这样讲?

周小燕:第一,假如说通过时间来积累经验,最后阶段的经验最多。生命走到最后阶段也是最宝贵的,从前总归有些遗憾,工作也不足。我最幸运的就是不管哪个阶段总有很多朋友,外头的印象觉得我是女强人,他们知道我不是个女强人，优点就是很能团结人，一些人在一起工作，帮我。所以昨天要魏松讲话，他说他就两个字："感恩。"他一辈子就是大家帮助他，我也有同感，真是感恩，感恩党，感恩父母，感恩同事，感恩我的学生，感恩群众，得到四面八方的支持和鼓励。鼓励很重要，鼓励我有这个劲儿往前走。

记者：您获得"终身教授"是哪一年？

周小燕：我不晓得。

记者：您获得"终身教授"的时候有什么感想？

周小燕：教终身到盖棺为止。

（采访记者：赵 安）

(照片由摄制组提供)

侯一民

记者：侯先生，你最早是学国画的，为什么后来改学漆画了呢？

侯一民：我12岁的时候在四存中学上学。四存中学是北京学校里头注重国学的一个学校，那个时候北京的一些画家在中学里教书，在那个学校教书教画。我们的绘画老师是齐白石的一个学生，叫陈玄庵。因为我喜欢画画，这位老师很快就注意到我了。所以从13岁起，我差不多除了上课以外，基本上就是在他的宿舍里头学画。他是画中国画的，我主要向他学山水，同时也学篆刻，也学一些古文。我回想起来上中学的时候在课堂上学的东西差不多都忘了，反而是在这个老师那里学到的东西使我一生受用。13、14、15、16岁这几年，我把它当作我的"开口奶"。我的师兄弟里面有很多现在很有名气的，包括刘国正，也就是刘征这个大诗人，中华诗词学会的名誉会长，新中国成立后的很多语文教科书是他经手，他编的，就是这么一个环境。

1946年，我考入国立北平艺专，我考的是国画科，而且是第一名。当时是徐悲鸿主持这个学校，很糟糕的就是当时艺专的国民党反动党团势力很大。我碰到了两件事情：你如果想公费上学的话，就要加入"三青团"，国画系的一个大学长就跟我说："你要学国画的话，就要加入国民党。"我一生气，我说："我不干！"因为那个时候我已经开始和中共地下党有了一些接触，而且参加了地下党组织的一些外围活动。我当时很反感，就这样就改了。我虽然是改了，但是我回顾我这一生，这个"开口奶"对我非常重要。在我后来的创作实践中，特别是晚年，大量地融会了我小时候学习的一些影响，包括中国文学的影响、诗歌的影响、传统绘画技法的影响。我那个时候是学山水的，但是我在新中国成立后参加了年画的创作。年画就是以人物为主的这些题材，我就大量地运用了一些中国传统的工艺、中国传统的技法。后来我领导壁画运动的时候，也融会了很多这种东方的东西。就是这样，从中国画到西画，又从西画回来，所以现在我也不知道是什么，算是杂家吧。

记者： 您说最重要的很多东西都是在那几年学到的，比如说呢？

侯一民： 比如说我们师兄弟几个晚上不睡觉，比赛看谁背诗背得快。我现在可以给你从头背《西厢记》，你信不信？当然，中间很多段落已经忘了，但是最精华的东西没忘，这些是课堂上没有的。至于杜甫的诗、李白的诗、白居易的诗，这些东西对我最初的文化影响是很深的。我的大师兄刘国正太厉害了，他现在也是一个最重要的诗人。我比较懒，我主要是画画。那个老师的家人也不在，他的纸裁的小条都给我们使了，他的笔墨纸砚，我们就都使了，他那点工资也都让我们给吃了。我们自己在那儿做饭、擀面条、刻图章，你看我这儿还有这么多呢。我从12岁就刻图章，13岁、14岁的时候，我的老师开画展，上头的很多小虫子是我给他加上的，然后就在中山公园办展览。我现在教学生，有的时候我就告诉学生，你们要学会"偷手艺"，不要完全被动地课堂里教什么就学什么，你课外学的东西往往比你在课堂学的东西要牢，因为是你全神贯注，是你非常投入、非常喜欢的情况下得到的那样东西，那样东西会影响你的一生。我现在能做雕塑，我能做陶瓷，我也会画漫画，谁教过我？没有，偷来的。学习要自觉地去找机会就学，看到长处向老师学、向朋友学，向不如自己的人学，在马路边上学。那个时候礼拜一到礼拜六，我就到隆福寺去看"面人汤"捏面人。隆福寺那个庙里头，台阶下有一个摊，我一天一天地在那儿盯着学他的面塑，真厉害，棒极了。徐悲鸿当年就说"中国的'面人汤'和'泥人张'是中国的罗丹"，但却不被一般人所认识，就是一个小玩意儿，但它真的是非常棒。我也会，我们现在给"锦绣中华"做了15万个小人，你信吗？我指挥的，我培养的队伍，我跟我老伴设计的，15万个，没人教我，是我偷来的。

记者：1978年，您在中央美院创立了壁画系专业。

侯一民：是。这个壁画专业是这样的，中国过去没有这个专业，"文化大革命"以前我就开始注意这个事情。我有几次出访，起初是出访苏联，那时候苏联美术学院都有壁画的教学，倒不一定都是一个专业，每个学画的人都要学苏联的那种壁画工艺，以马赛克的为主，还有石壁画。我回来以后也做了一些尝试，包括你们看到的《毛主席与五十六个民族》，这是我最早的一个尝试，带有壁画特色。因为题材也需要简单的那种，完全写实，完全是在一个时空关系中间表现，需要有一种象征性。另外在技法上，我也希望能够突破西画只是明暗虚实，要带有一种东方特色。所以我当时做了一个实验，但是后来"文化大革命"就开始了。之前也有几个人关注壁画，一个是董希文，他在敦煌多年，曾经在美术学院试图建立壁画专业，但是没有实现就"文化大革命"了。"文化大革命"中，他58岁就去世了。中央工艺美术学院的张仃也成立了壁画专业，但是时间不长就夭折了。"文化大革命"中，我12年挨斗。恢复工作以后，还是恢复我的那个油画系副主任的职务。那时候我就给文化部写了一个报告，当时的文化部部长是黄镇，我提出来在中央美术学院油画系下面建立一个壁画研究室，它的使命就是要重新把壁画引入美术学院的教学，开始这方面的人才集中和创作的实验。

在世界上，中国壁画的遗存是非常丰富的，而且也是很辉煌的。历史很辉煌，这个大家都知道，但是到明清以后，壁画慢慢就衰落了。我就是继承我的老师——董希文这些人，也是雄心勃勃吧，我们想重新兴起一个新的壁画运动。也是顺应当时"文革"以后各个地方的基本建设开始上马，在这之前，所有大的场馆、博物馆都是红海洋，就是中间一个毛主席像，几条语录就完了。那个时代过去了，急需解决宾馆和大型纪念地的装修需要。所以根据这样的形势，我们就写了一个报告，而且调集了一批人马，有学壁画的，也有各个不同专业的，雕塑专业、国画专业、油画专业、建筑专业，几方面的人才，就是集合了一个班子，很快就形成了壁画研究室的核心，而且接受了第一批壁画创作的设计，包括龙泉宾馆，包括北京饭店，包括人民日报社，还有后来的黄鹤楼。同时中央工艺美术学院的张仃和中央美术学院的江丰组织了北京机场的壁画群创作，那个壁画集中创作的人是工艺美院和美术学院的人都有，袁运生等这些人都调回来了。很快地在几年里就出了一批作品，在这个基础上就建立了壁画系。而且我们从建立壁画系开始探索壁画教学的内容，要编写教材，联系创作任务，这个时候我就离开了油画系，单独挑这个头儿。后来，我调到院里工作，当时分了三个工作室，第一工作室是以纪念性为主，由我负责；第二工作室是以中国的传统壁画、中国特色为主，由周令钊负责；第三工作室是比较现代的，装饰性的，追求现代感的，由李化吉负责。三个工作室挺来劲，而且很有成效。当时国外的评论认为这批壁画的诞生是中国文化走向复兴的标志，是这么评价的。而且我们发明了很多新的工艺，包括你看到的那个陶瓷壁画《百花齐放》，那个是我经过10年，偷着去陶瓷厂试验这种新工艺，从磁州窑的黑白刻画花发展成为这种非常复杂的工艺。这种工艺现在全国已经普及了，山东学会了，改名叫"鲁釉"；哪个省学会了，就叫作它的釉，而且在邯郸就用这个技术建立了一个工厂，专门生产高温花釉壁画，这个厂现在已经垮了，成了私人开的，有几百人，弄得很大。还有很多沥粉贴金，包括很多新的工艺提出来了。逐渐地我们会合，这个队伍越来越大，经过几年的沉积以后，我们又重新整治，建立了"中国壁画学会"，重新改选了美协的壁画艺委会。最大型的全景画也成为我们壁画队伍的一方面军，很厉害，淮海战役、辽沈战役、平津战役、清川江、井冈山……现在是第9幅大型全景画。

我们这个队伍说是一个小品种，其实我们比谁都大。第一，它的规模大；第二，它的受众大；第三，它融会不同绘画和工艺技法之全是任何画种也比不了的。最根本的差别，我们面向的是公众，我们面向的是城市，是最广阔的空间，它的服务面之大是值得我们骄傲的。但现在举办全国美展，没有人要这个壁画，所以连续两年都是我写信，美术学院自己的美术馆无偿地提供。评论界说"小画中大气派"，就是这样一个概念，所以很有希望。因为现代艺术发展到今天，已经不能够局限于一种工艺技巧，壁画的发展从室内到了室外，从平面发展到立体，包括声光电都融会进来，最贵的材料也是它，最便宜的材料也是它，很粗的陶土也是它，所以这个很有意思。

我现在退了，只留了一个壁画学会名誉会长的职务，都是一批年轻的同志在做。最近刚完成了北京地铁的6号线的作品，我们刚做完，有一本书。我们给刘淇写了一封信，因为北京地铁分期施工，内容很杂乱，整个北京市的地铁不能够没有一个统一的主题，不能没有一个统一的规划。刘淇很认真地批了四个字：非常必要。从那儿以后，北京的地铁有了一个大的整顿，壁画学会担负了其中的一部分任务。你们去看一看6号线，朝阳门、西四、东四，还有很多，还有10号线、7号线、8号线，都有我们的作品。6号线是整个的，最近6号线的延长线和7号线的几个重点任务，经过招投标，也是由壁画学会在做，可能外省市也会聘请北京的壁画家去做。

记者： 您当时写那封信说明这个很有必要，是怎么阐述的？

侯一民： 那封信的原稿回头给你看，我们出了一本由中国壁画学会主持的北京地铁壁画新作，上面有那个东西，主要的意思就是北京市的地铁要有一个统一的规划，北京市的地铁要体现北京的文化特色。北京是文化古都，是一个现代的政治中心、文化中心、国际大都市，又是民族荟萃的一个大都市，所以这个主题必须要有中国特色，不能把北京的地铁弄成跟外国地铁一样。虽然地铁不是美术馆，但是通过北京地铁要给人家留下一个最美北京的印象，就是这么一个思想。而且要根据不同的站点确定不同的主题，张弛有序，轻重有别，根据地上地下的联系等等这些因素。另外，工艺材料要显示北京最特有的工艺手段，最好的中国的、北京的工艺特色，要百花齐放。而且还要可以移动，有一些部分可以移动，可以更换，保持地铁的新鲜感。另外，我在那上头写了几条地铁壁画的基本规律。现在逐渐地地铁是成熟了，也有的很新鲜，有的是从来没有用过的工艺材料，每一段都不一样，而且现在正在计划在新的站点里怎么样产生一些从来没有用过的工艺手段，我又在发明新工艺呢。

记者： 听您刚才说这个话我有一种感觉，就是可能现在好久没有人提了，所谓的艺术家的社会责任感。

侯一民： 这个艺术家的责任感，我不说壁画，任何一个艺术家都应该有这样一种责任感。当然，壁画就更不一般了，因为壁画有两个特点，一个跟环境的关系，它是城市环境和城市建筑相互作用、互相依附这样一个作用，同时它是带有公众性的，它每天要面对千百万观众，它要对观众负责的，这点和其他画种可能有区别。但是作为一个艺术家，不管你是哪一个画种，不管你怎么强调，你完全是个人的一个作品，只要你画，你就担负着一个你的作品要给人什么影响的责任。我的看法是：艺术作品永远离不开对人的心灵的影响。作为责任来说，最应关注的我认为是对于我们现代人，特别是我们后代的灵魂塑造的这种责任。这个塑造既有政治的塑造，也有做人的塑造，也有审美的塑造；既有政治性的这种教化，也有文化的、人文的、审美的这种影响，它是多方面的。有的人认为过去的艺术太强调政治教化，那是因为打仗要动员人民、团结人民，打击敌人。今天，人民的精神需要扩大了，但是人民精神塑造的任务依然非常复杂、非常艰巨。对于把下一代人塑造成什么样的人，艺术家不能忘了自己的责任，干吗管你叫"人类灵魂的工程师"？你称不称这个职？你净弄一些垃圾，你净弄一些反动观念，一种原始性冲动，弄这些玩意儿，你是在祸害人的灵魂，你不是在塑造人的灵魂。这个是很清楚的事情，这些问题居然现在成了问题了。

"艺术为人民"这个概念，包括你问我对《在延安文艺座谈会上的讲话》怎么看。《讲话》中把为人民服务提得很高，第一个就是"为什么人"的问题，第二个是"怎么为"的问题。艺术和生活的问题，普及和提高的问题，艺术家自我修养、立场的问题，等等。在当时延安座谈会上动员人民群众来抗日，"为人民"这个概念是放在第一位的。但是在今天我们国家还要不要前进？只要我们国家还要生存，还要前进，就有我们需要怎么样来塑造下一代人的理想、怎么样建立他们的爱国心、怎么样塑造他们美的灵魂的问题。所以我认为"为人民服务"这五个字是最具有人文精神、最进步的一个观念，甚至用你们的词来说，是最前卫的一个观念。美国有吗？美国左右文化艺术的是个人和市场，是作品的市场价格，这个是至高无上的。那么我们中国人民不比他们高一点儿吗？而且我们面对的是最广大的人民群众，所以我说我们这个观念比他们那个观念要进步得多。我始终是这样看的，我是这个方面的一个"钉子户"，至死不悔。

有的人歪曲说以前是为打仗才为人民服务。为人民服务是非常广泛的，人民灵魂塑造的任务是一个非常广泛、非常艰巨的事情。现在那种不正常的东西，难道我们在艺术上没有责任吗？孔子还要讲爱人，现在我们爱人吗？爱父母吗？爱青年吗？爱别人吗？甚至你爱不爱你自己？爱不爱你自己这个人？爱不爱你自己的德行都有问题了。我觉得只是现在人民的精神需求更广泛了，社会的需求更广泛了，文化的需求更广泛了，政治的需求也更广泛了，不仅要关心中国，也要关心国外；不仅要关心普通的中国老百姓，还要关心国外的老百姓的生活处境。政治是这样，精神上、文化上也是这样。我不相信一个没有文化的民族，没有文化信仰的一代，能够真正地爱国，我不相信。在动员重大历史题材创作的时候，我说要怎么样让我们的后代爱国，让他真正地懂得我们这个民族得以延续的那个基因在哪儿，得以延续的那个带血的灵魂在哪儿，所以要画这些历史画给我们的后代看看。我们画这些历史画不是光画故事，我们画这个历史画是让我们的青年人感受到我们的前辈。现在有很多东西是故意捣乱，骂岳飞、骂鲁迅、骂孙中山、骂毛泽东，甚至骂罗盛教、骂董存瑞，骂起来没完，干吗呀？我真的不理解。什么叫历史责任，在我们这一代人吧，至少我们这一代艺术家是永难放弃的一个信仰，永难放弃，放弃了就没良心了。有些话我不想说得太绝，我们的画家里头确实有一部分人在画钱，但有一部分画家是在画自己的心，画在他心里不吐不快的一种理想、一种信念，他不是为钱。这种人，我认为是值得尊敬的，而且这种作品也是不朽的。

记者：您说过一句话："创作过程再苦也是一种享受。"

侯一民：很多人认为是受罪，回过头来看这段经历太宝贵了。古人也说过，艺术往往产生于痛苦。所以没有经过磨难的人很难体会到这种创作过程的满足感。

记者：您能给我们举一个例子吗？

侯一民：我这一辈子净找罪受，有一部分是自找的，有一部分是被动的，但是回想起来都是最宝贵的资源。自己找罪受的，比如下煤窑。我第一个选择是下煤窑，因为我相信毛主席讲的："有出息的文学家艺术家，必须到群众中去，必须长期地、无条件地全心全意地到工农兵群众中去，到火热的斗争中去，到唯一的最广大最丰富的源泉中去，观察、体验、研究、分析一切人，一切阶级，一切群众，一切生动的生活形式和斗争形式，一切文学和艺术的原始材料。"我始终是坚信这句话的，所以我就选择了一个最苦的。我第一次接触就参加了煤矿的救火——矿难，从此就建立了跟矿工很深的关系。现在有点懒了，其实我应该再去，现在煤矿变化很大，但是当年真的很苦。我去朝鲜前线也是自己选择的，急行军时，炮弹就从头顶上飞过去。当然，对我们是太照顾了，最后我们也没有到达最前沿，只是到了最前沿的山后头，但是那种经历对一个人来说太珍贵了，遍地的体臭，美国人的尸体，我们自己人的遗体。朝鲜老百姓把家里的米给我们装在行军袋里。上面是飞机，夜里行军。这种过程、这种经历对一个人不是享受吧？谁能够享受这种感觉？在雪地里头，躺在那儿就睡一觉；在桥底下，大家凑在一起，点着一堆火。如果不是在桥洞里，上面的飞机就看到那个火了。这种经验太宝贵了，太生动了，这是我自找的。至于下农村，那就太一般了。这些我们都当作一种享受，当作一种体验，当作一种学习，当作一种获得，太珍贵了，把它们记录在速写纸上，也记录在日记上，可惜我的日记本丢在战场了。

也有一些是人家找来的，我说的是"文化大革命"时期。有谁有资格像我这样画"文化大革命"？你看了吧。我是被七根棍子打得拿不住了，再换一根棍子的人。我的老伴陪着我都打掉七颗牙的人，所以我现在有资格画这画，我想打我的人他不好意思画吧。受难当时绝对没有想到画画，但是现在我画了，我有资格画。而且我是很善意的，我很理解那些小混蛋，那些嗷嗷叫的人，我那上头只有四个坏人，包括指使小女孩跟她爸爸脱离父子关系那人，那人准是心眼不好。很多人都是好人，都是后来"上山下乡"的好青年，只是当时的一种信仰。这种受难是我一生的财富。

我最近办了一个展览，就是两张历史画的展览，原来的题目叫"苦与甘"。我说我的一生最让我感动的是人民的苦难和对苦难的奋争，在我一生的创作题材中很多，包括地下斗争，牺牲了很多战友，我眼看着他出狱，已经被打得快死了，不能说话了，我跟他告别，我是地下党。中国革命真的非常伟大，所以我在革命博物馆的序幕大厅里做了浮雕。那滚滚的人头都是有来源的，上面的那些形象，包括刑场上的婚礼，包括李大钊，包括向警予，包括其他那些人物，都是活生生地存在过，都是历史的存在。我甚至在我那个《前言》里说，那滚滚的人头中有我的兄长，我的大堂兄是这样死的，叛徒出卖以后，他抵抗到最后，用最后的子弹把自己打死了。他是"雁翎队"的组织者，是当时那个军区的敌工部部长，兼安溪县和高阳县的县委书记，白洋淀"雁翎队"这个名字就是他起的。他是个大学生，在芦苇荡里组织召开了一次敌工会议，然后到了一个堡垒，晚上被包围了，有叛徒出卖，他抵抗到最后，自己把自己打死的，最后日本人把他的脑袋切了下来。这些血淋淋的历史在我的记忆里是非常深的，这些反过来就成了我创作的一种冲动，一种储备。

作为一个艺术家，如果整天都是甜蜜蜜，出不来好东西。当然，歌颂光明、歌颂欢乐，很多画家都是这么做的，也很好，但是我更喜欢对于灾难的战胜和体现，这种从苦到甘的过程。而且作者又是亲历者，生活本身的甘和苦、苦和甘，作者的亲历和从无到有的这种创作过程的甘苦。创作过程也很苦，每征服一个项目就是作者的一个积累，如果一生有几个这种成功的积累，他就是一个最幸福的人。你还要什么别的幸福？别的幸福太微小了，没意思。吃点好的，喝点好的，甚至弄点莫名其妙的。我很穷，没多少钱，我的钱一到七位数就立刻花光，送人了，到百万都不行，到百万我烧得慌。人有不同的人生观，有的人钱越多越高兴，我是钱多了难受。钱多了怎么用？没用！我的工资是百分之百，医疗也是百分之百，我的住房——自己盖的不花钱，我喝水不花钱，就交点电费和电话费，仅此而已，很简单。我这个水都是矿泉水，是戒台寺的地下水，很棒；吃的自己种，我们的南瓜一大堆，能吃到明年4月，去年的柿子还没吃完呢，糖分太大，我血糖高。你问老太太，这鸡蛋也是我们的鸡自己下的，挺好。作为一个画画人，他的享乐观跟别人不一样，把自己的生活积累转化成艺术，这是一种最大的满足。

记者：原来您说创作过程苦指的就是从构思到有作品的那个过程。

侯一民：体验生活要找最苦的、最难的。如果我身体好的话，南极、北极我一定要去，哪次地震我都冲在前头。

记者：汶川地震是您80多岁的时候吗？

侯一民：我第一次赶上地震是邢台地震，那个时候美术学院刚"社教"完了到"四清"，调我去。我到"四清"的时候还算是总领队，"社教"把我批了一通，戴罪立功吧。我在美院算是个小头头，代表学生，代表青年一拨的一个头头，所以挨批的时候也先批我，批完了以后要用的话也先用我。那个县要举办阶级教育展览，就先调了一部分人到县里筹办展览，我就离开了"社教"的村子。刚筹办展览没几天，邢台地震了，隆尧中心地震了，屋里晃悠，我在被窝里晃悠，旁边的人光着屁股就出去了。我出去后感觉太冷，就又回去了。外头门楼"哗"就倒了，地震了。第二天，我就跟区里要求到震中去，带着人到了隆尧，有很多感人的故事，有的人为了救人，因为没有工具，把手指头抠得露骨头了，外边的人捐来了烙饼，他们挂在临时搭起的地震棚上表示感谢。

回来以后，我们就向区里要求办一个抗震展览。我的老搭档周令钊负责盖房子，给了一块地方，用苇席和竹竿盖成了一个上千米的半敞开的展厅。我当时算是一个犯错误的干部，不能画画，但是我要组织。叶浅予这些人都来了，国画系的画连环画，雕塑系的做雕塑，做了一组真人大的泥塑。我去给他们找泥，到各个打井点去找，皮肤用紫色的泥，裤子用黑泥，离煤矿近，还有的地方衣服上用白泥，白的、紫的、黑的、蓝的，几种颜色的泥，我都给找来了，做雕塑很漂亮。一个礼拜这个展览就办成了。那个解说员家里有人遇难了，他却不回家，一边做解说，一边流泪，观众看着展览就哭。

那个展览办得非常成功，讲解员就是当地的农民，当地人听他讲完，痛哭流涕，然后到外边休息，回来再接着讲，接着听。西藏还送来了鞋，送来了马，送来了慰问信。办完了这个展览，"文化大革命"就开始了，给我加罪名，说办这个展览是为"三旧"搞假繁荣，回来就挨批，挨了12年。1976年，唐山地震，我又去了，我是第五天去的，下了开滦矿，没怎么画画，就画了一些速写，这是我第二次参加。第三次就是这次——汶川，但是我老了，不让去，我就天天看电视，越看越感动。第三天，我就到教室去了，我现在还领导着壁画高级研修班，现在是第四期了，这些都是年纪比较大的、各个地方院校的老师，也有一些社会上的画家，都有一定的基础。我说："我们要为汶川地震画一幅大画，不小于100米，题目叫《抗震壮歌》。"我说："这个义不容辞，一定要做，课不停，晚上干，礼拜天干。"我就起了稿子，因为当时新华社的朋友提供给我一些资料，我虽然不能去，但有三个学生自己去了，不许去的，结果他们去了，他们说是去献血，后来他们也回来了，就一起做。学校里的很多中年教员，包括孙景波，包括老太太，包括刚才打电话来的杜飞，很多人纷纷加盟。然后就开始第一批实验，画了几个局部，研究好了用什么办法。这个办法是我在邢台地震的时候发明的，在宣纸上画素描。这种在纸上画素描的好处在哪儿呢？把它一撕，然后一贴，就改了，而且这个非常舒服，把它托一下，两层的。就用这种办法画了180米，然后把它裱成了150张，180米，一张一米二，裱成了150张，在世纪坛办了一个展览。用了两年的时间，把它转移到陶瓷上，这也是一个发明，转移到60×60厘米的陶板上。2012年，地震四周年的时候，在都江堰划了一块地方，盖了一面两百米长的大墙，举行了一个揭幕典礼。我的大师兄配了17首古体诗，墙的背面是他的诗歌，前头是这张素描，185米长的素描，墙是200米长，成为那儿的一个爱国主义教育基地。

在我们这些人来说，这种事情就觉得义不容辞，应该的。不提什么报酬，没有这个概念，只是我的一些朋友捐赠了制版的费用，大概有两三百万吧。前前后后，我们自己花的钱就是买纸、买馒头。买馒头干吗？擦画使。日夜奋战，我说是泪水和着碳墨。不分长幼，不分昼夜，到10月底基本完成，我就住院了，直肠癌，报了病危，在ICU昏迷了70个小时。后来侥幸没死，出来以后在病房里接着完成了这幅画。正好有现成的护士做模特，有一些画得不对的又改了改。那个《后记》是我在病房里写的。其中有一些部分是我跟老太太画的，温家宝那一部分，还有胡锦涛跟老百姓那一部分，还有最后那个升旗的小孩的部分，这些都是。还有那几个大圆圈，埋在地下的一些故事，那儿个圆的都是我跟老太太画的。他们画完，我都拿来改一遍，然后把风格统一一下就完成了。像这种事情，完成以后就完成一个事儿，完成了一份心，完成了一份责任。我现在正企图在这儿建一个壁画博物园，有反对的，怕累着。

说实在的，损失的时间太多了，但是也不后悔。最大的损失就是那12年没有画画，只画了一幅画，每个人要画一幅自画像，内心要丑恶，外形也要丑恶。我们几个人坐在一块，叶浅予、吴作人、董希文、我，还有韦启美，每个人画自画像，要画得丑，不丑就挨斗，就画了这么一幅。其实没有到10年，到1974年就把我们调回来了，罗工柳、我、邓澍，调回来几个人。就给任务让画，开始让我们画一幅"文化大革命"，画毛主席、金水桥，这个当然我们也画了，当时觉得"文化大革命"还得歌颂。接着革命博物馆又让我画那个《毛主席在安源》。《毛主席在安源》是我1962年想画的，1959年到1961年我画的《刘少奇在安源》是国家交给的任务。中间有个过程，第一稿不理想，没通过，我又画了第二稿。同时我在研究历史，觉得不能没有《毛主席在安源》这幅画，因为他是第一个去的，经过考察以后，派了李立三，后来又派刘少奇去的，所以我说不能没这幅画。但是这幅画不是国家交给的任务，我起了一个稿子，没有完成。到"文化大革命"后期，革命博物馆的人觉得斗我斗了半天，就（因为）让我画刘少奇，那个刘少奇是他们让我画的，觉得有点对不起我，所以就给了我一个地方，让我把那幅《毛主席在安源》画完。那时候我得了很重的肝炎，所以"文化大革命"后期到1976年毛主席去世的时候，我正在画那幅画。最后两年，我还是画画的，但是从1964年到1974年这10年没有画画。1964年是"社教"，挨斗；1966年开始的"文化大革命"，挨揍，就是这样，10年过去了。一分为二吧，损失是损失，但是也长了见识，真的是长见识。我说过，"文化大革命"最好谁都经过一回，但是最好能活到300岁，不是活到八九十岁就完蛋了。损失的时间有时候也难弥补，"文化大革命"时，我36岁，出来以后就47岁了，创作最兴旺的这段时间过去了。后来让我当院长，当院长又画不了画，很多人劝我既然当了院长，就不能画画了。我就偷着画。

记者：您的作品分阶段吗？或者说有什么偏重吗？

侯一民： 新中国刚成立的那时候，大家都画年画、连环画，每年要给农民画一幅画。到1957年以后就开始画革命历史画，一直到1966年"文化大革命"开始，以后就不让画画了。"文革"以后没有机会画大的历史画，虽然也画了一幅《毛主席在安源》，大的历史画就少了。后来做行政工作的时候，白天不能画画，就偷着画国画，又把12岁、13岁那个时候的宣纸——因为宣纸我一直攒着，谁发宣纸我就要，一直攒着，越攒越多，那个时候也没全扔，扔了一部分，又开始画国画。紧接着到1980年，我又启动了壁画。1980年以后这10年主要是研究壁画，包括壁画工艺，包括我说的一些新工艺的创作。我的新工艺创作还有好多种呢，不止那一种。

大的段落可以这么说，但是到后来我就形成了一种习惯——根据题材来创作。如果这个题材适合做雕塑，我就做雕塑；适合画国画，我就画国画；适合画油画，我就画油画；适合做陶瓷，我就做陶瓷；什么也不适合，我就"杂把凑"，就是创作一种新的工艺。后来我就对创作新的工艺特感兴趣，你们看我画的那个《逐日图》，你说是国画吗？没用笔，用的是一盆墨汁和一块烂手巾。你说是国画，它也不算是国画；你说是油画，它更不能算是油画。因为那个历史是4600年前的一件事情,我要追求一种历史感,不能太真。当然,像长城这种题材,我就用了一种红结晶釉,陶瓷的红结晶釉是最难烧的,经过实验以后,在那个土窑里头烧,要经过一个礼拜,这个过程出来那个红结晶。从出现结晶到结晶被化解这个时间,行话叫"析晶",时间很短。再烧,过了,就成了黑铁一块。它是铁,烧得不到的时候,那个晶体出不来。结果出来得非常好,表现血肉长城那个血的感觉。现在在国家博物馆的院里边,前面是一面国旗,把那个作为背景,保存了下来,没有砸。

这都是根据不同的题材来创作一个新的工艺,这是我的一种爱好,就是每一个重大题材的时候,我要琢磨一个适合这个内容的新招。所以到后来,画种对我来说无所谓,就是互相串通。我现在正在琢磨一种新工艺,因为我们新接了一个活儿。6号线的顶头是运河的终点,起草了一个运河漕运,怎么表现这个运河漕运?我就想了一个招儿,还没实现,我现在先给你透露一下。我要发明一种用手绘的、像素描样的蓝色的高温炭棒,这在世界上没有,像画木炭一样的,但是蓝色的,它的主要成分是氧化钴,把它做成炭棍来画,上头再喷一层薄釉,漂亮极了。过去没有的,过去都是用水溶的,或者是用什么的。

记者:您为什么这么喜欢用新材料?

侯一民:内容需要。比如画那个《逐日图》,这话又说远了,我这个人愿意挑战,愿意搞翻案文章。我那个《逐日图》是翻了一个历史大案。谁的大案呢?哥伦布!哥伦布1492年所谓发现了"新大陆",什么概念?新大陆上没人吗?没有文化吗?不但有人,而且有很高的文化,而且那个文化和西班牙的文化有很大区别。西班牙人认为地球是中心,而当时的印第安文化认为太阳是中心。是哪儿来呢?咱们的老祖宗炎帝那儿来的。印第安人的祖先是和我们同宗异域,是炎帝的第九世夸父人把这个文化带过去的。夸父人在美洲建立了几个国家,夸父国、大人国,最南边的一个就在现在的秘鲁。这个《山海经》里写得清清楚楚,在这个问题上连司马迁都错了,司马迁认为《山海经》是巫术,是神话,历来把夸父人的事情当作神话故事,其实是有根有据的。我去美洲五个国家考察。夸父人和炎黄战争失败以后开始迁徙,这个过程是一步一步的,先回到了华山，然后到了堪察加半岛，然后越过白令海峡，到了中美洲，到了大峡谷，然后再往南走，一直到了现在的秘鲁、智利这些地方，一个一个建立了几个国家，包括贝加尔湖旁边，这都是确凿无疑的历史。所以《山海经》是一本古代的历史书，都有图的，这个图现在国内失传了，在国外有，在朝鲜图书馆里有，在美国、在法国有，证据确凿，所以我是把它当一个历史来画，我要翻掉哥伦布的这个案。印第安人的祖先跟咱们一样是蒙古利亚人，我画这幅画是要翻这个案。我如果用油画来画，可以画得非常写实，越写实越不对；我如果按照习惯当装饰性的神话来画，我本来是画历史，所以想来想去，我就用了拓印。这个办法是跟我的女婿学的，他做过一段拓印的这种画，我把它移植到画人。所以你的感觉是有一点儿神秘感，有点历史感，是吧？那风雪是拓上去的，那雪莫名其妙的，还有些雪的痕迹，迎着那个风雪。里头每个地方我都有根据，手里拿青蛇、白蛇，我都有根据。包括那些仪仗，包括倒在前面拿着的太阳的神像，我都是有根据的，不是闹着玩儿的。我那幅画应该说在绘画上的成果不如在人文学上的成果，不如在人类学上面的突破。

记者： 您说您终生都在创作中寻找一种质朴的美。

侯一民： 因为画油画的人有时候喜欢绚丽的颜色，它本身的吸引力也很大。这个可能跟我最初接触中国画有关，中国画一般色彩很单纯，这个跟齐白石的影响有关系。像我画《刘少奇在安源》的时候，我当时有一幅齐白石的画，是一个荷花，这荷花只是黑和白和那个枯墨的颜色，灰颜色，然后上头有一朵红花，单纯极了。在《刘少奇在安源》那幅画里，我就确定了，这幅画的色彩关系以黑、白、灰为主，有一点儿红，那个门口那儿有一点儿红，然后加上皮肤苍白的焦黄色，这个颜色就这样定下来了。如果我把那个衣服画得花花绿绿，就不是当年的矿工。所以最初开始的时候，可能跟我对于矿工的写生有关系，矿工本身的色彩关系就是非常有张力，但是非常的浑厚，非常的深沉，而不是那种华丽的色彩关系。可能因为这样一种爱好对生活的启发，我就不大喜欢那种艳丽的色彩，包括我画少女也回避，不太喜欢那种非常花花绿绿的颜色关系，我喜欢颜色沉重一点儿，朴实一点儿。每个人的选择不一样，可能跟我画的题材有关系，跟我最初接触的题材有关系。我画老头比画少女画得好，少女我也画，但是画得不如人家画的甜，所以我的画里找不着那种少奶奶型的人物，总是朴素一些的，劳动者的那种气质多一些，这个可能是跟我的审美习惯有关系。当然，我不是说画得色彩斑斓的那种画不好，不是，这是我的一种取向，也是我的一种习惯，语言习惯，我喜欢沉重，喜欢苦味，不太喜欢甜味。

记者：今年您在美术馆办了一个学术解析展，您给我们讲一讲这个解析展是怎么回事吧。

侯一民：这个实际上是吴作人国际美术基金会发起，吴作人国际美术基金会办过对于吴作人、彦涵几个人的研究。他们关注我，我也是非常感谢，人家把我当个大人物，其实我也很抱歉，大也大不到哪儿去。人家要做呢就做吧，我就支持。但是这个文章怎么做，在我这儿开了一次会，我说有些事儿就不要扯了，比如这幅画很多时候是和"文化大革命"、挨斗、批判、包括有一些政治阴谋、政治动乱，都有关系，我说最好不扯这些事儿，能不能回到艺术本身。我认为回到艺术本身，回到那儿了，就是从生活到艺术。

我对矿工的感情是逐渐积累起来的，安源煤矿我去了三次，除了去安源，大同矿我去了两次，峰峰矿还有阜新矿的开采、开掘，开始建设的时候，我都参与了。北京的城子煤矿，北京的西山煤矿，我带着学生在那儿拉车、装镏子、回采。我多少年都是不断地参与，慢慢地积累起来，对矿工的美有一种很深的感动。而且为了《刘少奇在安源》这幅画的创作，我研究了安源的历史，真的很多事情非常让我感动，包括那些牺牲的烈士，包括画面上出现的一些人物，其实我都是有根据的。譬如说刘少奇身边的那个年轻人，一个叫刘昌炎，一个叫什么……他们两个当时在大罢工的时候都很年轻，十几岁，我心里是两个人物，后来做了当地的书记。大罢工之前，刘少奇把他们派到苏联去学习；大罢工以后，他们当了当地的地下党的书记，后来被屠杀了。屠杀的时候，刘昌炎被钉在那个俱乐部里头，钉了七天七夜，像基督一样，最后拉出去砍头都不屈服，非常了不起的。受难的那个人叫周怀德，他是纠察队长，是一个矿工。安源工人中有一部分是上了井冈山的，后来回来的时候又被杀害了，都是一些很不得了的烈士，这些人对我的心灵的感动太深了。我这个人可能对于死难在心里有这个纠结，所以我画这幅画的时候，我在那屋里头贴的——我们不要做奴隶，我们要做人！每一个人物我都要研究他，把我对矿工生活的积累转换成一个一个的人物，像雕塑一样的那种造型，什么时候这个人物我觉得我认识了，是他了，我再把他往画面上放，你们可以看到每一个人物。所以当时他们办这个展览的时候，对这批素描特别感兴趣。

美院的一个副院长叫谭平，他说办这个展览要积极参加。他说："我刚从欧洲回来，看了珂勒惠支的那些展览，我认为侯先生这些素描比珂勒惠支的还要好。"其实他是学版画的，而且现在是搞现代艺术，他都很感动。他认为我的这些素材和我那个画同样的重要，所以他们要把我这幅画怎么产生的介绍出来。这也正合我的意思，我就是希望在这个问题上做一下文章，就是我们这代人怎么样全身心地、无条件地去接近最底层的人民，和他们建立了一种感情上很深的、不可分的联系和感动，是在这个基础上产生的作品，要把这个过程通过这个展览介绍出来。包括在井下光着屁股的那个童工，那个时候大量地用童工，因为地下煤层里有很多水，有些煤层很矮，所以你看我画了很多速写是在那个煤层里拉那个拖机，当时比我画的还要惨。在水里头，他们叫"水耗子"，在水里头拉那个煤斗，水上头只露着那个童工的头，他在底下爬，就是这样把煤拖出来的。

这个在现在的煤矿里已经没有了，我就跑了很多小煤窑。太行山我去了两个小煤窑，有一个在王汉村里头，井下只有几十个人。下井怎么下？这么粗的一个大辘轳，两边人摇，运煤的时候一边三个，六个人摇；下井的时候一边四个人，八个人摇。那根绳子，中间那个大窟窿，就到中间拽着那个绳子，然后就下去了。下去以后那个绳子转，那绳子有劲，转过来又转回来，越转越厉害，很可怕的。他们就教给我怎么踩，要这么转，这个脚踩一下就回来了，然后再这么转，这个脚踩下来，再回来，"咕咚"一声，几百米下去落到地下，那种感觉，真的现在你再去找，找不着了。人都赤身露体的，当然有裤子，都是那种明火灯，瓦斯，嘎斯灯。你们不懂，它是烧一种石头，拿水泡了以后出一种气体，可以点着的。人也是那种爬着拖煤的，完全是手工，很有意思，我跟他们在底下画，所以那次画的一些速写，我特有感情。通过这些我来慢慢地让我自己回到那个时代去，让我自己重新在那个已经逝去的时代里生活一段，我得到了一种对那种生活的亲切感，我闭着眼都知道自己在哪儿，就是这么一种感觉。

现在我认为如果在美术馆办我一个展览，只有这种东西有点价值，再去扯那些政治的事儿，再去扯这幅画怎么受批判，这幅画到底是不是跟政治搅在了一起，这幅画到底我是被利用了还是我自觉的，你扯这些事儿，有些你扯不到边，有些人你不知道他给你做什么文章，我也很怕。有的人就把我说成是不自觉地被利用的一个棋子，我说："我不是棋子，我是很自觉的，我是用生命来表现的，用我的情感来表现的。"还有人问："你为什么还要画一幅毛主席，你是不是又赶什么时髦了？"我说："不是，因为我当时这幅画没画完我就上课了，不是国家让我画的，是没画完，而且那个构图我还不满意，是这样子，不要给我往别的方面扯。"

从生活到艺术来做文章，我认为对于现在的创作是有意义的，所以我就提出了一个问题：这种现实主义在当下还有没有价值？我认为我这种实践是现实主义创作方法的一个实践，我认为这种实践是有意义的。画家是在生活上下了大工夫，是通过自己对人民的接触，跟人民建立了一种血肉联系的情感的基础上产生的创作。他不是为了完成一个任务，更不是为了要几个钱。那时候给过稿费，我这个稿费在当时相当多，《刘少奇在安源》给了我250块钱，是最高的，当时一般就给200块钱。我家也没回，买了一幅齐白石的画拿回去了。齐白石的画35块钱，还买了好几幅画，我就带回去了。

对于这个展览，我对他们说："我不看，你们爱怎么办怎么办。事先我也不看，你们爱怎么布置怎么布置，按照你们的观点来阐述。"结果还不错。上海立刻想把这展览搬过去，我说："你别搬了，太累了。"上海创作室想要这个展览到上海举办，就是说它在当下还有价值。出了一本书，挺漂亮，有点现在年轻人的审美观，局部放得很大。我在开幕式上说："我们这一代人都是这样看待商业和艺术的，不是我一个人，我没什么特别，我们这一代人都是这样。很多作品，作者身临其境地经历了战争，或者经历了坐牢。胡一川坐了牢，出来以后画了《开镣》，技术上是很笨的，但画是感人的，因为他自己生活在其中，这是一个现实主义的创作方法，谁也否定不了的。

记者：您觉得现在的人是不是很缺这种东西？

侯一民：我觉得缺。我们那时候很大的经历是接近工农，接近下层，接近战士，我不后悔。现在有些人画煤矿工人，我觉得画得像鬼。就像毛泽东所说的，首先你不爱他们，你是站在一个猎奇的立场来看他们的。在我看来，煤矿工人的脸是黑的，但他们的心灵是美的，他们也是充满智慧的，他们在和自然的斗争中充满了智慧。因为我跟他们一块救过火，我是骑在他们身上，因为他们已经晕了，我这样来画他们的像，都是这样一些人，冒着生命危险去救火，你刻意歪曲成鬼一样的，什么意思嘛?! 前线的战士那是去赴死的，知道要牺牲的，很多都是老红军，很了不起的。怎么看待人民？如果我们艺术家只把人民当作装饰自己作品的一个什么东西，而且肆意地歪曲他，这个我们从感情上受不了。中国这100年真的不容易，前赴后继，我们是过来人，我们知道怎么不容易。

记者：您参与了第三套和第四套人民币的设计和绘画，从艺术角度讲，这两套人民币有什么特色？我们下车之前还在说："您在家可以画钱。"

侯一民：画钱我可没落钱，先说明。我说如果这个钞票也能够征版税，万分之一也行，一万块钱给我们一块钱稿酬也行，按照印数给我们稿酬，没有。

记者：从艺术角度讲，这两套人民币有什么特色？

侯一民：新中国成立以后，第一套人民币就是几张照片，从第二套开始有设计了，第三套有设计，第四套有设计，现在是第五套了，我只参加了第三和第四套的设计。我们这个小组有一个老头叫周令钊，还有一个组长叫罗工柳。罗工柳当组长，他是出主意的，他是来当领导的，管画面的总体设计，干活儿是我们干。第二套是罗工柳、周令钊，还有王式廓设计的。我去了就是第三套，我去的时候，内容已经都定了，就是留的大空，前头留一个白空，后头留一个白空，让我给补，画什么都定了。第三套的内容是按照当时的经济政策：工业为主导，农业为基础，几个先行官，农轻重的关系，等等，按照这些经济上的政策来定。所以先把工人画前头，农民画在前头，后边是能源、煤矿、交通、等等，就按这个来画。我没什么选择，就照着画，前头的那个是人民代表，然后是工人、农民、少数民族代表。这是内容要求，具体的我得排一排，得创造一点儿。工人画的是炼钢工人，农民画的是女拖拉机手，就是这样子。到第四套人民币，我们的自由度就比较大了。"文化大革命"以后给我们的任务，要画"四个现代化"。"文化大革命"把前面那套钞票批了个一塌糊涂，而且"文化大革命"中间，他们也画了一套新的钞票要代替老的钞票，其中有林彪的语录什么的，结果上边没批准。第三套人民币被批得没法说了，把我们抓到银行去斗。那个一毛钱上面，学生参加劳动是周恩来总理让画的题材。前面的人扛了把铁锹，有个人拿了一个钳子、篓子，还有一个铁锹是侧面看的。结果他们说第一把铁锹是铲，第二个是锄，第三个铁锹是矛，后头有些红旗——"铲除毛奇"；说人民代表大会是刘少奇的"全民国家"、"全民党"；还有一个解放军没背枪，说不背枪是赫鲁晓夫的和平路线，"三和一少"；拖拉机是波兰的，煤矿的挖掘机是苏修的。开展览，斗我们，大标语是"揪出伸向人民币印制系统的黑手"，整周恩来总理。我们说："这是困难时期，为了画这套钞票，专门给我们开了伙，请我们吃了几顿好饭，我们可以检讨，钞票内容我们没什么可检讨的。"我们就顶着不检讨。他们说："两块钱的钞票在周总理那儿放了很多日子，什么问题？"我说："我哪知道什么问题？"还有的问："当时画了毛主席头像的为什么不批准？"我说："是毛主席不批准，毛主席有红头文件，你们自己看去。"因为那个时候画了一套毛泽东头像的，有点像现在的第五套人民币，是毛泽东的红头文件不批准。我说："你们找去，你们赖不着我！"就这么干。

"文化大革命"过去了，有一个给我的平反决定：关于斗罗工柳、侯一民平反决定。道歉后，又叫我们回去，我们是人民银行的长工，又回来了，关在那儿设计第四套人民币。第四套人民币规定画"四个现代化"。我们讨论来讨论去，"四个现代化"没法画，既然是现代化，就是现在看不见的，而钞票上要出现一些具体的形象。当时我就说："当前的形势是'文化大革命'导致国家到了崩溃的边缘，人民的团结和国家的安定是当下最重要的主题。根据中央的会议精神，我建议这张钞票整个内容出现各个100万人以上的民族的代表人物，冠以'工农知识分子'这么一个主题。"当然，这有一个过程，很快得到了民委的同意，得到了中央的同意，邓小平的同意。当时经过民委的人口普查，100万人以上的民族都上钞票，唯独高山族不够，但因为台湾的关系，也要画上去。中央同意了，这就开始画了。我们就到各个民族来了个大旅行，通过邮政系统，到了云南、贵州、藏区、东北、内蒙古，跟当地的老百姓混在一起。在内蒙古就是自己带了几只羊，下牧场，搭帐篷。逐渐地产生了很多副产品，你看我画的那个《清水江边》，就是这个钞票的副产品。

第四套人民币比较完整，体现在哪儿？一个政治性，一个民族性，一个时代性。一是中国钞票的主题应该考虑到对中国当下政策的反映，但是不能够限于太具体的某个时期的具体政策，而是要体现中国政策永久性的主题。第三套就出了这个毛病，限于当时几个关系的摆列，限于非常具体的、过了一段时间就有变化的政策。要体现政治内容的永久性，这是一个。再有就是内容上的民族性，这个要有中国的民族的色彩，民族的特点，所以你们看在钞票上用的那些图案，第三套用了很多中国石雕建筑上的装饰，第四套是各个民族的图案，前头各个民族出现，背后的图案是跟着民族走的，而且出现了民间的那些很喜庆的内容，什么喜鹊登梅啦，凤凰牡丹啦，那些胶版的内容。另外我们考虑到我们的钞票未来要面对世界，所以取消了过去钞票里以革命圣地为主要景观的做法，而是表现了伟大的山河，从长城到海南岛、南天一柱、三峡这些景观。以前都是什么？红军长征、贺胜桥、红军会师的地点、天安门，都去掉了。

当时我们本来建议面值做到100元，中央怕100元影响人们的心理，只许做到10元。10元上是工农知识分子，去掉了一个兵。以前是工农兵，这也是根据中央会议来的：知识分子被提升为是劳动阶级的一部分，工人阶级的一部分，所以把知识分子提到上面，把解放军去掉了。你想，面向国外，安排解放军也不合适，而且有说法，解放军是武装起来的工农，所以工农知识分子这个方案就定下来了。版都做好了，中央决定做到100元，这下就被动了。正好上边有一个规定，票面的尺寸要缩小。好了，光改字。我们把工农知识分子提到50元，不要20元了，100元怎么办？这是个问题了。以前毛泽东不许钞票上出现他，连天安门中间的毛主席像都不要，第二套的钞票上，"毛泽东号"机车的机车头上有一个毛泽东像，他也不要，那现在这个能不能要？这个时候毛泽东去世了，周恩来也去世了，朱德也去世了。1980年，国庆节排出四个大像——毛、周、刘、朱。有了，既然国庆节用这四个大像，钞票上也可以用。这时周令钊提出用这四个像，用浮雕表现，不用真人像。同意了。背景怎么办？井冈山，这是中国革命的历程。这个钞票就是现在的第四套，我们认为是比较完美的一套。

政策的永久性、民族性、时代性、国际性，这些因素我们到第四套的时候就做得比较理想了，而且它们的防伪功能很强，都是手刻，手刻是现在中国仅有的技术了。结果咱们这第五套钞票是机刻，电脑刻的，把我气坏了。做欧元的跑到中国来，要求中国出人帮他们刻欧元，因为现在欧洲已经没有人能做这个手工雕刻了，看到中国的第四套钞票刻得不错，找中国来求助，结果咱们自己这儿改了。我一听说这个消息气得够呛，赶紧建议把这个恢复、保留下来，为国内服务，也为国际服务。因为手刻的防伪能力很强，你用机刻，谁都能做。现在这第五套钞票作伪太方便，你要是手工刻的，比如鼻子这儿几条线，那几条线中间点几个点，哪个轻，哪个重，只要说明这些，一查你就知道哪个是假的，现在不行了。

我就跟他们开了个玩笑，我说："你们五四一厂那个耍狮子还是手工的，什么时候你们改了，把那耍狮子的人改成机器人，改成电动的，你们就彻底现代化了。"现在很多事情就是打着这个"现代化"、"跟世界接轨"的名义，把自己很多好的传统不要了。美术学院的老师要当世界第一，怎么个第一法？人家有的，我们有，就是世界第一？我说："只有我们有的，世界上没有，我们才是第一。"世界上好的我都要，但是我的好的，你还学不了，你这才牛。人家有的，你也有，你顶多是人家的孙子。东方文化是一个大系统，有几千年的历史，你以为人家有，你有了，你就跟上人家了，不行的！而牵扯到艺术形态的问题，人家有人家的标准，你有你的标准。你要是完全屈从于人家的标准，你不对，人家也不认可你的标准。你只有广泛吸收人家的精华部分，经过你的改造为你所用，才能形成你自己传统的一部分。从唐代以后，我们这种融会的能力很强、很精彩，这才是我们的传统。

记者：您能不能结合《刘少奇与安源矿工》当时的创作故事，说说主题先行和艺术自由的关系。

侯一民：这个主题的命题也是一个集体的智慧，也是人家研究历史提出来的，不叫先行不先行，你自己首先当学生，把这段历史吃透，一定要有一个学习的过程。我不否定接受任务，接受任务有时候对画家也是一个挑战，人家出题目是人家有根据，也不是乱来，你文章做得好不好还是你自己的事儿。所以出题目做文章是正常的，历来历史创作从国外到国内很多是出题目做文章，这不奇怪。但是做文章怎么做，这是作家自己的事儿，怎么展示这个故事，这个学问就大了。它就是编个故事，怎么个编法，可以是演绎，可以是瞎编，可以是无中生有，怎么样真实地来反映历史，怎么样通过历史的这表现能够给后人一种启迪，能够对历史的经验有很深刻的展示、揭示，对历史人物的精神有很好的表达，这就是作者自己的事情。所以这个东西，作者的主动性很强，并不是没有主动性。如果你自己没有这种心情，你根本进不了这个境界，不画就完了。但是历史画有它特定的东西，就是历史画的第一要素要真，在真里头要体现一种你自己对主题的阐释。同样是真，你可以这么说，也可以那么说，所以历史画有一个作者的历史观的主导。如果作者没有正确的历史观，那么历史题材有时候也能歪曲，所以历史画是一个很严肃的事情。

记者：现在来看毛泽东《在延安文艺座谈会上的讲话》，"为什么人"、"怎么为"这些有变化吗？

侯一民：有变化。"为什么人"的需求有变化，因为当前最大的矛盾已经和抗日战争时期不一样了。但是从政治上说，也从文化上说，也从人文修养上说，艺术的功能、需求更广泛了。也由于现代人的接触面更宽了，原来不熟悉的东西熟悉了，不懂的东西接受了，所以艺术形式语言接受的幅度也和以前有了很大的变化。艺术除了直接的政治教化之外，它的审美功能，它对精神的这种影响和调剂功能，也包括愉悦功能，方方面面，我认为也都是一种教化，它是一种综合的对于人的灵魂的塑造，对一个健康人的成长的塑造，这个功能在这一点上并没有变。为人民服务天经地义，由于有这种变化，有人就想把这个根本点——为人民服务，从生活到艺术的这种原理给否定掉，这是反唯物主义的一种论调，是不正确的。这就是一种错误的、否定反映论的一种思维方式，是不对的。我始终认为至少作为我们这一代人，我是至死不悔的，我认为不同就只是不同的需求在发展，要把这个功能的扩大理解成是需求的扩大，需求的广泛性造成了艺术要求的广泛性，仅此而已。但是它塑造一代人的灵魂，作为灵魂工程师的这种需求，仍然不能否认。

记者：您是"新壁画运动"的开拓者，新壁画从主体到表现手法有什么新特色？

侯一民：以前中国的壁画主要为宗教服务，都是神道，当然很伟大，很了不起。我在壁画会议上说，我们要找大题目，做大文章，我们面对的是最广大的观众。没有什么界限，从室内到室外，从墙上到广场，甚至到整个山头。所以现在观念上当然跟古代的壁画有很大的不同。但是我们的壁画是强调正面的教化，至少在我当领导的时候，我不允许那些垃圾上来，那些摧残人的视觉的东西不能让它们存在，还是要健康的、美的。但是也很广泛，从最复杂的材料镶金嵌玉到最简单的陶土，甚至粮食粒，都可以用上去。有个农民做了一批不同颜色的粮食粒，给农村俱乐部做的小壁画，展出以后，有的人就反对，说这叫壁画吗？我说："你让一个农民不花钱自己做一个，给农村俱乐部，有什么不好？他用粮食粒堆起来的，棕红的高粱粒，白的米粒，等等，做成一个图案，然后加点儿防护，用一个玻璃罩一罩，很好，一分钱不花。"所以非常普及，而且很多成为了爱国主义教育基地。现在我们的壁画应该说是很现代，融汇了很多最新的技术、最新的工艺，包括能动、光效应的东西。刚完成的6号线的内容还是很保守的，就是北京文化，但是手段很多样。

记者：您曾经说过历史题材创作要大于现实题材，为什么？

侯一民：因为历史题材中的很多历史问题历来就争论不休，大家有共同结论的也就是一部分。你怎么来判断？历史人物有他的复杂性，历史事件有它的复杂性，这是一。对曹操到底怎么看？帝王又更是带有两重性的，问题更多。当然，最难的就是相隔时间太远，可依靠的直接素材有限，取得间接经验也没有现代题材那么方便。比如说现在虽然战争过去了，但是类似的经验你还可以找到；虽然过去的煤矿没有了，现在的小窑你还可以再钻一钻；历史上的一些事情，你就很难想象，越远越难想象，越难想象，你就越作假，所以你的根据中很多是假东西、假古董。要尽量地能够恢复原貌，商以前的东西简直看不到，你怎么表现商以前的东西？虽然有很多文物出土。譬如中国京戏，中国京戏的服装基本上是明代的服装，用明代的服装来演绎以前的故事，包括徐悲鸿画的那个《田横五百士》也好。中国人已经习惯了，只要故事讲对了就行了，服装对不对无所谓。但是历史画就不可以，这是第二个。历史从人物到环境，到服饰，取得真实可靠的素材经验的可能性就比现在要难得多。

第一是展示内容的历史观点，第二是展示生活真实的难度。再有难度在哪儿呢？就是历史故事往往被很多人都演绎过了，演绎过了未必对，但是已经成了习惯，跟真实历史不一样，这就造成了很大的干扰。还有什么难呢？我觉得很难像当代题材似的，你自己能够重新回到那个生活里活一阵，使你眼前的那些东西都是真实的，都是看得见，摸得着的，这种感觉很难找到，弄不好就是跟着那些演绎的走，跟着那些假的走，跟着那些恶搞的走，那就不是历史画了。

最后的一个难度在哪儿呢？你到底为什么画历史画？历史画不是你把这个故事画真实了就行了。今天画历史画是为什么？我还把话说回来，为了塑造我们下一代人的灵魂。为了让他们从历史里边、从历史人物的心理中得到一种感动，一种真正的启发，从而使我们的年轻一代真正了解我们古人的心理，真正了解一代一代人前赴后继的牺牲，了解他们的忠诚——对人民的忠诚，对祖国的忠诚，使这代人能够真正培养起一种很高尚的灵魂，培养起一种民族延续的基因，一种对自己文化的真正的爱，真正的了解。我谈这个问题是把它和爱国主义说在一起的，爱国主义不是讲几句口号的事，而是当你真正了解了中国的文化，了解历史，了解历史上那些有血有肉的人物的时候，你才能真正爱这个历史，你才能够作为延续中华民族血脉一个正面的力量，我觉得这个是我们画历史画的一个责任。所以不仅要把一个故事完成，而且要把这种东西传达给人，影响我们的一代人。我看了很多画稿，大部分都是一大二空。真不怕费劲，千军万马，但是究竟能给人什么是问题。要给人灵魂上的震动，这个是最重要的。我最近看历史特别关注被冤死的一些人：商鞅那么大的功劳，最后是车裂；比干，挖掉心，证明他心是红的；屈原就不用说了；岳飞、韩信、伍子胥、嵇康、袁崇焕，一个一个多好的人，最后都是被冤案冤死的。这些东西是我们民族里面最不堪的一些事情，以后要避免，以后不要再出这些事儿。这都是我们画家的责任，我要把这些事情做成一块浮雕。

我的有些学生塑造一些我们传统的英雄形象，我又跟你们暴露了，我要做一个正面人物受难，最后谁被扒光衣服？岳飞，露出他的背。秦桧是跟这有勾结的，是间谍。这些事情都是历史，你了解了这些人的忠奸以后，就要有做一个什么人的选择。

记者：绘画对您来说意味着什么，是您生活的一部分吗？

侯一民：生活的全部。除了吃喝拉撒，就是全部了，但是往往被干扰。

记者：您能说说现在的生活吗？您和邓先生还孵过孔雀蛋，是吗？

侯一民：她是返老还农，她的事儿多了去了。她本来就是个农民，后来当了八路军，现在有这块地方了，把地都整理出来，筛了，把石头拣了，然后种菜、孵蛋。那孔雀是人家送给我们的，一对，一公一母；还有两个白的，两个蓝的，是广州的一个朋友方小文送给我们的，每年下蛋，下完蛋，它也不孵，我们就找村里那个鸡给孵。起初挺顺的，每年有几十个蛋，那年孵出来挺好。第二年又有一批蛋，结果那个村里的鸡老不抱窝，你抓来，它也不给你孵。她就做了一个箱子，弄了个电灯泡，一个到两个灯泡的温度就够了，这都是她发明的。

记者：后来孵出来了。

侯一民：不是，灯泡的还没孵出来，要48天，孵着孵着停电了，如果要停10个钟头，那批蛋就毁了，她就让我给他孵。我还画了一幅画，叫《孵蛋图》。

记者：您真给孵吗？

侯一民：大夏天，我在床上蒙上大棉被，最好的地方是卡布裆，它要求是37度，那个温度是37度。我孵了一夜，我还作了一篇《孵蛋赋》，《北京晚报》还登了这段："蒙以厚被，胯肩腋下尽塞蛋卵，战战然如卧薄冰；滚滚然如揣幼兔；汗漫漫而不揩；身酸痛而不翻。月沉长夜，盼电站之合闸；星启黎明，望线路之修通。日出东方，电来灯亮，光照四壁，人得解放。蛋之命兮得保，我之命兮将倒！老妻抱蛋各归其位，慰我早餐烹蛋两枚，我已昏然入睡，梦百雏出壳，比彩羽而高飞。"

记者：后来那一批孵出来了吗？

侯一民：孵出来了。但后来时间长了，这批孔雀要更新了，三年没有出了。这狗老捣乱，孔雀一交配，它就在旁边叫，干扰。养的孔雀，养的鸡，我们那个鸡蛋一个合多少钱也不知道，很贵的，我们没有买过鸡蛋，除了家里自己下的，就是人家送的。我们这些年吃菜基本上不用自己买，自己种，学生也送一点儿，油也从来没买过。所以在这儿挺好，房钱不用花，水钱不用花，吃菜、吃油、吃蛋都不用花，肉也没买过，我们吃肉也很少。

其实我们俩也不能说没什么享受，这就是一种享受，还要什么享受？隔三差五人家有聚会，吃点好的，那不用自己花钱。我有朋友来，我就顶多带着在底下吃烤羊腿，农村开的。我们在这儿很省钱，但是一种享受，很特别。人家很羡慕，我们这儿负离子好，粉尘也小，雾霾很少，因为我们这儿靠西北，城里有雾霾，我们这儿的西北风一吹就过去了。盖房挺便宜，我们盖一个房，我女儿回来，我给她盖了一个房，一平米1000多块钱就盖完了，连装修都算上，最多2000，挺高级。在城里一平米要多少万，我这儿一弄就是一片房，跟区里说一下就行了。所以你看那个画室，有的是我扩建的，地下。

记者：现在都金钱至上，艺术和文化的价值是什么？

侯一民：反正艺文奖要给我奖，既是鼓励，又是压力，以后得好好干活儿，不能太疯了。这个毫无问题，现在中央的政策是奖励一些有成就的艺术家，也是为了让他们带个头，也是给这些艺术家套上个"笼头"，让他们好好干，带头带好一点儿。我倒没觉得有压力，因为我们还得活，还得干事儿，这个就得逼着我们，还剩下这点时间看看能干点什么事儿。作为国家政策，这毫无疑问是好的，因为你光经济搞上去了，没有文化的提倡，国家要亡的。这个问题还要回答吗？我觉得没必要回答。

记者：您不卖画是吗？

侯一民：不大卖，因为我净做壁画，壁画也没法卖。壁画的稿费是最低的，我们做的壁画差不多一平米连石料，还不如他们纸上画的卖一平米多少万，我们这个一平米最多也就是一两万块钱，连材料带装修、安装，但是大家还愿意干。当然，一般的幅面都比较大，也不赔，所以我不卖画，也是有这个原因。我不否定市场，市场对画家的选择是有一定意义的，对画家的生存也是很重要的。第一，我有铁饭碗，我有百分之百的工资，一个月还有一万多块钱，医疗费也不用花，所以吃饭不用发愁。另外，我住在这儿也不花钱。主要的我觉得太累，而且拍卖这些东西水太深，真的假的，我还想多活几年。严格地说，你在网上要是查到卖我的画，除了有几张是我送给某单位的是真的，其他都是假的。

最近我发现一幅大的《毛主席与五十六个民族》素描被拍卖，几百万，是假的。我也没有力量去争，不过这个事我反映了，我说有的单位你愿意帮忙，你给查一查。这个太荒谬了，它就根据我最后那幅油画画了一幅素描，我的油画那幅底稿就在外头床上放着。所以这个水我不蹚，因为这个水太深，从某种意义上来说，这里头炒作的因素太大。也有的单位说我们把你这幅《毛主席与五十六个民族》拍了，给你创一个天价，多少个亿，我说"谢谢"。但他回去，还没到家，他就接到我电话了，我说："我喝粥。"这个老板挺有名的，结果成了好朋友，还专门给我办了一个个人展览，一分钱不要，我也没给他画。我说

侯一民　**131**

还有一个原因，我愿意把我所有的作品留在这儿，20世纪有这么个老头、这么一对夫妇是这样画画的，是这样对待生活的，给大家留下看一看。这批东西留给区里，将来怎么办，我也不知道，可能成为美术学院的一个教学点。我不把这些东西分散，你们了解一下20世纪有这样一批"傻帽"是这么从事艺术的。我这个小画家，也不可能给我建馆之类，我自己做一个，是好是坏，有这么一对夫妇是这么从事艺术的，让后人、让我的学生们知道。所以你看挂了两块牌子，一个是中央美术学院关心下一代工作委员会的实习基地；一个是党员训练班，党的教育基地。说不定过几天成了美术学院的一个教学点，足够了，就这些东西让大家看。我所以不卖画是根据这个，但也有的画我复制一下，有一些朋友要，我也送，然后换来点古董。他们要我的画，就给我送点古董，他们知道这是我的软肋。

记者： 您如何看待艺术商业化？

侯一民： 人家愿意商业化，我没有什么好说，只是我不走，我怕累。我尊重人家走商业路线，商业化不能完全否定，齐白石一辈子都卖画，以卖画为生，但是他的每一幅画都是创造的，他追求的是艺术。这就是画家自己能不能自重的问题，如果只顾接下这个10万，那个20万，就把自己糟蹋了。当然，这很难，现在中国人靠卖画为生的人不多，靠卖画发财的人很多。何必呢，睡觉躺在钱上舒服吗？不能否认市场，也不能否认作品的报酬，报酬也是对你成就的一个肯定，只是我不想介入，我想多活几年，而且我从事的是大型艺术，我还担负着这个责任。

我现在就当名誉的了。包括地铁里的壁画，真的很不错，很有成就感。现在外省市的人也会找我们，我们这个队伍以不怕累，不靠赚钱，作品严肃，水平高而享誉"公众艺术节"。你问问北京地铁哪条线做得最好，就是我们。金台路站"金台求贤"的那个故事，那位小伙子做的磨漆是最费劲的，画里头要做白的部分，他要贴鸡蛋皮。600个鸡蛋，600个鸭蛋，他要把它们吃下去，把皮剥下来贴上去，把里头那个内膜剥下来，做这个磨漆画的装饰，就是这么一种精神。你看北海站，都是意大利的石头。这块石头上需要一个花纹，石头不能买这一条，在一块很人的石头上就裁这一条，就为了这个花纹，这块石头就扔了。北海做得那个漂亮，我说这是艺术品，做这些就是给自己留个代表作。朝阳门站的那个大凤凰，你们去看看，无光釉的那个，改了又改，非常漂亮。那是我的老朋友、人民币的设计者之一周令钊的夫人陈若菊，刚去世。那哪是为钱呢？太漂亮了！老头的老伴死了，吃着饭倒地就死了，心肌梗死，周令钊就哭。这段时间我在做什么？我营救这个老头呢。首先劝他不要看遗体，他受不了，94岁了。第二，设计墓碑，我给选了墓地——万佛园，我是那儿的顾问，那儿有一个区域都是美术家，王朝闻、罗工柳、吴作人，都在那儿，那些墓都是我设计的。华君武封了我一个官，叫"地下美协秘书长"。我说："你太损了，留住主席、副主席你们自己当，让我当秘书长。"所以在那儿选了一个地方作为周令钊和陈若菊的墓，我还要去谈，让他们少花钱，因为他们也没多少钱。

  这就是我的人生，真的这么活着也挺好。我不卖画，但是我送画，我也有我的弱点，人家给我好玩意儿，我得留着。那儿勾我呢，给了我一个马，骗我一幅画走了，但是我不支持他们做非法的事儿。有很多展厅里弄了几麻袋黄土，里头东一块，西一块，我拣出来，把它们拼接起来，收拾起来，你们看我展厅里有一些小人都是那么来的，我认识这些人，拣垃圾的。

（采访记者：张涛 陆海空）

（照片由摄制组提供）

贺敬之

贺敬之：这次颁给我这样的奖，因为我的身体原因，颁奖仪式我不能出席，我让我的孩子代我去了，我也准备让他代我说两句话，这两句话的大意是这样的：我首先衷心地感谢这次给我这样一个奖，我现在已经进入90岁了，回顾以往对国家和人民所做的贡献，应该说是甚少，所以使我感到有点愧，不敢当，感觉到惭愧，感觉心情上有些不安。但是与此同时，也使我感到欣喜，感到非常振奋。这个原因就是在于我想到在我以后，后来的同志，他们一定是要像我所远不及的前辈和我的同辈，一定会像他们一样，能够做出更多请人民所鉴定、历史所检验的辉煌成就，所以我又觉得非常兴奋、非常高兴，我的意思就是我对后来的同志充满了信心。

我之所以有这样两句话的意思，并不是说我已经这么大岁数，什么事情也没有做，我也是做了一些事情，但是比起前辈、同辈的同志来讲，贡献很少。但是让我感觉到自豪的是，我们这个国家，至少是我所经历的、我所知道的这个时间段，这一段历史，我们的文化成绩、成就，应该讲是非凡的，我们的未来是充满希望的。原因就是我们有一个优秀的民族文化的传统，有古代的传统，有现代的传统，有革命的传统。我们继承这个传统，发扬这个传统，这个是我们所走的路子，还是用这个词来讲——马克思主义的指导，马克思主义在我们中国的胜利。当然，马克思主义对我们来讲不止是文艺的，不止是文化的，但是马克思主义的文化观结合中国的实践，出现了毛泽东文艺思想。这个是从"五四运动"以来，一直到延安整风、延安文艺座谈会之后，一直到改革开放之后，中国特色社会主义文艺这个路子的发展。我们继承并发展了这个传统，经过了历史的考验，我们这个传统中间所体现的，我们走的是一条正确的道路。在这个正确的道路上，我们出现了一代又一代创造了辉煌成就的人。这些人有优秀、杰出的知识分子，有从人民大众、从工人农民中走出来的人民的艺术家。所以这个传统的确形成了整个系统，就是我们中国的民族的、革命的、社会主义的文艺路线。在这个路线的指引下，确实出现了一些值得我们骄傲的前辈和许多新人。为什么又觉得非常高兴，展望未来非常有信心？在这里面我想到的是这些。

我们在历史的发展中间也不是一帆风顺的，还是用这个常用的词吧——可以发生一些倾向性的问题，有时候倾向这边，有时候倾向那边。但是回顾起来，我们在处理这方面的问题时也有很好的传统，就是能够比较辩证地、实事求是地看待这些问题，逐步在实践中间解决，或者是这边，或者是那边，或者是左的，或者是右的。我们在这些年的发展中是有过这样两种偏向的，有的时候偏向还很严重，但是毕竟我们能够纠正，因为我们掌握的是马克思主义的世界观和方法论。比如我们"十七年"中曾经有过"左"的倾向，后来到了"文革"期间,"左"的错误发展得更严重,在我们的文艺上都是有所表现的。在粉碎"四人帮"以后,中央开始拨乱反正,做纠正工作,许多作家、艺术家在那个时候受到的压抑,受到的不公正待遇,获得了解救。但是在拨乱反正的同时,也出现了另一种偏向,我的看法就是有的时候矫枉难免过正,历史的发展就是这样的。毛主席的确讲过矫枉必须过正,在一定的特殊情况下是这样,矫枉难免过正了,这是一个客观规律,问题是我们要有一个底线,过正到什么程度就变成另外一个错误倾向了。所以我们拨乱反正,拨乱是要反到正,不能拨乱反乱——拨这种乱,回到另外一种乱去。这个我以前讲过,说起来好像绕口令似的,我说我的意思就是那样。我们拨乱反正是为了我们的改革开放,是为了转型,是社会主义制度的自我完善。从根本上是马克思主义指导,社会主义制度。要涉及否定这个?不行,不能这样做。比如说我们的文艺方针,马克思主义的指导,一要坚持,二要发展毛泽东文艺思想。要有"二为"方向,"双百"方针,主旋律和多样化,还有我称为"小二为"的"古为今用,洋为中用"等这一系列,一直到十七大、十八大提出来的要以人民为中心的工作创造导向,这是一脉相承的。我们大多数文艺界的同志、各级领导同志在这一点上还是清醒的,所以这些年来我们有偏向的时候,同时仍然还有成绩出来,原因就是这样的,总是有一个底线,没有走到另外一个偏向。

现在我们也特别注意历史条件不一样,主旋律和多样化的问题。主旋律和多样化还联系到继承传统和创新的问题,这两个问题都要辩证地来看、来解决。我在文化岗位上还做过一点儿行政工作,有时候这些方面还接触一些事情,确实是这样子的。创新不能够完全离开我们的根,离开我们的优秀传统,同时我们又不能保守。就拿我自己的这一点经验来讲,也是这样。我多次讲,文学艺术作品是不能够重复的,它们是一个创造性的产物。你写了这个作品,你下一个跟这个一样?标准化不能这样标准。我常常打这个比方,我说:"我们生产10个茶杯,这10个茶杯都是一样的,10个,100个,这都算。如果我们生产的艺术产品100个都一样,那甚至连一个也不如了。总是要创新的,创新有的时候难免一下子还不成熟,或者走偏了,这是一个历史阶段,我们要善于总结。"

主旋律和多样化也是这个问题，没有主旋律是不行的。所谓"主旋律"，就是马克思主义指导的人民的艺术、革命的艺术、社会主义的艺术，体现这个本质的东西是我们主流的东西。我们讲"百家争鸣"，这是"百家争鸣"的一家，它还不够。在资本主义国家里也有搞社会主义的，在我们社会主义国家应该是占优势的，所以它一个是主旋律，没有这个不行，同时所谓"主旋律"本身，它也不是千篇一律的，也是多种多样的，不能只是这一家。特别是我们现在掌握了全国政权，在战争时期，在苏区、在抗日的解放区，那个时候是一个局部的政权，而且还是在敌方的包围下。那时候的文艺工作者都是参加革命队伍的，投奔延安的时候，他跟革命是连在一起的，是向往的。那时候也有很少的真正的民间文艺，比如西北文艺是人为的创造，跟革命还是比较一致的。那时候没有更多的各种各样的不同的世界观，不同的政治立场，很少。但是全国解放了，又是这个改革开放的形势，加上我们整个的社会结构，它就有多样性，有多种文化成分，也得解决好这个问题。

所以这个方面就不能狭窄，一方面我们今后还会有，还应该有，这个工作应该更拓展一下，做得更好一点儿，给它们一个恰当的位置。他是爱国的，但是他不同意你这个文艺观点，你这个文艺观点当然也离不开你的政治观点，但是只要他不违反《宪法》，你不仅允许，而且还应该让他可以丰富我们的马克思主义、毛泽东文艺思想，还能够提供给我们思想资料和各种启发。今后，我觉得这个工作也是这样，我们前辈的这些革命作家，从鲁迅起，他们也都是吸收了这些所谓的非马克思主义的、对我们有用的东西，甚至站在另外的立场上、另外的世界观的时候，他也有一个正确的态度。这不是说我们完全没有是非了，我们讲"为人民服务"，他就讲文艺绝对不能为社会服务，他要去政治化，去革命化，他说这个里面他要成为主旋律，这无论如何是不行的。当然，也不能硬性地压，我们社会主义主旋律的东西，我们要努力让它真正成为主旋律。那么还要"百家争鸣"，"百家争鸣"一定是"百家"，让人家"鸣"。

这些我们都积累了正面的经验，是在总结反面教训的基础上总结了这么几点。还有我们的作家、艺术家本身也在成长过程中，拥有马克思主义、毛泽东文艺思想的这些作家、艺术家有一个长长的队伍，在革命实践和文艺实践中已经壮大了，将来它会有一代一代的，它会有传人的。这个成长过程有一个艺术文化本身的积累和学习。但是同时，甚至首先应该是他的世界观的问题，他的立场问题。他站在哪里，他应该解决他个人的发展和时代的步伐、和人民的命运的关系，它们是应该连起来的，应该是既有个性，又有共性的。共性就是说人民的立场、科学的世界观。当然，你光有这个也不行，你还得有艺术，得懂得艺术，要提高艺术。所以这些方面我们这些年来都解决了，解决是有成效的。也曾经被认为丧失了自我，我们不应该也没有被这样的说法所迷惑。比如我对一些专家说："我们要不要一致？"甚至说："包括我们的人民里有各种各样的，我们的民族，我们的国家，除去那些出卖我们国家的或者是汉奸以外，每个人都有想法，但是总得有一个一致的。我们唱着国歌，我们万众一心，没有个性了，我觉得不是这样。"

我讲过这个思想，比如拿诗歌讲，就讲"十七年"的事情吧，郭小川、闻捷，还有一大批同志，他们的风格是一样的吗？总是不一样的，不光是掌握的艺术形式，就是他们的思想感情里，也是表现了他们自己的特点。但是有一条，他们是爱国的、人民的立场，这个是一致的。不能因为这样就说我们失掉自我了，你这个"自我"是什么？那么作家、艺术家，我们社会主义文艺队伍的骨干队伍怎么形成呢？这里面就产生了一个问题。我到现在还没有成长大，我还有很多的问题没解决，但是就我所看到的和我自己所经历的过程来讲，我觉得是要参加革命的实践，跟人民保持密切的联系，在这个过程中又要学习先进的理论。实际上在这个群体中间的时候，就会发生主观和客观的统一问题，适应的问题，个人和集体的问题。从个人主义组成了一个集体主义，从一个不自觉的马克思主义者走到一个自觉的马克思主义者，要经过一个提升自己的过程，要超越自己的过去，具体讲的话还要改造自己。人是可以改造的，不是不能改造的，而且根据世界的发展必须改造自己。在我们知识分子思想改造过程中间发生过一些令人痛心的错误，打着"改造思想"这么一个旗帜，采取了过多简单的东西，但是不能因此就说知识分子的改造是错误的。或者换句话来讲，要提升自己、超越自己，没有这个是不行的。

我们经过这几个历史时期，根据我自己的际会和我所了解的前辈和同辈人成长和发展的过程，我觉得我们现在有正反两方面的教训。我刚才开头讲的"更多成就"，我讲"更多"，没有用"更大"，实际上他们将来取得的成就要比过去更大，因为我们有丰富的经验教训了，这就是我的感想。那么还有一个，我说这个话我自己是心有余而力不足，因为本来这个力就不大，现在加上年龄就更不足了，但我还是怀着兴奋的心情，看到我们社会主义文学艺术灿烂的前景。

记者：您的作品像《南泥湾》《白毛女》都不是影响一代、两代人的，是影响了好几代人，影响了整个时代的。您个人觉得最有影响的作品是什么？

贺敬之：我一般不愿意"老王卖瓜"，因为我也没有多少瓜，我这个瓜也不太甜，我觉得说起来也就是这样。一个艺术作品流传范围的大小、时间的长短跟客观环境、机遇也有关系。特别是有些作品，比方说《白毛女》中有些歌唱，它跟音乐作者有关，因为这个曲子非常好，它就能够流传下来。再有这些诗在当时适合了时代的需要，所以就有点机遇。流行不流行不能够完全判定作者本身有多么高明，这是就我来讲的，这是一个。另外一个，我自己的写作大概有一条：确实是我自己的思想感情。新中国成立后，我写了一些政治性的抒情诗，有人说那是"假大空"。我说："我不假，我写的是我的真情实感。"写《白毛女》的时候，我是联系我自己的经历，我的眼泪把稿纸都打湿了，确实是发自内心的。另外，这个跟我自己的命运有关系，我知道自己的命运跟我所要描写的人民改造世界求解放的那个政治目标、那个向往是一致的，这就是我有基本的东西。

另外，当然还有一个，我要为人民服务。我的作品里面直接或间接地都表现了政治性，作为我们文学的一般发展规律，包括古代的文艺，也不是没有政治，政治跟艺术不是完全对立的。因为什么呢？因为要写的东西，要发表的、要抒发的思想感情，我和我的父母，和我所认识的人民、革命、革命集体，这是一起的。既然是这样的话，有感情的地方发生感情，就不是和集体事业、人民事业脱离的，喜怒哀乐都和这有关系。比如说提出"为人民服务"，有人有这种观点：艺术就是艺术，为谁服务就不是艺术了，艺术是自由的。我觉得可能有那种，但是我这个经历，而且我知道的，在中国来讲，很多文艺工作者不是这样的，他是被革命洗礼的。他的那个真善美、他的那个美学倾向是跟革命分不开的，跟政治是分不开的。

比方说我也写过一些，大家可能记得，我也听到有人说那是"假大空"，说是丧失了自我，说是政治的附庸，当然还有更不好听的话。但我知道我所以那样写，还是发生了这样的问题：政治跟艺术的问题，所谓集体跟个人的问题，所谓道路跟歌颂的问题。延安文艺座谈会讲话的时候，我已经提出这个问题来。我觉得在我们经过了几十年的奋斗，这么多年流血牺牲，好不容易推倒了三座大山，建立了我们自己的政权。那时我们还处在美帝不承认我们、压我们的状态，就我们自己的亲身经历来讲，我们是很自发地要巩固我们这个政权，要大声地说"我们的政权好"，是很自然的一个心情。所以从这一点来说，说是政治的附庸，那么这个政治是人民的政治。这些作品，我自己不争，但是要说去掉政治化才是真正的艺术，我是不能够接受的，我也没有接受，这是说老实话。

后来这些都是晚年的时候写的，新古体诗，大部分写的也是政治抒情。具体的内容不一样，主要是对苏联解体、东欧剧变以后，整个的国际形势，对我们国家、党的前途命运的思想感情。新中国成立初期的时候就是我们要获得政权，要维护我们的政权。不光我一个人，许多同志比我写得还好，但我确实是这样的一个心情。新中国成立以后，我没怎么写歌词了，不光是歌词写得少，整个创作都少了。第一，我病了，常年的病；再一个，我担任了别的工作。但是对写的这点东西来讲，我确实是这样。我以前在文章里也这样提过："要区别的就是'是什么政治'——是错误的政治、反动的政治，还是正确的政治，这是一个。第二个，你要是写诗的话，是不是它通篇是诗？不是诗而是政治论文的话，那是不行的。"所以不能因此倒向"只要是有政治都应该排除"，这是不应该的。但是我后来发现有些人之所以这样，是希望另外一种政治，我看到后来有些人的文章已经讲得很清楚了。

记者：虽然您的诗有政治色彩，但其实您很强调诗性，包括那些歌词也是，都是用非常简单、非常朴实的老百姓的话来写。

贺敬之：你一说这个引起什么呢，这个好像有点不大谦虚了，就拿审美来讲，拿艺术水平来讲，也是跟整个文艺思想、整个的世界观和立场有关系的。再好的作品，他的立场跟你不一样，他就觉得不好。有一些作品，我讲了，政治性很强的，那里面还是很有艺术性的，但那些人说这不是艺术。民歌和民间创作，有些人是根本否定的。我讲过多次，我说："我的东西写得不多，也写了几十年，但是我到现在为止还没有满意的，就像好的民歌里面，哪怕是两句，我还没有达到那个水平。但是有些人根本就鄙视民歌，他的趣味不一样。

记者：说到"趣味"，比如您那首《南泥湾》，传唱了一代又一代人，郭兰英唱的是那么一个味道，后来还有崔健的版本出现，以摇滚乐重新演绎，您怎么看？

贺敬之：当时在延安不是独唱，是秧歌队，秧歌队里面有一个节目叫《挑花篮》，就是八个农村姑娘挑着花篮到南泥湾去慰问八路军，唱的这么一个节目。后来王昆独唱过。大家的印象总觉得这个是跟郭兰英有关系，那是后来，是1964年搞《东方红》音乐舞蹈史诗的时候。王昆演唱的时候还是在解放战争期间。《东方红》大歌舞里面有两个民歌独唱，一个是《南泥湾》，还有一个叫《农友歌》，王昆是唱《农友歌》，那是一个湖南花鼓戏的调子，也是很有名的，郭兰英就唱这个《南泥湾》了。

他们告诉我有崔健的版本，那就是80年代。我没有看过他唱的，有同志告诉过我，我有个印象，拿一个录像给你们看看，那个歌的味道不是那么回事了，再加上那个舞蹈、那个调子，就像流行歌曲一样，这是一种。后来还有一种，是三四年以前吧，音协突然给我来了一个信，附上一个作者，也写诗，他就把他修改过的《南泥湾》的歌词拿给我了。我一看就回了信，我说："你大概不了解南泥湾生产运动是怎么回事，你里边填了一些歌词，我就不是很理解。"里面石榴裙什么的也都有，搀杂在里面，我说："那个时候不是这样的。你如果要写就另外写一个，你加这些东西，不要还说是我写的。"

记者： 贺老，其实我特想听听您具体拿某个作品举个例子，讲讲您是怎么创作的。像《回延安》，您能不能给我们举一个作品的例子。

贺敬之： 举一个例子来说明什么问题呢？

记者： 说明创作中从人民当中来，跟人民结合。

贺敬之： 以前说过一些，材料上有。

记者： 当时您讲的是宏观的一些东西，我们还是希望从一个点来讲，比如对您个人来讲，您觉得哪首诗最终改变您，让您体会到创作应该是这样，应该是依靠人民。

贺敬之： 我讲了《白毛女》。《白毛女》的创作就不用说了，我刚才已经讲了过程。跟我的出身经历有关系，我到延安去，首先我要参加革命，我对国民党完全失望了，所以我向往这个，这个跟我自己的命运有关系，所以我写的时候是真情实感，我会流泪。再比如《回延安》，我是1940年到的延安，我是1924年生，号称是16岁到延安，实际上因为我生日小，15岁多一点儿就到了延安。那个时候，我那么小，小米饭养活我长大，这是真的，吃穿这些，这是真情实感。另外在思想上完全是党的培养，我去延安以前在一个简易乡村师范，二年级的第一学期还没上完，就是一个小的中学生。当然，我去延安以前也还发表过作品。但是我整个的成长，真正来讲，不管是艺术生命，不管是政治生命，不管是我的自然生命，都是在延安成长的。所以这种母亲的感情，在我来讲，我一辈子不能忘的，而且这个经历也不是我一个人的，是那一代知识青年、青少年里边的这一股力量。

我离开延安以后10年，1956年，回去了。回去以后，那种感情当然就是很自然的。原来在西北要开一个五省的造林大会，我参加那个会，访问了那些各省来的代表，我还写了一篇报告文学——《红色旗帜下的绿色高潮》。跟他们一起到杨家岭山上，在那儿栽的树。今年5月份，我又回到延安，我都不认识了，长那么高了，那么一大片。造林大会结束后要搞一个联欢晚会，各省来的代表、延安的青年干部在一起，说是要我出一个节目，我说行，我唱一段，我说我不是演员，但是唱个陕北民歌还可以。晚上，我出席联欢会，感情上来了，一边流露，一边哼着那个调子，一个一个地唱。因我写完那篇报告文学以后就感冒了，失声了，声音一点儿也出不来了，所以就不能够在晚会上充分地表现了。后来，陕西广播电视台的同志把我那篇稿子拿去了，在《延河》上发表，很快就有了反响，从那一年开始就收到课本里头了。当然，现在这些年来也没有了，但是有几年确实有的。那首诗我自己是特别动情的，比较兴奋的，从一开始的句子就兴奋，特别动情的就是"羊羔羔吃奶眼望着妈，小米饭养活我长大。东山的糜子西山的谷，肩膀上的红旗手中的书。手把手儿教会了我，母亲打发我们过黄河。革命的道路千万里，天南海北想着你……""小米饭养活我长大"，就是羊羔羔看见妈吃奶的时候那种很自然的印象。"东山的糜子西山的谷，肩膀上的红旗手中的书"，确实是这样子的，打着红旗上山开荒，是我的思想感情；"手中的书"，我那个书就是《新民主主义论》，毛主席的书，还有《在延安文艺座谈会上的讲话》，就是这些养育了我，很自然的。

记者：青少年时期的这个经历培养了您的整个世界观和整个文艺创作。

贺敬之：我也与过一些意识形态不是很强的的东西，因为一个人，就是一个革命者来讲，他也不是每天都是那样的。正如同鲁迅讲的，我们爱国的时候，吃西瓜时把它切开，不要一切开西瓜就想到帝国主义要把我们瓜分了。比如新古体诗里面，我写桂林、阳朔风景的时候，把七个风景点连在一块了，那里面没有什么意识形态，就讲爱情什么的这些，但是我的主要东西离不开政治抒情。

有一段时间，一些新潮的同志否定了思想政治研究会议上小平同志的讲话里面讲的"我们的任务要培养社会主义新人"，有一种意见否定这个。思想解放就连这个都不要了，"社会主义新人"的意思就是说他们要解放，要做自由人。我就想我们怎么没有"社会主义新人"？为革命牺牲的那些人都是共产主义者、社会主义者，怎么没有呢？他们怎么没有这个思想感情呢？董存瑞、黄继光，这不是吗？雷锋不是吗？这就是说他们有些不理解，我们的确每一个历史时期都有先进分子，革命时代就要有"社会主义新人"，"新人"中包括英雄人物、模范人物。我们是赶不上的，远远赶不上，但是我是向往的。比如我写雷锋，确实我的心情是那样子，而且我相信我所理解的雷锋就是这样。因为我打过仗，我们一个连只剩下几个人了，我跟他们一起冲锋过。我虽然没有直接战斗，但是这些战士的形象使我能够理解新一代雷锋是怎么回事。在这种情况下，我把雷锋不仅仅看作是一般的好人好事、助人为乐，他是有一个觉悟的，那时候叫"政治觉悟"，就是有先进的世界观、人生观。这样的人是有的，不能说这样就失掉自我了。

记者：我们很想知道您现在的生活大概是什么样子。

贺敬之：我从工作岗位上退下来已经20多年了，在一定意义上，除去我住医院，我比过去好像还忙一些。一个是我的视力下降得很快，有时间了就看书看报，报纸每天看，还要看电视。再有就是杂事很多，找我做这个做那个的，有的我能办，有的我办不了，还有找我来写字的，每天还是很紧张的。

这中间有时候不注意身体，住了几次医院，好像经常住医院，其中特别厉害的是"慢阻肺"，只要秋天一感冒，整个呼吸系统不好，很快就转成肺炎。老年人得肺炎不容易治，再加上还有一些别的病。在这种情况下，我也去过几次北戴河，那个地方条件还是比较不错的。但是到那里也有事儿，找的人很多，读者——有的是一般读者，有的是青年作者。他们来信，有时候我得回信。我还没有发现要借着我的名义怎么样的，这样的人很少，都还是很诚恳的，我也还是受到鼓舞。他们一进来就背我的诗，有时候很长的诗可以背很长的一段，不光是中年人、老年人，还有一些青年人，我还是感到很受鼓舞，说老实话。

柯岩去世了，我很受打击，她身上有些东西是我应该学习的，奋斗一生，忘我地劳动。从自然规律上讲，人总是要死的，所以现在我跟几个同志讲，我说一回顾过去，岁数越大，就不愿意过什么生日，那个平均数越来越少了。比方说我曾经做过这点事情，如果我是30岁或者是20岁就死了，那我还不错；我现在都90岁了，才做这么点事情。但我还是一个乐观主义者，我想到我是这个时代的人，我是这个队伍中的一员，我的作品也还表现出来了，我还有点自我的这种豪气。我要坚持一点儿什么东西，我想坚持，就是这点。

（采访记者：赵安）

（照片由摄制组提供）

秦 怡

记者：秦老师，您现在每天的生活状态是什么样的？

秦怡：乱哄哄，一塌糊涂。我从早晨起来就忙得不得了，因为保姆是回家的，她从家里来，她很早就起来了，6点多钟起来，她买菜，8点半以前到我家。我6点半起床，6点半到8点半中间，我要做很多很多的事儿，我要把所有热水瓶的水换好，把昨天晚上洗过的碗、烫过的碗收拾好。因为她下午就回去了，所以凡是昨天晚上没有很好地整理的活儿，我早晨起来就要整理。我早晨起来要洗衣服，大大小小的，大的放洗衣机，小的手搓洗，衣服洗了要晾，天气不行了，晾出去马上就收进来，屋里头也没地方晾，就东弄西弄地想办法，反正就是这种琐琐碎碎的事。昨天晚上吃剩下来的东西，有些忘了放冰箱了，赶紧放进去还可以吃。早晨起来的种种，我自己也要洗脸、刷牙、梳头，早饭也要我自己做，所以早晨起来一大堆事，有的时候我要做两个钟点，做到8点半阿姨来还没有做完，每天就是这样。

记者：处理一些日常生活之外，您还自己赶剧本，是吧？

秦怡：我一般都是上午10点到12点，我做完了事情。可是电话太多，每天上午起码有七八个；礼拜六、礼拜天，我的电话少一点儿，因为他们不上班了，所以就不打给我。我要做什么事就挑这个时间，我要出去，比如说我要到北京去参加会议，去领"华表奖"，麻烦的事情太多，总之，我只有礼拜天下午到晚上是可以静下来的，就是说基本上没有人找我。平常不管礼拜六、礼拜天，就有任务、活动什么的来了。因为我什么活动都要参加，文艺界的活动要参加，一些老人去世了要参加，老人们去世了做诞辰纪念的也要参加。因为我这个年龄摆在这儿，老年人的事儿虽然我不可能全都知道，但总归比问其他人要好一点儿，名字我是知道的，也许见过一面，都要来问我，有时候还要写文章。所以各种各样的事情，中年的、青年的、老年的都要来找。学校里也有很多事情，学生从小学到大学都要来，我经常把椅子都拿出来，就这样围起来坐着，他们七问八问的，我就跟他们聊天。

记者：您乐意参加这样的社会活动吗？

秦怡：太多了，刚才那样的社会活动，其实从工作来说的话，我并不一定要参加的。

记者：您有这么多社会活动还坚持写剧本。

秦怡：我一般都是下午3点钟开始，一直写到晚上10点半。10点半以后，我自己还要洗澡、吃饭，11点半睡觉。

记者：现在写剧本非常难。

秦怡：我的手不抖的，所以手写还快，但眼睛不行，看电脑更不行。这个手写，手里有数，不用看太多就能写出来，我写惯了，所以就是手写。我手写一天的最高纪录是4000字，一般也要写到3000字，这样子。我很快，一个半月就写出来了，以后就是修改一下。

记者： 您希望把这个电影尽快拍出来吗？

秦怡： 我就希望尽快拍出来，可是现在没有资金，没有办法。因为这个戏写的是青藏高原，当然，我们不会到高原去拍，因为人的身体吃不消，我们可以搭布景，但是有一些大场面必须要做特技，一做特技，这个电影就要往上千万走了。比方说大暴雪，我在里头写了一场大暴雪，没有合成的那种大景不好看，普通的是不能拍的。我已经写了这个题材，现在也收不回了，那么也只好写下去。

记者： 刚才闲聊的时候，您说您对现在的电影过于商业化是有自己的想法的。

秦怡： 这种商业化的东西太多了一点儿，现在最重要的是和谐，我们人与人之间要讲和谐，现在你看各种各样的怪事都会出来，杀妻、杀子、杀夫，三个三个的杀，吓死人的。你说怎么会这样子，人变得兽似的。所以我就感觉到我们作为文艺工作者，天生应该有这个社会责任感，到底我们演出来的戏给人家看了以后起一点儿什么作用。你光是为了市场，打打杀杀、骂骂、黄色、乱七八糟的，看的人也许很多，你要讲一个先进思想、高尚品德，谁来看你这个？我感觉到这个不对，我们是"百花齐放"，可以拍各式各样的题材，但多多少少也应该对人有点益处吧。我觉得这种题材现在是多了一些，所以我想我们虽然没有力量，也许拍一部电影还有力量，管它多少日子拍出来，写一点儿高尚的品德，先进的思想。我写的主要还是搞科学的人物，他们有中外人物，有外国的专家，有中国的专家，也有他们这些人物之间和他们自己生活当中的一些故事，看看他们是怎么对待生活的。有少数这样的人，他的妻子车祸死了，他什么都不要你赔偿，一切都不要，他认为这是意外事故。凡是对中国人有麻烦的，外国专家都不要，而且他愿意帮助你做这个做那个。中国自己的高级技术人员也是这样，这个工作本身很可能有牺牲的，就是这样的工作，不会说二话。有的人本来觉得那个地方只能去3个月，结果去了30年，因为他做上了，他是学这个的，就不能离开了，他就一直想做下去。你是搞研究、搞发明的，你怎么愿意离开呢？他一定要做下去。

记者： 其实您特别想在电影里传达一种正能量。

秦怡： 对，正能量，想有这种正能量的东西。但不是说教的，我是写人物的，通过这些人物能够给人一些深的印象。无论他在生活上、工作上，对待同志们、对待自己的家里人，都是用一种非常和谐的、理解他人的，首先为他人着想的思想品德，处理家事也好，处理工作也好，不就很好了嘛。我们就可以提高一些观众的思想水平和欣赏水平，我就是想做这么件事。当然也是写不好，这个题材也比较难写，但是现在不管怎么样写出来了，讲给人家听了以后，他们也挺感动。听故事的人是很感动，但是你要拍戏就难了，拍出来要上千万的资金，那就比较困难，我差不多搞了有一年了，大概9个多月了，现在还在进行中，最近这几天还有投资方来谈，投资方也是形形色色的，永远都谈不成。所以仅仅就是这么想，想有一点点扭转也好，将来可以扭转一点儿，"百花齐放"这朵花无论如何不能失掉，这是我自己的认识。

记者： 您把您的一生几乎都奉献给了电影，其实您最知道电影这个市场应该怎么样去引导这个社会。您塑造了很多的形象，您觉得在您的电影生涯里哪个形象让您印象最深呢？

秦怡： 其实我碰到的观众很多，当然是有局限性的，我不可能全中国的人都碰到。我出去开大会的时候，经常整个儿围得水泄不通，他们好像还是很愿意看这些，他们说我们愿意看你们以前的电影。在我来想，我现在拍的电影也不会是像以前那样，以前还是比较简单的，现在技术上进步了，艺术上也在不断进步。比如说《青春之歌》是很少的戏，等于是一场戏，但是演那个戏自己体验人物感情的时候就得到很多很多的教育。另外看了很多《红旗飘飘》之类的书，看了革命年代里头很多复杂的情况，有的母亲跟儿子50年不见，见了以后还不能说任何一句话。我去拍了这个纪录片，安全局叫我去拍的，因为我以前也做过一些策反的工作。1948年，蒋介石把黄金白银都运到了台湾，我们就策反，空军大队运输的这些东西，不要飞到那里，飞到我们这里。其中有的也是很难办的，这个事情是在机场里有人，我在外头跟机场联系，就这样做成了这个事情，空军也不好飞到那边去。当时我先生也帮着我做，因为他有病，我让他不要插手，这些事情都是我去做。这不是一般的工作，要是被人知道了，你就糟糕了，有了任务以后，我就要做成它，不做成它，除非去死，所以我感觉在做这个工作的时候，我一点儿也没有害怕的心理，因为一个人有一种理想的话，要追求、要达到这个理想的话，就要一点点去做，做成一点点，我就很高兴；再做成一点点，我就更加愿意去做，就有这种精神。你自己没有这种精神、没有这个目标的话，也许你就做不成，因为这些事情都很难做，又不能讲、不能说，但要做很多事情。

所以你要有理想，我觉得像林红这样的人，虽然也是很年轻的人，但她的工作就是这样，她要去影响这么多的人，有一个人接受她一点儿教育受了影响的话，自己就会感觉到一种满足，不管这个事情有多么难。我就觉得自己演这个戏也感动自己很多。像《铁道游击队》里芳林嫂那种人物，她没有什么大的文化，从农村过来的，铁路员工的老婆，但她的丈夫是游击队里头的主线，铁道上的主线，她的丈夫没有了，她能够代替丈夫来做，她也是有一种追求，有一个目标，不怕死，也不怕什么的。

记者： 其实您塑造的角色也影响到了您。

秦怡： 也影响到我自己，我自己去做这个工作的时候也是这样。很多时候是没有人要你来做的，可是你遇到了。比如在成都的时候，我听到了一些话，心里想我们报馆要有问题了。没有人叫我去做这个事，我就自己跑去了，我说："不管这个事情有没有，你们赶紧转移。"最后他们人转移了，报馆的东西来不及转移，他们说当然是人最重要了，因为是第二天就发生了这个问题。我心里觉得这些人都在，我简直不知道有多么高兴。我也没有讲过，从来不讲。后来因为文史馆里有什么人，他们知道，讲出来，就问："您怎么不讲这个事儿？"我说："现在我都已经淡忘了，不大记得了，我自己跑呀跑，就跑到报馆去了。"

记者： 您塑造的角色让人难忘，您生活中的形象也让人非常难忘，我记得周总理说过您是东方的第一美人,是吗?

秦怡: 我没有听见过,我就是听周总理跟那些少数民族歌舞团的孩子们讲:"你们认识她吗?"我走进那屋子时,周总理正好在跟小朋友们说话,"你们看她来了,你们认识她吗?你们看她漂亮吗?"然后他接着说:"她演了好多的戏,你们看过没有?"他就一个一个问,这个电影看过吗?那个电影看过吗?周总理很关心文艺界的事情,经常要来问我们的,而且他要关心我们有没有深入生活。假设你没有好好深入生活,他就要说你:"不深入生活,你是没有办法演戏的。"我一直记住他的这句话,现在越来越感觉到刚刚解放的时候不会深入生活,一天学点什么都学不会,深入生活的目的是什么,那个时候始终没有弄清楚。所以刚刚解放的时候,我们对深入生活很苦恼,时间都耗在工厂里头,一天下来比工人还要累,但是戏里都用不上。其实都用得上,现在才会用了,现在感觉到没有生活简直是不能演戏。你必须深入生活,你必须理解深了以后,才会去体会这些人的思想意识的东西。你表面上看一看什么工什么工,也去学做一个工,但你演不了他整个是一个什么样的人,他的思想方法、思想意识在他的工作当中起了什么作用,他的人生是什么样的。现在很自然地就觉得没有这些东西我就演不出来,是假的。我们看戏时往往觉得全是假的,尤其是女演员吵起来凶得不得了,骂得越凶越得奖,最会骂人的那个女演员就得了奖。我问这是为什么?就是因为我们社会发展不大平衡。比如第一个在那儿吵,在那儿闹,很来势、很野、很放得开,得奖了,以后就老去写这种人。这个社会里头各种各样的人物都有,现在你要宣传,你不能只说"和谐"这两个字,"和谐"这两个字要有多少东西在里头。你要有水平,你能够去理解任何事物、任何人,你就会出来和谐的东西。中国人为什么跑到外国受到很多莫名其妙的误解?就是因为有个别的人完全不懂。现在也有这样的人,在大庭广众之下,说话说得响得不得了,他说话的内容人家全都听见了,哪可以这样子去做人?三五个人听见就可以了。这种小事情,还有生活习惯等,还有外交等,这些东西很多了,说不完的。因为我们以前也搞很多对外的联系,经常出国,出国前要准备一下,出去了以后跟在国内不一样。

记者：您在银幕上塑造的角色给大家一个很好的形象，在生活里，您是公众心目中最伟大的母亲。

秦怡：其实我演过母亲的角色，我1948年拍的《母亲》还是不错的，虽然比较早一点儿，是石挥导演的，石挥是一个有名的演员，上海的，我不跟他们在一起，我是在重庆的。从艺术上来讲，石挥确实是有非常正能量的东西，他在生活里头老是爱开开玩笑，长相也不觉得怎么样，但是他对文学艺术的幽默感非常多，这种幽默感对人来说是非常重要的。我演他导演的《母亲》，从26岁演到76岁，在戏里头，我是渐渐老的，不是跳跃的。不是年轻的时候你演，年老的时候我演，我那个时候就是26岁，我就是从那么年轻演到76岁，可是我越演越喜欢那个老年时候的母亲。我自己越老，生活越苦越艰难，在最艰难困苦的时候，戏演得最好。我在生活上比较好的时候的戏倒不觉得怎么样，这个人物走进了一个非常艰难困苦的环境以后所做的一切，像她在冰天雪地的时候为了儿子要去考试买一个什么东西，她就会当场脱了棉衣，等等，像这种戏演起来就特别有感觉。为什么呢？就是因为有生活。因为我们自己经历了很坏的时候，经历了抗日战争，自己的家庭都分散了，父亲老早死了，我大姐是进步人士，也老早死了，他们在抗日战争时期都死了。家里头人很多，我一回到家里要养11个人，兄弟姐妹、侄子嫂子都要养，还要供他们念书。一个人在这样的苦难中要撑住，要有力量，要把他们培养起来，这是很难的事情，再加上后来自己的生活情况也不是很好。像我们经过"文革"的人也是不一样，经过"文革"以后，演戏就感觉到能比较深层次地去理解人物、理解问题了。

记者：讲讲您和您儿子的关系吧。

秦怡：我儿子16岁就犯病了，开始第一次是完全看好了，以后"文革"开始，他又重新复发。医生讲这个病不能让它复发，一复发了就不行了，以后果然如此。"文革"开始以后，他一直往厉害走，各种各样的问题都有，一会儿恐惧，一会儿不吃饭，一会儿不说话，一会儿要打人，很难带，我又忙。"文革"中，我不是忙了，就是活受罪，所以这个孩子又不能管。在我能管一点儿的时候，我就再也不放手了，全部由我来调理他的生活。他的生活是很困难的，有的时候吃了药，半夜大小便在床上，他自己也不知道怎么弄，就会敲敲我的房门，对我讲："妈妈，我又犯罪了。"我问："什么罪？"他说："我大便在床上了。"他也觉得这个事情很不好，可是他又很难受，又没办法管自己，所以我一切都要管。包括讲的这样一些情况，平常就是要不断注意他的性格有没有什么变化，他一直到死没有变化，这个孩子都是很听话。

记者：您对他付出的爱和关怀是很重要的。

秦怡：我给他讲了很多故事，革命的故事，为工作牺牲的先进人物，讲雷锋，那个时候大家都学的，总归有事情去讲。所以一看什么地方发大水了，他就画一张发大水人家去捐献的画。"非典"来了，很多人都病了，不得了了，他就画"非典"走了，病人好了，护士旁边都是菊花，那个护士就好像胜利了，开心得不得了。他画的内容很简单，但是很符合当时的社会状况，所以我说一个人是不能够离开社会的，你单独自己能够做多少事情出来？你必然要依靠社会，必然要在群体中去生长、去琢磨、去学习，这样你才能够不断地成为社会的一分子。

还有很可笑也是很好玩儿的事，我不是出去忙得不得了么，有个日历很大，挂在那个房子里，明天下午怎么样，后天怎么样，几十个，写得乱七八糟的。他一看就划了一条红的横杠杠，在杠杠里头写了很大的黑字：一个女演员的日记。我就想看他竟然有这样的幽默感。好不容易我带他去了一次韩国，回来就在这个椅子上一坐，"我也总算出了一次国"。他脑子很懂，他知道他有病，不能出去，但因为他爸爸是生在汉城的，是韩国人，也是大家族，所以韩国的领事馆很照顾，他不闹的，一直跟着我的，就让他去了。像这种事情很多，他会背很多很多毛主席的诗词，他去世前的一个多月，唱了很多很多以前老的歌曲，就在那个屋子里头，吃过晚饭，他就唱歌。他说："妈妈，我现在很奇怪，为什么我现在忽然之间能够背很多很多这种老的歌曲。""八一厂"很多电影里用的音乐都是老的歌曲，《太行山上》什么的，这些歌我以前唱得很多，他们还用到电影里了，所以他一听有点熟，他就都想起来了，像这样的一个孩子。他画的那种画当然不可能是很好，但是人家看他是一个残疾人，画了画来捐献，他们就愿意买，他也捐了三十几万了，他所有的画我都给他捐，再画一张留下，一张就去捐掉。后来，他死了以后，我还是把他剩下的画捐掉了。

记者：虽然您对儿子付出了很多，但不是一些痛苦的回忆，都是一些很美好的回忆。

秦怡：确实。

记者：所以大家都把您称为"一个最伟大的母亲"，您对这个称呼怎么看？

秦怡：我觉得母亲都是伟大的，应该是这么说，我应该说也是母亲当中的一个。我觉得我还是有点不太够，为什么？他很小的时候，我注意他不够。我一年到头拍戏，一拍戏要拍八九个月，我拍《马兰花开》在秦岭，挖秦岭隧道建造宝秦铁路的时候，就在那个铁路段。我演一个推土机手，所以必须在那里拍9个月。每天吃的馒头都是沙子，就是这样拍戏的。所以我离开他的时间很多，他有时候自己画个小人，这里一个大人，一个爸爸，他有对话的，上去一个勾，他就问爸爸："爸爸，今年妈妈回来过年吗？"爸爸说："还是不能。"他就是这样子，小时候老是这样。

他在学校里头遇到一些问题，比如打篮球，看见他老实巴交地坐在那个高台上看，不敢去打，有人就故意地拿个球一下丢在他的头上，他也觉得受到了侮辱，可是他又不会打球，这个问题怎么解决？后来越来越发展了，有的小孩拿刀片去划他的手，他回家了，手老是这么抱着。我是怎么发现的？我回家以后说："小弟，怎么一天到晚这样抱着手？什么意思？也不冷。小弟，你手上怎么了？"我拉过来看，都是划的道道。我问："你的手怎么会这样子？"他说："不是我自己弄的，是小朋友给我画的。"我问："那你怎么不告诉老师？"他说："我告诉了呀！老师也没有办法。妈妈，我在这个学校还要念多久，我是不是可以换个学校？"反正他脑子里头这种过不去的事情很多。他们小的时候，我们的教育比较死板，就一个劲往天天向上，好好学习走，没有什么别的东西。他虽然戴上了红领巾，很高兴，但是没有用，他不会理解问题，不会处理问题。他就问我："如果有人要来打我，我可以还手吗？"他很高大的，我说：

"你还手,瘦的小朋友要被你打伤了,你不要打伤了。"所以他没有办法处理,他很矛盾,这种矛盾一直搁在他的心里,他没法解决,这个就是引起他病的根源,就是这么来的。

还有一些问题,有时候他脑子想得太过了,很多问题钻进去了。他在家里一个人把什么书都看遍了,没事情做,也没人带他出去,他就会看书。《资本论》都看了,我吓了一跳,我还看不懂呢。我问他:"你看得懂吗?"他说:"我不懂,但是我也有一点儿懂,但是我现在有个问题要问问你,我心里想,我也不一定讲得出来。"我说:"你说吧,什么问题?"他说:"你们讲社会主义社会是按劳取酬,共产主义就可以各取所需了,到那个时候都要各取所需,生产要大得很厉害了,很多很多了,那么那个时候还有剩余价值吗?"他问我这个问题,这个问题是很大的人去研究的问题,我说:"妈妈根本就回答不出来,妈妈只能够告诉你,到共产主义社会,就不是什么工厂厂主或者是领导,我们是一个最大的集体,我们都是平等的,我们平等地去生产劳动,平等地去获得这些劳动所得。"我就跟他说:"不管是什么东西,我们都可以获得,但是不管什么东西,我们都应该参与一份劳动。"我那时候就跟他讲这个,不跟他讲,他也老去钻,都钻出病来了。他十几岁发育的时候,这个病就发作,16岁发病很厉害,其实他还有潜伏期,他更小的时候就是研究这个研究那个的。

记者: 但是您工作实在太忙,有时候是顾不上他,是吧?

秦怡: 我也要护理他,洗澡什么的,每天都要给他弄。再长大了,我也要给他弄好,洗澡水烫还是冷,都要弄好。

记者: 他在最后就没有再去医院了。

秦怡: 住过5个月的医院,他因为打人发生了问题。有一天天黑了,打错了人,他要打我,没有打到,打了保姆。保姆在厨房里,黄昏的时候看不清楚,他就顺便拿起一个簸箕往保姆头上砸,砸得保姆满头都是血,把我吓得不得了。我马上带保姆到医院去,我就说:"你快走,你犯错误了,你快给我到房间里坐着不许动。妈妈现在要去顾保姆了,不能顾你了,等妈妈回来以后,吃饭什么的,我再来给你弄,你不许动。"我走了以后给保姆都处理好,保姆其实还好，头皮被砸破了，所以血流得很厉害，要包起头来，我样样都要把保姆处理好。然后我就跟他说："我现在给你吃饭，妈妈还有一个问题跟你谈。"他说："什么？你不要跟我谈，我都明白。"我想这个孩子是怎么回事。他就说："我犯了错误了，我承认我犯了错误了，清醒了就好了。"他平常去医院要有四个大汉推，拉进里头，不肯去医院。这个事情发生了以后的第二天，我要送他去医院了。我不敢跟他讲，我说："小弟，你因为老吃这个药，肝可能有点问题，我们要去验一验身体，去检查检查，检查了没事儿，我们马上就回来。"他说："我已经明白了，我昨天就说明白了，我犯了错误了，你要把我送医院了。"

记者：他都听得明白。

秦怡：很厉害的，但是他不跟我辩。他说："好，走吧。"就这样进了医院。这一次住院住了5个月，住到过年的时候，他跟我说："妈妈，这一次假出院（医院有假出院的，出来有10天的时间，这10天里面发作得不厉害，就可以考虑让他出院。如果这10天里头还在发作，就一定得回去再住院），我出来了；要回去时候，我这一次想不回去了。"我问："你是不是真的好了？"他说："我真的好了，你跟我拉勾吧。"叫我跟他拉勾，我就拉勾。我说："只要你不打人，不闹，随便你怎么样，我都不送你到医院，这是妈妈的发誓，那么你也跟我发誓。"他说："随便怎么样，只要我要打人了，你立时送我到医院。"他也这样发誓。我们两个人就是这样发誓，从此以后没有再住过医院。我刚才讲研究他的性格，我后来就是顺着他的这个性格去做。他是个很善良的、很老实的、很害怕的孩子，因为接触外界很少，总是跟着妈妈一块，很少自己去。我就让他多接触一点儿外界，把他多带出去走走。

记者：秦老师，这个话题我觉得差不多了，咱们换一个话题吧，讲讲获奖。您每年都能获得很多的奖，这次又给了您一个终身的大奖，您对获这么多奖有什么感想吗？

秦怡：我每次获奖也是考虑我为什么获奖。获了那么多奖，我做得到底有多好？这是第一，要检查一下自己，获奖是不是够得上。第二就是我现在这么老了还在获奖，我到底做了些什么呢？我感觉到我确实是得到了鼓励。我写这个剧本的时候，我也不知道这个剧本写出来怎么样，肯定是一塌糊涂，谁看看觉得好笑或者是怎么样。可是我想不会，我经常会自己有这样一种信心，我要来做的这桩事情肯定不是很可笑。因为我已经92岁了，我已经是定了型的人了，我每年做事情，每桩工作来的时候，我的身体再不好，再怎么样，我就想我一定要积极起来，我的思想一定要积极，这样子身体也会好，工作也会好。

这个事情来源在什么地方呢？快到1966年，我得了一次肠癌，得肠癌以后，又"文革"了，我就收到了邓大姐跟周总理的一封信。这个时候"文革"已经开始了，他们就通过上海市委宣传部的副部长白彦同志递给我这封信，他是去医院检查身体，我已经住到医院了。我是从"四清"工作队回来以后觉得自己不对，大便有血，朋友叫我一定去检查，我就去检查了。那个医生当时就不许我出院："住下来，你这个病溃疡很重。"他不敢说"癌症"，而是说："溃疡很重，你一定要住下来。"我说："我是回来过年的，也不是回来住医院的，所以你让我回去过两天年吧。"我就回去了。家里没一个人告诉我，还是跟他们很快乐地在家里过年。过完了年，我就拿了一个小包，跟我先生说了一句："我可能会得比较重的病，可是你不要讲，你也不要管，你自己顾你的病吧。"他也病得很重，我说："我自己会处理的。"就走了。到了医院，医生就要我开刀，他也不讲癌症，他就讲："这个溃疡是非常严重的，如果不开的话会有不好的现象出现。"我心里已经明白了，我问："开刀以后怎么样？"他说："开刀必须改肛。"我一听改肛，我说："我不开。如果有生命危险，我负责。"那个医生拿我没有办法，最后不晓得找来什么片子来骗我，说："你看这个片子还可以不改肛。"他确实是想尽了一切办法，开了我的一段直肠，没有给我改肛，但是我一直有后遗症了，会腹泻，这个不去谈了。

我在医院里头，白彦同志拿来这封信，邓大姐他们前面也说了很多，说有同志生了很大的病，那个时候总是既来之，则安之，总是处理得很好，你也不要害怕。一个人总会碰到很多很多灾难的，她说："一个共产党员要面对现实，无所畏惧，在战略上要藐视它，在战术上要重视它。"这几句话一直到现在还在指导我的工作，指导我的生活。"一个共产党员要面对现实"，这个话就很清楚，你得病也是现实，你遇到其他的灾难也是现实，要面对现实，无所畏惧。这几句话一直记到现在，从"文革"开始的1966年记到现在。我不仅对我的病是这样去对待，对"文革"我也是这样对待。我在"文革"中对他们都是比较坦然的，我没有挨过打，但是一样也吃苦头，住到少教所里头，一天到晚要我写。因为我的年龄，我认识的人很多，在"文革"中很多人都是打下去的，我都认识的，他们一定要我去揭发他们，我一个字也写不出来，我确实是不知道，我说："我写不出来。"我在少教所里关了两年，我母亲就在这两年中去世了。但是到这种节骨眼上，邓大姐和周总理的这几句话始终在我脑子里头转，鼓励我，就是说什么灾难来了都要无所畏惧，我觉得这很重要。所以有的时候你要接受的东西有用，你就会改变。

现在给我这个奖又是鼓励我，我现在虚岁92岁，过了年93岁了，但是周小燕已经97了，过了年都98了，我就是这样去比。我说："人家不是也活得很好吗？难道天天觉得98了，要死了？"不是的。她现在好过来了，觉得高兴极了，我也是这样。92岁有什么了不起，汤晓丹那个时候101岁，我去看他，他还在吃巧克力，他笑着说："我的食道坏了，不能吃饭，可我比你们多了一个好处，医院每天要给我吃两块巧克力，含在嘴里头。"还在那儿学英语。死总归是要死的，不可能不死，不管什么时候死，你活着一天就要积极一天。我现在永远是抱着这样一个态度，所以我的身体还比较好。其实也会有很多病，检查出来这个那个，想想办法，吃点药克服，少吃点东西，总归自己可以想点办法。人老了总归要有病出来的，功能差了，但是功能差了，你可以用精神去支持它的，确确实实是这个样子。那个时候过草原的时候，我去过那个地方，那是怎么过的去的？就在那个环境里头，我鼓励你，你鼓励他，他鼓励他，就是这样子下来的。还是有很多人过了这个草原，是吧？所以我就觉得永远生活在一个积极的状态中，人的身体会好起来，你也可以多做一点儿事，也不烦恼。所以得奖对我来说是一个极大的帮助和鼓励，这个帮助、鼓励不是客套的话，我用刚才的那些事实来说明。

记者：您做了很多公益的活动，其实我看您住的房子也不是很宽敞，您给汶川灾区又捐了钱，给青海玉树也捐了钱，用儿子的画的名义来给社会捐赠也非常多，您为什么做这么多公益活动？

秦怡：这种东西也许和我的性格有关系，但主要还是自身受到过很多苦，我年轻的时候，生活上也好，工作上也好，还是吃过很多苦。当然，那个苦还是能忍受的，不是不能忍受的，不过有的人听起来是不能忍受的。抗战的时候，生活是相当苦的，我们吃了多少年，几片菜叶子烧那么一锅汤，就是一点儿米饭，有的时候连米饭都没有，有的时候有米饭。我动作慢，那些动作快的人早就把菜叶子撩走了，等到我去只剩下汤了，叶子也没有了，我只有把汤倒在碗里头，等于是白开水泡饭。也没有菜吃，奇怪了，人也没有死掉，因为年轻，因为还活动。有的时候有钱的朋友请个客，大家去抢着吃一吃。

我在成都演出的时候，有一个国民党的国大代表包了一个位子——第二排靠中间边上的一个位子，这个位子她永远包着，她要看我的戏，我演，她就来了。我心想："你这个人要死了吧，你包位子的那个钱拿来给我们买点吃的不好吗？"有一天，我糊里糊涂回到屋里，一看我的桌子上有个大的漱口杯，打开一看，里头全是卤菜。在成都，什么情况来的？也不敢吃，里头会不会有毒，不敢吃。他们知道了，说："你怎么那么笨呢？"我问："怎么了？"他们说："你不吃，拿出来给我们吃。"我想："对。"可是我拿出来吃，不许吃多，要先吃一口尝一尝，我怕万一有问题，因为我们这些人是他们很注意的人，后来吃了没有问题。其实这个菜是一个市长的夫人送的，她是戏迷，每天来看我们演话剧。我一个一个不停地演，都是演主要的戏，她就来看。看戏以前，她把这个漱口杯弄好了，跑到后台去——我的房间就在后台旁边，走上去两个台阶，一个竹篱笆门，就在舞台旁边拿两个桌子拦起来作为房间，很方便。她放了差不多有半个月这样子，后来我说，这个不好意思，这个怎么弄呢？你不是没有吃掉，你吃会吃掉，你怎么不讲人情呢！我就想：管她是什么人也无所谓了，就放一个条子在那儿："请你以后千万不要再麻烦了，你以前拿来的东西我们都吃了，谢谢你！"就是这样子放了一个条，时间长了就不再拿来了。

后来她忍不住写了一个条子，说我演得怎么好，她看了怎么陶醉，要请我去正式吃顿饭，一个请帖摆在那里，一封信，一个请帖。我就一丢，好多男演员看见了就说："你又是什么东西丢掉了？"那时候可怜极了，什么都没有。我说："这个倒霉蛋每天来看戏，她写了一封信，你看看什么请帖，还要请我吃饭，我才不去呢！"他们说："你真是笨，你就去。"我说："干吗？要去你去好了。"他们就说："你怎么这么笨，我们跟着你去好了，看她怎么办。"他们8个人要去。后来我想想还是不要他们去，最后我就拒绝了，我说："你们不要给我找麻烦，她有钱，请你们8个人也没什么不得了，她能每天请你们吗？这样子的话，我们就变成跟她很一样了。"他们说："这有什么关系，我们不过是吃点东西。"我说："我们干吗要那么低下？我们吃苦，我们自己愿意。"所以一个人一定要经常地叫自己的思想警惕，不要觉得这种事情很小。她是国大代表，我们是她的敌人，所以我说："不行，我不去，你们要去，自己拿了这个请帖去，保险她不请你们。"结果他们也没有人去。这种事情是很小的事情，但是说明一个意志——坚强的意志放在哪里？坚强的意志永远放在为我们的国家、为我们的人民，永远放在这里。这个话不是吹吹牛，不是说着玩儿，你93岁也罢，有益的话，今天叫你去做这个就去做这个，明天叫你做那个就去做那个，一直到你做不成了，你走人了，那是另外一回事。我自己老是这样想，老是拿这个来鼓励自己。你得了那么多的奖，你干什么的？就这么凭空给你那么多奖励？我就觉得是一种很大的鼓励，不管你多大的年龄。人家跟我说："这个东西没有关系的，你现在年纪那么大了，好好地去玩玩，去享福享福。"我说："我现在做事如果能做成，就是享福。"

记者：秦老师，还有最后一个小话题，您现在还在拍电影，是吗？

秦怡：我还在演，还准备演个女工程师，因为我觉得我演这种人物还比较对路，比较合适的。也想了很多别人，可能请蒋雯丽来演我的前身，演我年轻的时候。

（采访记者：赵安）

(照片由摄制组提供)

叶小钢

记者： 2014年，您的《中国故事·大地之歌》音乐会要在全球巡演，是吗？

叶小钢： 有这个计划。

记者： 您想通过这个《中国故事·大地之歌》传达给世界观众什么样的东西？

叶小钢： 有几个方面。现在中国的主流文化需要影响全世界，从客观的角度应该是这么说。因为中国有五千年的文明，近百年是比较弱的，随着国家的逐渐强盛，文化的逐渐发展，中国的当代文化以及中国当代意识形态，我觉得到了这个时间，可以去影响世界了。传达的主要是什么呢？一个是我们中国文化，比如说中国音乐文化对世界的看法，这是第一个；第二是我们主流意识形态的价值，我觉得应该全球承认。这一点我觉得中国文化界应该向美国文化界学习，因为美国无论是它的文化产品，还是它的商业产品，比如说"苹果"，比如说它比较高精尖的东西，尤其它的电影、它的音乐、它的整个文化，它是以全球作为市场的。我们的定位是国内先做完了，再试图走出国门，再试图走向世界，其实这个概念还是会狭窄一点儿。其实我们的文化，包括我们的工业产品，包括我们的文化产品，首先也应该以全世界为定位，这样你这个文化影响才大。那么你怎么样影响全世界呢？你就要用大家共同认可的方式。比如说我的《中国故事》是交响乐，交响乐和民族音乐、和传统戏曲不同，因为传统戏曲和我们的民族传统音乐是用民族乐器演奏的，戏曲也是中国独特的一种方式，它确实是文化的瑰宝，但是它不具有"世界通码"的性质，要影响世界比较难。你只是一个博物馆艺术，只是放在这个镜框里让大家看的，它不能演你的东西。我这个"中国故事"的概念是用外国的乐队，把我们的主流音乐文化整个撒向全世界，就是要让人知道中国当代艺术文化已经走在了世界的前面。我不能说我，我可以这么说，我们音乐创作的水平丝毫不比国际上一流的作曲家差，现在到了这样的时候，我们有这样的实力，应该去影响全世界，而且我的艺术作品是以全球定位的，不是说我们关起门来，自己在那里自说自话或者自言自语，然后找一扇门，让我们这个文化走出去，再去影响世界，不是！我们从一开始就应该是全球定位。这跟我们现在拍电影一样，我们有一些还没有达到这一步，我觉得音乐已经做到了，所以我的《中国故事》在2014年的时候去过德国，去过巴西，去过美国，甚至还想去印度，正在酝酿的过程中，正在联系中，大概是这么一个情况。

记者：您是中央音乐学院毕业的，受的也是正统的学科教育，很多这样的人不会做影视音乐，但是您一直有这方面的作品，您觉得这个创新的意义是什么？

叶小钢：我觉得它对我只有帮助。因为在学院的象牙之塔里写的东西往往是带有研发性、科研性的创作，毫无疑问是需要这样的，因为人类需要不断地前进。可是你怎么接地气呢？怎么样让普通的民众、让人家能够认可象牙之塔里面产生出来的东西？因为它不是"哥德巴赫猜想"。音乐学院要不要？要！需要探索，需要寻找新的声音，需要寻找新的表现形式，让我们的艺术更加多样化。影视音乐是什么呢？大家知道电影艺术相对音乐来说是比较普及的，所有的观众，不管是全球哪里的观众，只要你这个电影确实拍得好，确实能够引人入胜，那确实就是有全球的市场。那么影视音乐的好处是什么？它比较接地气，就是说这个故事可能是100年前的事儿，也可能是300年前的事，甚至2000年前的事情，或者是未来的事情，或者是当下的国计民生，我们每一个小老百姓、普通民众，我们身边发生的一些事情，我们能够把它拍下来，那也就给了作曲家一个机会，能接近这样的生活。

每一个故事、每一个剧本、每一个剧组都是不一样的，所以你的认识面、接触面和对这个世界的认识会宽很多，这对自己的创作有极大的帮助。像我这次写的《喜马拉雅之光》在美国纽约的演出非常成功，在颁奖的前一天晚上，我在国家大剧院也演出了这个作品。这个就是我通过生活创作的，包括影视的机会，包括自己亲自去采风调研。其实每一次拍电影、电视剧去外景地的时候，是一个最好的采风机会，最好的接近民众的机会，让我的音乐能够充分地接地气，确确实实成为这块土地上出来的艺术。你光在学院里，关在办公室里做学究是不行的。所以影视对我的成长、对我艺术的成长是有极大的帮助的，我觉得一点儿冲突都没有。

记者：能谈一谈您刚才说的《喜马拉雅之光》吗？

叶小钢：他们的地域非常特殊，我们常说离天特别近，海拔非常高，自然环境非常壮美，全世界没有一块地方能够这样吸引人，这是第一个，从它的地貌来说；第二，从它的人文角度来说，它比较纯朴。由于几千年来的原因，藏民族的精神追求是非娱乐性的，它的艺术也是非娱乐性的，不像我们汉族那么现实，他们追求精神上的东西比较多。对我来说，我比较喜欢这样的东西，所以这么多年来我写了很多藏族、西藏题材的作品，一方面是净化自己的灵魂，一方面是向人类的终极关怀、精神世界更接近一些，能够在这样的环境下，这样的氛围感染下，使自己的心灵、自己的艺术更加纯净。除了更加纯净以外，也更加追求一些人类的理想。因为我们整个人类需要和谐相处，需要共存，不需要战争，不需要争斗，而需要和谐。人和自然共同依存是我们这个地球上更重要的一点，尤其今后几十年，全世界的发展对我们人类来说是非常关键的。这个时候提倡这种精神、提倡这种境界，我觉得对我们人文思想的进步是有好处的。我们汉民族几千年来"罢黜百家，独尊儒术"，可能在某种程度上限制了我们科学思想的发展，或者是人文思想的发展，以及我们创作力的发展。近几百年，我们中华民族的创造力稍微落后于世界其他民族，我觉得和这些都有关，和精神境界有关，和我们的美育教育有关，和我们的感性教育有关，所以我个人认为我做这方面的工作还是比较有意义的，我比较喜欢这方面的东西。

记者：您的创作生涯中感触最深的是什么？

叶小钢：第一个，我讲了我喜欢写一些相对来说精神追求比较高尚、境界比较高的东西。比如说我明年还要写一部《普贤之光》，大家知道中国四大佛——普贤、观音、文殊、地藏，我有一个作品叫《普贤之光》，也是讲人类智慧的问题。其实释迦牟尼在那么多年前有一个非常宏大的、让我们望尘莫及的智慧高度，今天我们还是很希望人类在精神境界上，咱不敢说超越，应该是越来越高。我在音乐创作中碰到的最大的事情、最大的困惑，或者说最给我激励的，就是精神境界的一种定力，一种追求。可能要努力一生才能达到一个新的境界，因为我们这个世界太现实、太物质化了，相反，我们人类的精神产品，无论是音乐、美术、哲学、宗教，好像还没有发展到一个高点，这是从整个人类角度来说。从中国角度来说，近几百年是我们比较差的一个阶段，趁着中华民族现在复兴的机会，我想在这方面做更多的工作。

记者：您对您的作品有什么偏爱吗？

叶小钢：这倒没有，因为我觉得我的每一个作品都有自己的阶段性，我写作品一般也根据买方市场的需要，但是我自己的境界是不会丢的。像《喜马拉雅之光》完全是我自己写的，也没有人委约，结果反而得了奖。有时候你接受委约来写的作品，反而没有这样的，因为要应付一些市场的需要。但总的加起来，我不同类型的作品正好构成了一个完美创作的概率，一条弧线，就是我哪样都不缺，历史、宗教、文化、文明、现实、经史、市井文化，我都接触到了，因为我有体验生活的机会，让我有很多机会再思考更深层次的问题，所以我觉得生活教会了我最多，我的生活、我的经历教会了我最多，也是我的经历、我的生活造就了我今天的艺术。

记者：您刚才说了您的创作是分阶段的，您自己觉得哪个阶段更好？

叶小钢：没有，我是插在其中的。比如我写普贤的时候会到峨眉山去，我写西藏会到西藏去，尼泊尔释迦牟尼的诞生地蓝毗尼我都去过。我写过一个讲英雄主义的电影，一个电视剧和一个关于中国人民的作品，甚至有军队题材的作品，我就下部队。我到潜艇上去过，我也到苏-27上去过，苏-30只能在旁边看，保密的，苏-27没那样，我都爬上去看过。潜水艇里我也去过，军舰我也去过，农村、山区或者贫困地区就数不胜数了。我哪儿都去过，北到东北，黑龙江的水，我亲手去撩过，水是黑的，但撩起来是清的，很有意思。对面就是俄罗斯，其实原来就是中国的领土，100多年前失去了。所有这些经历能让我感到一个非常丰富的世界观。我在美国留学很多年，我现在也经常去美国，世界不同的文化，对文化艺术创造的方式，以及思维模式、制造模式都对我产生了很大的影响，导致成了今天的叶小钢。

记者：您获得过国家级教学成果一等奖，我们想知道您是怎么把对音乐这种感受传授给学生的。

叶小钢：因为我们这个年代学习比较刻苦，我们这个年代的人在"文革"时期没有机会学习，好不容易"文革"结束了，我们有一批人有了这样的机会，所以我们特别珍惜这样的机会。从小我被认为如果我不学音乐就没有机会了，因为我要"上山下乡"。我现在认为做一个普通农民或者做一个普通工人其实也是很不容易的一件事情，当时因为我比较热爱音乐，所以我老想离开那样一种环境。那个时候的环境、工作条件确实也比较辛苦，"上山下乡"，赤着脚，大冬天挖河泥，冷得简直不是一般的，非常可怕的。现在我们也不会这样了，现在都是机械化了，当时都是人力，做工人的时候都是手工操作，确实比较艰苦。我是从小学音乐的，我觉得只能拼命地学音乐才能离开那个环境。现在社会发展了，也许将来一按电脑，3D的东西就出来了，也没有那么困难了。当时我们的劳动是苦力，这个对人的精神上，一个是摧残，一个是激励，都是很大的。在这样的情况下，我一定要成为一个音乐家，因为我从小喜欢音乐，我把这个精神灌输给我的学生。今天的孩子和我们那个时候不一样，所以我对学生的要求还是很高的，老师像拿着鞭子抽一样，希望他们努力学习、奋斗，再没有成就就来不及了，这种迫使得比较厉害，这种推得比较厉害，所以我的教学成果还算是比较理想的，我的学生成才率很高，其中有的学生考了很高的分数，考到国外去了。有很好的学生，他们现在都已经成了我们国家各个音乐领域中的主力，有进乐团当音乐室主任的，有当系主任的，也有考留学的，几百个人考一个，他能考上的。

获得国家级教学成果一等奖，我觉得是有历史的原因，但是和我自己的努力也分不开。我教学还是比较卖力的，因为我觉得我们的音乐应该代代相传。我们这一辈马上就翻过去了，其实也很快的，就希望中国的下一辈能够超过我们，要看机缘了，所以我很努力，教学成果也得过奖，但是将来究竟对我们的成果怎么看，恐怕和时代也分不开。我们这个时代也有一些不尽如人意的地方，教育环境、人文环境、美育环境，等等，我觉得我是尽了自己的力了。

记者：您的音乐梦想是什么？

叶小钢：其实作为我来说，当我这页翻过去的时候，我没有遗憾了，这就是我的梦想，我该做的都做了，我该努力的都努力了。像我的《中国故事》首次在美国演出的时候，那几乎就是一个梦，根本不可能实现的。我从2月份才开始操作这个事情，当时除了有一个想法，一分钱也没有，一点儿支持都没有，就是凭着我的坚强毅力把它办下来的，终于得到了很好的反响。我们这次专业反响非常好，在美国可以说是几十年来最好的一次。因为我们中国的艺术也是泥沙俱下，鱼龙混杂，走出去的文化有的水平很高，也有的水平很低，但我这一次是众口一词，特别成功。继续做梦，我们把这个事情做得更圆满一些，至少在把中国文化真的推到国外去的时候，能够真正从内心佩服我们、敬佩我们，因为我们输出了精神的力量，这是我所想达到的一个目的。也不能说是梦想，就是能够尽自己的力量，能够把事情做得更好，当我这页翻过去时，我没有遗憾，这个应该是我的一个遐想，一个想法。

记者：现在的世界也是一个商品社会，在这样的社会里面，文化和艺术的重要性是什么？

叶小钢：我觉得文化和艺术的重要性确实是和商品有关，这一点我们应该向美国好莱坞学习。我刚才说了，他们的电影是以全球为定位的，不像我们中国的很多东西是自己关起门来先弄好了以后再想办法走出去，这是不够的，应该一开始就是全球定位。包括我们的商品，我们的汽车、我们的服装，如果是全球定位，质量就不会那么差了。我们的作品也是，如果你想要你的作品在全世界演出，你肯定会把它做得精益求精，把它做得最好。如果你说我先把国内市场满足了再说，其实是不够的。艺术和商品的结合确实是必要的，所以我在想怎么让你的音乐能够广泛地流通。如果能够做到很好地流通，如果大家能够接受你的艺术，你的艺术不可避免地成为一种商品。这方面我觉得还需要努力，钻牛角尖是不行的，确实是要考虑大众，考虑受众面，考虑整个世界各个文化层次能够接受你所宣扬的东西，这需要很高的智慧，同时需要深层次的观察，很努力地学习，很高的精神境界的追求，然后才能达到。

像乔布斯的"苹果"手机，它是把艺术和实用完全模糊化了，把工作和娱乐完全模糊化了，大家用这个东西的时候变得很愉快，所以他那么成功。他赢在美学上了，他不是赢在他有多高的技术，他的美学变成了他的技术，变成了一个商品，所以他那么成功，2012年苹果公司是世界上价值最高的一个公司。我觉得我们中国的艺术也应该是这样，所以我的音乐一开始就想全球定位，逼着你不得不用功，逼着你不得不考虑每一个细节。像《喜马拉雅之光》这个作品，我把吸引观众的时间点精确地算计到了每一分钟，这一分钟我要做什么，下一分钟我要做什么，再下一分钟做什么，音乐的过程完全考虑到了观众，就是让人喘不过气来，这就有了一个成功的点，对我来说是一个非常好的学习和升华的机会。我觉得我的音乐都应该这样考虑，这样才会真正有商业价值，才能真正让人接受。

记者：您对"艺文奖"了解吗？

叶小钢：我知道，类似像国家学院奖的这样一个奖项。

记者：在这样一个时代里，您觉得这个奖有什么意义？

叶小钢：我觉得应该是必要的，因为它意味着对一个时代艺术家做出了一点儿承诺，或者说承认你、表彰你。这是一个很大的荣誉，这是对我们过去的一种肯定，所以我还是很高兴获得这个奖。

记者：谢谢！

（采访记者：张涛　陆海空）

(照片由摄制组提供)

田黎明

记者：您在入伍之前学过画画吗？

田黎明：入伍之前在家里跟着一两位老师在学画，那时候就是一种兴趣、一种爱好，然后也是因为画画才当的兵。到部队以后，按照部队的要求画幻灯片，画一些宣传画，还画一些舞台布景，后来进入部队的一个美术创作学习班，开始学习、创作。学习班是在北京办的，我们是下面的一个司，司里就派我来参加这个学习班，边学习，边创作。我觉得部队上对我的培养这段经历太重要了，它锻炼了人的一种自主的能力，让你在自学当中去思考应该怎样去练自己的基本功，怎样把基础打得扎实一些，怎样在生活中提炼你的创作主题。当然，那个阶段都很幼稚，尽管幼稚，它也是在学习的阶段当中积累起来的。

记者：那个时候您就决定了要画国画吗？

田黎明：那时候没有，在部队的时候学习版画、油画、宣传画。国画是后来学习的，也是在部队，大概是在1975年以后慢慢开始接触到中国画的，开始在宣纸上画一些部队生活，画一些小品的创作。

记者：怎么就决定学国画了，是喜欢吗？

田黎明：一个是自己对绘画本身有兴趣，平时喜欢画一些人物，画一些连环画之类的。国画是按照部队的需要去接触的，在接触当中，自己慢慢感觉到对国画越来越有兴趣，因为它的材料是我们中国的，后来慢慢才明白它是中国文化的一个载体。这是后来明白的，开始不明白，就觉得国画是在宣纸上画，它有它的这种局限性，而这种局限性越大，它的难度越大，它的特殊性、它的个性及它的表现力应该讲就越强，它的文化内涵就更加深厚。

记者：开始的时候，您觉得那个可能是限制您，后来发现可以把它发扬光大。

田黎明：是这样的。国画里面，你去慢慢熟悉它的时候，必须要有一个长时间的创作过程。比如说在宣纸上要落墨，因为我是画人物画的，有一个造型的问题，画得还要严谨，要有一种具象的造型能力，这是学院派所培养的一种写实的造型能力，那么在国画里就遇到了一个矛盾，什么矛盾呢？严谨的、写实的具象造型和写意的、传神的中国画笔墨气韵的要求，这两个要结合起来是非常难的。但学院派的教学几十年来一直是在造型与笔墨之间收缩，所以我们的先生在这方面给予了我们很多，我们在中间也受益很大，慢慢在这个过程中体验到宣纸原来是承载一个民族的文化和思想的载体，面对宣纸的时候，你必须要把自己全身心地投入进去。当然，这种投入我觉得跟你长久的学养，跟你对中国画的经验的积累，还有你自己对中国画基础的掌握有关。这些都是非常重要的，如何把它们有机地通过积淀统一起来，然后逐渐形成你自己的画面和你自己所追寻的一种语言、风格，我觉得都是非常重要的。

记者：中国传统绘画讲究"气韵生动"，您怎么理解"气韵生动"？

田黎明：'气韵生动'是中国传统，谢赫"六法"中第一讲的就是"气韵生动"。"气"应该讲是与"志"有关，古人说"诗言志"，"气"跟"志"有关。闻一多先生对"志"的解释提到"志"是一种怀抱，是一种理想，我想这个"气"里面就包含着作者的一种理想和怀抱。"韵"是审美向内的一种内涵，含蓄的一种审美元素在里面。"气韵"主要是指一个人的品格，一个人对中国画、对生活、对艺术的一种感知、一种认识，如何聚集在一起体现了一种品格和一种精神，对于一个艺术家来讲，这样的一种精神应该如何贯穿在他的画面当中。笔墨里头往往讲"气韵生动"，它就是两个方面，一个方面是我前面讲的，指的是一个精神和品格的载体，还有一个方面指的是一个画面技术层面的载体。所以"气韵生动"对于一个画家来讲至关重要；对一幅画的品评来讲，"气韵生动"也是放在第一位的，因为它是衡量一个画家的艺术水准和格调的尺度。

记者：您还提出了"气象"的概念，"气象"又怎么解释？

田黎明：我在一篇文章里写到"气象"和"形象"的相互联系，"气象"更多指的是一种文化的体验，是一种精神的关照；"形象"更多是一种具象的、具体的，是现实生活中的某一个具体物，所以我想这两者不矛盾。因为一个艺术家到生活中去，首先要接触形象，他要有形象的直观，但是这里面必须要有一种精神的关照。所谓"精神的关照"，更多是指他对一个时代人文精神的一种进取的状态，他对一个时代精神的一种关照、一种把握和一种理解如何能够呈现在他的作品当中。所以"气象"作为一个人的精神，我觉得是非常重要的，因为"气象"能够排除生活中的许多困难，一个人在生活中，如果他的胸怀具有一种"气象"的话，我想这种"气象"就像我们现在讲的是一种正能量，比如说雷锋精神就是一种"气象"。中央现在强调文化的大发展大繁荣，其实这就是一种"气象"，我们大家共同来构建民族的精神家园，这就是一种"气象"。以这种"气象"深入到生活当中去，再去看具体的"形象"，我们就会把"形象"跟"气象"紧紧地贴在一起，这个时候你就能够从"气象"当中找到审美点，能够把"形象"转化为审美，从审美上来把握画面的结构，来把握画面的境界，我想这对于一个艺术家来讲是非常重要的。

记者：您能给我们举个例子吗？

田黎明：我举一个禅宗的例子，有一个师父带着一个徒弟在河边行走，他们看到远处有一群鸟在嬉戏，然后这个徒弟捡起一块卵石，想把这些鸟赶走，这是一个很正常的儿童时期的做法，但是这个师父却制止他了："你不要去驱赶它们，你我现在能看到这群鸟在这儿嬉戏，你没有看到吗？这是一种圣景，很神圣的，它有一种平和、吉祥、祥和的气象在里面。"我觉得这就引出了一个道理，在平常的生活当中，处处都有这样的圣景，有一种精神的关照在里面，就看我们主体有没有一种眼光、一种胸怀或者胸襟，用一种带有"气象"的目光来体验、感受我们周边的生活。

在生活中能够发现美，能够发现真，能够找到善，我觉得这是一个艺术家非常重要的责任，也是他的一个职责。"气象"对于一个艺术家来讲，与其说是一种修养，不如说他应该把这种"气象"整个贯穿到自己的艺术和生活当中，把艺术和生活连为一体。在中国有一句话叫"平常心"，"平常心"实际上指的是一种精神境界，这种"平常心"如果放到生活当中去，能够排除一切困难，能够面对一切遭遇，把遭遇转化为一种境遇，从境遇转换为自己内在的一种审美的理想和怀抱，这个时候我觉得他的绘画、他的语言和他的表现方式都会围绕着这样一种精神的关照来展开。

记者：能给我们举一个您作品的例子吗？

田黎明：用传统的审美理念讲，我的作品想追寻那种平淡天真的境界。在我的作品当中，这二三十年来，几种面貌的风格都经历过，从强悍一点儿的、追求一种雄浑境界的理念，慢慢转向一种平淡的境界。我觉得这个过程可能跟自己的向往有关，我更喜欢那种平平淡淡、平平常常的感觉。在平平淡淡、平平常常的感觉当中，能够发现它内在的一些美感，这是我画面当中想追寻的一种状态。

举个例子，十几年前，我到北京郊区的一所学院去上课，中间有一段休息时间，我就到开水房去打开水，这个时候下了一场雨，雨特别大，我站到水房那里避雨，雨停了以后，我就往教室走，走在路上，因为校园的绿化非常好，树木特别多，我突然感觉整个眼前一片都是清新的，这么干净、洁净，这给我突然的一种感觉，而这种感觉我觉得它可能是一种平常的思考，或者一种向往的感觉，突然在这个刹那间，这个刹那间又是一个很平常很平常的日子里头，我觉得我找到了一种清新的美感。后来，我就把这种清新美感慢慢地融入到我的画面当中。还有一次，我带学生在微山湖下乡，那是一个夏天，大概是在80年代中期。我们坐船到微山湖的一个岛上去，湖面上整个起了雾，感觉人在雾中行，一切都是那么一种深远、朦胧、宁静的感觉。到了岛上以后，我们住在一个招待所里，一位大爷和一位大娘在经营这个招待所，那个时候可能刚刚实行了包产制，他们承包了招待所。因为是夏日，招待所里没有自来水，都是用水缸里盛的水。水缸里的水其实是大爷和大娘挑来的，我们当时都不知道，一天写生回来以后，因为身上的汗水很多，拿水往身上浇，把水缸里的水很快就用完了。第二天，水缸里的水又满了，后来我们发现原来是大娘和大爷挑来的，他们从来没有说你用水要节约一点儿，他们没有指责我们，给我们的感触很深。再一个，我们的学生病了，大爷和大娘就给他们做病号饭，对学生照顾得无微不至，使我看到了我们的老百姓的这种朴实，普通的人，他们是这样的真挚，他们默默地在做的正是你要去追寻的那种纯朴的美感，这种美感，我理解应该是我们传统文化里倡导的那种温柔敦厚的审美境界。

后来我就把这种美感融入到自己的画面当中去。比如说像《小溪》这幅作品，我就是把对这个人物的感觉和我对生活当中所感触到的、引发我一些感受所形成的形象糅合在了画面当中。这个时候，我才体会到了原来笔墨的元素是跟人在生活当中体验的一些感知同行的。如果你在生活中发现了美，如果你的笔墨能同时与你的发现同步进行的话，这对于艺术家来讲是一种幸福。同时它也是一种痛苦，为什么呢？因为这种痛苦伴随着你，你要不断地到生活中找到你自己想追寻的这种理想。不是说你走到生活中都能发现的，有时候甚至你多少年都找不到这种感觉，但是我想正是这样一种感觉提供给艺术家生活，它是创作的源泉。而文化的源泉更需要我们对传统审美的元素，比如说"天人合一"，比如说"温柔敦厚"，比如说"厚德载物"，这样一些人文理念，到生活当中去揣摩、去体验，把这些理念放到生活当中去慢慢感知，把它变成生活中的形象来印证传统文化的一些理念。这个时候，我觉得对于我们的创作来讲真是一种升华，使自己能够达到一种必须要表达的境界，而中国画这种载体恰恰能够承载我们传统的审美理念。所以在我自己的中国画当中，我想画那种普通的人平淡的生活，但是在这种平淡当中蕴含着中国人的一种淡泊的志向，中国人的一种平常心，而这种平常心，我想是靠自己在生活中慢慢地去积累的。每个人在生活中都会有很多遭遇，遇到一些困难，一些不顺心的事情，但是我觉得要用文化的理念、文化的感知来调整自己，不断地提升自我。到生活中去看看我们的老百姓，看看这些普通人，我们身边的人，其实就是前面讲的，你都能发现闪光的地方，只是看你自己的内心有没有闪光的东西。

记者：您的作品，比如《碑林》、《小溪》，一般说来，比如《碑林》会想到是一块块石碑，《小溪》会想到一条水，但实际上看到的不是，我想知道您为什么取这样的名字。

田黎明：《小溪》这个名字就是前面讲的，中国人的自然观强调"天人合一"，这种"天人合一"的哲学理念实际上是强调人的一种道德理念和一种精神理念，我觉得"天人合一"是在这个层面上的。在这个层面上，它往往能够引发出人与自然的一种协调、和谐，人不去征服自然，人是顺应自然的，人在自然中能够找到自我，尤其从中国的文人画里能够更多地找到这样的元素。所以《小溪》这幅画的名字跟整个画面的结构安排基本上是一致的，因为《小溪》用的是颜色，中国画传统是以墨为主，墨分五色。当然，我想作为一个时代的人，你必须是有感而发。我前面讲到《小溪》的这幅画实际上是在课堂上完成的，是课堂上的写生，但写生也是创作。这是中央美院老一辈先生们教给我们的一个很重要的理念，就是如何通过写生把你的文化积累、生活积累转换为创作，这是中央美院教学一个很重要的理念。《小溪》这幅作品就是在这样一个理念下创作的。我带学生下乡，刚才讲的微山湖给我的一种感知，我就把那种朦朦胧胧的感觉放到了人物的整个造型上面。整个来讲,《小溪》的颜色是用中国画的颜色完成的，是大红的颜色，在大红里面有浓淡之分，也像山水一样，一层一层的，可能染了三遍，但这里面主要还是吸收了中国传统花鸟的一些方法，我们讲的"大笔块"这样一种笔墨的渲染。中国画的这种渲染强调的是"意"，"意"对中国画来讲是极为重要的。在《小溪》这幅画里，就是如何把人和自然有机地统一，表现一种自然里面生生不息的像溪水一样流淌的这种感觉。当然，这里面有一个转换，传统诗词里强调的意象是一种缘物寄情，魏晋时期的王弼讲"立象以尽意"，这里面讲的"意"这个理念是中国画的一个核心问题，也是中国诗词的一个核心问题，所以你怎么去立意是整个一幅画的关键问题。《小溪》这幅画我觉得主要是在立意上，虽然是一个课堂上的人物写生，但是通过它独有的一种造型，包括这女孩子戴的草帽是后来加上的，在课堂上画时并没有草帽，就想到画一个纯朴的乡村的女孩，她就像一座山一样，像我们看到的一座远山，很朦胧，很虚幻，但它很美，这种美是一种淡泊的、一种生机盎然的、一种清新的感觉。当时是想找这种感觉，但这种感觉并不是在画的过程当中想到的，是潜移默化地这种感觉跟着就出来了，出来以后可能又找到了一些审美点，跟这个画面自己来反省、来思考这幅画。

为什么要取"小溪"这个名字？实际上这都是后来想到的，并不是当时就想到要画一个自然的感觉，像小溪这样，当时想不到。这里面就引出了一个传统创作的理念，就是前面讲的这个"意"。孟子讲过这个"意"，孟子说："故说《诗》者，不以文害辞，不以辞害志。以意逆志，是可得之。""以意逆志"实际上就是用"意"来把握你的诗言志，必须要靠"意"。我们的书法里也强调"意"，比如说书法里面的"永字八法"。周汝昌先生在《永字八法》中对"永字八法"讲得非常深入浅出，非常深刻，但是我理解的"永字八法"实际上是一种"意"的关照方式，是一种"意"的理念，是一种"意"的观察，是一种"意"的人文理念和文化理念。所以你要把握住这个"意"，我觉得一定要到生活当中去。

但是前面又讲到了，生活当中的"形象"和"气象"是要靠"意"来进行转换的，而不是说你看到一个形象很美好，你直接把它画出来，它还是生活中的形象，没有上升到一个艺术载体的层面。你必须通过"意"的转换，这个"意"

的转换比较复杂，前面讲到了，它是缘物寄情的。缘物寄情里面讲究赋比兴，而且尤以"兴"为最，为什么呢？这个"兴"就是"兴旺"的"兴"，"兴盛"的"兴"，更多强调的是你深入生活，对"形象"的一种感知的直觉状态，然后进行转换，所以这个"兴"里面往往带有一种很大的创造性。比如说像《小溪》这样一幅画，我后来分析它的时候，往往就是说是把自己生活的积淀慢慢渗透在你自己的潜意识当中。所以在你的笔墨当中，它自然而然流露的时候，你没有去想太多，但是在这个过程里面，你反而就把这种东西带出来了。带出来以后，因为艺术是需要进行反省的，一定要在反省当中再往前推进，要找出它的问题和它的缘由。

像《小溪》《碑林》这样的作品，都是通过"意"的方式进行转换的。《碑林》这幅作品因为算是我80年代第一幅代表作，这幅作品也是用了"意"，用了"悲"作为"意"，表现的是一种革命史上悲壮、壮烈、惨烈的宏观景象。我当年到部队生活，在陕西的韩城看到一片墓碑，我们的战士在开采煤矿当中牺牲了一批人，都很年轻，20多岁、30多岁，大概有40多个墓碑，在一个小山岗上，给我的感觉很震撼。后来我父亲也跟我讲过，他们在抗美援朝的时候牺牲了多少人，多少人并不是直接死在战场上，而是被冻死的。《碑林》这幅作品也是通过"意"的这种方式，通过"悲"的方式，"悲"的方式最早起源于看到西安的兵马俑，很多出土的兵马俑，场面非常壮观，很震撼，当时没想那么多。《碑林》是我在中央美院进修结业时的一幅结业创作，在这个创作当中要表现一个主题，这些思考都是在这个过程当中反反复复慢慢形成的。那时候，创作经验不多，但是有一点很明确，自己在生活中的感触一定要表达出来，还是要源于生活，所以通过这种"悲"的方式画了《碑林》。《碑林》在笔墨上吸取了北宋范宽、李唐的一些笔墨，画山水的方法，用这种积点成面的方式，慢慢地使笔墨能够转换，能够跟自己心里的一种表述统一起来。

像《碑林》《小溪》这样的作品，包括到后来表现"阳光系列"的作品，我觉得都是在生活中的感知和感受，同时自己也把传统文化的一些理念和元素放到了生活中去思考、去体验。这个过程是一个漫长的过程，对于一个画家来讲是一生的课题，你今天画完这一幅画，不见得你明天就能画好第二幅画，你仍然要到生活当中去，仍然要在文化的博大精深的语境当中，或者积淀深厚的人文精神理念当中慢慢去揣摩、去思考。有的时候哪怕就抓住一点点，放到自己的生活当中，但是做到这一点，我觉得真的是太不容易了，因为人的惰性太强，有的时候在生活当中很可能把一些东西放掉了。但是我觉得对一个人来讲，这种精神的关照和前面讲到的"气象"的积淀，一旦成为很重要的一个内心的载体的时候，它很强大的时候，它能融会生活中的很多形象，把这些形象转换为真善美的元素，成为你画面的一些结构，成为你画面的语言和境界。

记者：我刚才听您引用了孟子的话，您经常读一些古籍吗？

田黎明：不能说经常读，但是我对中国传统的诗词，还有一些美学理念，老子、庄子、孟子的，都读过一些。因为人到中年，读的时候总有一点儿感发。读的时候突然有点感触，好像这个对我有点启发，有点触动，那就停下来，看它是不是能跟自己的一些画面、跟自己生活经验的东西联系起来。有的时候连不上，但是有的时候就能连上，这些能连上或连不上，有时候不是主动的，而是在生活中突然触发你，让你能够想到什么东西。就像我前面讲的，突然感觉到一种清新，其实清新也是一种审美，也是一种形而上的感觉，有的时候就在你身边，但是你没有看到，把它放掉了。我的老师卢沉先生在上课时反复讲过"化腐朽为神奇"。所谓的"腐朽"，他指的就是我们应该能够把平常生活中的一些不起眼的平常景、平常色进行转换，但这个转换对于一个艺术家来讲是一生的事情。

记者：除了读以前的书，您还有什么其他的爱好吗？

田黎明：游泳，主要是游泳。在80年代开始游泳，后来因为喜欢游泳，就画出《阳光》这样的作品。跟着我的朋友，我们在"八一湖"游泳，那时候游泳经常是在夏日，太阳特别热烈，从水里上岸的时候，肯定要到树荫下去，蹲在树荫下，有的是柳树，有的是杨树，树荫下就有光斑洒在身上，洒在地面上，当时也想到有点像印象派的绘画，没有想到国画也要这么去画。但是一次在一个学术展览上想展一些小品，画周边生活的，我就想到我为什么不能画游泳呢？我就开始画"游泳"这个题材。但是画了几遍都不理想，这时候就出现了一个问题，开始画的都是形象，都是我直接感觉到把游泳画出来就行了。其实艺术的奥妙恰恰就在其中，开始画的是形象，后来在一个偶然当中——宣纸有一个特性，水先画上去以后，墨和颜色都压不上去；压上去以后，出现水的地方都很淡很淡，所以在画游泳小品当中，水滴在宣纸上，突然出现了一个斑块，一个亮块，我马上就想到这不是游泳的那个树荫下的斑块吗？虽然当时没有想到印象派的方面，这是宣纸上一个特殊的情况，其实我们古人在用矾画雪景的时候就用过，但是因为你没有生活，你很难联系起来，只有生活才能把你跟艺术紧紧地贴在一起。

这个时候我突然就想到应该用光的方式来表现游泳，按照这个感觉马上进行转型，很快就找到了，第一批游泳的画面是这么出来的。出来以后，在朋友之间还引起一些争议，有人说你这个有点像印象派；有的人说你这个有新意，没有人这么画过。随着时间的推移，因为画了这套游泳，就想在光这个层面上进行探索，一个是光斑，再一个是光的块面，想把那种阳光普照的感觉在画面上传达出来，再就是把中国人的文化观，平淡天真的这样一种感觉在画面上呈现出来，把这些元素慢慢积累和综合，就呈现了后面每一阶段的"阳光系列"作品。比如画《村姑》、《游泳的人》、《都市女孩》，基本上都是把人和自然融在一起，把光放在其中，光作为一种协调，人在自然当中那种从容、淡定、悠闲，表现了中国人的一种文化观和人文理念，我想在画面当中逐渐展开自己这样的一种体会。

记者：刚才您说您把那幅画拿给别人看，有人说是印象派，有人说不好，那时候您心里怎么想？

田黎明：当然也犹豫过，是不是要调整，进行改变。但这个还是得益于自己要有独立的思考，别人看了它是第一眼的感觉，你自己天天在思考、在琢磨，在宣纸上进行尝试，它有你自己对传统文化的一些领会在里头，这些东西一旦结合起来，它就不是一个表面的东西，它绝不是表面一个光的元素，一定成为你内心当中的一种光源，现在画的光源。虽然我也不能完全讲是真正发自内心的，但是我从学习传统文化到理解传统文化、慢慢去体现传统文化的一些元素，把光和平淡天真的审美理念，还有比如像司空图讲的冲淡、自然，这样一些理念结合，通过文化的层面思考光源的感觉和笔墨的感觉，然后再把这些东西还原到生活当中去。现在强调"三贴近"，我们画院也到下面去走近农民工，虽然我们是走马观花拍一些照片，跟他们在一起交流一下，谈一谈，但这种感觉和体验毕竟对自己还是有很大的触动的，这些感觉慢慢使自己更加坚信这条道路是完全能够走下去的，而且只要坚定地沿着传统文化的文脉和时代人文精神的取向走下去，我觉得自己应该是走得比较自信的。

记者：您独创融墨法、连体法、围墨法，是在没骨法的基础上发展起来的吗？

田黎明：对。

记者：它们跟没骨法有什么不一样？

田黎明：传统的没骨法起源比较早，最早从敦煌壁画上就可以看到一些没骨的方式，但那时候它不是在宣纸上，而是在墙壁上，它是一种重彩的方式，但也可以把它纳入到没骨当中来。在笔墨当中，应该讲尤其是在宋代，没骨法就开始了，像黄荃画的一些画已经开始有一些没骨的元素，还有一些青绿山水也是用没骨的方法。尤其是到了元明清，尤其是在宣纸上，没骨法可能尝试得最多。没骨法在传统这一块可以讲主要是用墨，不勾线来表达形象，直接用笔触来表达形象。比如说我们看徐渭徐青藤，明代的狂人、大画家，他的一些画就是直接用没骨方法，比如画螃蟹、画葡萄，画其他一些花卉，等等。到了清代，比较突出的是恽南田，他是用淡颜色来画没骨。前面讲的，在传统来讲，没骨主要是靠笔触、靠渲染来决定它所要表达的形。比如我们画竹子，竹子不能用没骨的方法。比如画花卉的一个叶子，以前是先勾线，勾叶茎、勾轮廓，然后勾枝干，然后往里面填色。没骨法是直接用毛笔画出一个叶子，一笔或者是两笔，传统绘画叫"一笔成形"，就是在这个基础上来的。

因为我是画人物的，最早我是从画《小溪》这一系列的画开始出现这样的一种没骨的理念，就是大的团块，找到没骨当中的一些气韵，把没骨进行了放大，但是这个还并没有把传统的没骨提出来进行转型，还是在传统的基础上把它放大了，把那个感觉放大了。正是因为有这样的一个感觉基础，后来在表现阳光以前，这也是在课堂写生当中找到的一种方法，就叫"连体法"。所谓的"连体法"就是说先用颜色或者先用墨，先画淡的，后加浓色或者浓墨，这样产生的画面就解决了没骨当中线的问题，但同时它不是勾勒的线，它是用没骨方式产生的线。这个就跟传统的在没骨当中不用线拉开距离了，就解决了一个没骨当中如何用线的问题。它能解决什么问题呢？解决了如果用团块去画很大的一幅画，会显得画面的力度不够，没有支撑，但是这个"连体法"就解决了支撑的方式。不管你画多大的画，它的线都能跟上来，这个线不是一笔勾下来的，都是用没骨的方法，先淡后浓，但它都是用没骨的方式来完成的，这就是"连体法"。"围墨法"就是前面讲的游泳，一滴水滴到宣纸上，然后在水面上画颜色，水就印出一个光斑，一个亮的点，周边就是墨，后来我把它称为"围墨法"，表现阳光的。

后来我把这三种方法融合在了一起。在我1991年研究生毕业的时候，把这三种方法融在一起，画了《向日葵》《乡村女孩》。我的指导老师是卢沉先生，他当时对我这样的一种方法给予了很多鼓励和肯定，也更坚定了我在这条路上继续探索，现在的方法基本上是源于这几种方法的综合。从某种意义上讲，我自己也慢慢思考让这三种方法不要固定地程式化，让它们仍然回到生活当中去，回到自然当中去寻找它们新的可能性，对我来讲也是面临着一个新的课题。

记者：最初您选择没骨法，您是觉得这个方式和您想表达的那个东西特别符合，是吧？

田黎明：尤其是新中国成立以来，画没骨方法的人有很多。像中央美院的李斛先生，他也用没骨方法画了很多作品，但是他中间也用了一些线。比如像老一辈的方增先先生，这是当代的大家，他早年画的《说红书》也是用没骨的方法，但是他中间也穿插了一些线。尤其是浙江的一位先生——周昌谷先生，他也是用没骨方法，他画的没骨纯粹用没骨，很少用线。画没骨其实有很多尝试，但是如何在没骨当中找到你自己的位置，我觉得这就是要靠自己跟自己的生活。因为我画的这些没骨都是跟自己的生活、工作、学习紧紧贴近的。比如说"连休法"是在课堂上完成的，但也不是说当时想画，根本不是这样，都是无意当中产生的，后来经过自己的沉淀，又经过自我反省思考，把它纳入到一种文化的体验思考层面当中去。我想对于自己来讲，没骨已经变成了自己绘画的一种语言结构了。比如说想画花鸟、画山水，都面临着一种新的挑战，既不能雷同于传统，重复于传统，也不能雷同于当代人。你用自己的方法如何把它变成山水、花鸟呢？仍然要到生活当中去感悟，去寻找，还要进行尝试。不是说你具备了这三种方法就什么都能画，那就太简单了，就是纯技术层面的，它就会停留在形象和习作的层面，进入不了精神关照的层面。我想虽然这三种方法现在成为我的语言结构的基础，但是仍然要把它们放到生活当中去进行，看能不能产生新的元素。

记者：我是想说中国画技法有很多种，您肯定不是专门为了开拓没骨法去开拓的。

田黎明：那不是。

记者：您肯定是觉得这种方法更能表达内心的感受。

田黎明：对，因为现在这种画法能够传达自己内心体会到的一些东西。比如我前面讲的画那些画，画《村姑》也好，画《都市人》也好，基本上是这种方法、这种思考方式，已经把技术层面和你自己在生活中感悟的东西都贴在一起了。当你去看的时候，这个感觉是可以用没骨方法来表现的，它是这样一种感觉。比如说我看一个人物，这个人物用没骨的方法一定能画得很美，始终把这种方法跟你在生活当中连成一体。但是前面讲到的那些呢，有时候它是懵懂的，朦朦胧胧的，还没有成形的，这里面要探索起来比较复杂一点儿。就没骨法来讲，它已经作为个人的一种基本绘画语言的元素，跟着你的文化体验、你的生活方式和生活经历，它跟着你同行，只是在这个当中不要让它程式化，不能让它变成画100幅画都是一样的感觉，那样它就缺少了一种生命的支撑，一定要把它放到生活中，让它还原为一种鲜活的、生涩的，但又是有文化底蕴的感觉。我一直在思考这样的问题，我想这些问题对于我来讲都是要面临的，一定要努力去做的。

记者： 您在前面经常提到在生活中要去想这件事，读书的时候想这件事，走到哪儿都要想这件事，这根弦时刻在您的脑子里绷着吧？

田黎明： 也不是说时刻绷着。一个人在生活当中，有的时候一年当中或者几年都没有找到一种感觉。画画人为什么要强调感觉呢？实际上这种感觉是他发自内心的一种审美的基因，或者我们叫"审美的意象"，但是没有找到。如果你找到了这种审美意象，它呼之欲出，就像司空图讲的"意象欲出造化已奇"，意象出来以后，造化跟着就出来了，创造的东西跟着就出来了。我想对于一个艺术家、一个画家来讲，一定要到生活中去，在文化的层面上深入地思考，同时把这种深入思考带到生活当中去。并不是说我在生活中用这种思考去照搬或者套生活中的一个现象，而是在生活的一种现实当中，或者我们叫"三贴近"当中去感觉。

比如这次下去，我在商丘的农村看到一个中年男人，他推着他母亲的小车去看大戏，我们就说"你真是个孝子"。商丘那边孝道是出了名的，从传统到现代。他母亲讲："我这个儿子非常好，到现在为了我没有结婚。"我们一听，当时就感觉很震惊。这个中年男子大概有40多岁了，他说："我母亲身体不好，我要照顾她，我要娶个媳妇对我母亲不好怎么办呢？那我就不要娶媳妇，我要照顾我母亲。"这个感触非常深，但是这种感触你怎么能把它变成画面，不太可能。但是这种感觉、这种孝道，中国人这种厚道敦实的感觉会形成你的一种美感，这种美感是作为一种积淀放在你的内心里，可能某一天我到一个山水、一个风景当中，我突然感觉到这个景很厚重、很朴实，那么会不会把它跟人联系起来呢？

这种感觉的对象，对艺术家来讲，他一定要到生活中用心去体贴生活，不管是面对人也好，面对自然景也好，你一定要去体贴，体贴的当中，因为你本身是一个文化人，你始终是用文化的一种理念在滋养自己，你在这种思考当中自然会跟文化牵连起来。你能不能把这种牵连升华为一种审美的东西，而这种审美是你独一无二，是你自己感受到的。比如"敦厚"，我们每个人都知道"敦厚"，但是有的人就有他对"敦厚"独立的理解，他就可以把"敦厚"转换为他笔下的形象，这种形象就成为他的一种艺术语言。我想对于画家来讲，不是说你有了一种方法，有了一种表现的形式，就可以画一切东西，绝不是那样的，他一定还要到生活中去历练，到生活中去感悟。所以古人讲"读万卷书，行万里路"，我们虽然都知道这个道理，但是你真正把它放到自己的生活当中，会受益非常大的。

记者： 您这么多年的创作大概分了几个阶段？

田黎明： 对。

记者： 能给我们说说这几个阶段吗？

田黎明： 我的个人创作大概是这样分的阶段：《碑林》时期大概表现的是一种悲壮、壮烈的感觉，这个时期我还画了一批人体写生，都非常强悍，像石碑一样，像书法里面北魏的碑刻字一样，非常坚硬的感觉。《碑林》算一个时期，然后《小溪》算一个时期。《小溪》这个时期还没有融入光的表现，还是在朦胧当中，但这个时期基本可以说也是在一种淡泊的、平淡的审美情境当中来寻找、来感觉的。进入到光的表现时期是在90年代表现光的这批作品，那时候还停留在一种技法层面，找到了一种光的感觉，怎么样把这种光跟人物糅合在一起，进行了各种各样的尝试。比如说画人体小品、人体写生，还有画一些创作，都糅进去了，但这个时期是一个尝试和过渡期。2000年开始，慢慢地在光的表现当中涉及如何把光跟传统文化联系起来，就是我讲到的平淡天真的这种理念，慢慢地就应运而生了，想往这方面去靠、去贴近。这个时候，这批作品想表现一种淡远的、深远的感觉，但是在平远当中还要建一种厚度。这个时候想把一些人文的情怀和中国文化理念的东西，比如说敦厚的理念，比如说温柔的理念，如何能够转换到表现光的层面上来，使画面能够更多地呈现一种洁净的、一种纯真的、一种清新的感受。这个感觉一直持续到现在，尽管我也画现实中的农民工，也画村姑，画农民工也好，画村姑也好，我都还是把他们放到一个理想主义的状态上来把握，没有去刻画，现实中就是这么一个人，还不是完全照搬现实，完全用现实主义的方式来创作，应该说我的创作是在现实主义和浪漫主义之间找到了自己的一种感受。

这几个阶段的东西更多地还是反映了我对人物画这块想传达的一种理念，我现在把这种理念始终与传统文化中儒释道所倡导的共有的东西，就是真善美这样的一种理念，紧紧地贴在一起，使自己的画面虽然美，但是它有一些忧患的东西在里头。在表达人物当中不是生活中具体的人，是理想中的人，这些理想的人是我在读书、在理解传统文化、理解当代人文的意义上转换而来的这样一种形象。所以我想创造这样的一种形式，更多的应该是一种阳光、清澈而美好的感受。

记者： 对应这几个阶段，您的心态有什么变化？

田黎明： 心态变化就比较复杂一点。其实有的时候自己很纠结，非常矛盾，虽然画的时候感觉像画那种纯净的感觉，但是有时候现实让你感觉比较苦恼，也有矛盾重重。这种矛盾、苦恼来自工作、生活，还有一些日常当中，我觉得就像一个人面对社会、面对家庭，都有很多这个事情那个事情，矛盾点都在里面。有时候我是这样的，我一到画面上，不能说把这些东西全部忘掉，但基本上能把它们排除掉，我觉得这个算是我对自己创作比较有感觉的一个特点。比如说今天因为工作的原因可能心情特别不好，心情特别不好时也不想去画画，也画不出来东西，但是这种感觉一旦到画上去，它就慢慢会淡化。就像一个爱书法的人，为什么现在讲书法可以养生？因为你进入到书写的状态，你忘掉了，把自我现状给忘掉了，完全进入到书法的那个状态里。其实绘画也应该是这样的，我想画家都会有这个体会，所以我想画面跟自己的生活有时候是矛盾的，不可能是统一的，但是你要把它们协调起来，你始终要有一颗平常心，要有一个善良的愿望，要有一个纯真的状态和感觉，对人对事都要真诚，要讲究诚信的这种感觉。比较现实一点讲，你在处事的时候应该经常想到别人的优点，不要扩大别人的缺点，往往这样你去思考的时候，你在你的画面上就会找到那种感觉，你就会把那种感觉带到画面上去，反过来，画面的感觉又影响到你生活中的一些状态。有的时候是很纠结，但也在纠结当中不断地转换、平复，是这样的一个过程，这就是生活，这就是艺术。

记者：田老师，您画画有40多年了。

田黎明：对。

记者：您觉得绘画对您来说意味着什么呢？

田黎明：古人讲艺术跟生活应该是一体化的，但是现在我还没有达到这个境界，艺术跟生活如何一体化对我来讲仍然是一个课题，但是我会往这个方向去走。为什么这样讲？因为艺术强调的是形而上，是一种精神的关照，一种理想的怀抱，而现实当中要面对吃喝拉撒睡，你怎么把这两个统一起来，就是前面所讲到的，一定要在这当中进行历练。你也不能当一个出家人，到哪里去修行，把这些东西全部抛掉，出家人也有出家人的苦恼，所以我觉得对于我来讲，这些东西应该作为自己的方位吧，将来把它们糅在一起，把艺术和生活统一在自己的一个整体当中。

记者：什么叫中国画？您怎么解释？

田黎明：这句话挺难回答，我还特别写了一句话。什么叫中国画？中国画作为中国文化，它应该是时代的一面镜子，它承载着时代的人文思想和人文精神的进取。

记者：在以经济和消费为主的当代社会，您觉得艺术和文化的价值何在？

田黎明：我觉得艺术和文化的价值是统一的。首先我觉得是精神的提升、精神的关照，然后才是作品、是自己。这都是思想家和理论家来回答的问题，画家有时候答不出来。

记者：您觉得像"艺文奖"这样一个奖应该提倡什么？

田黎明：我觉得"艺文奖"应该提倡的是一种社会价值观，还有一个，你创作的核心载体应该是什么，我觉得这是非常重要的。对于学者、对于艺术家来讲，"艺文奖"主要是让你去思考用你的作品如何来推进社会的进步，如何来提升、延续和发展深层的人文思考和人文精神的一种取向问题，我觉得这是"艺文奖"很重要的一个内核。

（采访记者：李冬梅　陆海空）

(照片由获奖者本人提供)

朱乐耕

记者：您觉得"艺文奖"能带来什么样的意义？

朱乐耕：我觉得一个国家、一个社会的进步应该体现在两个方面，一个是它的物质文明，一个它的精神文明。我觉得作为一个社会、一个国家，精神文明是非常重要的，它主导一个国家的健康和良性的发展。中国目前的社会经济在高速发展，高速发展的同时，国家、社会重视文化和艺术，我觉得非常重要，它会给我们国家带来经济的持续发展，提升它核心的竞争的东西。我觉得通过这个活动也能推动中国的文化艺术的繁荣和发展。

记者：您的陶艺作品和我们传统看到的、想象的陶艺非常不一样，您大概跟我们介绍一下您作品的几个阶段吧。

朱乐耕：我的作品每个时期、每个阶段实际也体现了我在一个时代的追求，也是我生命的一个历程，我觉得每个时代的艺术和每个人在一个时代的创作是相似的，它是我在一个时间点上的一个追求。

记者：能说说您在不同时间点上的这些作品吗？比如说您最早的那些陶艺作品。

朱乐耕：那个时候处在计划经济时代，是很早的。那时候做彩瓷比较多，因为彩瓷也方便，有白胎可以加工，在上面画点东西。后来因为我在这方面做了很多探索，就是彩瓷研究，五彩的研究，包括我读研究生的时候也是在研究五彩，但是我觉得时代在发展，在新的时代，我觉得我们不能仅仅满足于过去的那些追求的点。实际上五彩是官窑风格的特点和追求，后来我又研究红绿彩，那是中国民间的优秀陶瓷艺术，红绿彩是中国宋代的新瓷器，是北方产生的一种陶瓷彩绘，是陶瓷彩绘的源头，这是民间的东西。从官窑的研究到民窑的研究，包括开窑以后，我们有了自己的工作室，有了自己的窑炉，我就在陶瓷材料和它的工艺上进行追求和研究，我觉得这个时候是很重要的一个里程碑，就是材料和用料的研究，使我对陶瓷本身的语言有了进一步的了解。后来因为我们的国际交流很多，我们也吸取国外的很多先进陶瓷技法和观念，此外我又把我们的陶瓷艺术、当代陶瓷艺术跟我们的环境空间结合起来，所以那时候也做了大量的环境空间艺术的研究，现在也在持续，包括我1995年读研究生的研究方向也是对生活陶艺和环境陶艺的研究。

记者：后来有哪些代表作呢？

朱乐耕：主要是在韩国首尔做的《生命之光》和用陶瓷材料做的音乐厅，用了100多吨的陶瓷材料，前后花了三年时间。这个作品是比较有代表性的，对当代陶瓷艺术新的环境和空间是一个很大的开拓，在国内外引起比较大的反响。后来我又有机会做了上海浦东机场2号航站楼的《惠风和畅》壁画和九江市民广场的《爱莲图》，都是对当代新的环境空间的一种探索，也在研究我们的传统陶瓷艺术怎么拓宽它的空间，跟当代的社会生活、社会空间相结合。

记者：您的创作思维不断地引进新的事物和新的社会需求，您怎么坚持在这些作品里呈现自己的理念呢？

朱乐耕：我觉得在这个时代，作为艺术家应该有新的追求。历史上那些东西已经留下了很多宝贵的遗产，那是过去的，这个时代我们要有开拓精神，既要传承我们优秀的陶瓷文化，也要弘扬这个时代的精神，要关注未来、关注新的建筑空间，我们的陶瓷在这个时代应该有它自己的时代语言。

记者：昨天您跟我讲陶是一个非常共通的语言，中国有几千年的陶历史，非洲也有，所以这是很容易沟通的一种语言，您给我们讲一讲陶的艺术魅力吧。

朱乐耕：我感觉我还是比较幸运的，因为我生长在我们这个伟大的国度，我们有丰厚的文化、博大精深的文化，而且我还很幸运，我又幸运地生长在瓷都，这个瓷都1000多年的陶瓷文化也孕育着我，给了我很多在陶瓷技艺、陶瓷工艺以及人文方面的资源。另外呢，我很幸运地又生长在陶瓷世家，我父亲就是当地很出色的陶瓷艺术家，我从小受到很好的陶瓷艺术方面的教育。小时候感觉家里就好像一个沙龙，我家住在市中心，每天有很多艺术家到我们家里来聊天，谈艺术，我从小就在那个环境里坐着听他们讲话长大的。后来我又很幸运地成了陶瓷学院第一届研究生，受到这个学派很好的训练。最幸运的就是我们生活在改革开放的时代，使我们有机会跟很多国外的陶艺家接触。再另外，我又到过很多国家，像美国、日本、韩国及欧洲的一些国家，跟一些陶艺家在国际会议上进行交流。现在西方的陶瓷艺术，包括他们新的艺术观念又带给我新的创作灵感，我反过来看我们自己传统的民族艺术、传统陶瓷，我就会产生不一样的感觉。我觉得我们的传统陶瓷艺术的优秀出发点是很重要的，是我们的出发点。当代新的陶瓷艺术观念，我觉得也是很重要的，我们需要吸收，使我们的陶瓷作品既有传统优秀文化的出发点，又有当代的时代性。

记者：您讲到"当代的时代性"，您吸收一些元素，您的艺术创作每一次都是一个新的课题。

朱乐耕：对。

记者：这种创作的动力和灵感从哪儿来？

朱乐耕：我觉得一个艺术家应该关注整个社会的发展，目前我们国家的发展，整个社会是一个互联网的时代，城市研究也在加速发展。城市建设以商业为中心，现在带来了很多负面的问题，比如说像人与人的挤压，大家对大自然的一种渴望，我在我的作品里就反映了很多对人性的回归、对大自然的回归。我觉得这个是非常重要的，它是目前我们当代社会所需要的时代精神，我用陶瓷艺术表达了我的这些想法和思想。

记者：我们看见您正在做的这个作品，您跟我们具体讲一讲大概用了哪些技术或者用了哪些因素？

朱乐耕：你看现在的建筑，可以这么讲，全世界的建筑都是一种材料，都差不多统一的材料，都是空间化很强的，缺少特色，缺少很多人性的东西。通过我们的陶艺来表达，我们带来了建筑和城市空间的一些人性的回归，诗意的表达，通过陶瓷艺术的表达，整个建筑的空间完全改变了，它是我们人性很需要的东西，不是完全工业化的东西。陶瓷材料有它很好的特点，烧起来会发生很多的变化，而且陶瓷材料里面金木水火土的元素都有，通过我们手工的制作，产生很多跟人很亲近的感觉在里面。

记者：您认为陶艺创作对您来说意味着什么？

朱乐耕：我觉得陶艺创作对我来讲是我生命一个很重要的方面。因为我们中国有几千年的陶瓷史，如果加上我们的万年仙人洞，一万多年前的陶瓷都有出土。陶瓷艺术伴着人们的生活、人类的脚步一直走过来，全世界各民族各国家都有它们的陶瓷艺术，它是人类根本的一种艺术。从远古走向现在，陶瓷艺术在不断地拓展它的新的空间，跟我们新的社会生活、跟我们人类生活不断地结合在一起，表现的空间是很大的。我从事这个工作也很荣幸，作为一个陶瓷艺术家，在未来怎么更好地考虑以人为本，为当代的社会生活服务，这是我很重要的一个课题。

记者：您觉得陶瓷艺术是一个综合艺术的代表吗？

朱乐耕：陶瓷艺术现在是这样的，现代的陶瓷艺术跟传统陶瓷艺术已经有很大的区别，它已经拓宽了，不完全是工艺品，不是原来那些瓶瓶罐罐，它已经走向了很多大的建筑空间，它已经有很艺术化的表达，而且陶瓷艺术在空间的表达里面有自己独特的语言。

记者：能不能给我们讲讲您自己比较满意的作品？

朱乐耕：我在韩国首尔做的《生命之光》壁画，我觉得还是很有意思的。那幅作品，社会评价挺高的，那个建筑师也是韩国很顶尖的一个建筑设计师。我们合作，他感觉我这幅壁画弥补了他的建筑很多方面的不足，因为建筑完全讲究功能，但是通过艺术表达以后，建筑的空间就不仅仅是完全功能的东西，而是更加具有人性化、更加具有诗意的空间。

记者：我们看到您的作品里有很多牛的形象、马的形象，您的这些作品是怎么产生的？

朱乐耕：牛和马在我们过去的农耕文明社会是非常重要的符号。现在我们其实也没有了，比如牛也不耕田了，用拖拉机，但是这种精神是值得我们去向它致敬的，我觉得我们应该把它的这种精神在当代社会里面进行表达，也是我们对过去农耕文明的一种思念，对它的精神一种很好的弘扬。

记者：我看到您的作品里还有云的因素，现在的作品基本都是表现一种对自然的诉求，是吗？

朱乐耕：对。云的作品是韩国济州岛的，现在帮它设计，还没完工，正在做。我这个云表达的不是像济州岛天空的那个蓝天和白云，我表达的是我心目中的一种理想、一种愿望。我们到济州岛去，也像一朵云飘进去，我表达的是一种理想，不是纯粹的自然的东西，表达我们的一种心境。

记者：您的作品被韩国人和日本人收藏，为什么他们会欣赏您的作品？

朱乐耕：我的作品可能走得比较远一点，因为他们的现代化发展比我们要快一点，所以他们容易接受我的作品。但现在中国也开始了，中国的很多地方也在关注，也在跟我谈怎么去参与一些合作，把他们的建筑做得更好。

记者：您昨天跟我们讲到范迪安先生对您的一些评价，他认为您的艺术价值在什么地方？

朱乐耕：昨天他们采访的时候讲了一点，陶瓷艺术也跟过去不一样，原来的是工艺美术概念，现在陶瓷艺术已经从里面走出来了，当代陶艺是艺术的表达，它提升了自己的艺术性。

记者：可以看出您的作品也是慢慢地冲破了原来陶瓷陶艺的禁锢，已经把它变成了一种纯艺术的东西。

朱乐耕：对。传统中国的陶瓷艺术，以前都是在工艺美术的范畴里面。我觉得在新的时代需求下，我们作为艺术家、作为设计师，要拓宽我们传统的那些范畴，要走向更深更广阔的社会空间，做更多新的尝试。

记者：您现在的生活状态大概是什么样子？

朱乐耕：我觉得我很愉快，我觉得我很幸福。我写过一篇文章叫《工作就是幸福》，我觉得工作对我来讲真是一个很愉快的事情，因为我每天都在表达我自己的语言，而且我的作品在社会很多方面得到一些认可和欢迎，也跟这个社会的整个发展结合在一起。特别是今年上半年我在上海浦东做的作品，那个建筑也算中国的四大建筑，我在它的外面做成雕塑，感觉很有意思，那个雕塑跟它的建筑相得益彰，增加了很多建筑的特色在里面，包括它的一些其他空间，我觉得和我的作品结合，使建筑产生了新的不一样的感觉，也丰富了它的建筑语言。

记者：您现在的状态是经常在各地来回跑，是吗？

朱乐耕：对。北京的单位那边有很多工作，我也要去做好那些方面的事情。在这边是工作室。好在飞机比较方便，两个小时。

记者：说到传承和创新，您的作品虽然是用了陶瓷材料，但用了很多现代的视觉构成因素。我看到您还有很多早期的陶艺收藏，这些传统的东西对您的创作有什么样的帮助？

朱乐耕：实际上我这个工作室就拥有1000多年的历史——宋代湖田古窑，这个工作室建了很长时间。我觉得传统文化对我们太重要了，对一个民族、对个国家很重要，这是我们一个很重要的出发点。如果你没有自己的传统文化，我们自己的身份是什么呢？未来在国际化中，我们的符号是什么呢？我们应该强调自己的符号特点，发掘我们优秀的传统文化，但是我们的表达应该有现代的语言，应该有更多的吸收，有更多更宽泛的当代艺术表达的价值语言。

记者：现在您还带很多研究生吗？

朱乐耕：对。

记者：那您是不是会经常把这些观点教给他们呢？

朱乐耕：我现在这里就有陶瓷馆，收藏了大概1000多年的陶瓷，大概好几百件。不但我自己要经常在这里搞研究，不断地吸收、不断地重新认识我们的传统，也让我们的学生能够有机会来这里学习。我觉得这是我们的资源，把它当作资源，在当代我们就有很多可以学习的地方，可以利用的地方，这是我们很重要的研究课题。

记者：由过去的那种工艺陶瓷、单体陶瓷到现在的现代壁画，您不断地创新，您在艺术创作上有没有一个比较坚持的观念？

朱乐耕：我觉得坚持的是我们的优秀传统。现代很多人对传统认识不够，我们有很多优秀的传统。当然，在中国整个文化发展史中、艺术发展史中也不一定都是非常优秀的。我觉得优秀传统是需要我们去不断研究，而且我们应该把它当作资源，并不是一般的继承，是把它当成资源，在这个时代，它里面有很多是值得我们去借鉴、去利用、去学习、去重新认识和开发的。

记者：我要问的基本上是这些问题，您觉得还有什么其他要说的吗？

朱乐耕：我觉得国家目前整个社会的发展，对文化的重视已经提到很高的层面上谈了，而且是一年比一年提得高。我们作为文化艺术工作者，在这个时代要发挥个体的、本体的力量，来做好我们自己的工作。特别是中国当代，就像景德镇这个地方，它是很传统的，传统在当代怎么去发展？怎么跟当代的社会生活结合起来？这是我们要研究的课题。目前从中国来讲，我们在很多方面，衣食住行，包括反映出来的设计表达方面，是不够的。西方现在很多重要的博物馆，他们都陈列中国过去的艺术，陶瓷艺术是很重要的一个陈列方面，但是鸦片战争以后，因为中国有很多我们国家本身的原因，我们中国的艺术是什么呢？我们的陶瓷艺术，包括我们的工艺，包括我们的艺术，我觉得在西方基本上没什么介绍，很少。那么我们在这个时代，要把中国的优秀传承，包括工艺的，包括艺术表达的，做出更好的富于时代特点的艺术作品，不辜负时代对我们的期待，这也是我们的责任。

记者：讲讲技术上的问题，比如说刚才我们看到那个开窑是整个创作活动里的哪个步骤，您跟我们讲讲这个。

朱乐耕：开窑就是我们做好以后放在窑里烧，烧完以后把它开出来。现在每个窑的温度都是不同的，都是根据作品来设定的。我们的窑炉也进行了很大改革，我们学习了澳大利亚的技术，这些窑都是我们自己做的，现在都很成熟。烧窑很重要，因为窑炉还有烧窑都有它的工艺要求，也是个学科，所以陶瓷艺术是综合性的东西，并不是一般的绘画的东西，它通过火的烧炼才能形成自己的自然因素，它的美感，自身的一种特色。

记者：陶瓷的魅力可能也就在这儿。

朱乐耕：对。你摆上1000年，它也不会变颜色，不会变。现在我放在外面的那些，风吹雨打也没关系，颜色还是一样的。

记者：朱老师，其实我一直有这样一个问题，为什么您的作品现在很多是跟空间和环境结合起来的呢？

朱乐耕：因为我觉得我们现在的城市发展，建筑是很重要的一个方面。很多我们过去的陶瓷艺术，包括过去的中国画，事实上在空间意识方面不如西方的那些雕塑，它们的空间意识比较强。现在城市建筑的很多空间里对现代艺术品有很大的需求。美国有百分比艺术，就是建筑艺术一定要拿出百分之一的钱来做艺术品，需要建筑跟艺术很好地结合在一起。那么有我们当代的、本土化特点的环境空间艺术，我觉得太少了，要不就是西方的雕塑、西方的艺术。北京的很多建筑，包括很多房地产里面都是西方的雕塑、西方的油画，我们本土的艺术在空间的拓展、运用方面做得非常不够。在空间的艺术表达中，我们的传统有很多资源可以开发。现在我做的那些大雕塑，也用了很多传统的资源，比如宋代的红绿彩的手法，比如造型，我也用中国的古典雕塑、民间雕塑的一些特点。我觉得这个空间非常大，也有可能是我很重要的一个研究方向，而且我的作品也在不断地跟新的建筑结合在一起，产生了很多好的效果。另外，我在学校也开设了环境陶艺的课程和生活陶艺的课程，使我们的学生充分关注和认识到这一点，未来他们也会加入到城市环境空间的雕塑和艺术品的设计与创作的队伍中来。

记者：讲讲您在上海浦东机场的那个作品吧。

朱乐耕：上海浦东机场的作品是世博会之前做的。那个建筑是法国人做的，他希望世博会之前，这个国门有自己的艺术传达在里面。原来那个地方就是做服装广告的，一年的广告费1000多万呢，后来他把那个广告拿掉了，让我去做了一幅壁画。那幅壁画我是考虑到与环境空间相结合，以蓝天和白云为题材，表现"惠风和畅"。因为在国门，我看到的那些游客来自世界各地，我觉得他们也像蓝天和白云在里面飘。我们是一个讲究好客的民族，用的《兰亭集序》里面"惠风和畅"这么一句话，表达我们对这个时代和谐的一种期待，也表现作为一个国门，我们中国人对游客的一种态度。

记者：我还是想再问您一遍这个问题，您的艺术创作一直在变，一直在求新创新，但是您在创作上不变的坚持是什么？

朱乐耕：我不变的坚持就是我的作品的当代性和民族性，这就是我坚持的。因为未来在整个国际社会、整个国际市场，包括整个社会空间，我觉得我们的作品应该表达的是我们自己民族的，而且是世界的。

（采访记者：赵安）

（照片由摄制组提供）

李雪健

记者：李老师，您能跟我们说说表演是什么吗？

李雪健：表演就是演戏。

记者：那演戏是什么？

李雪健：演戏最大的特点就是他这一生演过多少个角色，他就会像多少个角色那样去活一把。

记者：您是1973年入伍的？

李雪健：1972年入伍的。

记者：部队的经历对你的演戏有影响吗？

李雪健：有。因为我们在部队也搞业余的宣传队，叫

"战士演出队",将近四年,我有多半时间在这个业余宣传队里面。我们主要还是给我们的部队演出,因为我们的部队大部分都在大山里头,没有人烟的地方,我们的部队都住在那儿,"二炮"。我们每年都要抽出七八个月排练小节目,包括各班,包括哨兵,到很远的地方去演出,演一次也要不少时间呢。这个对我后来当演员有帮助。

记者:是什么样的帮助呢?

李雪健:我觉得是潜移默化的。同样都是面对着观众,要给观众带来快乐,带来精神上的力量,不管是业余的,还是专业的,那只是表现的形式和方法不太一样,其他的是共通的。比如学校学的是在课堂里学的,我们就是在舞台上学的。不管是一个球场,不管是一个土堆,在上面演,它也是一个舞台,我是在这样的舞台演出的环境里头学习成长的。

记者:1980年,您演了《九·一三事件》,演林彪,那个时候是演话剧。

李雪健:对。

记者:我听好多演话剧的人说演话剧比影视演出更有意思,更过瘾,您也这么觉得吗?

李雪健:看从哪个角度说。我觉得方法上有时候有一点不同,目的和达到的效果是共通的。方法不一样,我们经常说舞台是表演的摇篮,刚开始我也是在话剧团学,我觉得话剧舞台的表演也好,舞台的形式也好,它把方方面面的表演风格都融在了一起,它比京剧要收一点,不像京剧那个套路,但它又比电影、电视要夸张一点。话剧主要是前期的排练时间很长,大家在一起,真正到了舞台上,可能导演就管不了了。但是它有一个,它和观众一起创作,你可以根据不同的观众掌握不同的火候,你给孩子演一个戏,和给知识分子演,和到农村、工厂、部队演,你的表演分寸可能就会有区别,这是舞台的优势。而且随着不停地演出,你可以不停地修改,电视、电影就不行了,没法修改。我们那个时候也说电影、电视是导演的艺术,因为前期拍摄完了,后期是导演在做、在剪,同样开始拍的一个东西,通过后期剪,可能完全剪成另外一个东西,展现给观众的是后期导演和各个部门来展现的,演员没法修改,没法再像舞台那样变化。有时候我们演员也说电影、电视对演员来说是一个遗憾的艺术，它不能像舞台那样，每一天演出都可以有变化。

记者：您个人对这个有偏好吗？比如说更喜欢舞台演出？

李雪健：我没有多大的偏好，因为各种东西都尝试一下，每个里边都有一种你说快乐也好，劳动了，创作也是劳动。你只要把握住了，了解它以后，我觉得里头还是有很多能够享受的，能够去创作的。比如舞台可以随时变，但是舞台上也有观众。电视是家庭艺术，主要是讲故事，在家里头，你把那个水坐上壶，水开了，你拿起来灌，一边灌壶，一边看，你还能看得懂。电影不一样，电影就是一个半到两个小时，什么事儿都干不了，影院的灯一暗就要全神贯注。而且是放大的，它的视觉的感染力更强，这里头又不一样。对于一个演员来说，都有不同的感受，没有什么更喜欢这个，更喜欢那个，我觉得演员都要经历一下，有好处。

记者：您最早接触影视的第一部戏是什么？

李雪健：电视是跟尤小刚导演拍的《一代天骄》，说的是一个飞行员学员的故事，我演一个学员。电影是《天山行》，在新疆修天山路，我演一个汽车连的指导员，导演是景慕逵，唱歌的那个景岗山，他的父亲。电影《天山行》在新疆最早叫《天山大兵》，是一个舞台剧，最后改编成一个电影，叫《天山行》。

记者：刚刚拍电影或者电视的时候，所谓"触电"的那种感受，您还记得吗？

李雪健：那个感动可以说是梦想成真。没当演员之前，或者说当上专业演员，上电视、上电影之前，我主要搞舞台剧。我小时候也没看过舞台剧，年轻的时候在部队也好，在工厂、在学校，我们都是看电影看得多一点，电视那个时候也还不多。电影对于我们的影响太大了，所以真正当了演员，自己去拍电影或者拍电视，那就是梦想成真，真是做梦也不敢想，难得有这样的机会。在拍摄当中还是傻小子睡凉炕，不太懂。导演、摄影，包括合作的对手都帮助、都教。因为我是舞台演员，毕竟还是有一点儿区别，演着演着可能就会有点走上舞台的那个套路。电视和电影中，导演是一面镜子，刚开始的时候，演

李雪健　195

着演着，另外一个神经能够感受到旁边的一些工作人员对这场戏的感觉，如果没反应的话，就有意识地再强烈一点儿，或者再什么一点儿，坏了，这个容易出事儿了。因为什么？因为他看不见那个镜头。电影那么放人，你可以看见，电视导演在拍，他有一个全局的把握，全局的风格，你不知道，你可能只是站在你个人的角度。这个在排练当中慢慢地学，那个时候不懂。

记者：后来您拍过田壮壮导演的电影《鼓书艺人》，有人说那个时候您形成了朴实而富于激情的表演风格，您觉得那个时候您已经形成表演风格了吗？

李雪健：我没有考虑过这个问题，我觉得这是评论家们通过作品、通过我个人给予的一个说法，我没有这么高的水平来形容我是什么风格，我没有。

记者：那您对自己演的各个角色有偏好吗？比如觉得哪个演得比较好，自己喜欢？

李雪健：偏好分阶段。年轻的时候，当然是有机会就上，没有偏好，只要有机会，不管什么角色都要上，更多的是实践。到了中间这部分，就稍稍有一点儿选择了，有一点儿想法了，想法也不是很成熟，就想更多地挖掘一下自己，看看自己有多少潜能，适合演多少人物，适合演什么样的人物，可能就是在找自知。再到后来，说"五十知天命"——随着人们生活水平的提高，年龄也往后推了，六十正当年，但是有这种说法——"五十知天命"，大概对自己有一个了解吧。有一个了解以后，更多的是在创作上，就想演一个成一个，想多留下几个，不要演完就完了。就想每创作一个角色，能够多留一些时间，留10年、20年、100年，有这种想法。这是我觉得到了一定岁数，自己的价值观逐渐成熟了、固定了以后有的一些想法。

记者：您选择的标准是什么？您认为什么样的角色可能会留10年、20年、100年？

李雪健：我接戏倒并不一定有这种东西影响我，好像要怎么怎么地接戏，没有。抛开创作任务说这个事儿，其实每接一个戏，就看这个剧本是不是打动我，这是一个基本情况。再一个我得有能力完成打动我的剧本或者这个人物，我得有这个能力。再一个是创作的团队，我在团队上还有一点儿挑剔。这三个条件是我决定上不上一个戏的基础。

记者：您喜欢什么样的团队？

李雪健：我觉得起码是敬业的，认真做事的，认真搞艺术的。

记者：1989年，您演的《焦裕禄》获得了"金鸡奖"，您当时有一段获奖感言，您说："苦和累都让一个大好人焦裕禄受了，名和利都让一个傻小子李雪健得了。"这句话是怎么来的呢？

李雪健：其实那个奖事先就知道了，通知了能得奖。得奖就要说点儿什么，这是惯例。我也想了很多的词，都觉得不对，不是我说的，最后大伙说"你自己想说什么就说什么吧"，自然地就觉得应该说那两句话。这没有别的什么，就想说。

记者：您觉得塑造好一个角色最重要的是什么？

李雪健：生活，生活很重要。当然还有别的，比如演员个人除了生活，还得有机会、有天赋、有个人的努力。我刚才说了，演员演了多少个人物，就会像多少个人物那样去活一把，很重要的一个字就在"活"。你有充分的体验，你才能够在银幕上、荧屏上有丰富的体现，所以我觉得生活对于一个文化艺术创作者来说很重要。

记者：你们演《焦裕禄》的时候体验生活了吗？大概去哪儿，去了多长时间？

李雪健：提前一个多月去了兰考，在他工作的地方，一个月，体验生活。其实因为我生在菏泽巨野，它的风土人情、天时地利和开封和兰考一模一样，挨得很近，黄河故道，从我出生到十一二岁离开。那个时候，我们不叫"焦裕禄"，我们也不叫"焦书记"，"焦裕禄"不是我们叫的，"焦书记"我们也不会叫，不知道叫，我们叫"焦伯伯"，那是我们的父辈，我们是他们的孩子，是他们这一代的孩子，所以演这个角色，我觉得我最大的优势就是生活。你说别的，我不敢说，但是我在生活里有我的优势。王冀邢导演为什么选我？主要是因为他说我的眼神通过他的调教能够透露一种忧郁的忧虑，眼睛是心灵的窗口，他说我那个时候能够感受到这种忧虑的眼神，我能演出来。这我不知道，但是一找到我，我就答应了，我就跟我想演。

记者：为什么一找到您，您就想演呢？

李雪健：我刚才说了，那是我们的父辈。好，而且是优秀的父辈。

记者：您说的这个"好"太高度总结了，您说的"好"可能和我说的"好"不一样，在焦裕禄这里指的是什么？

李雪健："好"就是广大老百姓忘不了他，要想念他。

记者：您愿意塑造一个这样的人物。

李雪健：塑造这样的人物，这个是我们的职业。

记者：2000年，您拍《中国轨道》的时候检查出有鼻咽癌，但您还是带病坚持工作，为什么？

李雪健：我当时对肿瘤这种病并没有觉得这么可怕，我觉得最可怕的是拍了一半，钱也花了，人也调动了，最后半途夭折了，这才可怕了。因为我这个情况发现以后也没有多大痛苦，又不像别的部位有痛苦，我这儿没有，我当时就是觉得最可怕的是这个片子夭折了。我在建国50年的时候有一个献礼片叫《横空出世》，讲原子弹爆炸的，陈国星导演，我演冯石将军——基地司令。拍这个戏和总装备部有很多接触，在新疆马兰基地拍的，拍完这个戏，我和那个编剧陈作家有一个共同的愿望，还想合作一次。我的感觉是通过演那个电影，我对总装备部的这些战士、干部、科技人员有了一个更深刻的了解和理解，我觉得他们的付出和得到的不成比例，他们为国家、为人民付出的上百上千上万，但是他们得到的非常非常少，我觉得这样的人应该作为偶像，让老百姓们都知道。

以前这个行业还是保密，现在不是那样了，所以我们又搞了一个《中国轨道》。《中国轨道》讲的是测控，放羊的是牧羊人，他们是"牧星人"，就是卫星上天到了哪儿，人在地下指挥，到了西安，到了青岛，到了海洋，用测控船，全是精英。但是他们生活的条件，有时候两个家庭住一套单元房，环境很艰苦，还有孩子上学等一系列问题，像这些人应该好好地宣传。刚才我跟你说这不是我一个人的愿望，是一个剧组，包括支持拍这个戏的人，大伙的一个愿望，我最怕是这个愿望落空。如果这个愿望落空，我肯定过不去，我不会答应。最后还是坚持拍完，虽然受些影响，还是拍完了。

记者：您家里人同意吗？发现有癌症了还接着拍戏。

李雪健：家里头亲朋好友都依着我，只要我高兴，我的目的、愿望能够实现，他们就想办法安排好。上午上医院，下午去拍戏，科学地安排好。我当时不知道，我不管，我就听他们的，病也得治，戏也得拍，戏砸了不行。其他的就是家里的安排，我爱人，包括壮壮哥——田壮壮导演，他主要是在艺术上帮助一下。

记者：您最满意的作品是什么？

李雪健：我觉得这个也是分阶段，你要是20年前问我这个问题，我有一种说法；今天你再问我这个问题，我还会有一个说法，说法不一样。

记者：您就分阶段告诉我，20年前喜欢哪个，现在喜欢哪个。

李雪健：都有遗憾。但是归纳起来，在我个人，我觉得可能像你刚才说的，处女作更让人难忘。为什么？因为演员这个行业，很重要的是这个过程，这个创作的过程是我们的，播出了以后，特别是影视，那就是个结果，基本上就和我们在某种程度上脱离了，只是检验我这个创作过程实现了多少，所以我们很在意这个创作过程，这个过程有一种劳动的幸福、快乐。我就说这个处女作，它还是在一个傻小子睡凉炕——不太懂的情况下创作的，我觉得难忘。后来干这个职业已经有了很多的经验，有了很多的积累。

记者：您把处女作难忘的过程给我们举例说说。

李雪健：举例说一下就是珍惜，珍惜每一次机会，不管是主要角色、次要角色，还是跑龙套。比如我在空政话剧团的时候拍过一个话剧叫《陈毅出山》，我演匪兵甲、乙，后头又演主要的配角，再往后它被北影厂改编成了电影，叫《山重水复》。北影厂的副导演汪阿姨到空政话剧团挑演员，那个时候还不认识，她第一个挑的就是我，像山里人，像农民，朴实。她觉得和别人比，我的优势是像山里人。看重的是我，可最后我的同伴们都去了，就把我留下没去。那个时候还试戏，试戏后，导演说镜头里头显得岁数大，比如让我演个警卫员、通信员什么的，不是很合适。当时我还是学员，演别的，我又不是太合适，就没去。都走了以后，我们住的那个楼，学员班最早都住在那边，几乎都走空了，就剩下了我。其实我明白不是我显老，是我的表演还有问题，因为是业余宣传队过来的。在业余宣传队时间长了，还是有一些毛病，不太适合电影表演，我自己知道。先看重的是我，最后唯一留下来的又是我，丢人，丢死人了，不愿意见人，恨自己无能，在楼上一个人恨得在那儿撕被子，撕着撕着就不能撕了，撕破了，我还得花钱买，那时候没多少钱。唯一的要努力，今后有机会要努力，珍惜每一次机会，要靠个人奋斗，要学习。真是要学习，好好地学，跟老同志们学，跟不同的人学，斯坦尼也要学，布莱希特也要学，卓别林也要学，梅兰芳也要学，都要学，只要干这行的都得学。珍惜每一次机会，这个没有去成的电影比处女作印象还要深。因为导演看上我了，一开始全团都知道了，看上的肯定都去，最后没去，这叫什么？

这种例子很多，包括在拍摄当中也有很多这种小例子，让人很难忘。拍一个，怎么都拍过不去，导演不满意，你觉得挺有戏的；按照导演说的，你老觉得没戏。当然，你还得听导演的，但你心里头是不是认识这个问题了？最后电影洗拷贝，洗样片，拿回来放，到电影院或者到哪个地方的大屏幕一看，哎呀，你才明白电影里导演是面镜子，你才懂。过去会说不懂，你有了一定的实践，你才懂这句话。这种例子很多。这是处女作经历的，你有了第一次，第二次就懂了，你就乖乖地听导演的，甚至你可以拿出三四个方案让导演挑，这是在第一次以后，有了一些创作经验和想法。

记者： 就是剧本里原来写一个人，演的时候肯定有一个再创作的过程。

李雪健： 有一个二度创作。有两种情况，一种情况是定身而作，另外一种情况不是定身而作。剧本出来后，导演再根据剧本挑演员。我觉得演员每个人都有每个人的局限，有自己的条件，你再喜欢，和这个本子上的这个人物也是两个人。在创作上，话剧可以前期进行靠拢，到了舞台还可以接着靠拢。影视不太行，影视开机拍摄前必须靠拢好。这个过程当中，除了了解这个人物，你还要明白导演要什么，为什么让你来演。你哪些地方是和这个角色吻合的，哪些是你的优势，哪些是你的弱势，前期要找好，这个叫"二度创作"，就是说你要尽量往这个人物上靠。有时候在靠的时候有你绕不过去的弱点，你在导演的许可下也要稍稍把这个角色调整一下，往演员身上靠一点儿。这样，它就成为我们大家常说的"记住了这个人物，忘记了这个演员"，这是一个境界，这个职业应该是这样的。

记者：现在大家都娱乐至上，您觉得这个时代对演员的自我修养提出了什么要求？

李雪健：我和你一样，我也在经常思考这个事儿，我还没想清楚。我没有到能够回答这个问题的地步，我脑子里还没有确定。

记者：现在这个时代跟过去不太一样了。

李雪健：那当然，生活水平也不一样了，提高了。其实咱们国家也算是一个奇迹，这种发展，要是在其他民族、其他国家，怕是要走一段很长的路，咱们国家在很短的二三十年之内有了这么大的发展，太难得了。我觉得这是我们每个人要骄傲的，作为咱们来说更应该珍惜，更应该好好地去干，拼命地干，还要往前走。因为我们的基础差，清政府完蛋了以后把中国弄成什么样了？谁想来瓜分就瓜分，商店门口不都写着嘛——"华人与狗不得入内"，这是我们小学都学过的，那个时候狗还不是宠物呢，现在小动物是宠物了，那是一个贬义词，那是骂人的，华人、狗，不得入内。现在还说这句话吗？怎么得来的？

记者：现在的社会比较注重经济和消费，您觉得在这样的社会里，艺术和文化的价值在哪里？

李雪健：不同风格的作品会有不同的价值，但是我觉得总体有一个目标，要使我们广大老百姓的生活越来越好。说一句全国人民都在说的话：要推动中国梦早日实现。这个中国梦是我们每一个中国人的梦想，不管是在国外的也好，在国内的也好，除非不承认他是中国人。我觉得各行各业最终的目的、劳动的价值都是在推动实现这个梦想。这个梦想是让我们中国人生活越来越好，不会有人再欺负咱们。明明是咱们国家的地儿，非说是他们的，那个时候没办法。我演过李鸿章，卖台湾，清政府于1895年签订了《马关条约》。咱们国家强大了，富强了，国强民富了，它敢欺负咱们吗？我们不惹事，哪儿有灾有难，咱们都无私捐助，虽然是发展中国家，还是特别善良。

记者：像您这么喜欢焦裕禄，您演李鸿章的时候怎么办？怎么把心理调整过来？

李雪健：演李鸿章正是台湾陈水扁闹"台独"最厉害的时候，他是以卖国为荣的人，李鸿章比他强。签订那个条约的时候，李鸿章知道会让他儿子签，他把他儿子支走了，让他儿子辞职。他儿子也没辞职，最后还是他儿子一块儿去卖的，他就留下骂名了。李鸿章起码还是一个知耻的卖国贼，陈水扁那帮人是以卖国为荣的，他不承认自己是中国人。你再怎么打扮，再怎么收拾，你流的也是中华民族的血液，你能变？除非你把那血换了，那就死了。那个时候接下这个戏，正好是马英九执政的时候，这个戏要拿到台湾，拿到学校去播出一下，这也是一个创作的因素，有这种积极性。再一个就是那时候的那股邪劲儿。我爱看咱们的"中文国际频道"，每晚8点半拍完戏了，不管在家或者在外景地，拍完戏正好是那个阶段有半个小时，正好是《海峡两岸》，看完以后，觉得拍《台湾1895》是我们的一个责任。演员不管演英雄还是狗熊，这是职业，但是都要演活，必须首先是一个活的人，不能去演符号，符号没有力量。你就是演反面人物，你是个活人才能更好地陪衬那个英雄人物。

记者：在现在这个时代下，您觉得像"中华艺文奖"这样的奖项应该提倡什么？

李雪健：最基础的，一个是肯定，一个是推动，肯定有这种作用。还有一个是调动，调动大家伙的积极性，这是肯定的，这个我觉得还是有意义的。一个奖的质量在于它的标准，我不是说我得奖我就要夸这个奖标准怎么样，但是我相信中国艺术研究院不会随随便便就设这么一个奖。我参加这个活动也是把自己放到一个没有退路的环境里，你到这个环境里，你没退路了，你不能给这个活动丢人，你称不称职？你还要努力。其实说句心里话，够不够格？我肯定还有一定的距离，但是能够得到广大老百姓的肯定、欢迎，得到专家的肯定，这个是我乐意的事儿。你演戏演给谁看？不就是演给广大观众看吗？广大观众喜欢，是他们对你作品的一个态度，这就是你的劳动价值。另外，专家又站在一个专家的角度，专家这个角度可能和观众这个角度有一些区别，又不一样，专家这个角度可能会有更深层次的寓意。

电影的两个大奖，一个是专家奖"金鸡奖"，一个大众奖"百花奖"；电视也有两个奖，一个"飞天奖"，一个"金鹰奖"，标准都有不同。搞文化艺术这个职业的人，"艺文奖"就像"金鸡奖"、"飞天奖"这种专家奖一样，有某种指导意义。这个指导意义，获奖人本身也有，但他没有充分认识，专家在他身上要去做有指导意义的东西，得奖人并不一定知道，这是理论家们、搞研究的专家们能够在创作人员身上发现的东西。所以这个奖和有些奖不同，不同在这儿，有这个内容。电影奖就是电影，"艺文奖"又有不同的行当，不同的流派，互相是一家的，但是各有各的不同，这我觉得也是一点，它在理论上、在方向上值得我们创作者去好好地学。包括我自己得奖，我为什么得奖？今后我应该怎么做？希望对我今后的创作有好处。

当然，我现在得奖和年轻的时候得奖又不一样了。年轻的时候获奖高兴，我得的第一个奖是戏剧第一届"梅花奖"，发的那个大盘子，"梅花香自苦寒来"，今天摆在这儿，过两天又摆在那儿，看不够。这个奖鼓励自己能够长期地干这一行，因为我热爱这一行，干别的也不行，干不了。现在再得一个奖，和那个时候得奖又不一样了，思考的东西多了，要更好地指导今后怎么去创作，而且到了这个年纪了，怎么去影响年轻一点儿的同行们，这是责任。在剧组大家"老师"、"老师"地叫着，你怎么能够起到老师的作用？有些奖，包括咱们这个奖，对一个老师想做一个名副其实的老师是有帮助的。反正意义有很多，我没有好好思考，说不上来，但是我会好好去思考。

记者：这个奖表明艺术家正在影响到我们所有人。你们想传达的东西是什么？您思考过这个问题吗？

李雪健：我思考过，可能也没有上升到理论的高度。可能我心里头知道，有些东西，我心里头明白，但是我没有能力用语言表达出来。

记者：您觉得作为一个从事文化艺术工作的人，一个演员，您的社会责任是什么？

李雪健：社会责任好像刚才说了，就是分工不同，但是大家的目的、方向是一样的，只不过职业不同，分工不同，干的活儿不一样。我不太会用语言来表现，我更多地愿意用我演的角色和观众交朋友。我不太会说，但是我心里头有数。

记者：您现在正准备演的戏是什么？

李雪健：正在弄本子。

记者：现在可以说吗？是什么角色？

李雪健：现在能说，名字也许要改。

记者：是一个什么样的人物？是一个焦裕禄那样的人，还是李鸿章那样的人？

李雪健：普通人，普通老百姓。

记者：是好人吗？

李雪健：应该是好人。也许他曾经不好过，后头又好了，认识到自己坏，又变好了。也许是这样，也许从头到尾都好。这个好和坏，比如一开始是一个好人，后头他变成坏人了，大伙不喜欢他了，谴责他了，后头他又好了，认识到自己不好，应该还要走原来好人的那个路，这都是文艺创作。还没有最后定稿，这在咱们这个采访里不重要。

记者：现在娱乐圈的八卦横行，您适应吗？

李雪健：不一样，站的角度不一样，年龄不一样。说也说"娱乐为王"，但是要有刚才说到的这个责任感，不管什么样的节目，不要忘了你这个职业的责任。如果你丢掉这份责任，不管你是有意的还是无意的，你忘了你这份责任，你没了这份责任，你那个出来的东西也许就是一时，长不了，没有生命力。我们还是追求能够留下来的东西，能留下来就有生命，观众喜爱它，老百姓能够得到一些娱乐，也是我们的责任。能够得到一些娱乐中的思考、反思，或者得到一种力量，同样是责任。文艺作品给予观众的是丰富的内容、丰富的感受。

记者：您现在当影协主席了。

李雪健：当不了，不会当。演行，如果让我演，我可能会演一个不错的。

（采访记者：李冬梅　陆海空）

（照片由获奖者本人提供）

余 隆

记者： 汉语里跟"高雅"有关的词汇特别多，而且很多都是跟音乐有关的，您怎么评价交响乐的高雅性？

余隆： 这是个很难回答的问题。坦率地说，因为艺术的行当有各式各样，音乐的行当也有各式各样，音乐里边又分了不同的种类。交响乐本身是一个集体工作的形式，我觉得交响乐可能是很特例的方式，就是它必须由团队来工作才能完成。所谓的"交响乐音乐会"这种形式，甚至延伸到歌剧或者芭蕾，都是协调工作的方式。它形成这种模式以后，当然已经成为广大音乐爱好者主要接受的一种演出的方式，雅不雅主要还是看每个人自己心里的感受。我一直说音乐好比是水，人好比是容器，水进了不同的容器又形成了不同的形状，所以音乐流入不同人的心灵里边，我觉得也会形成不同的形状。如果一定要把音乐完全归类为高雅，那要看怎么看了，看待这个还是每个人对音乐的感受。但是我相信音乐给我们提升了很多精神上想象和享受的空间，它更多的是精神上的追求。我们现在更重要的是通过音乐跟自己的心灵对话，跟自己所希望的想象对话，追求一种梦境的过程，我觉得这就是音乐可以带给大家愉悦的时候。当然，大都把音乐归为高雅艺术的门类，但我觉得更重要的是音乐能启迪人的心灵，这是很重要的一种艺术表现形式。

记者：很多人只要一说交响乐或是中国传统音乐就会觉得比较高雅，流行音乐呢？

余隆：对音乐分类，我始终不是把它分得这么仔细，音乐只是形式不一样，所有人可以去吸取自己所需要的音乐形式。还是那句话：音乐跟每个人的接触，主要还是你自己通过音乐找到你自己的一种想象力的位置，也不一定完全要在交响乐里面，可能是在流行音乐里面，也可能是在民族音乐里面。演奏形式也不一样，可以是交响乐，也可以是其他乐器演奏的方式。因为音乐说来话长，有很多不同的形式，包括曲式，包括方式，有的人喜欢听歌剧，有的人喜欢听交响乐，有的人喜欢听钢琴独奏，但我觉得音乐总的来说是给大家提供了一个心灵对话的空间，这是很重要的。

记者：还是每个人对它的感受。

余隆：音乐一定是每个人个人的事情。个人心灵的感受是不一样的，我相信我听音乐跟你听音乐，我们坐在一起，或者另外第三者坐在一起听音乐，三个人的感受一定是不一样的。这个感受不一样既没有谁对，也没有谁错，它是一种自己找到自我位置，甚至是找到自己对文化的一种认同感的方式。为什么音乐能给大家启迪很多的想象空间？因为音乐不具象，它有很多想象的空间，你可以把它想象成这样，他可以把它想象成那样，你的想象力能走多远，音乐就会跟随你走多远。我特别喜欢中央电视台一个频道的一句广告词，叫

"你的心有多大，你的舞台就有多大"，这句广告词很合适用在音乐上，你的梦有多远，你的想象力有多远，音乐就会跟随着你走多远。

记者：其实对于您来说，没有把它规划为哪一类是高雅的。

余隆：我从来不把这个事情一定要规划成什么样的情况，尤其艺术是没有边界的，它本身是提供给大家一个最重要的，还是我那句话——想象的空间。想象的空间可以带给我们创造的空间，没有想象力的人一定没有创造力。想象力来自于哪儿？自我的一种心灵的感受，音乐恰恰是提供心灵感受的最佳渠道。

记者：您觉得普通老百姓能够欣赏交响乐吗？

余隆：当然，要不然我们在这儿干什么的。

记者：我说的不是从事音乐专业的。

余隆：当然，听我们音乐会的大部分不是搞音乐专业的人，搞音乐专业的人不一定来听我们的音乐会，听音乐会的主要是音乐爱好者和音乐观众。

记者：您觉得它能普及到普通老百姓当中吗？

余隆：是这样，准确地回答这个问题，我们的工作是为那些需要音乐的人服务的，或者说是为广大的音乐爱好者服务的。普及当然是我们的工作之一，但是最重要的工作是为那些需要音乐的、热爱音乐的人服务。不管它的社群有多大，就像我们的生活中也是，有些产品可能只为一小部分人服务，但是这些产品是必须有的，这是个文明社会需要有的前提，有些生活中的必需品也不是所有的人都会用的。从另外一个角度来看，从通俗文化和你刚才说的高雅文化来说，我觉得应该有一个各取所需的市场。拿科技来说，应用科技和尖端科技，尖端科技不一定为所有的老百姓所用，但是我们必须有。最近的"嫦娥"和"玉兔"登月，当然是一件非常让人高兴的事情，事实上未必和所有老百姓的生活有紧密的联系。你说这些事情是重要的吗？它是非常重要的，从科技也好，从国家战略也好，从各方面都是需要的。你不能说我的生活中只需要洗衣机，需要电视机，需要电脑，这些科技产品我需要，尖端科技跟我没关系，这是不应该的。如果一定要我回答这个问题，最重要的事情是，我们的音乐是为那些需要我们服务的广大音乐者和爱好者,我们是为他们服务的。

记者: *您觉得高雅音乐普及到了什么程度?*

余隆: 我刚才已经说过了,普及当然是我们的工作之一,但普及并不是我的主要工作,我的主要工作是为那些需要音乐的人服务的。

记者: *其实还是个人对音乐的需要。*

余隆: 不是。有很多音乐爱好者和音乐需求者,这些人是我们工作的第一对象。当然,我们有很多普及工作、很多教育工作要做,包括对年轻人,社会的美育教育、音乐文化教育,这些都是我们责任。但是我们的第一工作一定是为那些需要音乐服务的人,为他们工作,这是我们特别重要的事情。就像电影一样,它主要是为那些需要电影、热爱电影的观众们服务的。你也不能说这个人不喜欢看电影,我一定要让他看电影。我可以提供这个,可以辅助做很多讲解、普及、教育的工作,但不能本末倒置,不能变成我是做普及的,而不是做音乐工作的,我主要的工作是做音乐工作,或者说和我在一起的这些音乐家们,他们主要的工作是做音乐工作。

记者: *希望在做音乐工作的同时能感染更多的人,喜欢它。*

余隆: 对。

记者: *您刚才讲了,比方说有些人不喜欢看电影,有的人只喜欢流行音乐,您做普及工作的时候做了哪些工作?*

余隆: 我觉得用最简单的、最朴素的方法,我们也许会影响一些人,尤其像你说的,本身对音乐很喜欢,可能对交响乐不太熟悉的人。我觉得很重要,因为交响乐是一个非常重要的音乐形式。另外还有一个很重要的,对儿童、青少年的音乐教育。我曾经跟很多学生的父母讲过,其实孩子最后成不成音乐家对我来说并不重要,重要的是这些孩子通过音乐学习,学会了具有更多的想象力,具有更多的创造力,这是可能对社会有贡献的,将来这些孩子会变成社会的栋梁之才,也许会变成工程师、变成法官、变成医生、变成大学老师、变成科技工作者。事实上在我们接触中间,大量的科技工作者都是非常喜欢音乐的。我觉得非常有意思的事情是,我们在给这些群众做普及的时候很关注一点：我们并不希望孩子们学音乐，是父母出自功利的目的希望他们成名成家，而是应该更多启迪他们对音乐的感受力，培育个人的想象力和创造力。我刚才已经讲了，这都有前因后果，音乐是启迪人的想象力和创造力的非常重要的艺术形式，我希望通过学习音乐，能够让更多的孩子热爱到人的想象力里面去，而不是仅仅为了非常功利地把他们变成一个明星，或者想走一个捷径，变成一个名利的追逐者，我觉得这是一个错误的观念，所以我们尽可能想提供给这些孩子们一个更正确的对艺术认识的方式。

记者：现在很多电影、电视剧的主题和背景音乐都用了交响乐，您觉得这个算不算交响乐的一种普及？

余隆：不算。中国爱乐乐团是一支非常伟大的交响乐团，我这么说不是因为我是中国爱乐乐团的总监，是因为这些音乐家是非常可爱的一批音乐家，他们非常努力，非常敬业，他们也是唯一被伦敦《留声机》杂志在2009年评为世界十大感染力乐团的亚洲乐团。他们的感染力，的确让我和所有的音乐听众，不管是专业的或者是非专业的，都被他们所感染。这是一支伟大的团队，他们录制的电视剧和电影音乐，同样也会带去他们的精神，带去他们这种有灵性的演奏。在音乐会之外的时间里，他们有更多的机会给观众带来音乐感染力，我觉得是一件特别好的事情。你也由此看出他们是一个多好的乐团，不只是在舞台上，甚至在幕后，他们也做了大量工作。从这一点上来说，我认为这些影视剧作品是幸运的，它们能够和中国爱乐乐团合作。这些很多我都没有参加，影视剧音乐都是中国爱乐乐团自己录制的，我很为他们感到骄傲，他们能为中国这一段时期录制这么浩瀚的影视剧作品，我觉得他们真的非常不容易，而且这是他们在工作之外进行的，因为他们主要的工作还是演奏交响音乐会。

记者：一般电影和电视剧的受众群体会更多一些。原来都是一些流行音乐，或者是古典音乐，后来才会有交响乐团。

余隆：这两个不矛盾，我们跟流行音乐合作得很多，而且中国爱乐乐团在艺术上是一个思维非常开阔的乐团，我们跟很多流行乐手经常合作，挺好的。

记者：电影跟电视剧比较多，交响乐乐团参与制作的音乐可以更好地传达故事内容。有很多观众原来没有听过交响乐，他们听到后是什么感觉？

余隆：我纠正一下，它不是交响乐，它就是影视音乐作品，跟交响乐不是一个概念。交响乐是交响乐，这些作品只是影视作品。交响乐有一个固定的题材和模式，或者它有它的曲式，有它的结构，影视作品就是影视作品，国外的影视作品也就是影视作品，也不是交响乐，影视乐的作曲家也不是交响乐作曲家，这是两个概念，不能放在一块儿用。影视作品是一种情景，一种情绪，更多的就像是一种渲染；交响乐有它的曲式，有它的结构，有它的题材，有各种各样的方式，有非常清晰的模式。歌剧有歌剧的模式，交响有交响的模式，芭蕾有芭蕾的模式。交响里面还分各种，有交响乐的题材，有交响诗的题材，有协奏曲的题材，有幻想曲的题材，有戏曲的题材，各种各样，不一样的。影视作品主要是对故事结构、音乐情绪的渲染和陪衬，更多地达到大家对电影和电视剧作品更直觉的一种心灵感受上的带动。所以这是两回事，人们不会通过影视热爱上交响乐，热爱影视音乐怎么热爱交响乐呢？这完全是两回事。

记者：我也不太懂。

余隆：这个很正常，大家一看大乐队演奏就说是交响乐团，所演奏的一定是交响乐作品，不是那么一回事，它所演奏的只是影视剧的音乐作品，交响乐有专门的交响乐演奏方式。

记者：古典音乐给人保守内敛的感觉，您在演艺过程中怎么赋予它新的内容？

余隆：我举个例子吧，我今天在这个屋子看到很多绘画作品，同样画法，技巧不一样，每个人有每个人的灵感，会带来不同的色彩。要说每个人的个性特征比较明显的话，你如何给一个同样的场景带来更多的色彩，甚至有时候临时发挥是更重要的。工作的过程大家基本上一致，艺术家带给人家最重要的区别在于他能否在某个特定的时段内，给大家带来灵感上完美呈现的一瞬间，可能有，可能没有，更多的可能在于每个人不同的想象力的感受，在某一个层面上突然就迸发出来。我有过这样的经历，但是我不能保证我每天都有这样经历，那就变成一个很机械性的行为了。所以我觉得还是要努力，有时候这个努力不是说只是体力上的努力，更多的是思想的努力，如果人的追求越高的话，会在某个灵光一闪的空间里带给大家精神享受，我期待这一刻经常地发生。

记者： "艺文奖"这次评出来的19位各个领域的艺术家，您觉得这种奖项对社会起到什么样的价值上的推动？

余隆： 其实讲太专业的问题很难，因为艺术上很多东西我是不太赞成用嘴来说的，这是第一点。我觉得艺术更重要的是一个个性的体现，我们这个时代能够有这么多伟大的艺术家诞生，我觉得应该给所有艺术家一个更重要的、让他们能够带来更多色彩的平台。我算是特别有意思的，我出生在60年代，成长在70年代，80年代属于第一批出国，就是改革开放以后去念书的这一批年轻人，然后90年代又回来创业，现在又在中国最重要的几个乐团和音乐机构里工作。而且我是很有意思的，年纪不大，但是我跟很多老艺术家正好有交叉的时候，在一起工作过，一起对话过。应该说我们是很幸运地能够在这段时空里面见到了这些老艺术家们，见到了他们最后的背影，我们又带动了一些年轻的艺术家，跟我们继续在这条路上薪火相传。如果从艺术这个层面上来说，我觉得特别重要的是中国能够遇到一个空间很大的时代，因为空间大，所以我们才有机会来完成。

另外我觉得应该感谢改革开放给中国在国际上带来的影响。通过改革开放，国际上中国的影响力越来越大，造就了一批中国的艺术家走出国门，在世界上完成很多音乐的梦想。包括像郎朗，像我，像王健，像陈其钢，等等，这里面有50年代的，有60年代的，有70年代的，有80年代的，这些在不同年代里出生的中国音乐家，是因为改革开放才有机会走向世界的舞台。每年我在纽约和纽约爱乐乐团一起举办中国春节的音乐会，我觉得更多的是让世界上的人，尤其是主流世界的这些人，了解到中国文化传递的意义和理念，除此之外，我们也把世界上的很多伟大艺术作品带回到中国来。因为今天的社会是开放式的，这是不可避免的，这个社会是面向世界的，你要想对这个世界有影响力的话,一定要对世界文化有所了解。如果我们对世界文化不了解,我们就很难对世界产生影响力。这是我们这一代人要做的工作,还没到开花结果的时候,但是希望通过我们的工作能够带给下一代、再下一代更好的工作和创造艺术的环境。

我自己非常荣幸能够有机会跟中国爱乐乐团所有音乐家一起创造历史,中国交响乐的历史由我们这一代还是改变了很多。这一代的音乐家不止是中国爱乐的音乐家,还有其他乐团的音乐家们,都是为之努力的,所有的人都在为之努力。我希望大家能够记住这一代的音乐家,他们是特别可爱的一批音乐家,他们有追求、有理想。我觉得能够为一个自己喜欢的专业去努力是值得庆幸的。

记者:您组织这个中西方文化交流想达到一个什么样的终极目标呢?

余隆:没目标。文化哪有目标,文化的交流是必须永远需要有的。我觉得东方要了解西方,西方要了解东方,最终所有的建设都应该在文化层面上。原来一直在说"文化搭台,经济唱戏",把GDP作为最终追求的目标,现在从媒体到中央的声音,也说不能完全把经济变成我们最终追求的唯一目标。我觉得文化还是我们精神追求最终的一个方向,中国如果想面向世界,你要对世界文化有所了解;世界想要了解中国,对中国文化必须有所了解,这两点都是我们这些文化工作者的使命,很重要。要说能够真正带动世界上大家的互相了解和信任,我觉得文化这个桥梁是必须的,特别是音乐。音乐是一个国际的语言,大家可以通过音乐互相了解,不需要任何文字的交流。音乐这个工作在我们这一代尤为重要,现在大部分人把音乐和文化只看成是一个娱乐的工具,我觉得这是不足的,我们需要从一个更高的思想层面,推动这些东西对世界文化交流起到作用。我们正在做这样的工作,包括我们当年中国爱乐乐团历时40多天环球巡演,可能在全世界来说都是一个很大的事件。那是十几年前的事儿了,当时大家看到了中国人对这个世界文化的了解。我们2008年在梵蒂冈作为第一个中国乐团参加演出的时候,我们说了一句很重要的话:希望梵蒂冈看到中国人对世界文化的了解。那么接下来这句话可能就是世界人民对中国文化有多了解呢？这是一个问题，也是一个我们工作的责任。

记者：到目前为止，您觉得起到的作用到了什么程度呢？

余隆：这你不能问我。

记者：我们上次来访赵汝蘅老师的时候也聊过这些，比如像中央芭蕾舞团，像国家大剧院引进很多国外剧目后，最开始国内市场是很不接受的，他们也经历了持之以恒的坚持，这个过程肯定不会是一帆风顺的。

余隆：这个我觉得说起来比较难，因为事实上来说，我没觉得这个事情有多难。文化交流的事情总有一个过程，总有一个大家熟悉到大家认同，到大家理解，到大家进入，这么一个过程。中国的改革开放才30年，我们做的事情可能是人家二三百年做的事情，所以我们有些争着急了点儿。这个着急也不是坏事，我们很多事情只争朝夕，但我觉得文化的事情是需要给予理解、宽容和空间的，应该鼓励各种各样的交流和互相文化的理解，可能在一个浅的层面上看来只是大家对艺术的欣赏，深层次上可能会影响文化的交流，直接影响到大家很多思维方式的改变，甚至会影响到对中国了解的程度。就对中国的了解程度来说，只是把中国的作品给外国人听、给外国人看，能让外国人了解中国，但有时候在你和他共同工作的时候，甚至共同为外国的西方的作品工作的时候，能加深互相之间的理解，也是一个非常有意思的过程。

我们有很多这样的经历，包括和外国作曲家一起合作。比如"北京国际音乐节"曾经委约过周龙，写一个"白蛇传"的故事，但委约的对象是谁呢？是美国的波士顿歌剧院，又是由一个美国人写的英文的"白蛇传"的故事，用的是现代音乐手法，可能大家在这个层面很难理解如何把一个纯中国文化的理念传播出去，但恰恰就是这么一个工作方法，让美国对中国文化很多吸引人的地方有所了解，进而使他们对中国的交流和人文的理解拓展了一个深度。

第二是现代音乐的合作，我们在古典音乐的合作上可能跟世界是差着很多年的距离，因为当古典文明发展的时候，交响乐发展的时候，我们没有赶上那个时代。但恰恰在现在这个时代里，在一些新的委约的现代作品里面，我们跟西方世界在同步往前进，在同步向前进的时候，我们要把握好这个机会，互相要有所影响，我觉得这个是很重要的。

记者：您策划和举办了"北京国际音乐节"，您觉得哪种意义上它是属于北京的，又在什么意义上是属于国际的？

余隆：这只是名字而已，就像"萨尔斯堡音乐节"，它不只是萨尔斯堡这个城市的，它可能是全奥地利，甚至是全欧洲的。"北京国际音乐节"诞生在北京，它是在中华人民共和国文化部和北京市人民政府的支持下，现在已经举办到第十六届，已经变成了一个世界著名的音乐节。但是我觉得从我的感觉上，它更多的是一个平台，是一个中国面向世界文化，特别是音乐文化的窗口，很多世界作品走向中国的第一步可能是在"北京国际音乐节"上，很多中国作品走向世界的第一步也是在"北京国际音乐节"上。很多中国作曲家的作品，比如周龙、陈其钢、郭文景、叶小钢、谭盾、陈怡，这些人的作品是在"北京国际音乐节"上走向世界的，我一数的话，还有很多年轻的作曲家，比如温德清，他们的很多作品都是在"北京国际音乐节"上举行首演，然后走向世界的。很多世界大作曲家的作品也是通过"北京国际音乐节"走向了中国，也是他们的世界首演，包括很多以前的经典作品，像瓦格纳的《尼伯龙根的指环》四联剧，像《夜宴》、《狂人日记》，像《鼻子》和《麦克白夫人》，像《玫瑰骑士》，它们的首演都是在"北京国际音乐节"上完成的。还有像叶小钢的《大地之歌》，他的歌剧《咏·别》，像陈其钢的很多作品，他的《五行》《蝶恋花》，都是在"北京国际音乐节"上举行的首演。这些作品有的走向世界，有的走向中国，我觉得"北京国际音乐节"在16年里做了大量的工作，对世界文化和中国文化的交流起到了很大的作用。

记者：中国爱乐乐团世界巡回演出对于中国艺术走向世界是一个开创性的举动，是怎么做到这一点的？

余隆：交响乐本身是一个外来品，通过交响乐讲一个中国故事是从中国爱乐乐团开始的。中国爱乐乐团从2001年建团，这支年轻的乐团在几年之间迅速变成一个国际上知名的乐团，而且可没有像"恒大"有那么多的钱来做这些事儿，是非常可怜的经费在维系着爱乐乐团讲述中国故事，创造中国奇迹这么一个过程。我一直开玩笑说："如果拿出中国足球十分之一的钱，乐团可能会变得更加伟大，我相信对世界文化的影响力绝对不会小于足球对世界的影响。"足球更多的是一个娱乐的行为，文化的影响力是深远的。我一直开玩笑说："唐宋可能是中国或者世界在那段时间里最富庶、最文明璀璨的一段历史了，但是今天没有人谈论唐宋时候的GDP和那时候歌舞升平的娱乐生活，给我们留下的恰恰是它真正的文化，它的唐诗、建筑，或者它的佛学，这些东西留下了，都是有深远意义的文化，这些文化不会随着岁月的消逝而被磨灭掉的，今天对我们还产生着巨大的影响，或者对世界产生着巨大的影响。所以对文化的建设，我觉得应该有一个很长远的、很深邃的思考和眼光去完成。

中国爱乐乐团是2005年做的环球世界巡演。可能世界上很少有乐团是这么做的，我不敢说肯定没有，因为我没有数据证明，但几乎是没有。而且我们讲述纯中国版的故事，第一次让人知道中国交响乐能够完整地对东西方文化的所有作品进行完美地诠释，在质量上可以达到世界一流水平，这是一件不容易的事情。那时候基本上像是横空出世一样出来的乐团，这不是靠自己来吹嘘完成的，因为它必须要完成专业和技术上所有的达标过程和艺术的认同感。我在柏林最后一场音乐会演完以后，当时的柏林爱乐乐团总监在我早餐的时候给我来电话，说"你们昨天晚上的演出太精彩了"。这些人来电话是证明他们自己的感受非常强烈。我印象非常深，他跟我说："我们昨天才从萨尔斯堡回来，我们很多乐队队员直接从机场就来你们音乐厅了。"我问："你们为什么一定要听中国爱乐？"他们说："我们知道这是一支最精彩的亚洲乐团。"所以很多乐团抱着一个非常有兴趣和新奇的心情来看我们中国的同事，我觉得这非常说明问题，这跟一般的报评不一样，因为从我们专业上来说，有时候写报评的人未必完全写得到位，音乐家本身又不一样，主流的社会影响力在上面，更多的是衡量音乐演出能不能打动他，感染力能不能做到，这很不一样的。我感受特别深，我觉得我立志要在中国文化走向世界这里面做得更多，因为我是一个中国人，要把中国文化带向世界，或者至少让世界了解中国人对世界文化熟悉的程度，让大家明白今天的中国人已经不是以前的中国人，今天的中国人足以用宽容和巨大的胸怀包容所有的世界文化。我觉得这个特别重要，让大家觉得你能有这种包容感，使你能够承载更多的世界的和社会的责任，这是很重要的。

记者：2005年世界巡演对于把中国文化和音乐推向世界是不是起到了非常重要的作用？

余隆：肯定是有作用，但不可能一个人、一个团队完成所有把中国文化推向世界的责任，我觉得中国爱乐起了一个非常好的领军人物的作用。我刚才已经说了，中国爱乐乐团是一支伟大的乐团，这批音乐家是一批伟大的、不可多得的音乐家，我认为他们真的是非常值得骄傲的一批音乐家，我希望社会各界都能好好爱护他们。

记者：我们现在是以经济和消费为主导的社会，您觉得艺术和文化的价值是什么？

余隆：我觉得艺术和文化最重要的是体现人的精神上的追求，一个人不能只是停留在一个物欲横流的世界里面，只满足于低层次的享受，更多地应该提升到人的精神层面上去。音乐和很多艺术形式最终能够提供给人们的是增加你的想象力和创造力，这个对人的精神生活、精神上的追求还是一个比较高的层面，如果追求到一个想象力或者是创造力层面，我觉得这是一个普通人都能达到的事情。对于我们的下一代人，我们提供的这些培养是会改变中国人的一种世界观的追求。一个民族如果不具备想象力和创造力的话，是很可怕的，那你只能一辈子变成别人的加工厂，为别人工作和打工，你不能创造"苹果"，你可能只能做"苹果"的加工厂，为它制造手机，这完全是不一样的情况，所以我们要培养更多能够具有想象力和创造力的人才。当然，艺术不是绝对的，但艺术和音乐肯定是一个很重要的环节，因为在这个环节里，人们可以达到想象力和创造力的锻造和锻炼的过程，我觉得这对社会有很大的意义，是很重要的文化开发。

记者：您同时是艺术家和管理者，您怎么看待两种不同的身份？

余隆：主要是因为我是指挥。我觉得我比较运气，我处在工作的这个工种，指挥本身和管理者很接近，所以我能够达到一个比较好的平衡，互相之间没有太大影响。

记者： 如果作为一个组织者的话，可能比您作为指挥要操心更多一些。

余隆： 指挥也是很操心的事情，艺术上也是很操心，艺术工作没那么容易完成，大家看到的只是台上的那一瞬间，背后有巨大的精神和体力上的投入。

记者： 那作为管理者呢？

余隆： 一样。我认为世界上任何一个行当都是勤奋的结果、努力的结果，还有就是我说的，再加上你的想象力和创造力，这是很重要的事情，管理者同样需要想象力和创造力。

记者： 刚好，是吗？

余隆： 谈不上吧，但是我觉得应该尚能驾驭。

记者： 您觉得"中华艺文奖"意味着什么？

余隆： 我当然很荣幸。当我接到通知被提名"艺文奖"的时候，我觉得已经很荣幸了。"艺文奖"今年是第二届，从第一届看，得奖的这些人都是我们老年、中年和青年的很值得尊敬的大艺术家。我觉得中国需要这么一个奖，学习对艺术人才的尊重和褒奖，因为这些人是中国宝贵的艺术人才。今年我并没有想到我会被提名，我觉得非常荣幸，而且我觉得这说明对我工作的肯定。因为我知道在评奖的过程中，这些评委都是在这个行业里非常重要的一批人，当然，我不知道具体的名字，但我知道每次参与评奖的这些人都是非常重要的艺术管理者、艺术家，能够得到他们的认可，我觉得也算是这么多年的工作没有白做，这个工作里边有很多的投入，有汗水、有辛勤、有努力，看来一份努力一定会有一份回报，一个艺术家凭良心，没有私心地去努力为这个社会创造艺术的话，一定会得到大家的认同的。谢谢大家对我的信任！也谢谢所有的评委对我的认同！更要谢谢中国艺术研究院和文化部所有这些领导对"艺文奖"的推动！

我觉得这个太应该了，而且很多艺术家默默无闻地做了更多的贡献，可能是我们所不知道的。我们这些人因为在舞台上，所以我们的工作被大家所知晓，这是我们本身很运气的事情。太多伟大的艺术家在幕后，在他们的工作室，画家在画室，音乐家在他们的工作室，甚至有些音乐家在教学的地方，在学院里面做了大量的工作，应该向他们致敬。有些不能够一句话、两句话说清楚，希望更多地关注到很多不在舞台前端的艺术家。

记者： 更多地应该提倡一些什么？

余隆： 我觉得就是一种执着的精神，对艺术的一种专业精神、职业精神，一种执着的艺术追求的精神。艺术家是一个特别应该注重他们朴实感的群体，我认为艺术家最可爱的地方是就他们本身来说，能够达到"天人合一"，能够变成一个非常朴实的艺术创造者。我不喜欢扭曲的艺术家，我也不喜欢那些仅仅是追求功利的艺术家，我觉得艺术本身应该带给人们最朴素的情怀，最直接的热情，让所有喜欢艺术的人能感受到他们的真诚，这是最重要的。

记者： 您觉得"中华艺文奖"会给中国的艺术界带来什么？

余隆： 我希望这个奖能成为中国文化界一个真正的大奖，希望它能够变成一个推动中国艺术家、发现中国最伟大艺术家的平台，我相信有很多伟大的艺术家可能还没被发现。所以我前面说了，我能够得到提名和获奖，为什么觉得特别荣幸？我知道有太多真正有更高才能的、更有朴素情怀的大艺术家可能远远没被发现，我希望今后"艺文奖"能更多地发现这些艺术家，而不只是看一个名气。当然不是说台前的不注意，我觉得在我们的台前有很多伟大的音乐家，但也有很多艺术家是默默无闻地在辛勤耕耘，为社会、为历史创造了很多，希望今后能更多地关注他们，我也会在这方面努力，希望能在我们工作的平台上更多地提及这些艺术家，能够给他们一些平台和空间，让更多的人了解他们。从音乐管理角度来说，我特别希望我在这个方面能做更多的工作。

记者： 您能不能用一句话总结一下音乐是什么？

余隆： 音乐是一个想象力，音乐是一个创造力，音乐是一个能带给人们更多梦想空间的房间，我希望每个人能够在这个房间里找到自己的故事，也能找到自己探索窗外更大空间的一扇窗户。我特别希望音乐能够带给我们更多，能够让我们找到我们在童年时梦想的东西,也希望找到我们老年以后去追逐下一个世界里另外一个梦想的东西。用"梦"这个字跟音乐相切合的话,我觉得特别适合,因为音乐需要你的想象力,需要你的创造力,而且都取决于自己身上,别人帮不了你。音乐跟你的对话是一个你们之间私人空间的对话,通过这个对话,你会找到真正的自己,这是一个特别有意思的事情。但是进入音乐需要很多人的激情,需要很多人的一种内心参与感,特别是作为一个不是音乐工作者的人,我祝福你们能够在音乐里找到你们自己,找到你自己的心灵。我觉得你试试看,当你关上所有的灯,在跟音乐的对话时段里面,可能你会发现一个不一样的自己。

(采访记者:李冬梅　陆海空)

(照片由摄制组提供)

罗中立

记者：您觉得哪些报刊对您的报道写得还不错的？

罗中立：这个没太注意，因为画家有时候类型不一样，有的很关注别人对他的报道，我就顺着自己的思路和目标在努力。画家的个性不是一样的，有的张扬一点儿，有的含蓄一点儿，有的风趣幽默一点儿。其实在画风以外，各人的艺术态度、风格都不一样，有的很在乎，有的不一定在乎，有的是在两者之间。

记者：咱们说说这个工作室吧。

罗中立：这块地是"文革"的时候，学校都不办了，军代表、工宣队的一些代表进驻接管高校。因为抗战的时候很多以前的兵工留下来，这个军代表也是兵工系统的，有好几个兵工厂就在附近。他们生产坦克车，这个是装坦克车的仓库。我们学校旁边就是长江，所以都是两栖坦克，一定要到长江的水里面去泡一次，这儿刚好是装成品的一个地方，下面是火车，它是这样一个线出去的。恢复高考以后，军代表慢慢就退出了。我们恢复高考招生的时候，我报考的时候还有军代表。

记者：应该是1978年。

罗中立：1978年。后来上二年级以后，他们才慢慢退出了。我当院长以后，就把这个地儿又买回来，花了700多万，把它改成了一个工作空间，像川北的798一样，它是学校体制内的一个798。就我个人的想法，还是想培养人才，把好的学生通过这样一个中间环节再送一程。因为我们体制内好多学生很优秀的，我们都是教学一线出来的，好的学生一年出不了几个，有时候一有不及格或者其他什么表现之类的，就不能在学校继续留下来，考研没有希望，留校没希望，然后就出去了，有的下去玩了，很可惜。这个我们看得很多，因为在一线，所以我就想学校的终极目的还是培养人才，如果把这些最优秀的人这样轻易地放手，让他们面对社会的时候，把学生时代那种很好的学习状态一下子丢掉了，就非常可惜。而且那些年轻人就是二十来岁，是他们一生当中最有决定性的那几年，所以我希望通过工作室这样一个体制和体制外的相互结合，把这一类型的学生在这里面留住，把他们的状态保留住，再送他们一程，这样可能就决定了他们终生。很多人真的就这样出来了，出来以后去北京，去上海，去国外，我觉得这一点对他们起步打基础的那个状态太重要了。

记者：真的很重要，要不然很多人这个时候放弃掉了，可惜了。

罗中立：对。当初的艺术理想，面对现实，很多人遭挫，但是在这样一个空间里，他们这种理想可以得到坚持，得到伸展，而且可以决定他们的一生。

记者：罗老师，咱们还是先从您的作品《父亲》来谈吧。

罗中立：这个话题好像每次采访都会说到。因为今天回过头去看30多年中国美术的发展，这幅作品毕竟成了一个很重要的符号、一个转折，一个很形象、很直观的符号。当初我创作这件作品的时候是为了参加全国美展，那时候中国美术界只有一个展览，全中国一本杂志，那是当年的现状。中国这么多院校，这么多热爱美术的青年，或者是学生，或者是美术工作者，都要展示自己每个作品的水平，就只有这样一个途径。我为了参加全国第二届青年美展，创作的时候就画了《父亲》这件作品。但前后过程有很多，"文革"后，恢复高考以后，我是77级的学生，四川美院77级、78级都是那个时代考进学校的，恢复高考的第一批。当时为了参加这个美展，不分专业，有国画，有版画，有油画，还有其他专业，都来创作，所以当时四川美院有一个很强烈的、很浓郁的为参加全国美展创作的风气，而且同学之间还有竞争，画什么还要事先保密，相互不说。

很多人都很珍惜那个时代的生活，从我个人来讲，现在回过头去看我们那段学习生活，也是我们一生当中最难忘的。我当初也是四川美术学院附中的，"文化大革命"时还没有毕业，就分到大巴山去了，我也是自愿分去的，直到恢复高考的时候，我差不多也是要准备安家立业了，都在做家具，那个年代中国人要结个婚就要做家具，不像今天，大家是买家具，那个时候中国人没有这个概念，都必须自己做家具。好在山区出木材，去托人买木料，把木材改成板，把它放干，然后请木匠师傅到家里来做，那是那个年代婚前非常重要的陪嫁，相当于家里的一个很重要的环节。

就在这个节骨眼上，恢复高考了，而且是我的一个学生来告诉我的，说他们怎么去报名，他们选的作品想请我看一下，这样我才知道四川美院恢复高考了，而且就在大巴山设了一个考点。我都在给他们看，好几个学生，当天在大巴山县城给好多学生做了辅导，他们都要参加考试。我当时没有愿望再回去读书，因为那个时候正准备安家立业了，整个心思、整个状态都好像跟学校没有关系了。而且那个时候我主要是给出版社画连环图，在大巴山已经小有名气了，非常自我满足，所以没想到要再回学校。后来是因为女友的一个电话，报名的最后一天，她说"你还是要去"，因为她家里面都是挨斗挨整的，她父母亲都是学校的教师，她妈妈是校长，达州唯一一所高中的校长。知识分子在我们这里是百般受辱、斯文扫地，"臭老九"那个帽子，等等，但在骨子里面，他们真的还是崇尚学习、崇尚知识、崇尚文化，所以当有这个机会的时候，他们立马就觉得要抓住这个机会，所以给我讲。女友打个电话来，我就闻风而动。我当时在工厂里当工人，离县城的报名点大概有12里路，当天晚上连夜收拾了我以前的一些东西，就到县城找到他们报了名。77级、78级恢复高考的时候，招生组里面的组成不像我们今天，就是学校自己来招生，那时候还有军代表，有工宣队，是以他们为主来进行招生，政治审查是非常严格的。他说："不行了，今天下午已经报名截止了，现在已经是晚上9点钟了。"那个招生组里面有一个是美院的老师，他说："他是我们以前附中的学生。"后来几个军代表，我记得那个工宣队说了一句："看在你以前是这个学校附中的份上，就给你补报一个名额。"

其实恢复高考，我真的是叫赶上了末班车，从年龄上来讲，我们也是最后一班车，打个形象的比喻，好像真是在末班车关门的那一瞬间最后挤进去的。现在回过头去看，女友的这个电话其实从此改变了我整个人生的轨迹。回到学校以后，我前面讲了，就是大家分外珍惜，我当时的专业本来是想考国画，因为我画连环图跟国画接得上，连环图已经画了十来年了，那时候出了十来本书，也是小有名气，所以就考国画。读完以后，提高以后，我还是回去重操旧业画国画，结果到二年级我们考研究生的时候，我就去报名考国画研究生，考古典文学没及格，给拉下来了。我们班上还有几位，比如何多苓，他们都考油画研究生，他们都去了。所以这也是命运给我的一个安排，阴差阳错。二年级下学期以后，到了三年级就说要举办青年美展了，我就试着想画一幅参加青年美展的作品，想着想着，我就画了《父亲》这幅作品，当时这件作品产生先后还有很多过程。

记者：为什么画《父亲》？

罗中立：因为那个年代在中国画展览里面要想获奖，要想成为优秀作品，我们的概念当中只有一个：一定是重大主题，这是那时候中国美术界的一个现状。我想什么是重大题材，因为在大巴山生活了10年，我的工友、我的师兄弟全是农村的，那个钢厂里面全都是农民。其实我们都是穿着工作服的农民，像我们这种算是接受再教育，就是"臭老九"。在那个年代，我们是跟他们打滚在一起，从他们身上、从我们厂的周围，我看到的更多的是农村的生活方式，而且是大巴山区农村的生活。在我的印象中，在我的概念里，为什么我把它当重大题材？我就觉得中国是一个农民大国，我们的主要群体是农民，这个群体他们的命运、他们个人的生活、他们个人的这种好坏，实际上就是一个国家、一个民族的缩影。

我的同班同学里面来源也很多，当"知青"的，在部队的，当干部的，也有学生到学校的这种。由于我有这一层的了解，就觉得他们也有当"知青"的，但是对农民，特别是山区农民，我明显感觉到我自己比他们有更多的了解，所以我就决定画农村题材。因为农民就是国家，国家就是农民，我就把这两个概念认识了，他们的命运就是国家、民族的命运，就是民族的脊梁，当时就是这样想的，所以我就把它列为一个重大题材。班上的同学那时候画反思的、伤痕的，我也画了一些伤痕的，比如说《彭德怀》，悼念总理的《忠魂曲》，都有一些，但是参加青年美展的时候，我想重大题材就是农民。怎么画农民？这个过程反复了很久，这个过程其实是最长的，真正我整个完成上布就很快了。上布实际上我画了不到两个月，但那个时间是从早到晚，睡觉都是躺在那个画下面睡。因为是夏天，重庆非常炎热，就睡在那个画下面，看着那个画一天一天地形象出来，在晚上的月光下，心里非常激动，早晨一起来就上手，所以在这样一个很好的状态里面，我一口气就把它画出来了。

前面那个过程，我就是一直找不到点。到了1979年的年底，我家在重庆，那时候社区的厕所都是公共厕所，不像今天家里面有卫生间，那个时候没有，每一个区域有一两个厕所，有的要跑很远。在那个年代，城市的厕所都是由人民公社分包给生产队的，为了增产，他们派人负责自己区域里面的那个厕所，就在厕所的旁边搭一个小窝棚，有农民24小时住在里面，吃饭、睡觉都在里面。《父亲》刚获奖不久，好像中央台有一个什么节目来采访我的时候，我还带他们去看，就连那个时候还在。随着化肥、各种粮食生产渠道多元化以后，传统的这种就慢慢退出来了，那个时候这种生活场景在我们城市里面都是见惯的，平时我都认识那几个农民，有时候还聊聊天。那个厕所，大家蹲在一起是可以看通的，中间没有隔的，讲话、聊天，大家相互可以递手纸的，是这样的。那个守粪的农民有时候坐着看着大家，跟大家聊天，因为他是长久住在那个里面，跟这个院里面、这个区域里面的人都很熟。我父母亲是棉纺厂的，妈妈是子弟学校的教师，父亲后来又会画一点儿，就在工会里面搞搞宣传。

那个时候的厕所，今天想起来简直是不可思议，但是那个时候我们很习惯。这样一个非常习以为常的生活场景，在年关的时候又因为你要参加一个重要的展览，想画一幅关于农民的重要题材的时候，你整个的状态已经很不一样了。年关吃团年饭的时候兴放鞭炮，城里头放鞭炮，我去公共厕所又看见了那个农民，我突然想起一幅画，我就觉得很激动，跑回去画了很多草稿，就叫《守粪的农民》，实际上是《父亲》这幅创作的第一稿。但是想想我觉得很文学，肥变成粮，粮养活国家，重不重要？农民太重要了，这个题材太重大了，但是这个非常文学。他们是默默无闻的，年关我们都在和家人团圆，我们餐桌上所有的食品都是他们提供的，那时候什么都要凭票，过年的时候有黄花票、黄豆票，又要推汤圆，还有糯米票，还有白糖、猪油，什么都要票。那个年代，你们已经不知道了，你们的父母亲非常清楚。中国在那个年代物质极其匮乏，所以我当时非常激动地想，我们一年盼到头的这样一个团圆饭，生产队还派他们出来在这里守他们生产队的肥料，怕另外的生产队的人拿去。在我们那个公厕里面，我们还看见过农民为了抢粪打架的场景，用粪瓢打。那时候的场景在今天说来，我们家小孩子听了觉得是天方夜谭，但那就是我们的生活，正因为有那个时代的背景，有那个时代的生活。

　　这是第一稿，但是我觉得太文学了，别人未必看得出来，充其量看见一个憨厚朴实的守粪的农民，看见他们忠于职守的这种精神而已。后来我把这个画面继续往前面推，也是冥思苦想。那时候的状态，我觉得非常重要，什么叫灵感？就是一种良好的创作状态，把它储存到一个非要爆发的极限的时候，某一个点，某一个生活的现象，或者是某一本书，甚至别人的一句话，可能就把你所有的东西连贯起来，这是我体会到的灵感。平时我们都看到那个守粪的农民，为什么没想到要画？后来就是因为有这样一个创作的状态，非常明确地想画一幅关于农民这样一个重大题材的作品参加全国美展，要跟我们班上的同学PK。那时候，大家相互都是竞争，有点较劲。在这之前，我一直是想画一些变形的，表现一点儿当代艺术，也算是比较另类，所以班上有同学说"罗中立其实画不好才开始装怪"，我就是想装一个怪相，让他们出乎意料。那是那个时候、那个年龄，同学之间特有的一种竞争好胜的心理，我觉得这正是我们在学校生活里面非常可贵的东西。所以我当时也有这个原因，要画一幅写实的画。怎么画呢？第一稿已经出来了，后来我把这幅画朝前推，粮食已经出来了，收获了，最后是小心收获晒场上的几粒粮食的时候，我画了一个老农，比较侧面，全身下蹲的动作，一个丰收的晒场，一个老农满脸的大汗和几粒粮食形成对比。这个画好以后，我又看了很久，我想这个故事也只有让我自己明白，其他观众看到的充其量就是农民关于粮食的那种辛劳，粒粒皆辛苦，就打住了，不够深。后来我在这幅画上面反复框过去框过来，最后把头像作为这个画面的一个集中点，所以我就把它画成了一个正面的头像，所有的情节性的东西都不要了，这幅叫《生产队长》，画的就是一个转业军人，拿了一个军用水壶，后面也是有一点儿丰收的景象，穿着旧军装。他是一个中年的汉子，就是队长，那个年代，人民公社生产队的队长差不多都是这种身份，转业军人这一类的人来做。当时画这个身份还有一个想法，因为毛泽东语录里面说，我们中国的军队是农民的军队，我想就是他们保卫了江山，不仅是保卫江山者，而且是这个江山真正的主人，是这样一个意思。但是这个意思后来还是觉得有一点儿不够满意，都准备打住了，我突然想起不要任何身份，年龄上把他变成一个更老的一个长者，有点像我们这样一个古老的民族一样，这样一个悠久历史的农业大国，这样一个老者，我们真正的一个父辈。我就把他所有的军帽、军用水壶、军装都脱掉了，变成了一个非常普通的农民的形象，这一稿就叫"我的父亲"。后来这一稿送到北京展出的时候，当时的评委吴冠中先生说："'我的'就不要了，就叫'父亲'就很好。"这个名字是吴冠中先生最后建议的。后来也是跟吴先生有点缘分，奖学金这些都是请他帮我题签名字的。

这一稿出来以后，继续画的时候还是有很多争论，很多朋友有这样的担忧和提醒。因为那个年代毕竟不像我们今天，今天看了就觉得这些都是不可理解的，但是从那个年代过来的人都知道，"文革"虽然结束，极"左"思潮还有它的市场和影响，所以这幅画出来之后在美术界掀起了很大的争论。我记得在两年的时间里，1981年到1982年，几乎每一期《美术》（《美术》是当时中国唯一的专业杂志）都有关于这幅画的争论，这幅画是一幅"黑画"。"黑画"当然也是那个时代的一个专有名词，现在听不懂什么叫"黑画"，在那个年代有很深的政治意识形态的含义在里面，这是一幅攻击和诋毁社会主义的、用心很恶毒的作品，但是有一些人就说好，是这种对立。今天看来有点不可理解，但是在那个时候，它引起了全国的争论，不光是美术界，它超越了美术界。

但是我一直坚持画这幅作品，当时最鼓舞我、最让我有信心画这幅作品的其实就是用了领袖像这样一个尺寸，在那个年代用一张肖像式的大头像来画的只有领袖像，而这个尺寸——领袖像的尺寸，恰恰是我这件作品当中最重要的一个内容。在"文革"十年极"左"思潮的推引之下，已经把毛泽东神化了，毛泽东最后被推向了神坛，那时候说的：毛泽东一句话顶一万句话；一百万人出一个毛泽东；天大地大不如党的恩情大，爹亲娘亲不如毛主席亲，都是很神化的，那时候我们唱歌、我们从小受的教育就是这样。当你把它转换过来，用这样一个肖像式的领袖的形象画一个我们真正的衣食父母，一个普通的农民，这个转换实际上就是我当时最想要的这幅画最核心的一个主题。"文革"前后，我们经历了这样一个政治的起伏更迭，极"左"的思潮把毛泽东推向神坛，把整个中国推向了崩溃的边缘。实际上当我们有创作的时候，这一段历史对我们的冲击最强，我们是直接的参与者、在场者，所以当你对它进行反省和反思的时候，最想说的就是这个时代不能再继续了，应该终结了。这样一个转换，领袖形象换成了这样一个普通的、生活当中活生生的、看得见摸得着的衣食父母的时候，我实际上想说的最核心的主题就是一个神的时代结束了，一个被扭曲的时代结束了，一个人的时代开始了，所以是有这样一个人物关照和关怀在里面来画这幅作品。我当时还不敢说，只跟几个非常要好的朋友说，其实埋藏在这幅画里面最核心的就是领袖像这个尺寸，但是在那个年代，虽然"文革"结束，极"左"的那种抗拒、那种对峙、那种博弈还很尖锐，还很厉害，所以当时还不敢说，实际上当时很多朋友也提醒过我。

  送展之前，美协的领导要审查，他们看见这幅作品全都没有意见，都不知道该怎么来说这件作品的意见，后来他们建议我加圆珠笔，这就是后来引出的对这幅画的争论，就是画蛇添足，败笔。后来我想想，我们四川省的美协主席给我提这个意见，他是从一个爱父的角度，希望这幅作品能够顺利地被选送到北京参加展览，因为各地的美协都希望多两件作品能够参加北京的全国美展。但是这幅作品如果加一个圆珠笔的话，就说明他是一个新社会的农民，是有文化的农民，才有可能通过那个审查。我的理解跟他提意见的角度刚好相反，我想如果每个人看这幅作品都是一个旧社会的农民，我这幅画就没意思了，充其量就是一个忆苦思甜。后来我就把他的意见画上去了，而且为了尽量不影响、破坏画面已经完成的效果，把透视做得非常小，就是完全正对着，不细看的话几乎看不见。不论其他人对这个怎么评价，我的理解恰恰跟他的出发点刚好相反，而且我认为这个笔加不加不由谁说，在那个时代，实际上我个人认为这个圆珠笔把那个时代我们的美术展览、美术界的现状、展览的审批制度，以及政治和艺术的这样一个关系，都非常客观、形象地记录在这样一支圆珠笔上去了，所以这个由不得你个人来说它好或是不好，我是这样认为的。

今天大家回过头，30多年过去了，对这件作品的评价也就超越了我当时画这幅作品的时候对它的一些注解，或者是对它的重新解读。现在很多当代评价，回过头去看，这幅作品实际上开启了几个很重要的起点：一个就是突破了当时中国的写实。因为当时写实最高标准的参照就是欧式的，但这件作品我是借用了当时在美术史上刚刚兴起的写实这样一个语言方式，这是一个突破。第二个就是开启了中国当代艺术蓬勃发展起来之后的大头像模式，这是第二个。实际上现在很多人回过头又看，这幅作品本身就不是一幅现实主义作品，就是一件波普艺术，就是一件观念艺术。因为时间过了30多年，怎么解读它，我觉得都是有可能的，我倒是比较认同这一点——它是一个很观念的东西，它的观念核心就是我说的它就是一个内在的转换，领袖像变成了一个普通农民像，实际上就是一幅带观念性的作品。

记者：这件作品的尺寸具体是多少？

罗中立：十二米二，在那个时代算大件作品，但是今天我们当代艺术作品的尺寸越来越大。

记者：您当初怎么会想到画那么大？

罗中立：就是因为主席像的尺寸，就是比着那个尺寸来的。

记者：这幅作品对于中国美术发展史是一件非常重要的作品，对于您个人的创作也是一个非常重要的标准。

罗中立：比较熟悉的一些朋友回过头来跟我讲，说《父亲》是一个例外。其实真正的罗中立就是基因里面、骨子里面的罗中立，是从第二年的毕业创作开始的，这幅作品当时是无心插柳的一个结果，也是因为班上争强好胜，大家斗气，大家较劲。我们那时候斗气都是非常友好的，相互之间都是说你不好我好。那时候我们班上，四川美院的那个风气，我觉得特别好，我特别留恋那个风气，所以我当院长以后就很注意营造学校的这样一个开放自由，同学之间、师生之间讨论交流的这样一个较劲、竞争的风气。办学、当院长的事儿不是其他，就是像酒窖一样，你把这个风水打造好，把这个氛围打造好，酒窖好了，有好料就有好酒；酒窖没打造好，好料也会被糟蹋。

这10多年院长当下来，我是这样一个体会，这种体会也受益于当年我们77级、78级。为什么77级、78级没有出现在其他学校，比如中央美院、中国美院和一些其他美院？其实从历史上来看，这些都是很厉害的学校，而恰恰那个时候四川美术学院没有像那些学校一样，有很多美术史上的大师，非常有名的一些教师。因为美术史都是他们写的，学生进入他们的殿堂的时候是顶礼膜拜，对他们非常尊重，传承非常严谨。不像川美，当时像造反派一样，像一群暴徒进到学校，非常地自由开放，我们77级、78级这一拨，这个群体出现在川美，而且出了那么多作品，我回忆起来是非常重要的一点。我自己以前出学校的时候，那个学校的压抑、那种纪律，各种规章，对我们有各种各样的桎梏。恢复高考回到学校的时候，感觉到变了一重天，是这样一个感觉。所以我现在觉得四川美院要把这个酒窖造好，酒窖好才会有好酒出来。

记者：说说您后来的作品的几个阶段吧。

罗中立：《父亲》以后，我就改变了自己人生的一些规划和计划。以前就是准备学国画，一辈子还是画连环图，后来因为油画，歪打正着，无心插柳，大家觉得、我自己觉得还可以画油画，于是就开始重新规划自己的未来，连环画就扔住了，不画了。我刚进校的时候，教过我的、我特别喜欢的几个附中的老师都说："罗中立，你画油画画不出来，你还是画连环图吧。"我不是中途去考国画的研究生吗？专业也考得蛮好，几个老师非常希望我去国画系，因为他们知道我画了很多连环图，那时候国画系的人物画还差老师，所以特别希望我去。后来《父亲》画完之后，他们开玩笑说："幸好你没考上，古典文学没及格，要不然的话，四川美院只有画一幅国画的《父亲》了。"

所以这个由不得你，我回忆起来有一点儿感慨，就是人生的计划归计划，变化归变化，有的是阴差阳错的一个转折点。我踏进美院来参加高考也是女友的一个电话，到了学校之后，原本打定主意四年混个大学生的工资待遇，回去安家画连环图，没想到中途考国画研究生没考取，一个古典文学没及格就断送了我的那个梦想。又因为参加青年美展画了一幅《父亲》，整个儿改变，完全跳了360度，又回到油画上来。《父亲》画完之后，第二年就是毕业创作，因为《父亲》是大三的时候完成的，大四的时候画那个《故乡》才真正是我生活的一些自然流淌。一直到今天的每一个阶段，实际上都是从那里开始发端的。回过头去看，真的像我一些朋友说的，《父亲》才是一个例外，但是里面又有一些内在的联系，比如它的人文关怀、它的人性这样一个主题，这个线还始终一直维持到现在，我觉得这个倒没变。从《父亲》以后，毕业创作是一个阶段，然后就是出国，那个时候出国也是我未来艺术发展的一个重要转折点。

记者：出国的这段经历给您带来了什么影响？

罗中立：出国刚好我们是公费的第一批，我是1983年出去，1986年初回国的，这段时间国内发生了一件非常重要的事情，就是"85美术新潮"，中国美术在那个时候是一个造反、革命的时代，完全改变了中国当时传统的美术界的现状格局。那时候我刚好在国外，从更远的距离看到国内这种变化，实际上因为有幸在国外，所以你看的距离更远，想的问题可能就更立体一点儿。我们在国内的这样一些信息、对国外情况的了解，还跟我们当时有机会出去的第一批公费不太一样，这个也是人生的一个机遇，一个运气，这个时候我就非常理性，在国外看到那么多美术史上我喜欢的，我认为重要的美术馆和美术作品，美术历史上绕不开的一些风格流派和一些代表作品以后，我已经非常明确了我回来作为一个中国艺术家这一辈子该怎么画法了，所以我当时非常坚定我要回来，而那个时候中国正有一个出国的热潮，出国被认为是非常大的荣耀，一个非常令周围亲戚朋友羡慕的事情，那时候接送的场面在我的印象中是非常深的，相关不相关的人都会来。今天我们出国就像拎着包出去上班一样，30多年来，中国对外开放，国际交流的这样一个开放性、国际化的背景，也就是我们现在说的全球化的背景，已经变得非常的自然、常态了。在那个年代，很多人急于去西方学习，而我们卷着包回来了，我的心中已经非常明确了这辈子该干什么，该怎么走了。

回来以后，我还是回到大巴山，还是画乡土，后来的几个风格实际上就是这个主题的转变，就是从《父亲》为代表的这样一个社会化，那时候还没有这个词，就说是很现实主义的这样一个主题转向了绘画自身这样一个主题。话是这一句，但实践就是30多年过来，也是一步一步地摸着走过来。回过头去看的时候，你可以大致把它分成几个阶段，三个阶段也罢，四个阶段也罢，都可以。当时它已经非常明确了，我的主题已经选定了，题材我已经选定了，还是大巴山、农民、乡土，但是主题已经从一个思想性的或者说主题性的、意识形态性的、很政治化的转向了绘画自身这样一个本体的主题。我觉得这个转变实际上就是一句话，就是我在国外两年收获的关键词，接下来这几十年就是怎么来实践，怎么把它表达出来。

今天的中国更加开放和包容，更加多元思考，中国的当代艺术也从早期的临摹学习、临摹复制发展到今天很多艺术家都开始回到自己的本土、回到自己的根、回到自己的文化来思考今天我们作为一个大国，崛起的中国，当代艺术它的文化定位，它的文化身份，我觉得这才是我们今天思考和实践的一个过程。严格说起来，我这批画也就是作为这种意思下的一系列实践。因为绘画还不像其他东西，不像写一本书，时间上可以跨上千上万年，绘画非得要一步一步地来画。以前我也喜欢运动，打球，时间很多，越到后来越觉得时间不够，所以现在我觉得我们真的是把所有的乐趣都放在了画布上。到了今天，中国在国际上这样一个地位，这样一个大国，我们在强调文化建设、文化强国这样一个大的战略目标下，作为我们美术界，特别是当代艺术这一块儿，我个人、很多艺术家都一样在努力，希望能够把我们真正的中国文化精神，中国身份这个最核心的学术命题，通过我们

罗中立　233

每一个人的努力和艺术上的创作实践来把它完成。

后期风格简单说起来实际上还是回到我们的民间，回到我们的传统，回到中国人几千年来的审美习惯，挖掘出具有当代精神或当代视觉的画面。题材没变，还是相同的，但是绘画的语言已经完全从本土的传统当中划出来，翻开美术史的时候，你在所有的油画风格流派里面，再也找不到这样一种语言的主题、语言的风格或流派。有一次，我跟陈丹青聊天的时候，他说："我们两个刚好打个巧。"他说："我是语言没变，题材一直在变，早期的西藏，后来的一些画册，还有出国时在美国的一些生活场景、都市，现在是画中国传统的一些文化主题，等等，但是我的画法语言没有变。"他说："你就是题材没有变，还是大巴山农民相同的题材，但是一直在寻找绘画的语言。"我们讨论这个话的意思，也正是我这几十年努力的一个终极目标，就是说今天的中国当代艺术，虽然受了西方影响，我们学了西方，我们有一个消化的过程，但是最终一定要有我们自己的知识产权，要回到我们的传统或根基里面来寻找中国当代艺术新的面貌，这样在和西方进行对话、进行交流的时候才能真正受到尊重。打个不太恰当的比喻，实际上它跟我们的制造、跟我们的技术是一样的，学习、借鉴是一个过程，但最终一定要形成自己的知识产权，形成自己的原创。当我们走到这一步的时候，我们才能受到对手的尊重，才能够平等地进行对话和交流，否则别人会说"你的都是我的"。这都是互通的，西方画、中国画，写书法也一样，只有当他把中国的传统文化结合西方的本土文化或自己的文化精神，创作出一种新的、又受到中国传统的文化影响，但又看得出来不完全是中国的或西方的东西，这样人们才会对这个艺术家或者对这种作品产生一种敬畏，产生一种尊重。

记者：我看到您现在的油画虽然是油画，但其中有中国传统民间审美的东西，包括您的这些雕塑，您在创作时喜欢做各种不同的实验和探讨。

罗中立：这也是符合艺术创作的规律。不光是我们搞绘画的，所有艺术家之所以创作，他的精神需要有一种不断的更新、不断的创造。创造其实就是我们艺术的生命，每个艺术家的类型不一样，有的在一种语言或者是一种风格，或者一种样式里面，把它不断深入，走到极致，这是一路。还有一路艺术家，就是他走到一定程度的时候不满足，他还会更加地充实，甚至改变，但他的核心就是我说的——在本土和传统当中找到一个中国当代艺术完全有自主原创的知识产权的东西，才能够真正平等地对话和交流，否则别人会说"你这是我的影子，都是学我的东西"。从"中国制造"到"中国创造"是一个过程，在这样文化建设和文化大发展的时候，实际上也是我们的责任和使命，也是我们一个终极的目标。

记者：罗老师，讲讲您的奖学金吧，等会儿我们会拍奖学金的展览。

罗中立：奖学金第一期是由台湾艺术基金会设立的，从21年前开始，那个奖就是一万元。那时候我们一个本科生的学费四年下来不到一万元，每个学期大概一两千元。我想大家能够来参与这个奖学金，当时它也是在全国唯一的、很高的私人的民间奖金。如果和今天的奖学金对比的话，那就是早期大家除了展示自己的才华以外，还看重奖金的额度，因为一个奖金获得者可以解决四年学习的所有费用。今天的奖金还是一万元，但是中国的艺术市场已经起来了，对优秀的学生而言，这个额度不再是他们看重的了。但现在后段的频率是非常高的，是很国际化的，都是由一些国际上在业内资深的、非常有影响的人组成，比如说古根海姆美术馆的馆长是评委，还有我们国内的这一批艺术家，历届的评委都是在美术史上如雷贯耳的这样一些人，对于学生来讲，都是他们非常景仰、尊敬的这样一些人。像今年的评委乌利·希克也是一位重要的国际收藏家，还有一些批评家，我一下子记不全了。实际上后一段大家看重的是这个，因为这样一些人对他们的艺术进行点评，认可他们学生阶段的作品的话，这是对他们一生的鼓舞，会让他们受益一生。

记者：刚才您说了关于咱们这块地方的建设，为了鼓励一些年轻人，为了扶持他们，是这样一个背景，是吗？

罗中立：我前面说过四川美院77级、78级这个群体是怎么出来的，我当院长的时候就特别有感触，在体制内，我们有些政策方面的刚性规定，其实关照不到我们在一线教书能够体会到的、能够亲身感受到一些东西，它还不能对接，还有一些冲突。我念附中的时候，那个坦克仓库也是美院的地皮，因为"文化大革命"当中军代表进驻，把整个学校接管以后，就把这块地皮送给了造坦克车的兵工厂作为坦克仓库。我把这个仓库买下来的时候，这些空间里面是摆满坦克车的，因为他们厂所生产的坦克车都要经过我们学校到长江的水里面去走一次，这样才算合格，回来之后就留在这里。这个周边有很多类似的仓库，其中这个仓库是放坦克车的。当时这个仓库买回来后正式扩招，学校里有两种声音，一种就是赶快建楼，扩招，扩大规模，很有效益，很有影响。但是我就非常坚持，这块地不能动，因为这是美院的未来。我为什么这样说呢？因为我已经打定主意，这块地方就要把它做成一个工作空间。

这个也是因为我们当学生的时候有一种难以磨灭的、刻骨铭心的印象，我画《父亲》的时候也是没有场地，因为招收规模还不够，剩下的10多间学生宿舍里摆满了木架子的双人床，只能把它们抬开，然后分给大家。两个人一间，我跟杨千分到一起，他是我们班的同学，现在也是很优秀的、很有作为的一个艺术家。他画《千手观音》，我就画《父亲》，我们俩就一路互相指责对方，互相挑衅。他说他要得奖，我说我要得奖，你要遭批判。那时候很好玩儿，他刚好谈恋爱，夏天我们都是赤身，就穿个短内裤在里面干活儿。他的女友一来，我们就要穿上衣服，是件很痛苦的事情，因为没有任何东西，电扇也没有，40多度，宿舍里非常炎热。那种刻骨铭心，那种无可奈何又愤怒，同学之间互相骂，印象非常深。我说："如果有一间自己的工作室，我就不用再套衣服，一口气把它画完。"因为那个时候要抓紧分秒时间画《父亲》这幅画，交卷的时间又逼近了，那种感受非常强烈，就像落下了病根一样，想有一个工作间。而且我非常清楚，在美院能够让好学的学生有一个单独的空间的重要性。这个只有我们当过学生,而且在那种状态里面学习过的学生才清楚,学校如果给学生提供一个单独的工作空间,对他的成才、成长多么重要,我是太有理解了,太有那个意思在里面,因为我们就是这样过来的。所以当这个坦克仓库买下来之后,我就说坚决不能卖,这就是我们的一亩二分地,是我们的命根,是川北的未来!为什么这样讲?我说:"我们都是一线教书的,年成总是有好坏的,起早摸黑大家干活儿,但是好的学生不一定有。天灾人祸都有可能,到手的粮食遭遇一场大雨或者是一场洪灾,或者是蝗虫,都有可能。我感觉到我们教了那么多学生,其实真正非常优秀的学生还是不多的,当一些学生因为外语考试不过关而不能考研,或是因为平时表现有点出格,就把他们开除了,到社会上去谋生,面对现实,这些学生基本上就完了。在校不在校,其实就是在氛围和不在氛围,在场和不在场,同样的学生,5年、10年以后的分别是非常鲜明的。所以有这种体会之后,我就想把这个坦克仓库改造成工作空间,我说要把这类的学生——这些外语差一点儿或者是因为其他有一点儿什么表现出格的,但是学习状态非常好的学生,留在这个地方再待个两三年,实际上就是学校用这样一个空间再送他们一程,但是这两三年可能就决定了他们一生的命运,他们在这里可能就完成了他们一生当中最重要的一个基石,这个基石一旦踏上,他们可能就会走上专业或成才的这样一条道路。因为在这里,他们可能会找到自信;在这里,他们会找到自立;在这里,他们会找到自己对艺术的抱负,对艺术目标的坚定意志,因为周围都是这样的同学、这种氛围,想学不想学?就像我当年进入学校,上油画课的时候躲到边上去画连环图,上英语课也是画连环、画草图去了,所以我的英语不好。我极有体会,对这种体制太清楚了。我就想把这个做成工作空间以后,让这些学生能够有一个自己创作的机会,认识自己,而且保持他们在学校学习期间的这样一个很好的状态。因为我们看到很多很优秀的学生,一旦走出学校以后,面对现实生活的压力,他们在校期间的那种状态很快就被消磨掉了,就失去了。一旦那个劲、那个气给散掉或者弄掉之后，真的就建不起来了，所以一鼓作气把学生再送一程，再有几年，他们周围都是这样一群人，他们相互这种群体的状态，让我想起当年77级、78级大家那种相互竞争、又非常友好、又团结、又和谐的那样一个四川美术学院。当年77级、78级那种大家庭的生活，我是非常向往的。因为我那时年龄大，在里面是最活跃的一个大哥哥，他们直到现在都喊我"罗二哥"，我同学的小孩现在也都喊我"罗二哥"，非常想回到那种氛围里面去，那样一个开放的、放松的，大家一门心思扑到专业上的，大家关了门的那种氛围。那时晚上关了灯，大家就一阵抗议，像暴徒一样拍打桌子的声音，叫骂之后，喧嚣抗议之后，星星点点地在每一个仓库里面又亮起来，因为每个人都有什么电池灯、油灯，都是那种学习的状态和氛围。

后来四川美术学院建了一栋大楼，我修了108套工作室，就是在这个之后，我又修了一套。当时就是我当学生、我画《父亲》时那种刻骨铭心的记忆，让我有力量、有目标、有决心一定要做一个工作室。刚好四川美术学院的校门牌是108号，108又是我们水浒梁山好汉的108，我说是一个吉祥（数字），是一个象征，所以我修了108套工作室。我曾经说过，每天晚上10点钟的时候，如果我们这个楼还有一半的工作室，像我们当年77级、78级那样，在叫骂喧嚣抗议之后又亮起，又平静下来，星星点点的灯光一直到夜里一点、两点才熄灭，我说四川美术学院就非常厉害了，天下无敌。有这么一群好汉在这样一个状态里，还能够在那里画，周围是这么一个气场和氛围，他会很有动力的，我希望营造这样一个工作环境。坦克仓库也是出于同样的目的，我送他们一程，出来之后，他们都可以到另外开阔的大地、更大的空间里去施展，但是他们的背景来自坦克仓库，来自四川美院，所以我把坦克仓库和我的108套工作室做个比喻，我说这就是人才的摇篮，这就是黄埔，这就是延安窑洞！毛泽东再也没有回窑洞，可以不回来，但未来的江山一定是他们的，我就这样想。

我们这个目标很明确之后，证明这样一个体制外的工作空间对体制内的人才培养是一个非常重要的弥补，这是对我们体制内缺陷的一个很大的弥补，我已经看到很多人从这里走出去，而且成长为很重要的领军人。在我看来，一个学校的终极目标是培养人，是出人、出作品，只有这个结果才能说明你的管理，说明你的队伍，说明你的一切。我现在看重的就是四川美术学院要形成这样一个理念，在外面我们很多指标可能会有一些差距，但是我说我们的内功，我们的内练，我们的核心目标，我们学校层面的领导一定要非常清晰我们要办什么样的学校。

记者：现在您有一块新的地盘来做新的校园，您要把它建设成什么样的？

罗中立：新校区，这个是在中国教育历史上特殊的一段，前无古人，后无来者，我相信是不会再有的。这在世界教育史上也是绝无仅有的，这是中国特色，也是中国一个特殊的历史阶段。在这个阶段里面逢上这个历史，等于这一拨的院长——我觉得每个人的经历都一样，我也跟他们非常有同感，用我们大量的时间去干这个，不在我们本行，不在我们应该做的事情里面。比如建房，就相当于我们每个院长都当了房地产老板，你要面对政府规划、消防等各种各样的事情，就跟房地产开发要面对所有的东西一样，一栋房子要盖100多个章，要跑那么多东西，我们都经历过来了，所以这个对我们这代人既是一个历史的机遇，又是对我们最大的一个消耗。如果不是这一段历史，我相信我们每个人能再为社会多留几件作品。但是当这个机遇来到我们面前的时候，我们都要面对，因为这关系到学校的发展。

四川美院也非常有幸在新校区有了1300亩的地方，我了解了一下，在中国这一轮新的历史时期，学校建新校区、建大学城当中，可能是唯一的，最大，加上老学区的200亩，就是1500亩地，这样一个校区。国际上更不要说了，国外的艺术院校非常小，一栋房子一个街区里面，全世界最大的校区都在中国，中国的最大校区现在就是四川美院。1500亩是个什么概念？这个真太可怕了。作为一个艺术院校，这是给了我们一个机遇，在重庆市的决策层中，当时他们的意思，我也非常感谢政府，特别是我们的黄奇帆市长，他在领先做大学城，而且在 PK 每一个学校用地的时候，所有的学校用地基本给砍掉了，有的报了很多虚数，只有给我们四川美术学院的地增加了。当时他有一个观念，他说："四川美术学院是一张重庆文化的名片，是宣传重庆、宣传我们大学城的一个窗口，它以后应该是一个开放性的学校，它在教育和文化之间是双肩挑的一个学校。"所以把大学城最好的、最黄金的一块位置给了我们学校，我们学校非常感激黄奇帆市长代表政府做出这样一个决策。

有了这块地之后，我们建校的基本理念实际上就是保持一个原生态。原生态在我的理解当中还包括它的原住民，所以你们可以看到这里还有农民的院落，农民在里面照样生活这样一些场景，你们都可以拍一点儿。我就想建一个非常原生态的、节约低碳的、体现包容开放的办学精神和办学血统的这样一个四川美术学院。我们把农民的庄稼都保留下来，因为我把它们看成是学校的景观。我们学校也是依山而建，叫"十面埋伏"，就是要用多少地的时候才用多少地，不是整体的开发。我们最重要的观念就是一个生长型的学校，而不是一次性到位的学校，100 年不动的学校，我们不属于那种类型。我们属于不断在延伸、改变、变化，就像地上生长的东西一样，在变的这样一个学校。我始终把握的点就是我前面说的——一个生态的、节约低碳的、包容开放精神的这样一个土生土长的学校。

你看看整个大学城，方圆几十公里，每一个单位进入，无论学校或者企业，或者开发商，都是把它夷为平地再说，只有我们学校保留了它的原汁原味，12 个山头，一个不动。我当时提出一个口号："不拆一个山头，不贴一块瓷砖。""十面埋伏"就是体现我们这样一个建新学校的理念基础。农民保留下来也是我们一个很重要的建校理念，这个理念整得像课题一样。我说我们要做一个标杆，因为我们发展中国家都面临的一个最大的课题就是生态环保，资源源自你自己的生活，所以我们尊重他们，把他们保留下来，给他们发工资，共享发展成果，而不是简单的一个强对弱的车间。我们说做一个社会课题，这是我们大学的责任，我们可以报联合国这样一个课题，就是所有发展中国家都面临的一个命题。我们把他们保留下来，他们依然做他们的农活儿，农活儿就是我们的景观，什么水稻、油菜、红薯、高粱、向日葵，狗、鱼、鸡、鹅，这些都是我们校园的景观，都是我们绘画的题材。现在一年级的学生，他们的年龄比较小，我不让出去写生，学校一切都有了。尊重农民的生活方式，大家和谐相处，共享发展，他们还拿一份工资，提高了他们以前的待遇，我觉得这是我们做的一个课题，这也是我们建校当中一个很重要的理念。

（采访记者：赵安）

(照片由摄制组提供)

赵汝蘅

记者：您开始学舞蹈的时候是什么情况？

赵汝蘅：那个时候没有芭蕾舞团，就是到北京来学舞蹈。当然，家里不同意，因为我可以很好地去上中学、大学，所以我妈不同意。

记者：您那时候就特别坚决是吗？您是特别喜欢跳舞吗？

赵汝蘅：不是吧，我想。我对舞蹈学校一无所知，对舞蹈学什么一无所知，我最初的概念就是在招生的那个地方看到他们立脚尖，我觉得很有意思。对我来说，我当时想离开天津，离开家，其实可能就是想自由，就是想我要自己出去。现在想想，那时候我才11岁嘛，什么都不会，不会洗衣服，不会洗头。我就是想出来，想离开家。

记者：这真有意思，很少有小孩这么有主意，或者这么想从家里离开。

赵汝蘅：对。我现在想，当时就是想离开家。但是我到北京的第一天就后悔了，就哭了，就想家了，因为毕竟小。我也不知道为什么，就是到另外一个地方会特别吸引我，新鲜的事可能都挺吸引我的，就想独立生活。

记者：我们想问一下您当年跳《红色娘子军》的情况，那个也挺有特色的，全世界都没有这种跳法，是不是？

赵汝蘅：对。说《红色娘子军》就往回说一点儿，实际上《红色娘子军》那个年代呢，整个国家、文化部已经开始有很多改革了，我们把那个年代称为一个假繁荣的状态。开始我们要"上山下乡"，要去积极斗争，我们这一代人经历的挺多的，上学的时候经历过反右斗争，经历过"大跃进"，然后经历过三年自然灾害。特别是我自己，赶上了三年自然灾害，就是我毕业的时候刚好是咱们没有吃的东西的时候。我们毕业以后就进入芭蕾舞团，这是很幸运的，我进入芭蕾舞团是1961年毕业以后，主要是往演员方面培养。当时就是《天鹅湖》，所以我一天到晚在二楼或者四楼排《天鹅湖》，就是这座楼。当时没有吃的，全身有点浮肿的状态，但那时候脑子特别单一，就是说老师培养你，你就要特别努力。

在这之前已经开始孕育"文革"了，实际上我们当时没想到是这样一个"文革"，在此之前，我们还去"上山下乡"，比如去延庆演出，然后就是排这些我最后的舞剧。我的《天鹅湖》首演是在上海人民大舞台，是1963年，那时候已经接近"文革"了，当时有《天鹅湖》、《巴黎圣母院》在上海演出。这时候周总理就提出"你们是不是应该排一些革命的舞剧"，当时周总理提的是《巴黎公社》，后来还是我们剧团的老团长李承祥和同事在几个剧目里挑，比如《王贵与李香香》、《达吉和她的父亲》，最后李承祥老师特别推的就是《红色娘子军》。因为当时《红色娘子军》是一个很红的电影，觉得这里头有人物、有形象，特别是人物，还是很鲜活的，所以李承祥他们在文化部和中宣部的领导下，当时直接的领导是林默涵部长，在周总理的促使之下，这件事就开始进行了。我个人是从《天鹅湖》一步迈到了《红色娘子军》，可以说，我那个年代大概是末代的白天鹅了，就是几乎跳完《天鹅湖》就开始进入《红色娘子军》的状态。我印象里最深的就是我从一个像公主、天鹅（因为要求我们是非常非常高的半脚尖在台上）忽然到了完全脚踩地、跺着脚、唱着歌的这种娘子军的形象。我当时最深刻的印象就是我的脚后跟特别疼，因为原来脚后跟是不着地的，娘子军是脚后跟着地，说心里话，是踏踏实实地踩在地上了。

《红色娘子军》一开始排练，剧团里真的是非常活跃，大家处于一种非常兴奋的创作状态，好像我们大家不屑于等着导演去创作，而是每个人都能够全情投入。比如说我们在排打斗场面的时候特别热闹，楼下的那个大教室里头，女的踩人墙，我还把我的一个对手打骨折了。我觉得当时大家没有什么杂念，从《天鹅湖》到《红色娘子军》，几乎没有什么过渡，这跟整个人在一个社会状况下特别有关系。我在《红色娘子军》中的第一个角色是"红莲"，是按照电影里的那个"红莲"的角色，我特别记得"红莲"出场的音乐像幽灵一样，因为"红莲"是从家里逃出来的，她是和牌位结婚的那么一个人，半夜从家里逃出来参加革命，所以她出场的时候就像幽灵一样。

我这个角色现在留给大家的全是连长的舞蹈，原来连长的舞蹈全是"红莲"这个角色的。后来周总理和林默涵部长亲自来看我们排练，觉得这是一个中间人物，要突出英雄人物，主要突出洪常青和琼花这两个人物，其他那些人物都可以变成不是特别主要的人物。第三场和"红莲"一块儿进南府，然后去打南霸天，那是最早留下来的一段。在整个排练过程中经历了很多的事情，后来由我来演"琼花"，那个排练给我的印象特别深。我们当时会去看电影，会去体验那种生活状态。排练的时候，排练者或者导演也会启发你的这种感情。我特别记得排练时接洪常青给的钱，擦掉手上湿湿的泥，伸手去接钱，排练的时候我就掉眼泪了。演出的时候有时也会掉眼泪，觉得当时真的是一个很纯的年代,是很值得回忆的一个年代。

我就是这样走上了《红色娘子军》的这条路,而且《红色娘子军》里,我也是好多角色都跳过,举过大旗,跳过娘子军,然后从战友转到也跳过连长,也跳过"琼花",在哪个位置都经历过,所以觉得一辈子忘不了这个戏,真的是跟了我的芭蕾舞生涯一生的戏。后来我作为观众或者作为团长在台下看一代一代人跳的时候,每一次都会跟着观众掀起你心里的那种激情,我觉得这种激情好像始终不会磨灭。

记者:那个时候有没有人质疑原来跳的都是立的脚,现在脚跟放下来了?

赵汝蘅:我觉得大家都处于非常兴奋的状态。我们首次彩排之后,就有领导说我们像娘子,不像军,所以我们全体开到山西大部队去当兵,那段时间也是特别值得留恋的。因为我们去的时候,军队里说可能来的人都会带点什么,我还穿着高跟鞋。实际上那个年代我们是很朴实的,我们去以后,每个人分到一个班,穿上军装,每天跟着他们正常生活,太有意思了。而且我们当时学到的很多军事训练的东西都原封不动地搬上了舞台。李承祥老师特别记得的就是我们演员报数,站起脚尖,一、二、三、四这样报数。就是说当时直接从生活中来到舞台上的好多东西特别鲜活,那时候的演出很多是挺符合那个年代的,挺真情流露的那种。

后来,我们把这些戏也带到了世界各地。我记得到香港演出的时候,音乐一响,台下很多观众都哭了。同样的情况也发生在新泽西州,当时很多中国人赶到剧场去看我们演出的时候都哭了。我觉得这个戏大概是一个历史的戏,给人带来的东西、让人想到的东西太多了。在意大利演出的时候,有一次观众见面会,很多很多的观众,当时就有观众问这个戏是不是江青给排的,我说:"以我自己的亲身经历告诉你们,这个戏是我们导演、演员和我们的作曲家、美术家共同设计出来的。"因为我是亲身经历者,我想我的亲身经历说服了所有人。当时我们在意大利演了两个戏,一个是《红色娘子军》,一个是《大红灯笼》,主持会议的一个意大利的著名女戏剧家在总结的时候说了这样一句话:"如果说过去我们认为《红色娘子军》是共产党的宣传工具的话,现在我们认为它是中国的文化财富,《大红灯笼》代表的是现代的中国。"我觉得这两句话留给我的印象非常非常深。

记者:当年跳《红色娘子军》的时候都国外有交流吗?出去演出啊之类的。

赵汝蘅:有啊,当时阿尔巴尼亚和日本都演了我们这个戏,是在"文化大革命"的时候,阿尔巴尼亚的人到我们这里来,我们的排练者到阿尔巴尼亚去,然后他们演了我们的全剧。日本的松山芭蕾舞团也演了我们的全剧。那个时候我们也出国,芭蕾团没有停止出国,从1961年去缅甸开始。那时候我们曾经带着整个的《红色娘子军》出国去演出,到阿尔巴尼亚。去罗马尼亚、南斯拉夫是1971年的事情。

记者:国外的观众看了有什么反应?

赵汝蘅:在"文革"那一阶段,我觉得没有什么可说的。后来我们第一次带《红色娘子军》到丹麦演出的时候,一个很大的反响就是怎么刀和枪都上了台,然后也有唱也有喊。当时英国著名的评论家就开始特别重视我们剧团,他写了大篇文章评论《红色娘子军》。《红色娘子军》的片断也到美国等一些国家去演出,当时美国觉得好像革命的红旗插到了全世界。到法国演出,也有人讲《国际歌》在我们这儿不太用,你们中国人用。因为洪常青就义的时候唱的就是《国际歌》嘛。在很多很有历史的芭蕾国家,比如说美国、法国、意大利、丹麦这些芭蕾发源地的国家,他们的反响是非常强烈的。

我觉得《红色娘子军》这么多年久演不衰是因为它真的是一个文化财富,是一代人在勇往挑战西方芭蕾。我们舞蹈学院是1954年建立的,在10年之后,我们就能排出这么一部舞剧,在台上可以喊,可以唱,我们的演员娘子军上台是要唱歌的,然后我们还可以喊杀,还用刀用枪,穿的是短裤,有很多很多的细节是非常具有挑战性的。因为芭蕾过去都是王子、公主啊,都是爱情,在这里头其实我们最开始是想表现一下琼花和洪常青的爱情关系,电影里后来删了,在我们这里也根本没有了,可是细心的人可能会注意到第五场,洪常青交给琼花公文包的时候,琼花说:"我留下,你撤!"就是这一点,我们最早的时候真是有一点儿感情,舍不得走的那种。包括最后砍大树,琼花往后退,这些都是一种感情的流露。所以我觉得我们抛开了芭蕾的这种传统爱情的东西,抛开了芭蕾传统的双人舞,直接进入了一种革命的、战斗的,同时也是鲜活的状态——因为海南岛的老红军当时还在世,我们最开始是去体验过生活的。所以说起《红色娘子军》来真是陪伴了我们一辈子,而且那也是我所有角色里终身难忘的一个角色。

记者:那个时候很早就体验了生活,现在呢?

赵汝蘅:那个时候我们还排过一个《纺织女工》,我们也是去厂里体验生活。后来我做团长时曾经带着我们的演员下过一次部队,全体演员进行过几天的操练,我们得到了北京军区的支持,实地打靶射击练习。我觉得很有意思,演员通过那次体验生活,感觉还是非常不一样的,现在进入市场和商业的模式,体验生活的机会不多了。

记者:体验应该是有的。

赵汝蘅:绝对应该有的,太有意思了。

记者:后来您是因为伤不能再跳了。

赵汝蘅:对,我伤也伤在《红色娘子军》上。那天我正演琼花,第三场打南霸天,打到第二枪一转身的时候,我觉得我的骨头"咯楞"一下,休息以后,后三场我还跳了,但是第二天脚就肿得不得了。从那时开始,我还从1965年坚持到1971年,医生说什么时候跳不了了再来找我,最后只能把我那些已经磨损的骨头都切了。

记者:很多舞蹈演员因为伤不能再跳了。

赵汝蘅:我最后演的一个舞剧是《沂蒙颂》。我不是一个很会表演的演员,我就特别关注舞蹈动作,但是从《红色娘子军》到《沂蒙颂》,我觉得我已经懂得了很多表演,特别是在导演的启发下。所以当我一下不能跳了以后,真的是特别特别难接受,因为我全部的心血都是在舞蹈上。一次手术不行,又进行了第二次手术。第二次手术,当我躺在手术台上,医生敲我骨头的时候,那个声音我也是至今难忘的，就是说可能我以后一辈子不能再回到舞台上了。所以那个时候不能提，提了就哭，一哭能哭一天，经历了将近五年非常非常痛苦的时期。后来我曾经想过改行，当时中央电视台刚刚有电视剧制作中心，我就想我去吧，人家告诉我你做场记，我想我脚也出了问题，我做不了场记，跟着人跑不动。同时我也想干点别的，所以利用两次手术中间的那个时间，我有机会去旁听了英语，我觉得听听吧，学学吧，可能学点什么东西。还有个机会就是学开车，那个时候我已经40多岁了，我想多学吧，学了以后没准儿还可以给人当司机，干什么都行。当时也挺想离开这个剧团，因为进了剧团，心里很难过，但是最终很纠结，离不开剧团。

记者：还是因为喜欢舞蹈。

赵汝蘅：我觉得学舞蹈，特别是学芭蕾，给人带来的东西就是太专注了，你心里觉得这个事业是个很讲究、很严肃、很神圣的事业，特别追求完美，一丝不苟，老师要求你梳头要干净，脚底下要干净，鞋带要干净，动作要完成得非常准确。因为这个艺术本身的特性，使你永远希望追求一种完美，你的心里对它特别不能割舍。何况这门艺术是非常有历史的艺术，你可以从中挖到很多很多故事。同时我们是中国人，中国的舞蹈又是那么丰富，我小时候也学过三年中国舞，然后才分成芭蕾舞课和民族舞课。中国的和西方的这两样东西对我的吸引力太大了，好像离不开。你说你去干别的，什么都得从头学起。后来我所学到的一些其他东西都能够反过来用到这个事业上，即便我在家里——当时有那么多年我不能回来上班，我回来以后的第一份工作是在资料室里，因为我学了一点儿英语，帮助翻译一些国外的现代舞资料，向我们的丁丁老师他们学到了很多知识，发现芭蕾不仅仅是跳舞，它还有很多的知识可以学。

另外，我当时刚好有一个机会，1980年到香港舞蹈营去学习，是当时给我排《天鹅湖》的老师介绍的。由于我刚刚旁听过英文，到香港去学习英国的教学法的时候，就觉得我一下能听懂了，也认识了很多人，眼界忽然打开了。1984年，团里又派我和白淑湘老师共同带队到大阪参加国际比赛。那个时候我什么都要管，给他们管药、管梳头、管排练。那次我们去了六个演员，得了六个奖回来，就是世界上也觉得改革开放后的中国演员让人眼睛一亮。后来我就觉得在芭蕾舞界能做的事可能有很多，我当时曾经做了一个决定，就是我给芭蕾团干三件好事以后，我就离开。因为我们家里人也说，觉得我在芭蕾上受的伤害太多了，我的脚变成了一个瘸子了。所以我当时是下定决心做三件好事，但后来就没停。

记者：您当时那三件好事是什么？

赵汝蘅：第一件就是1984年，我给他们争取了在日本比赛的奖金额度，同时回来的时候争取了他们能够在香港演出。我也忘了后来为他们做了什么，我觉得只要是对剧团、对演员好的事情，我都挺愿意做的。

记者：您当团长的时候面临什么样的问题？

赵汝蘅：1992年的时候，文化部就找我谈过，我回避了，因为我觉得我就是一个普通的演员出身，也不懂管理，什么都不懂，我怎么可能当团长呢？我的伯乐可能是文化部艺术局的一位老局长李刚，因为他1986年带我们芭蕾舞团出访了两次。1986年是非常非常热闹的一年，对芭蕾舞团是一个特别大的转折。1986年上半年的两个月，我们大团访问了美国，还留下了一个纪录片；到下半年，我们又回访了苏联和英国。那一年，我是作为一个特约，后来就是秘书长的身份，大概李刚局长觉得我跟大家关系也不错，做事也比较动脑子，可能是这样，后来我想可能是推动了一下吧。到了1993年就突然任命我做常务副团长，一下把我完全推到第一线。我当时真的不知道应该怎么做，坦白地说，我什么都不懂。1994年就把我一下推到团长的位置上。

当时剧团里是演一场赔一场的感觉，剧团的楼也非常老，人们也是那种状态，大概你们也知道，那个时候"走穴"啊，歌星啊！就在那么一种环境下，说心里话，我们真的非常困难。我当团长的时候，全团一年的财务报表是207万，大家的工资水平很低，房子很破旧，也没有什么节目，人员也是参差不齐，有50多岁的，有十几岁的。我们当时曾经到香港演出，当时《南华早报》评论说："世界上最老的剧团，平均年龄39岁。"同时由于广州处在改革开放的前沿，所以我们剧团的主要演员张丹丹回到广州，成立了广州芭蕾舞团，当时的领导给了他们很多经济上的支持，所以他们就用了他们的经济实力来挖人，挖得我的心都寒了。一直挖到我们的领导班子，我们的主要演员，我们所有部门的关键人员。他们首演的那一天，我到广州，推开每一个门都是中央芭蕾舞团的人，比如说主要演员，比如说做鞋的师傅，比如说化妆的老师，比如说灯光师，所有这些人都是从芭蕾舞团去的，同时也在动摇着我们剧团的人心，因为毕竟他们有经济实力，我觉得当时陷入了非常非常困难的阶段，我也不知道我应该怎么走。

后来我想我自己是个演员，我不愿意离开剧团其实就是因为艺术，不是因为其他的，因为我的脚已经坏了，我已经根本没有什么念想了——自己还有什么名和利？所以当时我想如果想把演员留住的话，只能是靠艺术，就是说要给他们排戏。排戏排什么？钱从哪儿来？这两个是很大的问题。后来我选择了《睡美人》，选择《睡美人》是因为1980年我在香港学习的时候，教我的老师是英国皇家芭蕾舞团著名的艺术总监，他掌握着整个戏的舞谱，这是一个关系。另外一个就是我亲自跑到香港去找赞助，后来得到李嘉诚先生的慷慨赞助，当时就给了我60万的现金，我就抱着回来了。本来要存在银行里，说是进去你取不出来了，我又取出来抱走了。后来李嘉诚先生对我们的《睡美人》也给予了赞助。从艺术上，我觉得人应该有一些积累。1980年，我在学习的时候认识了很多人，打开了我的眼界，实际上这些人以后就是一种积淀，可以帮助我——他到北京来给我们排《睡美人》。同时你要用你的真诚去感动人，他们来给我们赞助，我觉得关键是要给他们一个结果：你干什么了？

我为什么要选《睡美人》呢？因为《睡美人》里的舞蹈段落特别多，舞蹈段落多，就是说每个孩子都有事，你不能让孩子们都待着，只有一对主要演员有事做。刚才陪我上来的这个孩子，当年最开始进入的就是《睡美人》，他们这一批演员非常好，现在是我们剧团的主力。比如说朱妍，包括当时演小孩的王启敏，他们都参加了最早的《睡美人》的演出。当时一下就使得剧团非常亮丽，因为这个戏推出以后，你看到一个一个变奏，变奏就是独舞，就是每个小孩或者一排漂亮的女孩都有一个独舞，因为它有很多舞蹈，可以锻炼人。我觉得

《睡美人》给了我一个定心丸，就是说当你在艺术上灌饱他们的时候，可能他们不会考虑生活条件的艰苦或者钱，他们会留下来。我觉得这一次就让我明白了，做剧团最大的政治其实就是要把这个舞台抓住，舞台抓好了，有了艺术给老百姓看，同时演员们也愿意留下来了，因为他们觉得值得。

记者：您在找赞助的时候觉得很难以开口吗？当时这个话要怎么跟人讲？

赵汝蘅：真的很难开口。因为当时我们的袜子、我们的内衣，我们的很多东西都是国内没有的，如果我们不去，就根本没有钱买。我们当时不是演一场赔一场嘛，谁来看？还有很多的宣传，等等。我觉得你跟别人去谈赞助的时候要告诉他我们现在的现实情况。我觉得从艺术管理来说，有一大份儿工作就是让别人理解，一直到现在我也是在推动着"理解"这两个字，希望别人理解我们，希望别人喜欢我们这门艺术。不但是你的嘴巴能够有点说服力，而且你的实际行动是要真诚地去做事情，其实人家最重要的是要看你的作品，看你的质量，所以我们一直坚持"质量是我们剧团的生命"。

记者：后来你们搞了一个活动"走进芭蕾"，也是为了让大家理解芭蕾吗？

赵汝蘅：这个当时是受到了吴仪总理的启发。因为吴仪总理喜欢芭蕾，来看我们的演出，曾经跟我说："你学学人家李德伦，学学人家郑小瑛，他们都是在演出前给大家做一些解释。"我们最开始的解释是在广州演《吉赛尔》。《吉赛尔》是一个古典芭蕾，一个非常老的浪漫主义时期的芭蕾，但是广东人一用他们的广东话说《吉赛尔》呢，就成《吉普赛》了，所以他们根本就不了解。而且广东人看戏吵吵闹闹的，那个年代就是吵吵闹闹的。就在开幕之前，我走到台前，告诉他们《吉赛尔》是一个什么样的故事，因为里头有一些18世纪的哑剧，比如说"我非常爱你"，或者跳舞，或者订婚，就这些个哑剧，我事先告诉他们，然后我告诉他们乐队演奏的是什么意思。我最开始做了这个解释以后，那一天的演出特别安静，因为观众看进去了，所以我觉得普及对我们来说是非常重要的。

后来我们就开始到学校里去做一些普及，最开始就是我们芭蕾舞团开启了北京大学的演讲堂。当时北京大学演讲堂还在土建，我们进去的时候，地上还都是泥，我们当时第一个冲的就是《红色娘子军》之后的一个中国舞剧，我们想排一个中国的《胡桃夹子》。开始的时候，因为《胡桃夹子》要装台，要排练，舞台布景很大，我们就跟北大联系，结果北大一下就接受我们了。等于是我们帮助北大打开了一个演出的先例，所以到现在为止，北大演讲堂的领导和北大的校长们不但是我们的迷，而且跟我们剧团成为了永久的好朋友。当时我们到北大以后，北大的学生会也很积极主动地让我们跟北大的学生有一些交流，我觉得这是非常非常好的。

后来在国家图书馆的推动下，我们在国家图书馆做了一次局级干部的普及芭蕾活动。那次全是领导，我们就告诉领导们怎么看转圈，怎么数多少圈，台上台下都很活跃。当时我们最开始就是拿西方芭蕾史里的一些东西给大家讲，讲完以后有一个现场表演，留下了一些非常好的资料。当时剧团有七个女主角，全都是在国际上获得金奖的，她们全都演了一些片断，那一次等于真正地开启了"走进芭蕾"的这么一个演讲，现在变成了芭蕾舞团的一个品牌。过去还请他们进到芭蕾舞团来，或者我们给小孩演出，现在到大学里演出已经成为一个非常非常好的品牌了。

记者：排演《大红灯笼高高挂》时请张艺谋来做导演，那时候您是怎么想的？

赵汝蘅：当时我在芭蕾舞团做团长，说心里话，我不是一个管理者，也没有什么经验，但是我有一份心。可能是因为我自己伤过痛过，走过一段很艰难的历程，所以我希望在我任职的时候，能够不让孩子们走那些弯路，能够让他们在有限的年龄里，每个人都要冲击各种不同的角色。我在排戏上动了很多脑子，但是我最动不了的脑子就是如何创作中国的芭蕾舞剧。因为我自己就是演员出身，我当演员的年限也并不多，只有十几年，我从1958年参加舞蹈学校的《天鹅湖》演出，到1971年就不能跳了，我的舞台经验并不是很多，所以要让我在艺术上有什么，我觉得我没有，但我觉得可能就是这份心吧，因为自己不能跳了，以后可以把这份心全部地给予别人。

当时谈到创作，我真的是两眼一抹黑。我是个中专毕业生，所以我就觉得哪方面都不行。可是在我这几年的工作中，特别是我学了英语以后，我积累了很多人脉关系，打开了视野。当时我们排了《胡桃夹子》，我就跟北京人艺的人有了接触，我很崇拜北京人艺，我和当时北京人艺的美术设计曾力后来成了很好的朋友，曾力就一直推动着我，包括香港艺术界的人都一直推动着我，说你应该做一个很好的舞剧，其实是有很多外力在推动。当时曾力无意中告诉我，他要和张导去做《印象·刘三姐》。我就跟曾力说："如果张导又想做音乐剧，又要做歌剧，为什么他不想做个芭蕾舞呢？"曾力马上就把这句话转告给了张导，张导马上就同意了，曾力给我打电话说张导愿意。

我们第一次见面就是在北京展览馆一起看芭蕾舞。张导最早说他一看芭蕾舞就想睡觉，所以他跟我说，咱们做一个芭蕾舞是不要观众睡觉的。我们就这样认识了。其实张导当时的处境并不是特别好，因为对他老是褒贬不一。我们开始就是到我家去谈剧本，最后张导就希望能够是《大红灯笼高高挂》。我们也想过《红高粱》，想过其他的。可是我们一想，《大红灯笼高高挂》有好几个太太，考虑到芭蕾的形式，因为芭蕾有很多双人舞，如果有好几个太太，那怎么考虑？另外，包括这个剧本的可能性。张导非常认真，他前后把这个剧本改写了十稿。

应该说我们那个时候碰上了一个非常好的文化部的领导，就是孙家正部长，他给了我们非常宽广的创作环境。刚开始跟张导合作的时候，对我来说阻力是非常大的，阻力来自于社会，其实也来自于团里，大家都觉得张导是一个有争议的人物，该不该跟他合作？最大的争议是我收到了一封信，就是说你不要跟他合作。后来《文汇报》发表了一篇文章，说芭蕾舞跟张导的合作表现的是黄赌毒。当时这些压力应该说非常大，可是在我们谈剧本的时候，我感觉我们就是谈艺术，而且我们的点是将西方的芭蕾和中国的京剧元素搭在一块儿。因为我小的时候也很喜欢看戏曲，我觉得对我的吸引力特别大，所以我们谈这个点的时候，我的心里告诉我，我们谈的是艺术，我们没有什么反党反社会主义或者不健康的东西。那个时候比现在有股劲儿，顶着你往前走。最开始我们根本不是在团里活动，是在团外活动，而且也有人搭了很多的钱在里头，根本就是像打游击战那样，但是从我心里，我觉得和张导，包括和作曲家陈其钢这样的人合作，我心里挺淡定的。而且我觉得我们是真心头意的，曾力他们作为设计在谈艺术，由于我们看了国际上很多的节目，所以我推荐了一个来自法国的服装设计师，我觉得就是可以。我想我做这件事情的影响其实来源于话剧，我曾经看过《黑匣子》的话剧，曾经在南斯拉夫看过一种很特殊的话剧，我在北京人艺看到他们在煤厂里演出的话剧，那场话剧将京剧、现代舞和话剧放在一起，所以我觉得当时整个的背景实际上孕育着很有意思的跨界合作。这些东西都放在我脑子里了，所以在做这个跨界合作的时候，对于我这样没有编导知识的人，我觉得打开了一个思路。我们邀请了留法的陈其钢，北京人艺的曾力，我们邀请了张导，我们邀请了法国的服装设计师，等等。

中间也出现了一些问题，因为还需要钱，当时我这个剧本曾经拿给我的一个在瑞银华宝工作的朋友，他一路走，一路看，告诉我说："这个戏我们一定要给你们找赞助。"就是说艺术其实是很宽泛的。就这样，这个戏就算是往前推了，实际上一直推到首演的前一天，我还在担心我们会不会犯政治错误，还是我老伴给了我一个力量，他说："你不会犯政治错误的。"给了我这么一个推动。我知道首演时有很多人是叫嚣着来看的，但我们还是得到了肯定。首演的第一年并没有得到国家经济工程的支持，可能有很多因素吧，但我觉得这个戏打开了我们的一扇窗户，就是说你走过了《红色娘子军》的路以后，学了很多国外的东西之后，你排出来的东西是很精致的。还是大家付出了巨大的努力，后来我们全团上下、乐队、演员、舞台队，包括服装的制作——我们这些服装还在法国的老佛爷百货商店展览过呢！最后全团一起推动这个戏。张导也是每天到我们剧团来上班，全团上下，大家一起，这个过程是非常难忘的。我不在乎最后的演出，我觉得我会记得这个过程，一个非常有意思的创作过程。其实是一种跨界，因为舞蹈本身就不是单一的，它集美术、音乐、戏剧、文学等很多东西在里头，一下子表现在舞台上。而且这个舞剧的创作，你不可能在开始时就知道它的结果，是在真正有观众的那天，打开大幕的时候，你才能看到它的全貌，演员也会集中化妆，换上服装，所以打开大幕的时候是一种全新的状态。我们还请了一些年轻的编导，那段时间是很值得回忆的。

记者：能具体说说吗？比如加入了哪些京剧的元素，怎么跟芭蕾舞结合的，给我们举两个例子。

赵汝蘅：《大红灯笼高高挂》的主角就是三太太，她在进入这个老爷的家里之前爱上了一个京剧演员，所以这里的主要演员是个京剧演员。他们两个的幽会是在堂会的那一天，老爷举办堂会的那一天，他们两个人就见面了。见面以后，三太太非常难过，京剧演员也向她表示了爱情嘛，所以是一大段双人舞，我们用了京剧的一个屏风似的，他们两个等于一个台前，一个幕后。我们在台上用了京剧《赵氏孤儿》的演员，到京剧院去请他们来教，还有打麻将，因为这是中国的家庭传统，一个是唱堂会，一个是玩儿。唱堂会的时候，所有的演员都在学京剧的水袖，所以有大量的水袖，还有就是京剧的音乐在里边。最早的时候，张导就认为这两种元素的契合太有意思了，一个完全西方的东西，一个完全中国的东西，是艺术形式的一种融合。所以我们这里头有京胡、有京二胡、有管乐，还有锣鼓镲，都在这个乐队里面。实际上主要演员就是一个女演员跳芭蕾舞，其实她不跳芭蕾舞，就是穿脚尖鞋的一个女演员和一个京剧演员。

记者：虽然您说您的舞台经验不多，但是您肯定接触过很多舞蹈的编导。像张导是电影出身的，您有没有觉得他跟你们的很多思路是不一样的？

赵汝蘅：对。他有很多的电影镜头感，他有很多视觉的冲击。比如说我们的舞台上抬上来一个真的花轿，我们的演员是在花轿里头换装的，她从一个学生换成一个新娘子，就是法国人设计的完全是双喜字的旗袍，她在轿子里的时候是自己换装的。从轿子里出来以后，她就变成了三太太了，接着她就被老爷强奸——其实她是不愿意跟老爷结婚的，表现强奸的办法就是有很多很多的屏风，屏风是用纸做的，他们两个在屏风后面有一段影子的舞蹈，就拧巴的，然后三太太从这个纸里头冲出来,是有很多含义的。最后,她还是被老爷强奸了,是一个大红绸子卷上来,她从红绸子里爬出来,特别无奈。当时最有意思的是在意大利演出,因为意大利的舞台是斜的,当红绸子卷上来盖上他们两个的时候,红绸子一直在往台下走,当然没走到火,那就像一个新婚初夜,被强奸之后,这个主要演员从红绸子里爬出来卷上自己的时候,她的无奈就非常非常地感动人。

还有比如说老爷鞭打几个犯了家规的人,他鞭打的时候,棍子是打在台后头的那个影壁上,中国的影壁是很大的,一鞭一鞭地抽响,是抽在台后,而且是"稀里哗啦"地抽在台后,可是人在前面是用动作来表现被打的,视觉感很强。我们的布景一开始就是无数的灯笼,灯笼起来以后是一层层的家庭的影壁。我们曾经请过一个法国的灯光设计,他非常仔细,但是张导觉得太慢了,又要有翻译,我们那天晚上很晚了一直守在剧场里,当工作灯关了,说要回家的时候,张导说"停",找了这个影壁一层一层的感觉。每一个细节都是很值得回忆的,比如说打麻将,这个作曲家做打麻将的声音是用珠算,台下的乐手们甩着珠算,"哗啦啦","哗啦啦",然后张导特别强调:"'打麻将喽!'大家喊完了,开始玩。"很多这种细节。

再有它的色彩是法国人设计的,他让中国的这种很鲜明的色彩都跳出来了。比如三个太太旗袍的颜色是很讲究的,很不一样的,那些旗袍的料子都是从法国进口的,是很漂亮的。二太太是一个很有心计的人,一个挑拨离间的人,二太太的身上全是拧着的花纹。最后还讲到了宽容,就是三太太和二太太同样被老爷给抛弃了的时候,最后三太太在死前和京剧演员饶恕了二太太,这是一个很大的宽容的场面。

这个戏在2001年首演,在听了很多观众的意见以后,2003年,张导又回来跟我们做了一次大的修改,所以这个戏大家是非常用心的。同时从一个导演的镜头视觉来说,它是给很多人色彩感、镜头感的视觉,还是很漂亮的。当时我们在法国演出的时候,法国巴黎歌剧院的院长曾经跟我谈话,我想知道他的观点,他说:"我现在没有办法评论这个戏将来会得到什么结果,但是我可以跟你说，你是做了一场赌博，你赢了。"他说："我觉得这个戏是一幅工笔画。"每次做完戏以后，我愿意听听不同人的意见，因为只有观众给出很多不同的意见，你才可能往前进一步。

记者：那时候做这个事，因为有反对的意见，其实您的心理压力非常大吧？

赵汝蘅：非常非常大。有一次，我都吃了速效救心丸了。因为我自己不是编导，我心里没有底，可是我的内心，或者说我这么多年的积累，告诉我这件事情还是值得的，我觉得其实你心里告诉你的话是最真实的吧。

记者：当时有没有想过如果这事失败了，最后真的效果不好，所有人都会批评的，您可能会面临什么样的情况呢？

赵汝蘅：我是在这个芭蕾舞团长大的，我的一举一动，每个人都特别了解。在我们芭蕾舞团里，每个人之间没有什么秘密，因为你就是一个演员，跟大家从学校到这儿来，所以我没有任何做领导的压力，大家可以随便称呼我，我们的关系都非常好。但是当有压力的时候，我觉得我既然是作为一个团长，我应该有承受压力的能力，而且我自己告诉我自己，要允许犯错误，因为你可以永远没有作为，你可以什么都不做，你做了，错了，你才知道应该怎么改。所以我自己的想法就是我要允许我自己犯错误，如果这件事情做不成的话，我也知道我错在哪儿，但是大幕不打开，你就不知道你自己错在哪儿。当时可能有一股倔劲吧。现在想想，有时候我也不知道我当时为什么。

但是另外一种压力来自于作为一团之长，你要给予这个剧团什么，我觉得这是最重要的。另外一个，因为前面有了我们的老团长他们做的《红色娘子军》，他们已经开启了一个中国芭蕾的路，那我们就是一个接力棒，如果我们不做的话，我们就对不起我们的老领导。而且我觉得在我们这一代，我们一定要去做点什么，即便是做得不对，或者是做得不好，应该去尝试，应该去探索。我从来没有觉得我们这件事情做得特别好，也有很多遗憾，所以不管什么时候，我在看这些舞剧的时候，肩膀都特别酸，我都是端着肩膀，因为我觉得还有可以改正的余地。如果你给自己设了这么一条线，就是说你知道可能会犯错误，犯了错误才能改，而且你也有能够接受各种批评的这种心态的话，就没有那么大的压力了。其实最大的压力来自于我们如何把中国芭蕾走下去，第二大的压力就是你怎么去面对观众和你的演员，能够在艺术上喂饱演员，让观众喜欢你，我觉得这些压力可能大过那些自己犯错误的压力。

记者：这么多年，关于怎么让中国芭蕾走向世界，您有什么心得吗？

赵汝蘅：说心里话，我们当时做这个戏的时候既没有考虑过张导有多大的影响，也没有考虑过世界上会关注我们。我觉得其实人做任何一件事情的时候，你要专注地做这件事情，如果后果想太多了，私心杂念会太多的。事后我接到一封信，是来自法国的，我不认识这个人，他是瑞士著名的贝嘉芭蕾舞团的一个经纪人，他说："你非常勇敢，你做了一件非常勇敢的事情。"可能他认为我们剧团再一次挑战了西方芭蕾吧。后来我们在法国演出的时候，他送给我一大束花。所以我一直认为人要做事，事情可以说服人。我来做团长，最主要的就是不断地做事情，事情有几件，在芭蕾舞团很明确。要继承，继承里头又要继承古典芭蕾，要挑选很好的古典芭蕾来锻炼我们的演员，那些还是很科学的。另外我们要知道当代的现代芭蕾已经走到哪儿了，我们要吸收很多这样的作品。但最主要一条就是创作中国的节目，恰恰这是最难的。这几点我心里是非常明确的。

我自己也经常担任国际比赛的评委，因为学了一点儿英语，我可以直接和人家交流，不管你的英语多差，你直接交流就是一种感情的沟通。借着所有交流的机会，我要告诉他们，其实很多人根本就看不上中国会有芭蕾，他们都走到日本就停了，日本人有钱嘛，请他们，但是我觉得我们有志气，日本都是请那些外国演员，我们的志气就是我们先做好自己的事。其实《红色娘子军》已经在世界上打开了一条路，大家也在关注我们，特别是这些年我们剧团的很多演员在国际上得奖，所以很多人很关注中国和东方的芭蕾。在广泛的国际交往中，我们的信息很快就传出去了。不认识芭蕾舞团的人，我采取一个态度：我想排你的戏，你看不起我的话，我第一句话就是我花钱请你到芭蕾舞团来看看。当时我请来的人，开始是抱着一种隔离的态度，当他们走进芭蕾舞团这个楼里，这个教室里，看到这些演员的时候，他们都非常非常吃惊。我觉得这些年学校和我们的演员始终保持着一种水平，一种质量，这个是非常非常重要的。所以他们来了以后，即刻就能拍板做很多事情。他一个人来，他回去就可以把我们的整个信息传达过去。刚才讲的我在丹麦，当时 Clement Crisp 给我们做的评论，后来他单独请我到他英国的家里去吃饭，他自己给我做的饭，他非常非常喜欢我们的演员，也非常非常喜欢我们的演出。这些年我们一直是被国外邀请去演出，后来他给我们的评价是非常非常好。

记者：《牡丹亭》是延续《大红灯笼高高挂》，但是和昆曲的结合，是吗？

赵汝蘅：对。《牡丹亭》实际上是我快退休的时候，我觉得我们应该一部戏一部戏地做。其实这中间我们做了中国的，比如我们做了《黄河》，我们做了《梁祝》。《梁祝》我们有两个版本，还请了一个瑞典人。当时我请瑞典人编的时候，他很富有想象力，他认为真正的主要演员是那个挑担子的书童，就是说我有很多东西需要去沟通。他用陈刚老师、何占豪老师他们的音乐来做这个《梁祝》，现在也成了我们的保留节目。还有我们请陈泽美老师做的《黄河》，等等。我们也是尝试了短的、大的、小的。《红色娘子军》之后，世界开始注视我们，我们始终在被推动着做芭蕾舞团的下一个舞剧。其实从我自己心里，真正推动我们的是爱丁堡艺术节的艺术总监。他知道芭蕾舞团以后，和我有很多交流，他一直在跟我讲一个问题，就是怎么能把西方的戏剧家和中国的戏剧家做一个结合，当时就提到了一个点。因为这中间我也请过外国的编导到中国来，我们也想过很多办法，但是都没有成型。他提到一个，就是中国的汤显祖和外国的莎士比亚，他们两个人是同年去世的，他们两个人在东方和西方都写着爱情的故事，但是罗密欧和朱丽叶的爱情故事是两个人都死了，而中国的爱情故事非常不一样，死了又还魂，又回到了人间。所以他觉得这个可以做一个很好的沟通桥梁，他很希望看到这个桥梁。我们也跟他谈过，我们当时就想做。

这其中我也得到了国家话剧院赵有亮院长的支持，因为我们都是院团的，还有京剧院吴江院长的支持，他们给我推荐了一些编导，还是那句话，因为我自己不能编，我也不是编导，也不是文学作者。我们最终选择了李六乙，因为我个人的艺术观点，我希望我们做的东西是不同角度的，是一种全新的角度，我觉得李六乙导演很有他自己的个性和角度。可能有些人不接受他，但是我喜欢他的挑战，而且他本身是戏剧家庭出身，我们大概一谈就谈成了，我也特别希望和著名的作曲家郭文景合作，郭文景老师也毅然决然地答应了跟我们的合作。这中间还要挑选舞台设计和服装，由于和张导的合作，我认识了和田惠美老师，她是获得奥斯卡奖的设计师，而且她是很传统的，她又给我介绍了一个德国的舞台设计师。最后就是舞蹈编导，我也在世界上去求助别人，最后巴黎歌剧院的院长跟我说："你为什么不培养你们中国自己的编导？"我母亲在我特别小的时候就跟我说过一句话："多一个朋友多一条路。"我觉得很多朋友给了我巨大的帮助。

其实在《牡丹亭》的创作中有很多分歧，但是我自己看《牡丹亭》，我觉得它表现的是一个很深的人的轮回、爱的轮回，它是一个很精致的芭蕾。尽管我们的编舞或者还有很多其他的，就像我跟你说的，绝不是说我觉得作品棒极了，但观众慢慢地是可以接受的。我始终觉得当我自己不懂的时候，需要求助于很多人，外来的这些人。实际上我们都没有突出艺术的圈子，艺术是需要交流的，艺术创作也是需要交流的，如果你停在自己的范围里头，会有特别固有的模式。特别是我经过当评委，也带剧团到世界各地演出，而且现在的媒体这么活跃，我看到非常非常多好的作品，我始终觉得我们的前途应该还挺宽广，因为我们是中国人，我们手里掌握的民族元素是非常非常多的。

我们剧团在国际上的地位，我觉得应该是很有分量的一个芭蕾舞团。这些年，由于我们剧团里引进了很多不同流派的剧目，你请人家来排戏，他就是一个非常好的宣传员，就能够把你的芭蕾舞团的质量带到世界各地去。特别是我们的很多演员在国际上获奖，他们特别称赞说："中央芭蕾舞团是非常忠实地保留了俄罗斯最基础的芭蕾学派，同时还有创新。"所以我一直坚持，我们一定要继承，我理解的"继承"就是学习，你要学习很多，因为芭蕾的保留剧目非常多，你只有打开眼界去学习、继承，你才有可能去创新。

我们在跟国际上交往的时候，其实最开始遇到的都是对中国的不理解和不尊重。比如说在很多年以前，我就曾经写信想排罗兰·佩蒂先生的作品，他的《卡门》《阿莱城的姑娘》和《年轻人与死亡》等都是非常有意思的节目，但是当时他就给我回了一封信，他说："我很贵，你买不起我。"那是我最早心比天高的时候，那是80年代，我就曾经有过这种想法。我当了团长就先给他写信，后来一直到2005年，经过巴黎歌剧院院长介绍见到他的时候，我们相互不认识，在一个酒店里见面，他举着一面中国国旗，是自己买的，举着那面中国国旗找我。当时我还请了我的一个亲戚做翻译，他说："不用了，咱们两个可以交流。"就这样成为非常好的朋友。他并不了解中国，因为他没来过，那个时候他已经85岁了，我做的第一件事就是请他到中国来。到了中国，他的两只眼睛就亮了，演员太好了！即刻就给我们排练。后来，我们又排了他的其他剧目。所以我觉得这种沟通不是光说我非常好非常好，而是要用实际行动告诉别人你有什么，这个东西才有说服力。另外一个例子，我们早年就接受德国斯图加特芭蕾舞团的一些很好的剧目，但是我带着我们剧团现在的副团长张艺到德国去的时候，他们非常非常傲慢，但是可能我特别真心地希望能够要他们的节目，他们最终还是答应了。到了中国以后，他看到了我们的演员，他甚至指着演员说："像这样的演员，我让他一步登天。"他马上决定给剧团排练。当然，这里头还得到了很多人的赞助。所以中国芭蕾舞能够走向国际，我觉得我们跟巴黎歌剧院、跟英国皇家歌剧院、跟莫斯科大剧院这些关系是长年累月的。但是长年累月不是靠说的，是用你的实际行动，用全体剧团演员的质量和你的保留剧目，你的演员能够接受各种流派的东西，只有这样才能真正地走向世界，有你自己的，也有别人的。

2008年，英国皇家歌剧院请我们去演《天鹅湖》，然后又请我们演《大红灯笼高高挂》。2009年，法国请我们演的是《红色娘子军》全剧。在巴黎歌剧院里，另外一个是完全法国的古典芭蕾《希尔薇娅》。其实这个是我过去的梦想，因为过去美国请我们演都是演片断，就是演小的碎的片断，但我觉得要告诉人家你的实力是两个大舞剧，中译西是最大的实力的表现了。后来我们在国外能够得到著名芭蕾舞团的提名，包括BBC的采访，等等，得到了广泛的重视，就是说中国不但能够继承好的学派，俄罗斯学派或者说西方芭蕾学派的作品，同时中国有很好的自己的一个路，走自己的路，也有一些年轻的编导去创作一些作品，在国际比赛中获奖。所有这些都是说你要踏踏实实地做一些事情，用你做的事情去说服别人，这样你走到世界上是结结实实的。曾经有一个领导问："我看了纪录片，你们怎么组织的观众？"我说："不是，他们可能在一两年前就订了我们的票，是真正地走上了被经济商邀请的商业演出的路。"所以我觉得芭蕾舞团在南城的角落里还是踏踏实实地对这门艺术做了很多事情，是芭蕾舞团全体工作人员做的，我们有自己的乐队，我们有自己的舞台技术人员，也可以做布景，等等，这个团的这股劲儿始终推动中国芭蕾在往前走。

记者： 您办了一个"北京国际芭蕾舞暨编舞比赛"，当时是怎么想到要搞这样的比赛的？

赵汝蘅： 我在2008年年底就宣布离任了。离任以后，2009年，我在芭蕾舞团搞了我们团的一个团庆活动。之后我觉得我还有一点儿精力，我始终还是想为芭蕾做一些事情。因为2007年我曾经被国家大剧院邀请做舞蹈艺术总监，我觉得换了一个领域，我也应该做一些事情。在我当芭蕾舞团团长的时候，做过很多地方的芭蕾比赛评委，包括今年我去莫斯科做评委，很多人就提出是不是应该在中国做，特别是文化部前任的陈晓光副部长也对我提出过这个要求。在这样的情况下，我们就决定在国家大剧院搞一个国际舞蹈芭蕾的比赛。其实我觉得搞比赛是利用一个短暂的时间来展示中国舞蹈和中国演员的状态，同时也让中国演员有一个看到国际演员的机会。比赛得奖不得奖并不重要，但凡是得过奖的孩子，从这个舞台走出去，他们将来都是各个国家的主要演员，这个比赛对他们来说是迈上了一个很高的台阶。芭蕾舞团的这些主要演员全都在国际比赛上拿过金奖，所以我觉得这个是挺值得在中国做的。现在中国在世界上的地位高，而且我们有了那么好的国家大剧院，在内地有一个宣传。

国家大剧院给了我们一个星期的时间，给了我们三个剧场来做。这里头也有我本人的心愿，就是我希望做一个编舞比赛。做这个比赛并不容易，因为编舞很难评，见仁见智，但是我觉得全世界都缺编舞，而且现代舞也很发达，所以我想如果在我们自己的国家大剧院里，通过这个培养很多年轻的编导，让他们来参加比赛，其实就是一个交流的机会，而且能让世界上的人看到，我觉得是非常值得的，所以我们增加了一个编舞比赛。同时在一个星期的赛程中，我们还请了一些很好的老师来教课，请了一些编导做一个工作坊，还有一个世界范围的研讨会。所以这个比赛并不只是大家所认为的是一个竞技比赛，是一个小节日。最后我们还举办了闭幕式的演出，这些孩子得了奖以后，我们再请一些非常好的演员来做演出，就有一个今日之星和明日未来的含义。坦白地说，做这种比赛并不容易，但是我和我的三个同事，我们四个女的在一起，就把这个事情推动成了，可能也源于我们自己参加过很多次比赛。我们的评委水平也是非常高的，他们的评价也还是不错的。慢慢来吧，我觉得应该利用国家大剧院这样一个舞台做很多这种国际性的交流，而且我也欣喜地看到我们真的培养了很多挺专业、挺好的观众。

记者：做这个比赛难在哪儿呢？

赵汝蘅：难在全部的管理，难在最开始我们是自己来做这些章程，来定比赛规则，然后我们就要坐等——谁来参加比赛啊？世界各地怎么能得到这样一种信息啊？这个是最难熬的过程。谁来？来多少人？每天都关注这个。我觉得幸好现在有很好的传媒手段，各种各样的手段，让很多的国家和人能了解到。同时邀请评委也不是一件很容易的事情，大家都是很忙的，能够让他们在北京待上七天或者十天不是容易的事情。另外一个，我们搞闭幕式的演出要请很多好演员，要谈价格，然后要选演员、选节目。每一个细节都不是容易的！来了上百个选手，你要管他们吃住行，你要负责他们的安全。当然，还有就是你有多少资金，我们非常庆幸得到了赞助，所有这些，我觉得缺一不可。

记者：比赛结束的时候，您都掉眼泪了。

赵汝蘅：累的。我掉眼泪的次数挺多的，《大红灯笼高高挂》首演之后，我也掉眼泪了；《大红灯笼高高挂》在国际上演出之后，我也掉眼泪了；《红色娘子军》在国际上演出成功的时候，我也掉眼泪了。有的时候其实还是一种感动。

国际比赛掉眼泪呢，是因为太不容易了，特别是第一次的比赛，非常非常辛苦。但是我觉得眼泪也不是委屈的眼泪，很多时候是很感动的。

记者：您在国家大剧院担任舞蹈总监，做了很多事情，能跟我们聊聊吗？

赵汝蘅：刚刚开始的起步阶段，我们主要希望国家大剧院的第一步是培养观众，所以当时我在观众席里告诉大家陈院长的要求：关上手机，大家要穿得好一点儿，请大家中途不要退场。因为当时很多人是来大剧院看建筑的，所以看了一半就走了，我觉得要从一开始就告诉大家。其实大剧院的第一场演出也是我们芭蕾舞团的演出，所以要告诉大家这个。六年了，变化是非常大的。另外在选节目的时候，我可以提出一些意见。比如说英国皇家芭蕾舞团来，在谈判的时候，他们坚持演的节目，我说："不行，你们一定要演你们的拿手好戏。"这个是可以提出意见的，最终也达到目的了。另外一个就是我们要选演员，因为有的剧团来，不一定把他们最好的演员带来，我不能让我们的观众觉得有点遗憾、受骗的感觉，所以我们会提出点名，这些年在舞蹈方面认识的这些人，我们会点名这个人一定要到场。这样就使得国家大剧院演出的水准和质量就摆在那儿。同时我们要求他们不仅要带全剧，还要带小节目，每一个节目都要有很好的表演演员，这样他们就不可能在里头做出一些其他的事情，比如说他们只带了一队、两队的演员。因为我们吃过亏，所以我们一定要做到这一点。

2012年，我们在大剧院倡导下做了"第一届国际舞蹈艺术节"，我们也第一次跟英国的Sadler's Wells剧院合作。其实芭蕾舞团跟Sadler's Wells剧院1986年就建立了合作关系，是一个非常好的舞蹈剧场，专门推新的创作人，我觉得我们跟他们进行一些合作是非常有意义的。我们去年的节目今年在英国演出，反响非常大，我们在推好节目的时候也要推好演员，特别要推中国的好编导、中国的好节目和好演员。所以在这些方面我都可以提出一些意见，我当然不是有主办者那样的绝对权利，但我们是可以提出很多意见的。所以我认为把国家大剧院这个台阶给定在那儿的话，能培养很多非常非常好的观众。一个剧院在六年里能够培养这么多好的专业观众是非常非常不容易的。

记者：芭蕾，可以说您一辈子就做了这么一件事。

赵汝蘅：对。

记者：对别人来说是欣赏美，对您来说可能含义很苦涩了。

赵汝蘅：对我来说，含义真的非常非常复杂，因为芭蕾给我带来的全身的疼痛，跟了我一辈子。因为脚伤，手术以后走路不平衡了，现在影响到我的颈椎、腰椎，产生耳鸣，每天睡觉和起床都有很多疼痛，这个疼痛可能是跟我一辈子的。有时候想起来是很难过的，因为没有一个女孩子或者一个女人是不爱美的，但是我永远不可能穿高跟鞋，永远不可能穿一些喜欢的东西，那些东西跟我的距离非常非常远。但是从另外的角度来说，就由于你经历过这么多伤痛，或者有这么多的人生经历以后，你可以非常集中地把你所经历的告诉别人，用你的工作传达给别人，使他们不走你的路。所以剧团里好多演员生病的时候都会找我，因为我认识的医生太多了，我做了很多次手术。

从另外一方面来讲，芭蕾就是我生命的几乎大部分了。我就是喜欢这个舞蹈，有时候看到有些新剧目的时候，我甚至真的想飞过去看，因为我始终觉得我有学习的余地。这个学习的东西用在哪儿？可能我会产生很多想法，也可能在我现在的角色中用不上，但我希望跟别人去分享。所以当我看到好东西的时候，我首先想到的就是要跟别人去分享。其实作为一个演员来说，名和利很重要，可是对我来说，也许是因为我的伤和我的经历吧，使我觉得这些东西都已经非常非常远离我了。其实就是一个艺术的分享，就是这个艺术，可能我不一定跟芭蕾舞界分享，我可能跟我周围的朋友分享。而且我特别希望推动我们中国自己的芭蕾事业，当我看到了好的演出，有时连夜我就会发一个信息告诉他非常好。有很多人让我去看一些剧目，我都是抱着一种学习的态度，把学到的东西通过大剧院的舞台传达给其他的观众，传达给一些创作人员。因为你就做这一件事情，这里头可学的东西太多了，每天都有新的知识，而且很多年轻人，他们也有新知识，所以我总觉得好像这一辈子也没有学过，也没有做得特别好。当然，应该是尽力了吧。双方面非常复杂，因为芭蕾在我是一辈子，好像做梦的时候还会跳舞。

在现在这个消费的年代，我觉得应该把大家的消费观往文化这个方面来引导，在世界上有这样的先例，在人们的整个消费观念中，文化欣赏是重要的部分。比如在国外，全年的经济预算里头，他要买剧院的节目，花多少钱进行文化消费，这是我们应该努力的一个方向。因为文化消费带给人们的是一种不一样的享受，它可以真的陶冶你的情操。比如我们看了《红色娘子军》以后是一种激励，或者我们看了一个非常美的舞蹈以后觉得是一种享受。在现在这样一种经济的年代里，其实很多人追求美的程度比我们过去高得多，所以我为什么要谈到理解和分享，就是说当我从事这门艺术以后，带给我的东西是非常多的，我们可以有很多东西去欣赏，去欣赏音乐，去欣赏美术，或者欣赏别人穿得很漂亮，这也是你生活的一部分。同时你能够学到很多，比如学舞蹈，我告诉人家我已经70岁了，人家不相信，原因是你学了舞蹈以后老是处于很新鲜的状态，你有很多要去吸收的东西。

你学了舞蹈，你未必完全是专业的，你的吸收能力和学习能力会很强。它对于身心健康，对于你的各个方面，都是现代人生活中不可缺的一部分。中国的经济发展了，人们开始往一种高质量的生活去发展，我指的是城市的，其实比如说学校，或者比较偏远的地区，他们也是很喜欢文艺生活的。我们的任务还是很艰巨的，第一要说服城市的人不要总是吃吃喝喝，应该走进剧场。在我到深圳找赞助的时候，我就说："你们别请我们吃饭了，你们把那个钱给我们吧，我们可以给大家排出一些很好的戏。"现在人们开始回归剧院演出是出自人们的需要，今天我们要做出很多好戏，实际上是帮助人们在整个的经济生活当中提高一个档次，我觉得这个是非常非常重要的。比如说你到校园从基层培养起，当人们有了这样一个非常好的欣赏观念以后，它会带到生活的各个方面。

我们慢慢地有越来越多的观众，我在90年代当团长的时候是很难的，因为当时可能是大家追逐流行歌曲、追逐"走穴"的形势，今天实际上是一个比较好的形势，就是说国家也非常重视，普通的老百姓也认识到了，有好的节目,他们现在也愿意自己去买票。所以我觉得今天的经济生活跟文化生活不矛盾,真正的文化生活对提高整个国民素质非常重要,现在是一个很重要的阶段,因为全民的素质教育不仅仅是口号式的,是很现实的、很生活的,慢慢从小培养起来的,所以我觉得一点儿都不矛盾,而且现在还是一个正好的时期。

记者:您觉得"中华艺文奖"意味着什么?它应该提倡什么,它会给中国的文艺界带来什么?

赵汝蘅:早在十六大的时候,我作为十六大的党的代表,那个时候已经提到了"荣典制度"。我觉得我们文艺界各个阶层的很多演员或者是一些演艺人员,是需要得到一定的荣誉的。特别是一些老艺术家,他们现在的生活状态可能是非常不好的,可是他们的艺术素质是非常高的。我指的素质不是一夜成名,而是有很多基本功,而且他们创作了很多流传很长时间的作品。所以我很支持"中华艺文奖"的设立,我觉得应该是国家设立这样的荣典制度,比如说像俄罗斯有"国民艺术家"的称号,我们始终没有重视这一点。我觉得不在于这些荣誉,而在于告诉社会上的人,这些人所付出的劳动是非常值得的。所以我作为"中华艺文奖"组委会的一个成员,我是非常支持的。

但是我没有想到会提到我,我觉得再排队也排不到我,因为我始终觉得我的工作是一个集体的工作,而且我自己觉得是一个责任,国家培养你学了这门职业,你应该反馈给国家什么。当然,我做的时候没有想那么多,只是觉得你要有这颗心。所以我在团里当团长的时候,我说过我们最大的正事就是把我们的艺术舞台搞好,我们要坚定地做自己的事情,不要有那么多私心杂念。我也跟你讲过了,我是从小在这儿长大的,我觉得你再摆名、再摆利、再摆自己的官位是毫无意义的,大家看的是你能做什么。在剧团里,我有我的外号,也有演员对我的特殊称呼,其实别人的看法就是你能带给我们什么,你能给剧团做点什么,你能不能改善我们的生活,能不能让我们的生活富裕起来,无非是你让我们排什么戏,你让我们的生活过得怎么样。所以我觉得在这里就像一个家长的责任一样,可能很多艺术家都是这样的,非常非常认真地对待这个职业,不仅仅是我。所以我始终非常支持这个奖,但我觉得这个奖是离我很远的。

记者：能说一下您的外号是什么吗？

赵汝蘅：我年轻时候的外号叫"赵大大"，很多人叫我"大大"，就是这样叫我的。现在有的人叫我"赵妈"，有的人叫我"老妈"，有的人叫我"奶奶"，各种各样的称呼都有。在这个剧团里，你不会觉得你是个领导，而是你觉得你对大家是有责任的。比如我们修楼，我跑到国家计委去要钱，当时我睡不着觉，因为我们的宿舍楼太破旧了。孩子们当时的要求很低，他们告诉我："团长，你能够给我们30万的话，我就又能买车，又能买房。"现在我告诉他们："你们已经有300万都不止了！"他们可能也有房，也有车子了。我看到他们每一点的进步都特别特别高兴，因为他们是用劳动换来的，而我为他们做什么都是特别值得的。而且我也非常幸运，赶上了这么一个年代，赶上了很多好的同事，我们有这么一批一批的好演员，所以我始终觉得我赶上了一个好机会。尽管我自己全身伤痕累累，但是人有的时候就是这样的，你这方面失掉了，那方面可能又得到了。

记者："赵大大"是什么意思？

赵汝蘅：不能说。

记者：还有"老妈"这个称呼，你们这儿很像一个大家庭，是吧？

赵汝蘅：对，因为我们都是从一个学校——北京舞蹈学院毕业的，然后大家直接从学校转到这个剧团，就是你现在待的这个楼，当时我们的宿舍都在这儿，我最开始就住在这层楼里，就住在这个隔壁。我们在这里经历过特别多的天翻地覆，经历过十年"文革"，曾经这个楼里——我们的宿舍楼都快成监狱了。我们经历的很多，这个楼里有很多故事，我们作为一个接力的人，当这个接力棒在手里的时候，你应该给这个剧团留下什么，这个对我来说是最重要的。

记者：您觉得对您来说最重要的目标是什么？

赵汝蘅：把中国的芭蕾艺术传播到全世界，我想是我们终身不渝的使命。

（采访记者：赵安）

(廖攀摄)

莫 言

记者：2012年，您获得了"诺贝尔文学奖"，"用魔幻现实主义将民间故事、历史和现代融为一体"，这是人家给您的评语，您觉得这个评语反映了您的风格吗？

莫言：这个评语一向是比较简洁的，如果要把一个作家面面俱到地说到，肯定是不行的，我觉得就我这个评语而言，应该是言简意赅，客观地抓住了我创作的主要特点。

记者：您当过兵，也在军艺学习过，但是您写部队的作品比较少，还是写农村的事情比较多。

莫言：是。

记者：跟您的成长经历有关系吗？

莫言：因为当兵的时候已经20岁了。20岁当兵，实际上完全是个成年人了，大部分刻骨铭心的记忆都是在农村，所以到了部队拿起笔来开始写作的时候，想到的还是过去的生活，童年、青年时期的生活。部队的生活当然也对我的写作产生了很大的作用，它让我跟我过去的生活有一个参照，过去我在农村，现在我进入了城市；过去我是一个农民，现在我是一个军人；过去我是一个在农村知识文化很少的青年，到了部队以后学了很多的文化，有了这样一种参照、对比，就好像是一束一束的灯光一样把过去的农村生活全部照亮了，后来尽管没有写部队，但部队的生活还是在起作用。

记者：起了什么样的作用？

莫言：它起了一个参照、对比的作用。我想作家刚开始写作，大部分还是从自己最熟悉的生活写起，他写的人物多半都在自己的生活中有很多真实的原型，多数作家都是按这个规律来写的。所以我到了部队以后开始写作，农村生活这块首先进入视野，写起来也感觉到最得心应手。军队生活，我以后也会写，拉开一段距离写更有意思。

记者：然后就是《红高粱》，《红高粱》这部作品对您来说意味着什么？

莫言：它应该说是使我赢得了很大的名声，这当然也要跟张艺谋的电影联系起来，因为张艺谋把它改成电影《红高粱》，这个电影使中国电影第一次获得了国际电影节的大奖，这个小说的知名度也大大提高了。我觉得这部小说对我来讲等于是开启了一扇巨大的窗户。《红高粱》之前，我也发表了不少作品，多半都是以童年视角写现实的生活，70年代、80年代的。《红高粱》等于是一个历史的视角，写了一段历史生活，我在部队里边能写抗日战争，写军事题材，又好像跟我的军人身份比较合适，所以我想《红高粱》对我来讲等于是开启了历史的战争小说的巨大的窗口。

记者：我记得我好像看过一些文章，当时您跟张艺谋说随便改，怎么改都行，我觉得这样的态度比较少见，能这么相信他。

莫言：这个我想是基于一个作家对一个导演的信任，如果我对这个导演很不信任，我感觉到他没有能力，我即便让他来把这个小说改成电影，我肯定要从头到尾地介入，我要努力地捍卫我小说的完整性、准确性。但是我感觉到跟张艺谋很投缘，感觉到他的气质跟我有很多相近之处。尤其跟他深谈了他对这个小说的理解，我感觉到他应该是非常准确地把握了、摸到了、抓住了我小说核心的精神的实质，在这个前提下，我觉得他可以随便改了。所谓的"随便改"，实际上是指一些故事情节的取舍、人物的合并、细节的增加或者改变，我觉得都是可以随便的。

记者：您认为《红高粱》核心的精神价值是什么？

莫言：就是人的精神，人自由的精神，追求自由、追求个性解放。在那个年代，在小说描述的上世纪30年代，在封建主义对中国人的禁锢和压制之下，这个时候个性的张扬、个性的解放是非常重要的。在上个世纪80年代，改革开放初期，这个时候我们也面临着新的思想解放运动，所以这部小说看起来是写历史，实际上有它的现实意义。我跟张艺谋也讲，人的自由、人的解放应该是这个小说的精神实质或者是精神内核，我希望在电影里边也应该着重地表现出来。

记者：您的写作生涯中最深的感触是什么？

莫言：最深的感触，我想应该有很多点，不仅仅是一点，主要的第一个就是刚开始写作确实要写自己最熟悉的生活。写了一段时间以后，要继续地深入生活，不断地补充自己的创作资源，使自己的创作能够变得有活水不断地注入，然后你的写作才能持续下去。第二个，写作的时候能够设身处地，能够把自己跟小说里要写的人物融为一体，也就是说，小说人物的喜怒哀乐应该跟作家的喜怒哀乐息息相关，要带着感情写，自己可能写的时候非常投入，写出来以后也可能会打动读者。否则的话，自己不投入，写的时候，作家注入的感情很不真实，写出来的小说也不会有真实的力量。

记者：您对您的作品有偏爱吗？比如更喜欢哪几部？

莫言：应该说最早的像《透明的红萝卜》这个小说是我的成名之作，而且写的时候也是把自己的一段亲身经历融合了进去，小孩在水泥工地上体验当小工，这部小说我直到现在也对它很有偏爱，因为那个时候没有多少文学理论，写的时候完全凭着直感，也有的评论家评论说这部小说有天籁之音，它有很多非常童真的东西在里面，所以带着浓厚的童话色彩。第二个，刚才提到的《红高粱》，这个作品给我赢得了巨大的名声，我刚才也说了，它也为我开启了历史小说的窗口。可以夸大一点儿说，这部小说引发了上个世纪80年代的新历史主义的思潮，大多数作家都用这样一种主观的方式、感性的方式处理过他们心中的历史故事。再后来像《丰乳肥臀》、《生死疲劳》、《檀香刑》这些小说，我认为还是各有特色。特色鲜明的小说往往是作家注入了最大的精力，特色鲜明的小说也具有创新意义，如果仅仅是故事不一样，小说的艺术个性不太鲜明，对一个作家来讲是不能满足的。所以我刚才列举的这五部作品应该都是有鲜明的创新性。

记者：您现在是网络文学大学的名誉校长，想问您怎么看待现在网络文学的兴起，您觉得对传统文化会有冲击吗？

莫言：刚开始网络文学在悄悄发展的时候，我想大家对它也不太注意。发展势头很猛烈的时候，很多人有担忧，因为网络文学确实是泥沙俱下，确实什么样的作品都有，好的有，大多数作品确实有点粗制滥造的味道。面对着这种情况，有一段时间对网络文学的批评很多，似乎是要把网络文学跟传统的严肃文学区别开来，似乎网络代表着低俗，网络代表着通俗，网络代表着粗制滥造，而严肃文学就代表着高尚，代表着精心的写作，我觉得这个观点是要调整的。因为现在随着网络越来越普及，网络文学的发展越来越丰富多彩，应该对网络文学有新的认识。我觉得网络文学和严肃文学中间没有隔一道不可逾越的墙壁，都是文学的构成部分。而且网络文学也好，所谓的严肃文学也好，遵循的都是文学的标准，不应该有第二个标准，从这个意义上来讲，网络文学和严肃文学最后就变得只是书写方法或者发表园地的不一样，最终是要合流的。在这个意义上，我出任网络文学大学的名誉校长，我努力地想把我刚才讲的这个观点贯彻进去。第一，希望网络文学作家一定要放慢速度写作，精心地写作，作品的质量会有大幅度的提高。另外，我也希望保持着传统方式写作的作家也能努力地向网络文学学习，它里边有很多鲜活的时代气息，它里边有很多年轻人的表达，年轻人的感情、年轻人对世界的看法、年轻人对文化的追求，这是我们年纪大一点儿的传统作家所缺少的，所以我想所谓的严肃文学作家应该放下身架向网络文学学习，大家互补。

记者：看您写过一个还挺有意思，说是担任"无边无沿大学"的校长。

莫言：网络应该是个很虚幻的东西，网络在哪里看不到，你看到的只是一个边。从这个意义上来讲，任何一个传统的大学都有围墙，没有围墙也有一个区域，而网络是覆盖全球的，可能一打开电脑，鼠标一点，一下到了美国。在网上看了一篇网络小说，那个作家很可能在一个遥远的国度，从这个意义上来讲，它跟传统大学相比真是无边无沿的。当然，这里面也表示网络作家的写作领域也是无边无沿的，网络作家发展的可能性也是无边无沿的，他们的想象力也是无边无沿的。

记者：能感觉到网络文学的想象力是无边无沿，跟传统文学不太一样。

莫言：尽管我知道网络文学作家的年龄段并不完全是年轻人，但还是以年轻人居多。最近这十几年来，文学实际上出现了很多类型化的写作，各种各样的，职场小说、情感小说、盗墓小说、玄幻小说、穿越小说，大多是年轻人写的，年轻人在写这些类型作品的时候，确实表现出了非常丰富的想象力。我认识写盗墓小说的"南派三叔"，是一个年轻人，他根本不可能盗过墓，而且他也查阅不到太多有关盗墓的资料，这个没有文献可查，有关盗墓形形色色的描写，实际上都是来自他的想象。从这个意义上来讲，他们写类型小说的想象力是惊人的。

记者：您的文学作品想表现什么，给人们带来什么？

莫言：文学作品，不管写什么样的小说，不管写什么样的剧本，最终写的还是人，最终要塑造的还是人物性格或者塑造人物形象，通过典型的性格塑造出典型的人物来。我们现在提到一个伟大的作家，首先想到的会是他们作品的人物，我们说到鲁迅，说到沈从文，说到茅盾，说到巴金，我们首先会想到他们小说里给我们留下过深刻印象的人物形象，这是一个作家的最终追求目标。从这个意义上来讲，我想我的文学作品最终能够打动读者、给读者留下印象的，也还是小说里的人物。为什么是人物？因为人性在描写人物的过程中最可能展现，因为人们的情感多么奥妙，在典型人物的塑造过程当中也得到了展现。我说我们正是通过对这些人的情感的研究、发现，使一些新的、和过去不一样的典型人物得以确立。

记者： 我去过高密，在那个文学馆参观过，我记得有张照片下面有句话，意思就是说睡梦中那些人物都向你走来。您很大的精力是在创作上，对吗？

莫言： 应该说在很长一段时间内，写作几乎是我生活的全部。有时候看起来不是在写作，比如在逛大街，赶大集，看书，看电视，但是头脑里面关于小说这根弦儿是绷得很紧的，在其他的活动过程当中，任何一个感触马上就能激发小说的想象，或者说你在生活中的任何一个亮点都有可能照亮一篇小说的区域。生活中遇到的人物，看到的景色，甚至你看到非常有意思的小动物，都可能将来会变成你的一部新小说的一个细节，所以我想这个确实不是夸张之言。而且有一段时间确实是经常有这样一个习惯，想了太多，梦得很丰富、很复杂，有很多梦境感觉到在梦中对一个小说构思得已经很圆满，就赶快爬起来把它记下来。

记者： 还看到您写的，好的文学作品不是一潭清水，应该是一眼看不穿，甚至是浑浊的。

莫言： 我想好的小说，或者话剧也好，诗歌也好，确实有一潭清水似的作品，非常的清纯，这样的作品，大家也都爱读，也有非常高的文学价值。但是也有一种作品，它的含义比较复杂，它的侧面比较多，小说里的人物也很难用好人或者坏人来一下子给出一个结论性的定义，这样的小说往往是有生命力的小说，也就是说它的解读性比较多，它可以让一代又一代的读者来读它，并且它会随着时代的发展不断地成长。有的小说是不能成长的，我刚才讲的看起来比较浑浊的小说，它有生命力，它能成长，大概就是这个意思。

记者：小说怎么能成长？

莫言：因为时代发展了，小说里边所描写的很多具有发展因素的东西会得以重现。譬如我们讲《红楼梦》，《红楼梦》里面的贾宝玉，我们在一百年前或者两百年前读这个小说，我们会读到一个逆子，一个跟时代格格不入的人，我们对他也许有批判性。后来时代发展了，我们从贾宝玉的身上读到了叛逆，对封建主义的叛逆，是进步的表现，是革命的表现，他似乎具有了一种革命性。所以像很多类似于贾宝玉这样的人物，随着时代的变化，随着读书人的观念的变化，对他的看法也在不断地变化。我想一个读者，他在童年时期和青年时期，以至后来到了老年，读同一本书的感受就不一样，因为阅读者本身变化了，小说也随之变化了，我想这就是小说本身所具有的丰富性。如果有一种小说，这个人物是脸谱化的，比较单薄的，这种人物就不会有发展，没有什么生命力，越是一个说不清的人物，越是能随着时代而成长。

记者：您还说文学应该展现特殊阶层、特殊人物的特殊情感，我想问您说的这个特殊情感和我们以前上学的时候讲的典型人物是一回事吗？

莫言：应该有相通之处，每一个阶层里面实际上都能塑造出文学的典型人物，商人、军人、青年、职业女性，都完全可以塑造很典型的人物形象，也就是说作家还是要广泛地了解社会各个层次的人物。你尽管是一个农民，但是你完全可以去通过调查，通过采访，再加上自己的想象，来塑造一个身居高位的人物。你尽管是一个男人，男作家，你完全可以通过研究，通过采访，通过想象，写出个性非常丰满的女性来。作家还是要使自己的想象力努力地往外扩展，不要只写一类人物。有的作家可能只能写一类人，就写跟他自己很相似的，如果除了"我"这个形象，别的写不了，这会使他的创作受到很大的限制。

记者：在以经济和消费为主导的当代社会，您觉得还需要艺术和文化价值吗？

莫言：经济越发展，艺术和文化的重要性会更加凸显出来。因为这个社会要满足人们的物质需要，应该还是比较容易的，只要政策对了头，大自然也配合，我们要解决温饱问题还是比较容易的，但是要满足人们的精神追求确实非常难。而且我想人们的物质生活越是丰富，越是富裕，越是满足了，对精神追求就越大，要求就越高，这就需要艺术工作者、文化工作者不断地为老百姓提供精神食粮，所以我想实际上现在文学和艺术对社会的需求来讲是远远不能满足的，确实是大家都在盼望好作品，希望有好作品，说明我们的物质生活已经让老百姓满足了，大家都已经有更高的精神追求了。

记者：您得过很多奖，您觉得"中华艺文奖"有什么不同？

莫言："中华艺文奖"，首先它不是一个官方来办的奖，应该是官方跟民间，是由一个大企业家出巨资设立一个基金，然后办的一个奖。而这个奖的覆盖面比较广阔，过去我们知道文学方面有文学奖，舞蹈方面也有自己的奖，戏剧也有自己的奖，但是"中华艺文奖"涵盖了所有的艺术门类，文学、舞蹈、音乐、美术、雕塑，每个艺术门类都可以覆盖。我想每一届"中华艺文奖"等于把整个社会各个艺术领域的精英人物全都调动起来，意义非常大，奖金额也很高。

记者：您2014年要写话剧，是吗？

莫言：这个话剧我实际上构思了好几年，本来今年应该完成，但是今年确实杂事比较多，断断续续地也没写完，希望能在2014年把它写出来。

记者：写话剧跟写小说的感觉不一样吧？

莫言：应该有很大的区别，但是也有相通的地方。我的理解就是，话剧最终还是要完成写人这么一个根本的追求，小说是通过文字塑造出典型的人物形象，话剧是通过台词、通过人物的动作，也要塑造出人物形象。当然，它后边还有个步骤，通过演员、通过舞台，让老百姓非常形象化地看到剧作家笔下的人，所以对一个作家来讲，写话剧可能更有这种吸引力。当你作为一个剧作家坐到观众席上看舞台上在演自己的剧本的时候，那种满足感可能是写小说的时候不会具有的。

（采访记者：李冬梅　陆海空）

（照片由摄制组提供）

裴艳玲

记者：您从小就跟着父亲练功，是吗？

裴艳玲：我跟我妈妈这边都有三个孩子了，我下边一个弟弟、一个妹妹，后来我爸爸就把我接过去了。回去之后，那就是我们家的一个宝贝。跟我父亲看他们演戏，从4岁多不到5岁，我就是在戏班子里长大的。比如说一打鼓招揽那些人来看戏，那时候又没有麦克风什么的，这个舞台就是我的。我一看到舞台就特别兴奋，底下坐着一个老太太，我也能练半天功，给一个人看。打鼓我就打了，我们一帮孩子在打通通鼓，又上来一群人。这个鼓我可以整个回来不停地走虎跳，能走300多个虎跳，满身大汗，之后等着要开戏了，也没有头道幕、二道幕，我就坐在那儿，整个戏我全看，就看演员的背身，所有的戏我都会全看，我都会。

记者：您第一次登台是什么时候？

裴艳玲：第一次登台是5岁。那时候突然间在后台一个演员喊肚子疼，急性盲肠炎，就送到医院去。那天是演《金水桥》，我们正跑着玩呢，说那个演员送医院了，还差20分钟就开戏了，那个演员走了，怎么办？我上来一看，黑压压的一片，有个七八成座吧，我说："没关系。"我到后台说："爸，我来！"他问："你会吗？""当然会啦！""够调吗？"我一弄，有板有眼、无师自通。所以这就养成了我的性格，用现代词就是"自由放荡"，没有什么规律，喜欢跑着玩，都是我的天地。

记者：一上台就疯了。

裴艳玲：一上台就见不得观众，一见灯光、观众就疯，就不知道什么叫怕，从来没有"怕"这个字，所以这是5岁正式无师自通，没人教我，上来就通。

记者：那时候演的是什么？京戏吗？

裴艳玲：那会儿的团是京戏梆子，就是"风搅雪"。应该是在50年代吧，那时候剧团有时候是分着，我爸是唱京剧，我妈唱梆子；有时候他们两个就合起来，为了戏好看、热闹。合着的时候，我就喜欢梆子；分着的时候，我父亲绝对不让我看梆子，也不让我看评戏，就让我听京剧。他说："京戏那是国粹，别的剧种都不叫戏。"所以我从小就是游离在京剧和梆子这两个剧种里边。它们的戏、锣鼓、唱，没人教过我，因为前台、后台都是这一出戏，困了我就来一下，再困了我就在大衣箱盖个毯子来一下，从4岁到7岁都是这种生活，而且我特别喜欢这种生活。早上起来五六点钟，我就看哥哥、姐姐们大茶炉一烧，练鼓、吊嗓子、翻跟头，甚至到晚上一点多之后，这个舞台上都有人在练私功。

因为那会儿的剧团都是私营团，没有国营团，就是自己挣钱自己花，挣不着钱就得挨饿，所以那会儿我也不知道怎么就唱了戏了，而且我觉得唱戏是特别好玩、开心的一件事。他们觉得害怕，我就没怕过，我就觉得这个东西真是太好玩了。有的时候大人们把舞台占了，孩子怎么办？就跑到下边去另开炉灶，自己编戏，有时候还自己做导演。我小时候这番经历老实说是跟一般的同龄人都不一样的，所以我是新社会生人，"旧社会"长大。何为"旧社会"呢？解放初期，那时候戏班子里边没有国营的，财政部不给一分钱，只是承认你这个是合法的，但你想吃国家的粮饷是不可能的。我记得有一次我们在九城演出，在一个庙会上，一分钱没挣，可是那些大人们仍然是高高兴兴、和和气气的，没有人说挣钱，他们就觉得我们在一起搭班子唱戏就是缘分了，也没闹意见，从来也没有说这是你的、这是我的之类的事，都没有这个感觉。特别是那些长辈们，有的叫大爷、大妈，就等一赶道的时候，就疼我，怕我冷，拿棉服给我围在怀里。我那时候都是坐大车赶道，那个大轱辘的车，有时候七八公里的路程要走一两个小时。也正是这样的一个环境，我就觉得剧团的人特别可亲，没有仇敌，没有意见，没有怨恨，都是一团和气，因为大家都指着这个吃饭呢。所以那会儿的人们，我觉得特别可亲可爱，特别是我在学习的过程中，像我那会儿也没有名，谁会说你这个孩子怎么样，都是不拿钱的老师。教我戏的启蒙老师教了我七八十出戏，没有吃过我们家一顿饭，没有拿我们家一分钱。在他最困难的时候，快饿死的时候，实在过不去了，听我爸爸说，最后他说："园弟呀，你借给我10斤的粮票吧。"就借给他10斤的粮票。这个是我记忆里面的故事，所以我就觉得那一代艺人真是非常伟大。他们说戏完全不像现在似的，你要给我几万块钱，我给你说一个戏，那要这么算的话，我学了七八十出戏，那得给人家多少钱？我们家也没这么多钱。所以我说我是1947年生人，新社会生人，"旧社会"长大。我所看到的这些、学到的这些都是解放前留在戏班子里边好的东西，所以我说那个社会不都是糟粕，也有好的。

记者： 儿时的剧场环境对您的熏陶、当时老艺人的品质给您后来整个的艺术道路一个标准。

裴艳玲： 刚才你们来之前，我们有学生在翻跟头，本来挺困，我听里面还在响，我一看孩子们在练功，我就爬起来了，我说得看看去。我就看他们练功，就想，就在这个大铁砖上都练成铁脚板了，他们照样也没有受伤。而且我就想我小的时候连个地毯都没有，都是在土道上去练，就是大马车、大牛车踩的中间的那个道，我在那上面去虎跳。我所有的戏都是在车上，大人们围着念词，他们念一句，我就说一句，一个小时我就能学会一出戏，都是这么学的戏。有时候父亲怕我坐车累着了，他有个自行车，就给我放到大杠上去，开始背戏，一路骑，一路背戏，从这个点到那个点的过程就是我学习的过程，我的所有的戏都是这么学出来的。所以我对后来那些学院派的，不是说学院派不好啊，对学院派的东西，我就理解不了，老师坐那儿，学生在底下"咿咿呀呀"的，如果那样学起来，我一会儿肯定困了，我就觉得好不自由。

记者： 从您四五岁开始演戏，到现在一共出演过多少角色呢？

裴艳玲： 那我就不知道了，没有不演的行当。你比如说我坐科，我是京剧老生坐科，后来为了方便，从7岁就正式练功，练了不到两年，有一半是武生戏，我是以老生为主，以武生为辅。所有老生戏，我没有不唱的。有时候是前面一个文戏，后面一个武戏，猴戏我也唱，什么《水帘洞》、《弼马温》、《大闹天宫》、《十八罗汉》、《盘丝洞》、《真假猴》，等等。

记者： 有没有让您印象最深的，或者让您体会最深，悟到一些东西的？

裴艳玲： 真的不好说。我印象深的是我父亲，他虽然不是名演员，但是他教导有方，方法非常正确，他知道批评你什么，鼓励你什么。比如说我演《哭灵牌》、《伐东吴》，前面我演黄忠，黄忠本来就是七八十岁了，他不服老；我本来就小，像个小怪物似的，底下的那些观众也不知道他们在夸我还是在乐我，就觉得我特别逗。这个时候我父亲就会鼓励我："演得好！"其实没那么好，是在鼓励我的信心。我演《哭灵牌》，刘备哭他两个弟弟。你想7岁，连10岁都不到的一个小孩子，她懂得什么人情世故啊？她知道打江山是什么回事？她知道刘备做了皇帝是怎么回事啊？根本不懂。但是我就知道他在哭他自己的亲人，所以每到我演这个戏的时候，那个时候我们演戏也跟这个剧场一样，观众就扒着看，我怎么哭，底下观众就怎么哭，我真哭。看到那个灵牌，哭他二弟、三弟，一边哭，一边唱，就跟小大人似的。所以这个时候我父亲也会调教我，现在这个词叫"入戏"了，进入角色了，那会儿不讲这个，就说这个孩子真会演戏。

凡是我演过的戏，喜怒悲欢都会以动情而为胜，小孩一般你教给他一个唱腔动作，他还好完成，每一场戏把故事演得那么完整，就有点难为这些孩子们了。所以一到这个问题上的时候，有人说我父亲把我当作摇钱树，挣那么多钱。1955、1956、1957年，我一个月的工资就800块钱，就在那个乐陵县京剧团，我领导了一个戏团，从早上8点半演到晚上12点半，就不停地演，没有我不演的戏。这个时候我就想了，一个演员的成长跟他旁边的诱导是有关系的，所以说来说去我还特别感谢我的老父亲。他虽然不是大名角，但是他会调教人，他知道你应该怎么去唱，不应该怎么去唱。有时候我唱砸了，砸了之后就挨揍。挨过一次大揍，打得我在后台哭得稀里哗啦。那是在山东的一个什么地方，我演《四杰村》，前面都演得好好的，一个下场的时候，那个鼓师报项目，我不演——他没伺候好我，我心想我还有一下，你怎么不给我打了呀？我那个眼睛就下意识地看了一眼。这一眼不要紧，还没进幕条，我大爷那张大手一把就把我扯进去了，到了后台，按在那香案上，打得我号啕大哭，委屈啊！一边打，我一边喊："你为什么打我？为什么打我？我没唱错啊！为什么打我？"哭得那妆也花了，后来师傅说了："为什么打你？你为什么翻人哪？你看谁呢你？"我一想可不是嘛，我是那么瞄了人一眼，从那儿之后不吭声了，觉得是错了。那是一次大揍，我那个老师也没生过那么大的气，我这一辈子也没挨什么死揍，就这个揍真是死揍，打完了还不允许哭，后面还有大半场戏，还得好好演，这是我记忆最深的一个。

从那一路下来，不管场上发生什么事，我不再翻人了，就不敢有这个心态了。所以我觉得跟着我父亲也好，我老师也好，我这个戏没有白学，他们不但教会了我台上的唱念做打，还有应该怎么样对待你的同行。当别人没有伺候好你的时候，你应该怎么样做。特别是在舞台上的时候，你不能给人一眼，还翻人，这绝对不能够的，这点我记一辈子。有很多这样的故事，还有那些没有名的，也不图什么的人，给我说了很多东西，像这样的恩人很多很多的，所以我觉得戏班子的人特别可爱，都是我的良师益友，直到现在我仍然觉得戏班子的人都那么可爱。

记者：是不是您得到这样的批评，反而对发展是有好处的？

裴艳玲：那当然了。今天为什么我要约你们这个摄制组，不去石家庄，你们就来这个现场。像这样的现场，我对它的感受跟年轻人或者同龄人是不一样的，因为我是在这土窝里面长起来的，我看什么都亲，我不觉得它土，我不觉得路不平是个缺陷，因为我喜欢这个环境。还有我看到台下的观众，他们不需要看字幕，就是目不转睛地盯着你，而且也不会在那里耍大牌，他们是太太、爷爷来欣赏你，他跟你是同呼吸的，你做什么表情，他跟你一块儿做；你要哭了，他跟你难受；你要乐了，他跟你笑。我就觉得面对这样的观众太开心了，我喜欢这样的场合，这是今天我为什么要约你们过来到这个现场的原因。

记者：在您的艺术生涯中，您也做了一些新的尝试，包括把传统的艺术介绍到世界上去。

裴艳玲：我跟你说，我是看坟的出身，我的胆要是大起来，旁边你放一个坟头，我照样睡觉，我不怕，我胆大得很。说新我比谁都新，但是说守旧，说保守，我比谁都嫌我自己守得不够。大的场合我见多了，12岁，毛泽东就接见我；13岁，人民大会堂我就演出了。法国那最大的剧院，我也去了；丹麦、瑞士、挪威，没有我没去过的，这些洋文化、洋馆子，我都去过。所以人得转这么一圈，你才知道你最喜欢、最可贵的是什么，你要的是什么。我不是说洋的不好，我不是说进了那些大的剧场就不好，不是的，那个有那个的味道，到那儿演戏有那儿的味道，到这儿演戏有这儿的味道。我是说一个成功的艺人，一个成熟的艺人，很了解你自己最需要的是什么，就跟海水和河水一样，你要游得自由，到了汪洋大海，我也能畅通无阻；到一个小河沟，我就像个小泥鳅似的，我也能活。

所以我说我们演员的本事很大，不是指的我自己，成熟的演员——他们的本事、承载力太强大了。这点跟我的阅历有关系，因为我12岁的时候看过梅兰芳在中国大剧院演的《贵妃醉酒》，我的同龄人全都睡觉了，可我一个晚上背后都不敢沾椅背，始终搭着前面，我说："他怎么这么好啊？"12岁就看他的演出。13岁就什么都看周信芳的《义责王魁》俞振飞和言慧珠的《墙头马上》，这些前辈们都给我做了很好的榜样，他们在台上的光彩是我们后辈所不及的，不要吹牛，有的人说青出于蓝而胜于蓝，得看这个怎么用了，有的话分两头说，我说我们不及人家的那面。如果说狂妄一点儿，我觉得我们的传统有它很扎实、很好的、辉煌的那一面，大师也有落伍的那一面。比如说我们有很多演员只晓得那些程式，怎么回事都不清楚，在这儿干嘛？像这些东西就是应该进步。所以在这点上，我喜欢听歌剧，在法国听的歌剧非常震撼，我喜欢看芭蕾舞，喜欢听交响乐，更爱看话剧。60年代，我是影迷，没我不爱的，爱游泳、爱打球。我是开放型的这么一个人，我觉得各种艺术都是触类旁通的，只要你了解它的一个基本规律，你可以举一反三，什么都可以套出新花样来。比如说我演过小花脸、老旦，猴戏我都唱过，老了老了，我还唱把旦角，贴个片子，看看自己美不美，我是具有这种好奇心。

包括我那些舞蹈，在80年代《宝莲灯》什么的，就不像老辈的一遍一遍的，我是一下完成的。它本身的成本就是舞蹈的成本，演唱方面也是那样的，表现方面更是这样。我觉得我们的传统艺术必须得有新的生命力，得让今天的观众能够喜欢它，如果是倚老卖老，恐怕也是不成的。有很多时候，我看老人家的戏，他很好，也很传统，但一会儿我就想睡觉，这个就是他的问题，就是说明他还不够好。所以我自己认为新是有尺度的，老也同样是有尺度的。这两把尺子怎么能够让它们量得更准确一点儿？老应该老到几分几尺几寸？新也是这样的，不是说一成不变的，那绝对是不行的，必须得有新的生命、血液。

我特别爱看话剧，我看话剧经常会哭，看电影也经常会哭。我说我看戏剧就很少能够这样打动我，那就说明我身上还有点小缺陷，应该补充一下。可是我看老的艺术家表演，我也会哭，我觉得他们顶级的大家们对于我们的中国戏曲艺术那真是太精致了，已经达到登峰造极的尺度了，我是达不到的。

记者：说这点我特别有感触，比如说我们看戏曲的时候不会有一种冲动想去看。昨天在看您的资料的时候，我就觉得每一出戏都看得特过瘾，包括一段清唱都觉得特过瘾，您的这种魅力是从哪儿来的呢？

裴艳玲：我觉得这个东西不是师傅教出来的，是你到了一定的时候自发出来了，自己迸发出来的东西才能够感动对方。有时候我在听人家讲话的时候，他有感而发的那篇言论，我会承认点头；他在那儿做作状完成了一段讲话，我反而觉得没有什么意思。这个如同我们演员一样，每段唱词、每段动作，一定是有感而发的、从骨子里头渗出来的东西才能感动对方。

我们有很多不成功的演员，功夫也很好，嗓子也很好，什么都很好，就是有一样，作状——假。我从小因为性格比较开放，也爱打架，觉得这一辈子没我怕过的事情。因为这样的一种性格，决定了我对什么必须自己先有了感触、感觉，先找到我自己的那一份感觉之后，再把它表现出来，这样对方看了之后是跟我一样感同身受的。如果说我本身我就作状，听起来就没有意思，背词呢？所以我不管演任何行当、角色，我肯定是有感而发的。我有了感觉了，它应该是这样，应该是那样，当我判断准确了之后，我先找到我自己的感觉之后，我再去给你看。这个我觉得是我们表演者应该具备的最起码的条件。

记者：有感而发让您知道表演到什么度，每天这样重复的表演还能用心地表演。

裴艳玲：每天跟每天还不一样，不是一个机器，不是印刷机，一百遍都是一个模子，你自己都没有新鲜感了。我不是那样，我喜欢我的戏一个礼拜不带重复最好，我自己变来变去。如果说我就会那么两个半戏，五天之后，我就没有戏可唱了，那可就惨了。而且就同样一个戏，我今天演了，你明天再看，我肯定和今天是不一样的。

有了感受之后还要掌握一个尺度，这个也是非常要紧的。戏曲艺术，特别是京剧和昆曲这两个艺术，唱、念、做、打是很讲准确度的，具体做到什么样，头抬到什么样，你不能过，也不能小，也不能不到位。作为演员来说，这个尺度你要把握得特别好，有的人心里面有，也很有感触，真实动人，但就是难看。所以我说一个成功的演员必须在几种技法上要严守、恪守它的规矩，没有规矩不成方圆。我不管多么激动，多么有情绪，我到那儿就是那儿，100次都到那儿，绝不会今天到这儿，明天到那儿，不会是这样的。唱也是一样，我这个音、字，揩到几分是非常准确的，就像科学守小数点后面是多少，要那样精确才可以，要守这样的规矩，之后你再加上那份情感，这戏就好看了。

记者：在您塑造的那么多的角色里有没有特别难忘的？是创新的角色，还是传统戏剧的角色？

裴艳玲：《钟馗》，也有老的《钟馗》，45分钟，后来我们改编之后，加了一些故事，也算是在传统戏剧上的一个新编吧。《夜奔》，很传统的一个戏，凡是武生行当没有不学这个戏的，他可以不演，但是没有不学这个的。但是这个戏里面，老实说是在规范的基础上有那么一点儿我自己的突破吧，这个突破是不动它原来的大框，比如说按着老的传统的那个锣鼓的点。昆曲是很讲规范的，它是不能多，也不能少，这是老的框架。我在"文革"前学习这些的时候还不敢动它，可是学完之后中间隔了一个"文革"，"文革"时期我有一个经历，我本身是女性，就不让演男性了，就停顿了，等于给你废掉了。废掉了还好，闲暇时可以去背这个戏，因为我怕倘若有那么一天还让我唱这个戏，我全忘了哪成啊！我就偷着去背这个戏，这么反动。那时候禁戏不但不能演，连背的权利都没有，你背就是想复辟。可是我还是觉得可惜了，我要是不背，真的忘了，万一有那么一天，哪怕当个参考给我们演演，那我不会了多可惜呀！所以我就偷偷地去背这个戏。

我12岁学的戏，那个时候我都28岁了，当我背这个戏的时候，感触就不一样了。比如说当林冲说："丈夫有泪不轻弹，只因未到伤心处。"男人不轻易地哭，那是因为你没有特别伤心，到了那个份上，铁男人也照样哭。那时候因为我生了两个孩子，被禁锢了10年，有那番感触，在没人的时候，自己把自己倒锁在一个房间里背戏的时候，按照老的规矩是有两个锣鼓，这样是一套编排，我在背的时候情绪一时就翻上来了，我就等不及那个锣鼓了，我就躺在床上想，一个大男人想报效国家，80万禁军教头，禁军就相当于现在保卫皇城的部队。林冲当时的地位已经到了那个地步了，一下子就跌下去了，当时我背这些台词的时候因为成人了，不是孩子了，有了一番阅历了，这种念法肯定就背叛了传统的规律，可正是这一点儿背叛，就能够把人念哭，念得你心颤，觉得人真不容易。到28岁才悟出了这点儿道理，所以我说一个艺人的成长，除了练基本功这些非练不可的，他必须得陪伴一部分属于他的人生阅历、对于社会的理解、对于人情冷暖的体会之后，他再回过头去运用这种程式，那可能就有变化了。

记者：我觉得您就是为戏而生的，演了一辈子戏。

裴艳玲：那没错。我就觉得天生我才必有用。我爸爸是没有节奏感，又没有耳音，就是一个普通的翻跟头的小武戏，但是他会培养我，他把我作为心肝宝贝，关起门来，也不送我去学校，他自己也不教，怕把我教坏了，请最好的老师来教我，有时候给我吊嗓子、说戏、打靶子，几个老师陪着我一个人。

长到18岁不会花钱，不认得这些街上怎么回事，就给你封闭式的，中午那会儿请两个孩子陪你玩，不让你出去。一直从小到18岁大姑娘了，18岁大姑娘还没上过街，没花过钱，是什么概念？就是封闭式的，所以就塑造成了我一辈子没有别的嗜好，就爱唱戏，以戏为生命。谁要是想害我毁我，别的招也别使，就别让我唱戏了，那就把我彻底毁掉了。所以我这一辈子就庆幸自己小的时候赶上一个自负盈亏的剧团，满地都是，到处搭班子，到处唱戏，从小就唱戏。虽然有10年的间隔，但是我利用10年看了一些书，看了一些禁书。《人民日报》只要头版头条说不准看《金瓶梅》，那《金瓶梅》我得看；不准看《红楼梦》，那我也得看，正好我又补上了这一课。

十年"文革"没事干，找了个男人生孩子，生了俩娃娃，这都是填补我的空缺，之后十年只要一结束，我又重返舞台，那就不得了，这个舞台不能放过它呀！所以什么对我都没有吸引了，只要碰到喜欢学戏的人，看到人家也在唱戏，我就爱人家，我自己一唱戏，我是更加兴奋。没有别的嗜好，就喜欢这一门，所以就说了，戏是我的天，戏是我的魂，戏是我的命，戏是我的根。这个词儿虽然是剧作家笔下的词儿，其实这是天下跟我一样的艺人的词儿，都是写的我们自己。一个艺人他从小喜欢这事，那可不就是他的命呗，一个人没有命，哪还能再来第二次啊！那就怨命有了，所以我是觉得戏如人生，人生就是大梦一场，就看你是做了什么梦，我就觉得这个梦做得太美好了，我自己非常知足。

记者：您和观众的关系是什么样的？

裴艳玲：有的观众应该说是铁杆的朋友了，三四十年下来了。直到现在，香港还有一批喜欢我的人，只要一听我的戏，他们全都过来。老的观众，像过去有很多很懂戏的人，有的都已经故去了。我认为观众是我的父母，我父亲、母亲是生我养我的，这个绝对是第一的，但是我的第二父母，真正培养我的就是台下那些喜欢看我戏的人，他们喜欢我，在底下能够叫好、高兴，那我觉得这一辈子就没白活，没有他们，老实说我就是一个废人。

记者：您带学生吗？

裴艳玲：学生带的不多，现在老实说我自己唱行，让我教，我还真教不到点子上。但是我会尽心，只要我认识到的、想到的，我觉得这个事应该这么整，我会随时随地有一点儿机会就告诉他们。有时候我做不来，会请我的先生，让他去教他们。反正觉得我自己学了一身的本事，我那时候还没有成名，都是那些不图我的钱的人给的我，真的是无私地给的我，人家觉得这是一个好胚子就给了我，我也不能把它带走，我也应该向我们的老恩师一样，也应该无私地再给人家，所以是一个循环。我觉得只有艺人才能懂得艺人，不这样做是不对的。

（采访记者：赵奕）

第二届"中华艺文奖"纪录片《风范》工作台本

【大片头 50"】

【画面】

第二届"中华艺文奖"获奖者步入人民大会堂,在北京厅,中共中央政治局委员、国务院副总理刘延东与大家轻松交流。

领导讲话的同期声,各位获奖者,刘延东讲话场景。

【解说1】

2013年12月19日,人民大会堂迎来了第二届"中华艺文奖"的19位获奖艺术家,中共中央政治局委员、国务院副总理刘延东,全国人大常委会副委员长艾力更·依明巴海,全国政协副主席罗富和接见获奖艺术家,以感谢他们为中国的文化艺术事业做出的杰出贡献。

【讲话】

刘延东:很多的同志,你们的这些作品都是看过的,而且在座的很多人都是我的老朋友,所以我今天看到大家感到特别的高兴,所以我说我是你们的"粉丝"啊!周小燕老师、秦怡老师、吴良镛老师,都是属于90岁左右的,但都还是这么精神,这么美丽!所以我非常的高兴。也向你们啊,这么多年的努力奋斗,为中华民族的文化艺术事业做出的贡献,为中华文化享誉世界做出了自己的努力,借此机会呢,我想也代表党中央、国务院,向第二届"中华艺文奖"的获奖者,致以我最诚挚的问候和最热烈的祝贺!

【画面】

人民大会堂外景:从现代的外景转到室内。

才旦卓玛在1964年大型音乐舞蹈史诗《东方红》中演唱《毛主席的光辉》的资料片。

【解说2】

回首半个世纪前的1964年,歌唱家才旦卓玛首次登上人民大会堂的舞台,参加了大型音乐舞蹈史诗《东方红》的演出,演唱了表达藏族人民喜悦心情的歌曲《毛主席的光辉》。

【采访】

才旦卓玛:

(采访接一小段哼唱),通过演这个《东方红》以后,自己参加了以后,自己能够在里头表达出我们藏族翻身得解放,我觉得这个排的时候,对自己各方面教育很大,也启发很大。

我老师(王品素)也跟我说,她说:"你知道吗?革命里头,文化艺术也是不可缺少的一个,它必须要有的。"

总理到上海也来了,见到了以后,周总理说:"你毕业以后回西藏吗?"我说:"我不知道。"他说:"还是回去好,回去你的这个酥油糌粑味道还会保留的,回去好好为西藏人民服务。"

【画面】

插入才旦卓玛在西藏演出的资料画面。

【采访】

才旦卓玛:

西藏当时交通不便,但是大家骑马也好,走路也好,心情都非常愉快,到什么地方,把老百姓组织起来演出。

他们有的人说:"你后不后悔?"我说:"我不后悔,我值得。"

【画面】

延安资料片;贺敬之照片;歌剧《白毛女》剧照;1951年电影《白毛女》资料片。

【解说3】

这里是延安。70年前,贺敬之同许多热血青年一样,奔赴这个红色的圣地，投身革命，并开始了自己的创作生涯。

贺敬之当年只有20多岁，他执笔创作了新歌剧《白毛女》，成为中国现代文艺史上的经典。

【采访】

贺敬之：

写《白毛女》的时候，我是联系我自己的经历，我的眼泪把那稿纸都打湿了，确实是发自内心的。另外，这个跟我自己的命运有关系，我知道自己的命运跟我所要描写的人民改造世界求解放的那个政治目标、那个向往是一致的。

【画面】

插入延安大生产的资料片。

【采访】

贺敬之：

"羊羔羔吃奶眼望着妈，小米饭养活我长大。东山的糜子西山的谷，肩膀上的红旗手中的书。"确实是这样子的，打着红旗上山开荒是我自己的思想感情。新中国成立后，我写一些政治性的抒情诗，有人说那是"假大空"。我说："我不假，我写的是我的真情实感。"

但是我整个的成长，真正来讲，不管是艺术生命，不管是政治生命，不管是我的自然生命，都是在延安成长的。所以这种母亲的感情，在我来讲，我一辈子不能忘的。

【画面】

采矿场景的资料片；侯一民绘画作品。

【解说4】

新中国成立以后，再现伟大历史，讴歌火热现实，成为艺术家的责任。为了创作历史题材油画《刘少奇与安源矿工》和《毛主席与安源矿工》，画家侯一民先后三次深入安源矿区，四易其稿，用真实的历史画面，展现人民的力量和领袖的风采。

【采访】

侯一民：

我们那时候很大的经历是接近工农，接近下层，搁在战上，我不后悔。画家是在生活上下了大工夫，是通过自己对人民的接触，跟人民建立了一种血肉联系的情感的基础上，产生的创作。他不是为了完成一个任务，更不是为了要几个钱。

如果我们艺术家只把人民当作装饰自己作品的一个什么东西，而且肆意地歪曲他，这个我们从感情上受不了。

历史画的第一要素要真，在真里头要有体现一种你自己对主题的阐释。你到底为什么画历史画？今天画历史画是为什么？为了塑造我们下一代人的灵魂，培养起他们一种对自己文化的真正的爱，真正的了解，了解历史上那些有血有肉的人物的时候，你才真正能爱这个历史，你才能够作为延续中华民族血脉一个正面的力量，我觉得这个是我们画历史画的一个责任。

【画面】

周晓燕教学场景；周小燕40年代留学法国的照片；回国后和劳动人民在一起的照片；周小燕学生的照片；周小燕和学生在一起的照片。

【解说5】

在艺术创作上孜孜以求，将艺术薪火传之后人，是老一代艺术家最可尊敬的风范。1947年，已经在法国享有"中国之莺"美名的歌唱家周小燕回到中国，转而从事音乐教育事业。近70年的艺术教育生涯，她为国家培养出一大批艺术人才。张建一、魏松、廖昌永等至今活跃在艺术舞台上的歌唱家，就是其中的优秀代表。

【采访】

周小燕：

人家问我："你后悔吧，你从一个演员一下变成教师？"我说："相反地，我倒是觉得当教师比当演员更有意思，当老师我可以培养学生，全心全意培养,一代一代传下来,更可以为国家做一点儿奉献。"所以越做越喜欢这个行业。人家问我:"你现在还教,为什么?""我乐于干这个事情,尤其看着这些学生,他们好学,他们成功了,就是教师的喜悦。"

现在年纪越来越大了,更珍惜这个时间。他们问我:"你教到什么时候?"我说:"教到盖棺为止,终身教授就教终身了。现在我就争取能够活到100岁,教到100岁。"

【画面】

周小燕教学场景。

【画面】

首都师范大学中国书法文化研究院外景;欧阳中石教学照片;欧阳中石创作书法场景。

【解说6】

书法家欧阳中石是我国第一位书法专业的博士生导师,他将教学与研究结合,理论与实践并重,强调书法教育必须立足于中国文化之根。

【采访】

欧阳中石:

我们的汉字是中华儿女智慧的结晶,既是科学的结晶,也是艺术的结晶,所以现在全世界都喜欢中国的书法。

书写是一门大的学问,很深的学问,也很直接的学问。

【画面】

插入"德"字的动画演示。

【采访】

欧阳中石:

比如我们现在非常强调一个"德"字,"道德"的"德",我们要细致一分析,太有意义了,中间一个"直立"的"直"……冲天,直立向天,每一个人都要正直向上,都要完善自己,帮助别人。这是"直"……下面一个"心",不但思想要这样，行动也要这样，旁边加一个双立人，都有了。这样写起来太直了，太高了，把中间这个"罒"横过来就扁了。"德"就是这样的，中国人就是这么认识"德"的。我们现在把"德"提在第一位，要合乎德，怎么做都可以。所以我们现在很明显地强调了一个字，要立德树人，要明德惟馨。

【画面】

秦怡生活场景；电影《青春之歌》、《女篮五号》片段。

【解说7】

92岁的秦怡从艺70多年来，出演了37部电影，如今她依然保持着旺盛的艺术激情，坚持着剧本的创作。

【采访】

秦怡：

我写剧本，我的手不抖的，所以手写还快，手写我一天最高纪录是4000字，一般也要写到3000字，这样子。我很快，一个半月就写出来了，以后就是修改一下，修改一下。我就希望尽快拍出来。

我们作为文艺工作者，天生应该有这个社会责任感，到底我们演出来的戏给人家看了以后起一点儿什么作用，想有这种正能量的东西，但不是说教的，我是写人物的，通过这些人物能够给人一些深的印象。自己有这样一种信心，我要来做的这桩事情肯定不是很可笑。因为我已经92岁了，我已经是定了型的人了，我每年每年做事情，每桩每桩工作来的时候，我身体再不好，再怎么样，我就想我一定要积极起来，不管你多大的年龄。人家就跟我说："这个东西没有关系的，你现在年纪那么大了，好好地去玩玩，去享福享福。"我说："我现在做事如果能做成，就是享福。"

【画面】

朱琳出演《布雷尔乔夫》、《三姐妹》、《雷雨》等话剧的资料照片。

【解说8】

从15岁到90岁，70多年来，朱琳始终没有离开话剧舞台。她用自己的艺术追求，参与并见证了中国话剧的发展历史，将生命融入了北京人艺的辉煌历程之中。

【采访】

朱琳：

表演应该说是把人的生活、把历史、把现实通过形象的表现，形象地传达给观众，而且把他美化了、深化了、升华了。

【画面】

插入1978年朱琳出演舞台艺术片《蔡文姬》的资料片。

【采访】

朱琳：

我最后一个戏是去年演的，几分钟，因为我要求我也不能演多了，我已经90岁了，就是演《甲子园》那个老太太，有点痴呆的老太太，那是我最后的一个角色。我这辈子演的这些角色百分之九十九我都喜欢。

【画面】

尚长荣出演京剧《霸王别姬》剧照；京剧《曹操与杨修》的资料片与剧照。

【解说9】

尚长荣，京剧名家尚小云的后代。他有足够的实力能够以传统的方式保持在舞台上的艺术地位，但他却自觉承担起让传统艺术不断创新的时代责任。新编京剧《曹操与杨修》为新时期京剧艺术带来新的气象。

【采访】

尚长荣：

《曹操与杨修》这出戏里有好几种笑，有开怀大笑，敞开心扉，甚至有自嘲的笑，也有怒笑，也有冷笑，也有悲笑。这样呢，我就天天抱着录音机，每天晚上在宿舍里"呼哈哈"、"嘿嘿嘿"、"哼哼"……我说："窗户外边的行人一听,这个不是剧团,这是什么?精神病院!都犯精神病呢!"我反复地找,反复地录下来,反复地听。

应该说京剧是时代的产物,而且一直是与时代合拍,与时俱进,以至发展到了一个巅峰。

如果老戏老演,老演老戏,我们的先贤,他们在九天之上会笑话我们,会说我们没有具备京剧艺术界的先贤巨将们当年他们创业的那种勇敢和魄力。孔夫子有一句话:"道不行,乘桴浮于海。"在追求,即便失败了也值得,也可以总结经验。

【画面】

插入尚长荣出演京剧《曹操与杨修》的剧照。

【采访】

尚长荣:

所以就把《曹操与杨修》演了,而且首演是在最挑剔的天津舞台上,一演得到了认可,受到了观众的欢迎。

我自个儿给自个儿一个定位,一个目标,就是应该当一个比较全才的演员。

【画面】

北京菊儿胡同外景;吴良镛工作、生活场景。

【解说10】

建筑大师吴良镛,努力寻求天、地、人三者和谐相处的建筑美学和居住环境。他主持设计的北京菊儿胡同改造工程,就是将传统民居与现代人居环境创造性融合的结晶。

【采访】

吴良镛:

我们生活的一个环境,要努力地使人们在里面适宜居住,要适合居住以外,更要人们在精神上有美的享受。

党中央号召建设美丽中国，要复兴文化，把中国的灿烂的文化，当然还要吸收西方的文化，这是无疑的，但应该吸收的是优秀的文化，这是一个作为建筑学人终身的追求。

我是教书匠嘛，就是作为一个教师，希望把自己所理解的东西传递给学生，希望自己做不完的事情，后来的人能够把它做得更好。

【画面】

中国国家画院外景；沈鹏讲课场景；沈鹏书法创作场景。

【解说11】

沈鹏将恢弘正大的气象赋予笔下的汉字，笔墨余韵也流溢出他的性情，书道传统和自己的个性完美地融为一体。

【采访】

沈鹏：

个性的发挥并没有亵渎古人，而是在古人的巨人的肩膀上，我们能够再往上攀登。

我想当前书法提倡多元化，就是各家各派都让他存在，我们现在多元化得不够。我不认为盯住一家死死地学下去才叫作"吸收传统"，我不那么看，我认为应该从传统里面去选择自己所喜欢的那部分，发扬自己的个性，这样的话来形成自己的一种创造。我宁可写得不好，但是我要写出我自己的个性。不敢于发扬个性，不承认个性，那就取消了一个人文思想的核心价值。

【画面】

罗中立的油画作品《父亲》。

【解说12】

这是一幅至今面对都会感受到冲击力的美术作品。这幅名为《父亲》的油画，开启了当代中国美术的一个新时代。1980年12月，它在全国青年美展上一亮相，就吸引了人们的目光，并成为一个热议的焦点。

【采访】

罗中立：

当初我创作这件作品的时候也是为了参加全国美展，创作的时候就画了《父亲》这件作品。

像我们这样一个古老的民族一样，这样一个悠久历史的农业大国，这样一个老者，我们真正的一个父辈。

【画面】

插入罗中立《父亲》创作手稿动画演示。

【采访】

罗中立：

我就把他所有的军帽、军用水壶、军装都脱掉了，变成了一个非常普通的农民的形象，这一稿就叫"我的父亲"。实际上我画了不到两个月，但那个时间是从早到晚，睡觉都是躺在那个画下面睡。因为是夏天，重庆非常炎热，就睡在那个画下面，看着那个画一天一天地形象出来，在晚上的月光下面，心里面非常激动，早晨一起来就上手，所以在这样一个很好的状态里面，我一口气就把它画出来了。后来这一稿送到北京展出的时候，当时的评委吴冠中先生说："'我的'就不要了，就叫'父亲'就很好。"这个名字是吴冠中先生最后建议的，就成了今天这幅画的最后作品。

今天的中国当代艺术虽然受了西方影响，我们学了西方，我们有一个消化的过程，但是最终一定要有我们自己的知识产权，要回到我们的传统和根基里面来寻找中国当代艺术新的面貌。学习、借鉴是一个过程，但最终一定要形成自己的知识产权，形成自己的原创。当我们走到这一步的时候，我们才能受到对手的尊重，才能够平等地来进行对话和交流。

【画面】

朱乐耕工作室和陶瓷博物馆；朱乐耕带领工人开窑。

【解说13】

　　传统中国工艺饱含着艺术的质地，它同样面临在新时代如何继续开掘艺术空间的问题。陶艺家朱乐耕寻找的正是传统工艺与现代空间环境的契合点，让传统工艺和材质之美有了新的生命力。

【采访】

朱乐耕：

　　现在这个很多的空间，在城市建筑的很多空间里面，我觉得对现代艺术品都有很大的需求，它需要建筑跟艺术很好地结合在一起。那么有我们当代的、本土化特点的环境空间艺术，我觉得太少了，要不就是西方的雕塑、西方的艺术，我们本土的艺术在这个空间的拓展、运用，我觉得做得非常不够。

【画面】

　　插入朱乐耕为韩国济州岛制作大型陶艺装置作品的场景。

【采访】

朱乐耕：

　　你看现在的建筑，可以这么讲，全世界的建筑都是一种材料，都差不多统一的材料，它缺少很多特色，缺少很多人性的东西，那么通过我们的陶艺来表达的话，我们带来了这个建筑和这个城市空间的一些人性的回归。陶瓷材料有它很好的特点，它的烧成会发生很多的变化。通过我们手工的制作，它产生很多跟人很亲近的那么一个感觉在里面。

　　我不变的坚持就是我的作品的当代性和民族性，我觉得我们的作品应该表达的是我们自己民族的，而且是世界的。

【画面】

　　田黎明教学场景；田黎明绘画作品。

【解说14】

　　把艺术和个人的生活方式结合在一起是中国人文传统的特征。在课堂上，在生活中，在笔墨里，田黎明用自己的艺术实践，证明了传统人文理想在当代生活境遇下的存在价值。

【采访】

田黎明：

在我的作品当中，这二三十年来，几种面貌的风格都经历过，从强悍点儿的、追求一种雄浑的境界的理念，慢慢转向一种平淡的境界。我觉得这个过程可能跟自己的向往有关……在平平淡淡、平平常常的感觉当中，能够发现它内在的一些美感，这是我画面当中想追寻的一种状态。

【画面】

插入田黎明绘画作品《小溪》。

【采访】

田黎明：

《小溪》这幅画我觉得主要是在立意上，虽然是一个课堂上的人物写生，但是通过它独有的一种造型，就想到画一个纯朴的乡村女孩，她很朦胧，很虚幻，但是她很美，这种美是一种淡泊的、一种生机盎然的、一种清新的感觉。当时是想找这种感觉，但这种感觉并不是在画的过程当中想到的，是潜移默化地这种感觉跟着就出来了，出来以后可能又找到了一些审美点，跟这个画面自己来反省、来思考这幅画。

如果你在生活中发现了美，如果你的笔墨能同时与你的发现同步进行的话，这对于艺术家来讲是一种幸福。

【画面】

田黎明绘画作品。

【画面】

莫言获得"诺贝尔文学奖"的新闻资料片。

【解说15】

莫言获得"诺贝尔文学奖"，意味着中国当代作家，以及中国当代的文学成就获得了世界的认可。

【采访】

莫言：

文学作品，不管写什么样的小说，不管写什么样的剧本，最终写的还是人，最终要塑造的还是人物性格或者塑造人物形象，这是一个作家的最终追求目标。

【画面】

插入莫言文学作品的封面。

【采访】

莫言：

应该说在很长一段时间内，写作几乎是我生活的全部，但是头脑里面关于小说这根弦儿是绷得很紧的，在其他的活动过程当中，任何一个感触马上就能激发小说的想象，或者说你在生活中的任何一个亮点都有可能照亮一篇小说的区域。生活中遇到的人物，看到的景色，甚至你看到非常有意思的小动物，都可能将来会变成你的一部新小说的一个细节，所以我想这个确实不是夸张之言。而且有一段时间确实是经常有这样一个习惯，想了太多，梦里很丰富、很复杂，有很多梦境感觉到在梦中对一个小说构思得已经很圆满，就赶快爬起来把它记下来。

【画面】

莫言工作场景。

【画面】

2013年11月，河北深泽县河北京剧院送戏下乡场景；裴艳玲出演昆曲《林冲夜奔》、河北梆子《哪吒》的资料片。

【解说16】

数十年来，裴艳玲在舞台上演过众多角色，从中国华北农村到欧洲戏剧舞台，到处都有她的身影，比她塑造的林冲、武松、哪吒等形象走得还要远。

【采访】

裴艳玲：

因为我是在这土窝里面长起来的，我看什么都亲，我不觉得它土，因为我喜欢这个环境。还有我看到台下的观众，他们不需要看字幕，就是目不转睛地盯着你，他跟你是同呼吸的，你做什么表情，他跟你一块儿做；你要哭了，他跟你难受；你要乐了，他跟你笑。我就觉得面对这样的观众太开心了，我喜欢这样的场合。

【画面】

插入送戏下乡的演出场景。

【采访】

裴艳玲：

我跟你说，大的场合我见多了，12岁，毛泽东就接见了我。法国那最大的剧院，我也去了；丹麦、瑞士、挪威，没有我没去过的，这些洋文化、洋馆子，我都去过。所以人得转这么一圈，你才知道你最喜欢、最可贵的是什么，你要的是什么。我不是说洋的不好，我不是说进了那些大的剧场就不好，不是的。我是说一个成功的艺人，一个成熟的艺人，很了解你自己最需要的是什么，就跟海水和河水一样，你要游得自由，到了汪洋大海，我也能畅通无阻；到了小河沟，我就像个小泥鳅似的，我也能活。

戏是我的天，戏是我的魂，戏是我的命，戏是我的根。这个词儿虽然是剧作家笔下的词儿，其实这是天下跟我一样的艺人的词儿，都是写的我们自己。

戏如人生，人生就是一梦一场，就看你是做了什么梦，我就觉得这个梦做得太美好了，我自己非常知足，非常知足。

【画面】

电影《杨善洲》、《焦裕禄》的片段资料片。

【解说17】

责任对于具有担当意识的艺术家来说有着特殊的分量。

在40多年的演艺生涯中，李雪健演活了一个又一个真实的人物形象，他塑造的榜样人物焦裕禄、杨善洲更是深入人心。

【采访】

李雪健：

焦裕禄，我们不叫"焦裕禄"；焦书记，我们也不叫"焦书记"。"焦裕禄"不是我们叫的，"焦书记"我们也不会叫，不知道叫，"焦伯伯"，那是我们的父辈。我在那儿12年，因为我生在菏泽巨野，它的风土人情、天时地利和开封和兰考一模一样，所以演这个角色，我觉得我最大的优势就是生活。

演员这个行业，它很重要的是这个过程，这个过程有一种劳动的幸福、快乐。同样地都是面对着观众，要给观众带来快乐，带来精神上的力量。

【画面】

插入李雪健影视作品的剧照。

【采访】

李雪健：

它不管是一个球场，不管是一个土堆，在上面演，它也是一个舞台。不管什么样的节目，不要忘了这个责任，你这个职业的责任，这个不要忘了。如果你丢掉这份责任，不管你是有意的还是无意的，那个出来的东西也许就是一时，长不了，没有生命力。

文艺作品给予观众是丰富的内容、丰富的感受。在创作上就想演一个成一个。每创作一个角色，能够多留一些时间，留10年、20年、100年，有这种想法的。

【画面】

中央芭蕾舞团外景；赵汝蘅指导剧团排练的场景。

【解说18】

《红色娘子军》是中央芭蕾舞团几十年来的经典剧目，更是中国芭蕾舞的划时代作品。主演赵汝蘅却早在1972年因伤不得不离开了芭蕾舞台。

【采访】

赵汝蘅：

当我躺在手术台上，医生敲我骨头的时候，那个声音我也是至今难忘的，就是说可能我以后一辈子就不能再回到舞台上了。尽管我自己全身伤痕累累，但是人有的时候就是这样的，你这方面失掉了，那方面可能又得到了。

我觉得《红色娘子军》这么多年久演不衰是因为它真的是一个文化财富，是一代人勇往挑战西方芭蕾……在台上可以喊，可以唱，然后我们还可以喊杀，还用刀用枪，穿的是短裤，有很多很多的细节是非常具有挑战性的。

【画面】

插入1971年舞台艺术片《红色娘子军》的资料片。

【采访】

赵汝蘅：

其实《红色娘子军》已经在世界上打开了一条路，大家也在关注我们，特别是这些年我们剧团的很多演员在国际上得奖，所以很多人很关注中国和东方的芭蕾。所以我一直坚持，我们一定要继承，我理解的"继承"就是学习，你只有打开眼界去学习、继承，你才可能去创新。

把中国的芭蕾艺术传播到全世界，我想是我们终身不渝的使命。

【画面】

芭蕾舞剧《大红灯笼高高挂》、《牡丹亭》在国外演出的场景。

【解说19】

赵汝蘅主持创作、排演了一系列具有民族特色的芭蕾舞剧，她让芭蕾舞剧里的中国风格深入人心，并逐渐得到世界芭蕾舞坛的关注和青睐。

【画面】

2013年，叶小钢在美国纽约林肯中心举办个人作品音乐会《中国故事》的资料片。

【解说20】

2013年9月22日，美国纽约林肯中心举办了中国作曲家叶小钢的个人作品音乐会《中国故事》，在国际舞台奏响了中国声音。

【采访】

叶小钢：

中国的主流文化需要影响全世界，从客观的角度应该是这么说。因为中国有五千年的文明，随着国家的逐渐强盛，文化的逐渐发展，中国的当代文化以及中国当代意识形态，我觉得到了这个时间，可以去影响世界了。

【画面】

插入叶小钢指导交响乐排练的工作场景。

【采访】

叶小纲：

这样你这个文化影响才大。那么你怎么样影响全世界呢？你就要用大家共同认可的方式。比如说我的《中国故事》是交响乐，交响乐和民族音乐、和传统戏剧戏曲不同，因为传统戏曲和我们的民族传统音乐是用民族乐器演奏的，它不具有"世界通码"的性质，要影响世界比较难。我这个"中国故事"的概念是用外国的乐队，把我们的主流音乐文化整个撒向全世界。而且我的艺术作品是以全球定位的，不是说我们关起门来，自己在那里自说自话或者自言自语，然后找一扇门，让我们这个文化走出去，再去影响世界，不是！

我们从一开始就应该是全球定位，逼着你不得不用功，逼得你不得不考虑每一个细节，我把吸引观众的时间点精确地算计到了每一分钟，这一分钟我要做什么，下一分钟我要做什么，再下一分钟做什么，音乐的过程完全考虑到了观众，就是让人喘不过气来，这就有了一个成功的点，对我来说，是一个非常好的学习和升华的机会。我觉得我的音乐都应该这样考虑，这样才会真正有商业价值，才能真正让人接受。

【画面】

2008年，余隆率中国爱乐乐团在梵蒂冈演出的资料片和照片。

【解说21】

2008年，指挥家余隆带领中国爱乐乐团和上海歌剧院合唱团在梵蒂冈保罗六世音乐大厅举行专场演出。罗马教皇本笃十六世观看后说："这场音乐会使人们进一步了解了中华民族的历史、价值和高尚的抱负。"

【采访】

余隆：

艺术它是没有边界的，它本身来说是给大家一个最重要的，还是我这句话——提供想象的空间，想象空间可以带给我们创作的空间。想象力来自于哪儿？来自于自我的一种感受，心灵的感受，这个很重要，音乐恰恰是提供心灵感受的最佳渠道。

【画面】

插入余隆指挥乐团演出的资料片。

【采访】

余隆：

应该说我们是很幸运能够在这段时空里边，国际上中国的影响力，通过改革开放是越来越大，这也造就了一批中国的艺术家走出国门，在世界上完成很多的这些音乐的梦想。

文化的影响力是深远的。今天，中国人足以以他一个宽容和他的一种巨大的胸怀，能够包容所有的世界文化，使你能够承载更多的世界的和社会的责任。

【画面】

余隆演出结束后谢幕的场景。

结尾

【画面】

中国艺术研究院外景；评选现场。

【解说22】

作为奖励在当代中国文学艺术发展历程中取得卓越成就的作家、艺术家的最新奖项,"中华艺文奖"是由文化部中国艺术研究院主办,中国泛海控股集团有限公司出资设立的综合大奖,评奖范围包括了各艺术门类和全国各地的艺术家,着眼于他们长期以来在艺术创作、表演、教育等方面取得的成就。

【空镜评委会现场,王文章讲话、评委发言】

王文章:"中华艺文奖"可以说是目前艺术界很关注的一个重要的大奖。"中华艺文奖"所以能够获得文化艺术界和社会的承认,我们组委会、评审委员会大家认真负责,以公正、公平、公开、科学的这么一些程序和原则来评审。

田青:我觉得才旦卓玛当之无愧。

陈洪武:欧阳中石先生是一位德高望重的书法大家,他还是一位著名的教育家。

吴志良:(从艺术家们)身上看到什么叫真善美。

欧建平:当年她(赵汝蘅)做芭蕾演员的时候,那芭蕾演员的脚受伤是经常的事。但受伤之后怎么办呢?你每动一下,就是刺骨的那个疼痛,怎么办呢?她居然发明了一个方法,说是拿锤子把她的脚趾头砸麻了,照样登台。

【纪实】

2013年12月19日,第二届"中华艺文奖"颁奖典礼的隆重场面。

【解说23】

这是对中国艺术发展最新成果的检阅,是对为了中华艺术的弘扬和发展奉献毕生智慧、才华的艺术家们的致敬。

【讲话】

蔡武:在此我谨代表中华人民共和国文化部,代表第二届"中华艺文奖"组委会,向第二届"中华艺文奖"的各位获奖者表示衷心的祝贺!

"中华艺文奖"的成功评选,对于推动中华文化走出去,提高国家文化软实力,促进社会主义文化的大发展大繁荣具有重要的意义。

【纪实】

"中华艺文奖"颁奖盛典现场。

【画面】

首届"中华艺文奖"获奖者名单及照片；第二届"中华艺文奖"获奖者名单及照片。

【解说24】

风范，既是艺术才情的挥洒，智慧光泽的投射，也是德艺双馨的精神风貌的体现。伟大的时代呼唤伟大的作品，波澜壮阔的历史进程需要涌现更多优秀的作家、艺术家。中国当代作家、艺术家自觉承担起时代使命，自觉把满足人民群众的精神文化需求当作自己创作的出发点和归宿。他们自觉承担起培养艺术人才，让艺术之火接力传递的责任，自觉进行艺术探索，努力激发中华艺术的当代活力，让拥有中国作风、中国气派、中国精神的优秀文艺作品融入世界，走向未来。

【动画】

"中华艺文奖"奖杯，结束。

第二届"中华艺文奖"纪录片《风范》工作人员名单

出品人　胡占凡　王文章

总策划　罗　明　李　挺　贾磊磊

总监制　金　越　王　焰

监　制　张广义

制片人　闫　东　邵大伟　李树峰

总导演　闫　东

执行总导演　李冬梅

文学指导　阎晶明

撰　稿　赵　安　陈旭光

导　演　张　涛　赵　安　陆海空

摄　影　司光志　刘　鹏　李　丛　邱　枫　张腾森　崔洪超

灯　光　侯　剑　张希龙　侯　钺　刘连生

录　音　寿宇宏

剪　辑　兰俊波　郭　晨　王亚东　梁玉龙　张春燕

特　效　田　硕　陈　默　王　晶　王　曦

技　术　陈　辉　郑　健　陈　坤　管　峰　周可祎

解　说　方　亮

片头作曲　丁　乔

音乐编辑　毛薇薇

视觉导演　刘　新　周　珏

动画制作　张激光　周文磊

技术监制　崔建伟　栗小斌　荆甫礼　刘　茹

资料总监　倪代光

资料监制　强西京　童　瑛　赵　严

资　　料　张雪松　赵秋蝉　徐　晶　杨　蕾　刘晓鸥

沈鹏视频资料提供　青松纪录片工作室

营销总监　马润牛　张林林　肖可英

制片主任　王砷彤　张定青

制　　片　伯　琳　刘仕平　邢　淼　王瑜瑜　靳凯元

宣　　传　陈　忠　郭卫翔　苑文刚　刘　斌　王一如　赵军胜　张　琳
　　　　　熊　殷　谢鹏飞　孙　琳　张　啸　洪丽娟　李　冰　王龙庆
　　　　　张学敏　翟　环　潘　源　孙　伊　张　雯　张延利

网络支持　央视网　中国纪录片网

本片音像制品及图书

由中国国际电视总公司、文化艺术出版社出版发行

中央电视台科教频道、中视传媒股份有限公司摄制

中央电视台、中国艺术研究院出品

　　　　　　　　　　　　　　　　　　　　　　　　　　2014年1月

《风范》创作回顾
——感怀"中华艺文奖"的诞生过程

这是一部简约、平实、温暖、精练的纪录片,片中集中了当代中国19位最具代表的文化艺术界精英,由这19位口述人的叙述汇聚成一部新中国艺文发展的缩影;本片经历100天高强度制作,时长50分钟,浓缩60年历史,呈现19位经典人物的个性魅力,讲述他们的人生精华;这是一部19人讲述的中国故事,他们其实呈现的是这个国家的情感表达。其中既有90多岁的耄耋老人,也有正在活跃的领军人物;他们代表着中国传统文化的继承与坚守,也代表着延续的生命力和无穷的信心;因为他们在每一个发展阶段中重要的参与和贡献,这部汇聚他们声音的纪录片也就成为我们国家向世界所呈现的声音;这部平实、温暖的片子,希望以最单纯的力度呈现一个国家的风范。

2013年10月,中国艺术研究院主办的第二届"中华艺文奖"即将进入重要的评选阶段。2011年,研究院曾经成功举办了第一届"中华艺文奖",得到文化艺术界和社会各界的关注与肯定,并对文化艺术的制度建设产生了深远的影响。曾经关注过第一届此奖的闫东总导演敏锐地感觉到应该通过媒体将此奖的价值与影响做更广泛的传播,制作一部特殊的纪录片的想法由此酝酿。

在首届"中华艺文奖"的颁奖典礼上,中共中央政治局委员、国务委员刘延东曾发表讲话:"文化是民族的血脉,是人民的精神家园。""伟大的时代造就了文化的繁荣发展,文化的繁荣发展也有力地促进了国家现代化建设。"评选文化艺术界的英才人物,正是基于对杰出艺术家的鼓励,国家荣誉称号、奖项的设立乃至国家荣誉制度的确立,不仅有利于促进国家文化的繁荣和发展,也有利于扩大国家文化在国际上的影响。闫东导演最初的想法就是记录"中华艺文奖"整个诞生的过程，由此记录一个重要奖项背后凝聚的不同层面的意义与价值。摄制组迅速搭建起团队，要求技术与速度必须都是一流的。在初步策划一周后，10月26日清晨，四组摄制组近20人进入中国艺术研究院，拍摄第二届"中华艺文奖"的评选过程。这大概是第一次全程影像记录一个如此重要的奖项的评选过程，在第一届，这一过程全程保密。闫东导演强调在评选过程进行拍摄的重要性，因为评选结果出炉前的任何细节都意味着文化价值的判断，事实证明他的推测也是正确的。26日之前，摄制团队事先部署了周密的拍摄流程，并与中国艺术研究院进行了预演。26日，中国艺术研究院在全国范围内聘请的艺术家、专家学者和文化管理者组成的评委会进行正式评选，拍摄顺利进行，记录下全部评选过程。在评委的热烈讨论中，摄制组第一次直观感受到候选人和获奖者的魅力与个性。

2013年10月底至11月中旬两周内，摄制组进行了艰难的策划工作。"中华艺文奖"涉及戏曲、话剧、曲艺、舞蹈、音乐、绘画、书法、篆刻、工艺美术、艺术设计、雕塑、建筑、摄影、电影、电视和文学等多个领域，跨度之大，令策划与文案设计、资料准备等工作难度都超出想象。两周之内，所有获奖者和评选人的资料都汇总进行分析与整理；摄制团队与中国艺术研究院多次碰撞，就方案进行修改与推敲。两周之后，方案重点修改为获奖的19位杰出人物，大家达成一致，19位获奖者名单就意味着"中华艺文奖"所有背后想要阐述的价值与意义。

2013年11月20日至12月18日，就19位获奖者，摄制团队逐一进行资料整理与分析，设计方案脚本。闫东总导演强调以口述记录的方法对获奖者进行采访，对其中一些老人来说，这甚至是抢救性的采访，因为有多位获奖者已经近100岁。纪录片要求平实展现19位人物的个性魅力；要有创新；采访不是简单的采访，要还原人物最真实的状态；要有人文上的突破，不是表面上的人文，要读懂这些经典人物的内心，找到最个性魅力的内容。此片即是整个创作团队在这样的共鸣下完成的作品。

缘起与过程

2011年，中国推出文化艺术领域首个学院奖——中华艺文奖，以表彰具有高尚精神、卓越才华和杰出成就的中华艺术英才，推动中华文化艺术的繁荣与发展。

这项由国家级学术机构主办的最高艺术大奖，自创设以来，以其高端学术水平和专业水准树立起特有的权威性，鲜明地体现了当代中华优秀文化艺术的审美取向与价值取向，已在海内外产生了广泛而深远的影响。

2013年，第二届"中华艺文奖"评选启动，19位成就卓著的艺术家捧起了这个沉甸甸的大奖。时代呼唤艺术大师，社会呼吁建立文学艺术的荣典制度，大奖和荣膺大奖的艺术家将引领当代文艺的前进方向。

值此第二届"中华艺文奖"颁授之际，我们决定创作电视片《风范》，以展现19位为中国文艺事业做出杰出贡献的大家。

挑战与优势

我们在本片的创作之初就面对一个挑战：如何在短短50分钟的纪录片中表现19位杰出艺术家的风范？

《风范》可能是第一部以如此短的篇幅同时表现如此多人物的纪录片。这些人物各自有着精彩的人生经历和杰出的艺术成就，他们中的任何一位都足以单独支撑起一部纪录片。5000分钟的采访记录中，19位获奖者谈了自己的创作经历和艺术感想，到处是人生的洞见和智慧的火花，我们经常为其睿智和广博所倾倒，有时候沉湎其中，难以取舍。这19位获奖者的创作横跨数个艺术门类和七八十年的艺术史，他们从不同侧面、不同时代、不同角度表达的观点，有对话，有争论，我们究竟如何剪裁才能做到"百花齐放"而错落有致，"百家争鸣"而琴瑟调和？

我们首先努力寻找的是19位艺术家的共同点。他们很多有着相似的人生经历，也都有着对艺术矢志不渝的探索精神，所以我们能以"时代精神"为线索，把19位艺术家串起来，这就是纪录片的第一版。

第一版总让人感觉还缺乏一个贯穿全片的灵魂。我们一遍又一遍地观看采访记录，把他们放到整个艺术史以至现当代历史中去思考，我们找到了"责任"这个关键词，至此，整部片子从"时代精神"出发而归于"责任"，线索始终完备。这是第二版。

如果只是如此的话，我们只能算是完成了一部泯然众人的片子而已，只能说是浪费了如此精彩的素材。这一次我们着重关注细节，反复比较每一段采访记录，力求找到最能表现这位艺术家人格魅力和艺术追求的叙述，让它们丰富主题，形成合唱。

至此，这19位国宝级艺术家的演出也就成为本片最大的优势。他们丰富的人生阅历，对艺术的真知灼见，都将使本片成为难得一见的精品。这些艺术家是一个时代、一个艺术领域的代表性人物，他们的讲述勾勒了中国现当代70多年的文艺史，这是一部极其简约和凝练的文艺史。

主题与表现

"中华艺文奖"的获奖艺术家既是各艺术领域的杰出代表，同时也是"德艺双馨"的典范。他们的共同特点是以自己卓越的才华、勤奋的创作、深入人心的代表性作品，体现出当代中国艺术家的精神风范，体现出他们高度的社会责任感和使命感。他们为时代、为社会、为人民、为艺术负责。在不同的时代，艺术家们担负着不同的责任。我们主要从以下几个方面来表现这个主题：

1. 国家民族的责任

中国现当代的历史是中华民族摆脱外侮，崛起复兴的历史。老一辈艺术家们担负起艺术的民族责任。烽火岁月里，他们辗转祖国各地，以艺术为武器，鼓舞民众抵御外侮；和平年代里，他们自觉地把个人创作与人民的需求融合，把自己的艺术才华倾注到为国家和人民的伟大事业中。60多年来，当代中国艺术家无论耕耘在哪一领域，站在何种舞台，从未放弃他们的追求，从未停歇他们的创作，他们始终以高度的热情，坚守在艺术的舞台上，为大众带来美的享受。

2. 教育后人的责任

老一代艺术家的终身成就既体现在他们的艺术创作成就上，也体现在他们自觉承担起为中国文艺界培养新人，将艺术薪火传之后人的精神风范上，他们的承担与奉献，成为当代中国艺术的重要精神资源和艺术宝库。

3. 文化传承的责任

自"五四"以来，中国文学艺术进入现代，改革开放的新时期，中国文艺又面临传统与现代的交融、对接与矛盾。艺术家们用他们的艺术实践，将五千年中国传统文明中的精华，中国经典艺术作品的独特品质和高远境界，与现代性的创作要求自觉地结合起来，有效借鉴优秀的世界艺术，在传统与现代的融合中实现艺术的突破，保持中华艺术的生命力。这是时代对艺术家提出的要求，也是艺术家们自觉承担起的时代使命和艺术责任。

4. 走向世界的责任

当世界经济离不开持续增长的中国经济时，世界文艺也离不开中国文艺。孕育着中国文化精神的民族元素将会为中国文化艺术走向世界奠定自信，它会承担起融入世界、影响世界的时代使命。长久以来，中国文化一直被研究和被表达，而当我们真正站在了世界艺术文化的舞台上时将面临两个问题：我们说什么？我们怎么说？

中国当代作家、艺术家自觉地承担起时代使命，自觉地将表现火热生活、丰富现实的责任，自觉地把读者、观众、听众放到艺术创作的第一位，自觉地承担起艺术之火接力传递、培养艺术人才的责任，自觉地进行艺术探索，"戏比天大"，努力在实践中寻求中华艺术的历史性突破，自觉地将中国作风、中国气派的艺术推向世界作为自己奋斗的目标与肩负的责任。

风格与创新

1. 讲述

本片在编辑过程中大量保留了艺术家的原始讲述，用不同的声音合奏主旋律。这些艺术家往往都是文艺史上的关键人物，他们是文艺史的见证者和参与者，可以用他们的口述编缀成一个文艺故事。同时这些艺术家语言生动，富有魅力，他们的讲述让本片文采灿然。

2. 对话

通过巧妙的剪辑，本片中艺术家的讲述形成一种对话关系，有隔着不同艺术领域的应和，也有隔着几十年历史的争辩，而在这种应和与争辩中层层递进，呈现一种故事性和戏剧性。

3. 凝练

一位大艺术家几百分钟的采访，几十年的艺术创作经历，影响深远的艺术思想，在本片中往往只采撷不到百秒，让本片表现出一种极度凝练的风格。

4. 丰富

由于本片在艺术领域和历史事件上的跨度很大，不同艺术家对于同一主题的讲述往往具有多层次的丰富性。不同艺术、不同时代的艺术家同时展现了各自的风采。

《风范》纪录片组